L'Historienne et Drakula

Elizabeth Kostova

L'Historienne et Drakula

roman

traduit de l'anglais (États-Unis)
par Évelyne Jouve

tome 1

XO EDITIONS

Édition originale : *The Historian*

Pour la traduction française :

ISBN : 2-84563-228-2

À mon père,
qui fut le premier à me raconter
certaines de ces histoires.

10°W
Fort William
0°
Norvège
Écosse
Edimbourg
Royaume-Uni
Danema
Mer du Nord
Irlande
Pays-Bas
Angleterre
Rép. fédérale d
50°N
Oxford
Amsterdam
Utrecht
Londres
Rhin
Océan Atlantique
Bruxelles
Manche
Belgique
Bonn
Francfort
Normandie
Seine
Paris
Luxembourg
Rhin
Chartres
Loire
France
Liech
Suisse
Golfe de Gascogne
Garonne
Milan
Alpes
Cévennes
Albi
Rhône
Toscan
Carcassonne
Provence
Nice
Pyrénées
Perpignan
10°W
Andorre
Collioure
40°N
Portugal
Corse
Madrid
Espagne
Sardaigne
Mer Méditerranée
Détroit de Gibraltar
0°
10°E

L'Europe pendant la Guerre froide
0 kilomètres 200 300
20°E
30°E
50°N
40°N
Moscou
Suède
Mer Baltique
Pologne
Berlin
…publique …cratique …lemande
Tchécoslovaquie
Union des Républiques Socialistes Soviétiques
…remberg
Danube
Munich
Vienne
Chaîne des Carpates
Hongrie
Budapest
Monts Bakony
Alpes
Autriche
Lac Bled
Alpes Juliennes
Ljubljana
Slovénie
Zagreb
Transylvanie
Sighişoara
Roumanie
Ploieşti
Lac Snagov
Tîrgovişte
Argeş
Bucarest
Valachie
Venise
Bosnie Herzégovine
Croatie
Belgrade
Sarajevo
Serbie
Mer Noire
Bulgarie
Chaîne des Balkans
Sofia
Yougoslavie
Split
Montepulciano
Assise
Ombrie
Monténégro
Dubrovnik
Rila
Massif du Rila
Plovdiv
Haskovo
Bachkovo
Chepelarska
Rhodope Mts
Edirne
Bosphore
Istanbul (Constantinople)
Mer de Marmara
Macédoine
Albanie
Mer Adriatique
Italie
Naples
Grèce
Turquie
Mer Égée
Athènes
…rrhénienne
Sicile
Mer Méditerranée
Crète
Cnossos

Note au lecteur

Cette histoire, je n'avais pas l'intention de la coucher sur le papier. Mais un événement récent m'a amenée à me retourner vers ce qui fut la période la plus troublée de mon existence et de celle de plusieurs êtres très chers à mon cœur. Ce récit raconte comment, à seize ans, je partis sur les traces de mon père et de son passé, comment mon père, de son côté, se lança à la recherche de son bien-aimé mentor et de son propre passé, et comment nous nous retrouvâmes finalement tous à emprunter le même sentier obscur de l'Histoire.

Ce récit raconte qui survécut à cette quête, qui n'y survécut pas, et pourquoi. En ma qualité d'historienne, je suis bien placée pour savoir que ceux qui remontent le cours de l'Histoire ne survivent pas toujours à ce voyage. Ce n'est pas tant le fait de remonter le temps qui nous met en danger ; parfois, il arrive que l'Histoire elle-même nous guette dans l'ombre et nous happe de sa griffe ténébreuse.

Durant les trente-six années qui se sont écoulées depuis ces événements tragiques, ma vie a suivi un cours relativement paisible. Je me suis consacrée à la recherche, à des voyages sans turbulences, à mes étudiants et à mes amis, à la rédaction d'ouvrages de nature purement historique et impersonnelle, et aux affaires internes de l'université où j'ai finalement trouvé refuge. Pour cette remontée dans le temps, j'ai eu la chance d'avoir sous la main la majeure partie des documents dont il sera question ici, car ils sont restés en ma possession. Lorsque cela me paraissait nécessaire, je les ai réunis de façon à composer une narration continue, qu'il m'a fallu compléter ici et là avec mes propres souvenirs. Bien que j'aie reproduit les premiers récits de mon père tels qu'il me les raconta oralement, je me suis aussi abondamment servie de ses lettres, dont certaines reprenaient ce qu'il m'avait déjà confié lors de nos tête-à-tête.

En plus de ces sources, reproduites dans leur intégralité ou presque, j'ai exploré quasiment toutes les pistes du souvenir et de la recherche, retournant parfois sur un lieu afin de redonner des couleurs aux zones pâlies de ma mémoire. L'une des satisfactions que je retire de cette entreprise aura été les entretiens – ou la correspondance – que j'ai échangés avec les rares témoins encore en vie aujourd'hui. Leurs souvenirs ont fourni un complément précieux à mes autres sources. Mon texte a également bénéficié des conseils avisés de spécialistes plus jeunes, dans de nombreux domaines.

Enfin, en ultime recours lorsque c'était nécessaire, j'ai fait appel à l'imagination. Je m'en suis servie avec la plus grande parcimonie, ne recréant pour le lecteur que des faits que je savais avérés par ailleurs (et uniquement quand une hypothèse documentée permettait de les replacer dans leur contexte exact). Enfin, lorsqu'il m'a été impossible d'expliquer rationnellement des événements, je les ai laissés tels quels, inexpliqués, par respect pour leur réalité brute et énigmatique.

Les faits historiques les plus anciens évoqués dans ce récit ont fait l'objet de recherches rigoureuses, aussi méticuleuses que pour n'importe quel travail universitaire. Les allusions aux conflits religieux et territoriaux entre un Orient islamique et un Occident judéo-chrétien auront une résonance douloureusement familière pour les lecteurs d'aujourd'hui.

Il m'est impossible de remercier comme il se devrait toutes celles et tous ceux qui m'ont aidée à mener mon projet à terme, mais j'aimerais néanmoins citer quelques-uns d'entre eux, auxquels je dis ma profonde gratitude : Dr Radu Georgescu du Musée archéologique de l'université de Bucarest, Dr Ivanka Lazarova de l'Académie des sciences de Bulgarie, Dr Petar Stoichev de l'université du Michigan, le personnel infatigable de la British Library, les bibliothécaires du Rutherford Literary Museum et de la Bibliothèque de Philadelphie, le Père Vasil du monastère Zographou sur le mont Athos, et le Dr Turgut Bora de l'université d'Istanbul.

Mon grand espoir en rendant aujourd'hui cette histoire publique est qu'elle trouve au moins un lecteur qui comprendra ce qu'elle est en réalité : un *cri du cœur*. C'est à toi, lecteur perspicace, que je lègue mon histoire.

Oxford, Angleterre
15 janvier 2008

Première partie

C'est en les découvrant au fur et à mesure que le lecteur comprendra pourquoi ces papiers ont été placés dans cet ordre et pas un autre. Si les éléments étrangers à la droite ligne du récit ont été volontairement supprimés, aucun des événements décrits au fil des pages qui suivent n'a été déformé par le temps, ni par les défaillances de la mémoire : les documents présentés ici sont tous contemporains des faits qu'ils rapportent, et retranscrits à partir des connaissances et du point de vue de ceux-là mêmes qui en furent les témoins et les acteurs.

Bram Stoker, *Dracula*, 1897

1.

En 1972, j'avais seize ans – trop jeune, d'après mon père, pour l'accompagner dans ses missions diplomatiques. Il préférait me savoir occupée à suivre sagement mes cours au lycée international d'Amsterdam. C'est là que sa fondation avait son siège, à l'époque, et nous y habitions depuis si longtemps que j'avais presque oublié notre « vie d'avant » aux États-Unis.

Avec le recul, je me demande comment j'ai pu être une adolescente aussi docile alors que le reste de la planète « jeune » se frottait à la drogue et manifestait contre la guerre au Vietnam... Mais j'avais grandi dans un environnement si préservé qu'en comparaison ma vie actuelle de professeur d'université ressemble à une Aventure avec un grand A.

Il faut dire que je n'avais pas connu ma mère et que mon père, très attentif à mon bien-être, se sentait investi d'une double mission parentale. Il me protégeait deux fois plus qu'il ne l'aurait fait en temps normal. Maman était morte alors que j'étais encore un bébé, avant même que mon père ne fonde le Centre pour la paix et la démocratie. Il ne parlait jamais d'elle et s'éloignait doucement dès que je faisais mine de le questionner ; je compris vite que le sujet était si douloureux qu'il ne pouvait se résoudre à l'aborder. À part ça, il s'occupa de moi avec le plus grand soin et me fournit une pléiade de nounous et de gouvernantes – il ne lésinait pas sur les dépenses pour tout ce qui touchait à mon éducation, même si nous vivions assez simplement au quotidien.

La dernière de ces gouvernantes fut Mme Clay, qui entretenait notre petit hôtel particulier hollandais du dix-septième siècle sur le Raamgracht, un canal au cœur de la vieille ville. Mme Clay m'ouvrait la porte tous les jours quand je rentrais de l'école et faisait à elle seule office de parents de substitution chaque fois que mon père partait en voyage, autrement dit souvent. Elle était anglaise, bien plus âgée que ne l'aurait été Maman, redoutablement efficace avec un plumeau et terriblement mal à l'aise avec une adolescente. Parfois, au dîner, quand j'observais son expression compatissante et ses grandes dents, je me disais qu'elle devait avoir l'impression d'être ma mère et je la haïssais pour ça.

Lorsque mon père se trouvait au loin, les belles pièces silencieuses de notre hôtel particulier résonnaient de son absence. Il n'y avait alors personne pour m'aider avec mon algèbre, admirer mon nouveau manteau, me demander un câlin, ou s'effarer de voir combien j'avais encore grandi. Quand il rentrait de l'une de ces villes dont le nom figurait sur la carte d'Europe déployée sur le mur de notre salle à manger, il rapportait l'odeur de parfums venus d'ailleurs, qui parlaient d'un autre temps, une odeur épicée et surannée. Nous passions nos vacances ensemble, à Paris ou à Rome, visitant studieusement tous les monuments que mon père jugeait indispensables à ma culture. Mais au fond de moi, je mourais d'envie de découvrir ces lieux où il disparaissait si souvent, ces cités étranges et anciennes où il ne m'emmenait jamais.

En son absence, je faisais la navette entre le lycée et la maison, jetant bruyamment mes livres sur la table cirée de l'entrée. Ni Mme Clay ni mon père ne m'autorisaient à sortir le soir, sauf en de rares occasions, pour aller au cinéma visionner un film préalablement soumis à approbation, avec des amies préalablement soumises à approbation, et le pire – j'en suis stupéfaite quand j'y repense – c'est que je n'ai jamais songé à discuter ces règles. Peut-être parce que, en définitive, je préférais la solitude. La solitude, je connaissais, j'y avais été élevée, j'y évoluais à l'aise.

J'étais brillante dans mes études et nulle dans ma vie sociale. Les filles de mon âge me terrifiaient, surtout ces pimbêches de notre « cercle diplomatique » qui racontaient des horreurs en grillant cigarette sur cigarette. En leur présence, j'avais constamment l'impression que ma robe était trop longue, trop courte, ou carrément incongrue. Quant aux garçons, ils me déconcertaient tout à fait, même si de vagues silhouettes d'hommes hantaient parfois mes rêves. En réalité, j'étais beaucoup plus heureuse en tête à tête avec moi-même dans la bibliothèque paternelle, une pièce immense et magnifique, au premier étage de notre maison.

À l'origine, il s'agissait probablement d'une salle de séjour, mais, mon père ne s'asseyant en fait que pour lire, une vaste bibliothèque lui avait paru plus utile qu'un grand salon. Il m'avait depuis longtemps autorisée à puiser dans ses trésors. Durant ses absences, je passais donc des heures à faire mes devoirs sur son bureau en acajou et à écumer les étagères qui tapissaient les quatre murs. Je compris plus tard qu'il avait oublié ce qui se trouvait sur l'une des étagères du haut, à moins – plus vraisemblablement – qu'il n'ait pas imaginé que je serais assez grande un jour pour y accéder… Toujours est-il qu'un après-midi je redescendis sur terre avec une traduction du *Kama-sutra* et un ouvrage beaucoup plus ancien d'où dépassait une enveloppe renfermant des papiers jaunis.

Aujourd'hui encore, je serais incapable de dire ce qui me poussa à m'en emparer. Mais l'illustration au centre du livre, l'odeur de vieux parchemin qui s'en dégageait et la découverte que les feuillets jaunis étaient en réalité des lettres personnelles, tout contribua à enflammer ma curiosité.

Je n'aurais jamais dû mettre le nez dans des documents confidentiels appartenant à mon père, ou à qui que ce soit d'autre, d'ailleurs, et je tremblais à l'idée de voir Mme Clay surgir dans la pièce avec son plumeau pour s'attaquer à la poussière (imaginaire) du bureau. Seulement voilà, la tentation fut la plus forte et, tout en surveillant la porte par-dessus mon épaule, je ne pus m'empêcher de lire le premier paragraphe de la première lettre, celle qui figurait sur le dessus du paquet.

12 décembre 1930
Trinity College, Oxford

« Cher et infortuné successeur,

C'est avec une profonde tristesse que je vous imagine en cet instant où vous allez prendre connaissance des faits que je m'apprête à relater ici… Ma compassion va aussi à moi-même – car si ces documents sont entre vos mains, c'est la preuve que j'ai eu de graves ennuis, que je suis mort, ou pis encore peut-être…

Mais c'est surtout vous que je plains, mon ami encore inconnu, car qui pourrait bien être amené à lire un jour cette lettre sinon une personne contrainte de chercher des informations sur ce sujet diabolique ? Et si vous n'êtes pas mon successeur au sens littéral du terme, vous serez bientôt mon malheureux héritier. Croyez bien que je suis horrifié à l'idée de transmettre à un être humain, mon frère, ma propre – mon incroyable et pourtant véridique – expérience de l'enfer. Pourquoi en ai-je hérité moi-même, je l'ignore, mais j'espère le découvrir avant la fin – tandis que je vous écris, qui sait ? ou alors à la lumière de ce qui va maintenant se passer... »

À ce stade de ma lecture, un sentiment de culpabilité – mêlé d'un étrange malaise – me fit ranger précipitamment la lettre dans l'enveloppe. Cela ne m'empêcha pas d'y penser tout le reste de la journée et le lendemain également. Lorsque mon père rentra de voyage, je guettai l'occasion de lui parler de la lettre et du livre mystérieux où je l'avais trouvée par hasard. J'attendis qu'il soit disponible, que nous soyons seuls, mais il avait l'air très occupé, et une sorte d'appréhension à l'idée d'aborder le sujet avec lui me faisait hésiter. Finalement, je me contentai de lui demander de m'emmener avec lui dans son prochain voyage. C'était la première fois de ma vie que je lui cachais quelque chose, la première fois aussi que je lui présentais une requête avec insistance.

Mon père accepta à contrecœur. Il parla à mes professeurs ainsi qu'à Mme Clay, et se persuada que j'aurais beaucoup de temps libre pour faire mes devoirs pendant qu'il assisterait à ses réunions. Ce n'était pas une surprise : une fille de diplomate a l'habitude d'attendre. Je préparai ma valise bleu marine en toute hâte, emportai mes livres de classe et quantité de paires de chaussettes montantes. Au lieu de partir pour l'école, ce matin-là, je pris la direction de la gare avec mon père, silencieuse et ravie.

Un train nous emmena à Vienne. (Mon père avait une sainte horreur de l'avion, contraire selon lui à l'esprit même du voyage.) Nous passâmes une nuit sur place, dans un hôtel, puis un autre train nous conduisit dans les Alpes. Les sommets qui se dessinaient en petits cônes noirs sur notre carte d'Europe, à la maison, se dressaient maintenant sous mes yeux éblouis par tant de blancheur. Devant une gare d'un jaune poussiéreux, mon père mit le contact de notre voiture de location et je retins mon souffle jusqu'à ce que nous franchissions les portes d'une cité qu'il m'avait décrite si souvent que je l'avais déjà vue dans mes rêves.

L'automne est précoce au pied des Alpes slovènes. Avant même le mois de septembre, les moissons abondantes sont suivies d'une pluie soudaine et battante qui dure des jours et des jours, arrachant les feuilles des arbres pour les projeter dans les rues des villages. Aujourd'hui, trente-cinq ans ont passé, mais je continue à me rendre là-bas de temps à autre, et je retrouve alors, intactes, mes premières sensations face à la campagne slovène. C'est un vieux pays. Chaque automne le patine un peu plus, *ad vitam aeternam*, en commençant toujours par les trois mêmes couleurs : un paysage vert, et deux ou trois feuilles jaunes tombant dans un après-midi gris… Je suppose que les Romains – qui y laissèrent leur empreinte, comme leurs gigantesques arènes le long de la côte, à quelques heures de route à l'ouest – contemplaient le même automne avec le même frisson.

Lorsque la voiture de mon père franchit les portes de la plus ancienne des cités juliennes, je me sentis envahie par l'émotion. Pour la première fois de ma vie, je venais d'être saisie par l'excitation du voyageur contemplant en face le visage de l'Histoire.

Parce que cette ville est celle où commence ma propre histoire, je l'appellerai par son nom latin, Emona, dans l'espoir de la préserver un peu de cette race de fouineurs qui vadrouillent dans le passé avec un guide touristique.

Emona fut fondée à l'âge du bronze sur les rives où se dressent aujourd'hui des édifices Art nouveau. Au cours des deux jours qui suivirent, mon père et moi sommes passés au fil de nos promenades devant l'hôtel de ville, une collection d'opulentes résidences bourgeoises du dix-septième siècle ornées de fleurs de lis argentées, et une énorme bâtisse abritant un vaste marché couvert où, derrière d'anciennes portes fermées par de solides barres, un escalier sans âge descendait jusqu'à l'eau. C'est ici que, pendant des siècles, les bateaux déchargèrent leur cargaison pour approvisionner la ville. Et là où jadis des huttes primitives s'alignaient le long de la rive, des platanes s'épanouissaient à présent au-dessus des berges, lâchant des spirales d'écorce dans les eaux paisibles.

Près du marché, la place principale s'étirait sous un ciel lourd. Emona, comme ses sœurs du Sud, dévoilait les glorieux vestiges d'un passé composite : le style viennois offrait une toile de fond aux imposantes églises rouges léguées par la Renaissance, ainsi qu'à des chapelles médiévales dont l'architecture rendait çà et là un discret hommage aux îles Britanniques. (Grâce aux missionnaires que saint Patrick envoya dans la région, la cité peut se prévaloir d'une des plus longues traditions chrétiennes d'Occident.) Au détour d'une rue, un élément ottoman flamboyait sur le porche d'une maison ou le cadre d'une fenêtre. Près du marché, la cloche d'une petite église autrichienne sonnait la messe du soir. Des hommes et des femmes en blouse bleue rentraient chez eux à la fin de leur journée de travail, un parapluie à la main pour protéger leurs paquets.

Comme nous pénétrions au cœur d'Emona, notre voiture franchit la rivière sur un superbe vieux pont, gardé à chaque extrémité par deux dragons verts en bronze.

Mon père ralentit à l'angle de la place et pointa un doigt vers le rideau de pluie.

— Voici le château. Je savais que tu voudrais le voir.

En effet ! Je me redressai sur mon siège et tordis le cou jusqu'à ce que j'aperçoive enfin la forteresse à travers les branches dégoulinantes des arbres – des tours mangées aux mites sur une colline escarpée, au cœur de la ville.

— Il date du quatorzième siècle, je crois, dit mon père d'une voix songeuse. À moins que ce ne soit du treizième… Je ne suis pas très expert en ruines médiévales. Mais nous vérifierons.

— Nous pourrons monter tout en haut pour l'explorer ?

— On verra ça demain, après ma réunion. Vues d'ici, ces tours ne donnent pas l'impression d'être assez solides pour supporter le poids d'un moineau, mais on ne sait jamais.

Il gara la voiture dans un parking près de la mairie ; puis m'aida galamment à descendre côté passager, sa main fine et osseuse moulée dans son gant en cuir.

— Il est encore un peu tôt pour nous présenter à l'hôtel. Veux-tu boire un thé ? À moins que nous ne commandions quelque chose à manger dans cette *gastronomia*. La pluie redouble, ajouta-t-il d'un air indécis en regardant ma veste en laine et ma jupe.

Je m'emparai vivement de la pèlerine munie d'une capuche qu'il m'avait rapportée d'Angleterre l'année précédente. Le trajet en train depuis Vienne avait pris presque la journée et j'étais affamée, en dépit de notre déjeuner au wagon-restaurant.

Mais ce ne fut pas la *gastronomia*, avec ses lumières rouges et bleues qui brillaient derrière des fenêtres douteuses, ses serveuses en chaussures plates-formes et l'inévitable photo du camarade Tito accrochée au mur, qui nous attira finalement dans sa toile. Nous nous frayions un passage dans la foule quand mon père s'élança subitement comme une flèche.

— Par ici !

Je le suivis en courant, ma capuche tressautant à chaque pas, m'aveuglant à moitié. Il avait déniché l'entrée d'un salon de thé de style Art nouveau, avec une grande vitrine composée de panneaux montrant des cigognes en train de s'ébattre, et des portes vert bronze ornées de centaines de nénuphars. Elles se refermèrent pesamment derrière nous et la pluie se réduisit à un fin ruissellement sur les carreaux teintés des fenêtres, se transformant en brouillard à travers la silhouette des oiseaux argentés.

— Étonnant que cet endroit ait survécu à ces trente dernières années…

Mon père ôtait sa pelisse.

— Les régimes socialistes ne sont pas toujours aussi tendres avec leurs trésors.

Nous nous installâmes près de la fenêtre, et nous bûmes un thé au citron délicieux, servi brûlant dans des tasses épaisses, tout en nous régalant de sardines et de pain beurré. Après quoi nous nous offrîmes plusieurs parts de *torta*.

— Il vaudrait mieux nous arrêter là, décréta finalement mon père.

Ces derniers temps, je m'étais mise à détester sa façon de souffler encore et encore sur son thé pour le refroidir plus vite, et à appréhender le moment – toujours inévitable – où il dirait d'arrêter de manger, d'arrêter de faire tout ce qui était amusant, de « garder un peu de place pour le dîner »…

En l'observant dans sa veste en tweed impeccable et son col roulé, j'eus le sentiment que Papa s'était interdit toute sa vie la moindre aventure (je ne parle pas des incidents diplomatiques, les risques de ce métier qui était sa seule passion). Il aurait été plus heureux s'il avait vécu un peu, songeais-je ; avec lui, tout était toujours si sérieux…

Je gardai néanmoins le silence parce qu'il avait horreur que je critique sa façon d'être, et aussi parce que j'avais quelque chose à lui demander. Mais d'abord le laisser finir son thé. Je m'adossais donc à ma chaise, pas trop cependant pour éviter de m'entendre dire de ne pas me vautrer. À travers la vitre mouchetée, j'apercevais une ville mouillée, lugubre dans la lumière déclinante de la fin d'après-midi, et des silhouettes qui passaient en courant sous la pluie verticale. Le salon de thé, qui aurait dû être rempli de dames en longues robes de gaze ivoire ou de gentlemen en vestes à col de velours et barbe pointue, était désert.

— Je ne m'étais pas rendu compte que cet interminable voyage en voiture m'avait à ce point fatigué.

Mon père reposa sa tasse.

— Tu as remarqué ?

Il me montra le château, à peine visible à travers la pluie battante.

— C'est par là que nous sommes arrivés, de l'autre côté de cette colline. Depuis le sommet, nous apercevrons les Alpes.

Je me remémorai les montagnes nappées de blanc et sentis leur souffle glacé sur la ville. J'hésitai, et pris une respiration.

— Tu me racontes une histoire ?

Raconter des histoires à sa petite fille privée de Maman était un réconfort que mon père ne m'avait jamais refusé. Certaines lui étaient inspirées par son enfance paisible à Boston, d'autres par ses voyages plus exotiques. Il lui arrivait aussi d'improviser en laissant parler son imagination, mais je n'y prenais plus le même plaisir qu'avant.

— Une histoire sur les Alpes ? demanda-t-il.

— Non.

Une peur inexplicable s'insinua en moi.

— En fait, j'ai trouvé… quelque chose sur un rayon de ta bibliothèque… qui m'a intriguée. J'aimerais bien que tu m'en parles.

Il se tourna vers moi et me regarda avec douceur, ses sourcils grisonnants levés au-dessus de ses yeux bleu sombre.

— Je suis tombée dessus tout à fait par hasard, tu sais. Je suis désolée – je furetais ici et là, quand j'ai découvert des papiers et un livre. Oh, je n'ai pas vraiment regardé les lettres. Je pensais…

— Quel genre de livre ?

Il était indulgent ou simplement distrait, jetant un coup d'œil à sa tasse pour voir s'il restait quelques gouttes de thé, ne m'écoutant qu'à moitié.

— Il avait l'air très ancien, avec une illustration au milieu représentant un dragon.

Cette fois, il se figea sur sa chaise, aussi raide qu'une statue, puis un frisson le secoua de la tête aux pieds.

Cette réaction aussi soudaine que violente m'alarma car je me souvenais avoir eu la même ce jour-là. Son regard se posa lentement sur moi, et je fus surprise de voir combien il avait l'air abattu et triste.

— Tu n'es pas fâché ?

C'était moi qui gardais les yeux baissés sur ma tasse, maintenant.

— Non, ma chérie.

Il soupira profondément, comme accablé par le chagrin. La petite serveuse blonde s'approcha pour nous servir un autre thé, puis s'éloigna, mais Papa ne semblait toujours pas parvenir à trouver le courage de parler.

Finalement, il se décida.

2.

— Comme tu le sais, avant ta naissance j'étais enseignant dans une université américaine, commença-t-il à voix basse. J'avais fait de longues années d'études pour devenir professeur. Je me destinais d'abord à la littérature, mais je m'aperçus que j'aimais les histoires vraies plus encore que les récits imaginaires. Tous les textes littéraires que je lisais me conduisaient inexorablement à une sorte… d'exploration de l'histoire. Je décidai donc de me consacrer à cette matière. Et je suis très heureux que tu t'y t'intéresses, toi aussi. Ce soir-là…

C'était un soir de printemps. J'étais étudiant en troisième cycle et je travaillais dans la bibliothèque de l'université. Il était tard et j'étais seul au milieu de rangées et de rangées de livres, lorsque, en levant les yeux de mon travail, je m'aperçus qu'on avait glissé par erreur un volume parmi les miens, sur la petite étagère au-dessus de mon pupitre. Sur le dos de ce livre figurait un dragon, vert sur le cuir pâle.

Ne me rappelant pas avoir déjà vu cet ouvrage, ni ici, ni ailleurs, je le posai devant moi et le feuilletai presque machinalement. La reliure était douce, en cuir patiné par le temps, le papier apparemment très ancien. Il s'ouvrit tout seul au milieu. Là, sur les deux pages centrales, je découvris une gravure horrible représentant un dragon aux ailes déployées, avec une longue queue en anneaux, crachant du feu par les naseaux, toutes griffes dehors. Entre ses pattes, il tenait une bannière sur laquelle était tracé un seul mot en lettres gothiques : « *Drakulya* ».

Je reconnus instantanément ce nom et songeai au roman de Bram Stoker (je ne l'avais pas encore lu à l'époque), ainsi qu'au cinéma de quartier de mon enfance, où nous avions tous frémi en voyant Bela Lugosi se pencher sur la nuque tendre d'une starlette. La graphie ici utilisée, néanmoins, était étrange, et le livre très ancien. En tant qu'étudiant en histoire, le passé de l'Europe me passionnait et je me remémorai brusquement un détail d'une de mes lectures. Le nom de Drakula avait pour racine un mot latin signifiant « dragon » ou « diable »... C'était là le titre honorifique, si j'ose dire, de Vlad Tepeş – l'« Empaleur » – de Valachie, un prince des Carpates qui torturait ses sujets comme ses prisonniers de guerre avec une cruauté inimaginable.

J'étudiais le commerce à Amsterdam au dix-septième siècle, je ne voyais donc aucune raison plausible pour qu'un ouvrage traitant de l'« Empaleur des Carpates » m'ait été attribué. Il avait dû atterrir ici par erreur, probablement à la suite de la commande d'un autre lecteur, un de mes voisins de table partis à cette heure, qui travaillait sur l'histoire de l'Europe centrale ou sur les symboles féodaux...

Je feuilletai le texte – quand on manipule des livres à longueur de journée, tout nouvel ouvrage est un ami et une tentation. À ma stupéfaction, toutes les autres pages – oui, chacune des feuilles à la délicate couleur ivoire –

étaient totalement blanches ! Il n'y avait pas de titre ni de nom d'auteur, sans parler du lieu et de la date d'édition. Rien. Pas de carte, pas de page de garde, pas d'autre illustration que le dragon. Et nulle part trace de la moindre marque distinctive. Un livre vide, vierge, où ne figurait même pas le tampon de la bibliothèque, pas plus que l'indispensable numéro de classement…

Je n'en croyais pas mes yeux. Après avoir examiné le livre plusieurs minutes, je le reposai sur mon bureau et descendis au premier étage, dans la salle des catalogues. Il y avait effectivement une fiche sur « Vlad III ("Tepeş") de Valachie, 1431-1476 – *Voir aussi : Valachie, Transylvanie et Drakula.* » Je décidai de me reporter d'abord à une carte ; je découvris que la Valachie et la Transylvanie étaient en réalité deux anciennes régions de ce qui forme aujourd'hui la Roumanie. La Transylvanie paraissait plus montagneuse, la Valachie la bordant au sud-ouest. Dans les rayons, je découvris ce qui semblait être la seule source de la bibliothèque sur le sujet : une étrange petite traduction anglaise d'une série de pamphlets sur « Drakula » datant des années 1890. Les textes originaux avaient été imprimés à Nuremberg dans les années 1470-1480, certains donc du vivant même de l'Empaleur.

La mention de Nuremberg éveilla en moi un écho trouble. Quelques années auparavant, j'avais suivi avec la plus grande attention le procès des dignitaires du régime nazi qui s'était déroulé dans cette ville. Trop jeune d'un an pour partir à la guerre, je m'étais intéressé à l'« après » avec la ferveur chagrine des exclus. Le frontispice du recueil de pamphlets reproduisait une grossière gravure sur bois, un buste d'homme au cou de taureau, aux yeux sombres et tombants, portant une longue moustache et un chapeau orné d'une plume. L'image était étonnamment vivante compte tenu de la médiocre qualité de la sculpture.

J'aurais dû me remettre à mon propre travail, je le savais, mais je ne pus m'empêcher de lire le début d'un pamphlet. L'auteur anonyme y dressait la liste de quelques-uns des crimes de Drakula contre son propre peuple, et également contre d'autres communautés. Je pourrais citer de mémoire ce qui était écrit, mais je préfère t'épargner ça – c'était parfaitement horrible. Je refermai le petit livre d'un geste sec et regagnai ma place. Le commerce hollandais au dix-septième siècle absorba toute mon attention jusqu'aux alentours de minuit. Je laissai l'étrange volume anonyme bien en évidence sur ma table de travail, espérant que son vrai propriétaire se rendrait compte de l'erreur et le trouverait le lendemain, puis j'allai me coucher.

Au matin, je dus assister à un cours. J'étais fatigué par ma longue nuit studieuse, mais, pendant la coupure de midi, j'avalai deux tasses de café dans une brasserie avant de retourner à mes recherches. Non seulement le livre était encore là, mais une main l'avait rouvert à la double page du dragon… Après ma courte nuit et ce déjeuner exclusivement composé de café noir, mon sang ne fit qu'un tour, comme on disait dans les romans d'autrefois. J'examinai de nouveau l'ouvrage, avec plus d'attention. L'image centrale représentait sans conteste une gravure sur bois, un motif médiéval peut-être, une réussite artisanale en tout cas. Je songeai qu'il devait avoir une certaine valeur marchande, voire sentimentale, pour l'un des étudiants de l'université, puisque, à l'évidence, il n'appartenait pas à la bibliothèque et s'apparentait à une pièce rare.

Je n'étais cependant pas d'humeur à m'extasier sur ce satané bouquin. Je le refermai avec un peu d'énervement et m'installai pour prendre des notes sur la guilde des marchands d'Amsterdam jusqu'à la fin de l'après-midi. En quittant la bibliothèque, je m'arrêtai au bureau du prêt et remis le volume sans nom à l'un des employés avec quelques mots d'explication. Il me promit distraitement de le déposer au bureau des objets trouvés où les livres oubliés s'entassaient entre parapluies et paires de gants.

Le lendemain matin, à huit heures, je retournai à la bibliothèque pour plancher sur mon chapitre. « Le » livre m'attendait à ma place, ouvert sur son unique et hideuse illustration. Cette fois, je ressentis de l'irritation, persuadé que l'employé n'avait rien écouté à mon histoire. Je posai vivement le volume sur mon étagère et m'attelai à mon travail en m'interdisant de le regarder. En fin de journée, j'avais rendez-vous avec mon directeur de thèse et, comme je rassemblais mes affaires pour le rejoindre, je saisis le livre ancien et l'ajoutai à mes propres affaires. J'avais agi sur une impulsion ; je n'avais aucune intention de le conserver, mais le professeur Rossi raffolait des énigmes et je pensais que celle-ci avait des chances de le passionner. Qui sait ? Peut-être ses vastes connaissances sur l'histoire de l'Europe lui permettraient-elles de la résoudre ?

Je retrouvais généralement Rossi après son cours de l'après-midi, mais j'aimais me faufiler un peu plus tôt dans la salle pour avoir le plaisir de le voir en action. Ce semestre-là, son enseignement portait sur la Grèce antique en général et le monde mycénien en particulier. J'avais assisté à la fin de plusieurs de ses cours sur le sujet, toujours époustouflants d'érudition et d'une force dramatique qui devait tout à son exceptionnel talent d'orateur. Je me glissai donc au dernier rang pour l'entendre conclure une conférence sur la restauration du palais crétois de Minos par sir Arthur Evans. La salle – un vaste auditorium gothique pouvant accueillir cinq cents étudiants – baignait dans une semi-pénombre. Le silence quasi religieux rappelait celui d'une cathédrale. On aurait entendu une mouche voler. Tous les regards étaient rivés sur la silhouette élégante du conférencier.

Le professeur Rossi se tenait au centre de l'estrade – debout dans la lumière crue des projecteurs. La plupart du temps, il marchait de long en large, explorant des théories à voix haute, comme s'il discutait avec lui-même dans l'intimité de son bureau. Parfois aussi, il s'immobilisait d'un seul coup, pétrifiant les étudiants d'un regard intense, d'un geste péremptoire, d'une déclaration à l'emporte-pièce. Il dédaignait le fauteuil, les micros, et ne recourait jamais à des notes, même si, occasionnellement, il projetait des diapositives, tapotant l'immense écran du bout de sa longue règle comme pour mieux enfoncer ses mots et les images dans la tête de ses auditeurs. Il lui arrivait aussi de se laisser emporter par l'enthousiasme au point de sautiller littéralement sur place, bras levés. Le bruit courait qu'il avait dégringolé un jour de l'estrade en pleine envolée sur les vertus de la démocratie au siècle de Périclès et qu'il était remonté aussi sec sur son perchoir sans interrompre son cours une seule fraction de seconde. Je n'avais jamais osé lui demander si l'histoire était vraie.

Aujourd'hui, le bouillant professeur était d'humeur pensive et marchait de long en large, les mains dans son dos.

— ... Sir Arthur Evans, ne l'oubliez pas, messieurs (je te parle d'une époque où seuls les garçons allaient à l'université, alors que toi, ma chère fille, tu pourras t'inscrire où tu le souhaiteras), a restauré le palais du légendaire roi

Minos à Cnossos en recourant pour moitié aux vestiges retrouvés sur place et pour moitié… à sa propre matière grise ! Autrement dit, il a donné corps à sa vision personnelle de la civilisation minoenne.

Sur ce, il contempla le plafond, au-dessus de nos têtes.

— Evans disposait de peu de documents d'archives et devait composer essentiellement avec des hypothèses et des mystères. Au lieu d'opter pour une architecture à peu près conforme à la réalité historique ou supposée telle, il n'a pas hésité à puiser dans son imagination pour recréer un palais grandiose, absolument fabuleux… et fabuleusement faux, historiquement parlant. A-t-il eu tort d'agir ainsi ?

Rossi s'interrompit pour promener un regard vaguement mélancolique sur la forêt de crinières frisottées, de mèches rebelles, de coupes en brosse qui couronnaient le visage attentif de ses jeunes auditeurs. Cinq cents paires d'yeux le dévisagèrent en retour.

— Eh bien, je crois que je vais vous laisser méditer sur cette grande question !

Il sourit, tourna brusquement les talons et quitta les feux des projecteurs. Il y eut quelques secondes d'un silence suffoqué, puis les étudiants se mirent à parler fort et à rire tout en rassemblant leurs affaires.

Rossi s'asseyait généralement sur le bord de son bureau à la fin du cours pour répondre aux questions de ses disciples les plus fervents. Cette fois encore, il se prêta au jeu avec son sérieux et sa bonne humeur habituels, jusqu'à ce que le dernier étudiant soit parti. Alors, j'allai le rejoindre.

— Paul, mon ami ! Allons nous mettre à l'aise chez moi et deviser un peu en hollandais.

Il me tapa affectueusement sur l'épaule et nous partîmes côte à côte.

Le bureau de Rossi m'amusait parce qu'il défiait l'image conventionnelle de l'antre professoral en perpétuel désordre : ici, c'étaient des livres soigneusement alignés sur des étagères, une petite machine à expresso ultramoderne près de la fenêtre pour assouvir son besoin de caféine, des plantes vertes qui ne manquaient jamais d'eau sur sa table de travail.

Lui-même était toujours vêtu avec élégance : pantalon en tweed, chemise blanche et cravate. Son visage était façonné dans un moule typiquement britannique, avec des traits acérés et des yeux d'un bleu intense ; il m'avait confié un jour que son père, un Toscan émigré dans le Sussex, lui avait laissé pour seul legs son amour de la bonne chère. Rien d'italien en lui : contempler Rossi revenait à observer un univers aussi bien ordonné que la relève de la Garde à Buckingham Palace.

Je parle de son apparence, car il en allait tout autrement de son esprit. Même après quarante ans de rigueur et d'autodiscipline, Rossi continuait à déverser en bouillonnant son trop-plein d'érudition et à chercher inlassablement des réponses à l'inexpliqué. Sa production encyclopédique lui avait valu depuis longtemps le respect d'un monde de l'édition qui ne se limitait pas à la presse universitaire. À la minute où il terminait un livre, il en commençait un autre, et le plus souvent sur un sujet aux antipodes. Résultat : des étudiants venus d'horizons complètement différents souhaitaient travailler avec lui, et tous m'enviaient la chance de l'avoir pour directeur de thèse.

Rossi était aussi et surtout l'ami le plus gentil et le plus chaleureux qu'il m'ait été donné de rencontrer.

— Bon, ce n'est pas tout ça, attaqua-t-il en branchant sa cafetière et en me faisant signe de m'asseoir. Comment avance cette thèse ?

Je lui fis le point sur mes dernières semaines de travail, puis nous discutâmes un moment du commerce entre l'Autriche et Amsterdam au début du dix-septième siècle. Il servit son délicieux café dans des tasses en porcelaine et nous nous adossâmes tous les deux à nos chaises, de part et d'autre de son grand bureau, pour le déguster à notre aise. La pièce était baignée par cette belle lumière blonde qui descendait toujours à cette heure, un peu plus tard chaque soir maintenant que le printemps s'installait.

Puis je me rappelai mon cadeau.

— Je vous ai apporté une curiosité, Rossi. À la bibliothèque, quelqu'un a laissé par erreur à ma place un objet assez… morbide. Comme personne n'est venu le réclamer depuis deux jours, j'ai pris sur moi de l'emprunter quelques heures pour vous le montrer.

— Voyons cela.

Il posa sa tasse et tendit la main vers mon livre.

— Mmm. Très jolie reliure, vraiment. Ce cuir pourrait même être une sorte de vélum, très épais. Et le dos est estampé d'un…

Un froncement de sourcils creusa son visage.

— Ouvrez-le, suggérai-je.

Je ne parvenais pas à m'expliquer la soudaine accélération de mon rythme cardiaque tandis qu'il s'apprêtait à vivre la même expérience que moi face au livre presque blanc. Ses mains l'ouvrirent exactement au centre. De ma place, je ne pouvais pas distinguer l'image, mais je le voyais, lui, en train de la fixer.

Une gravité soudaine se peignit sur ses traits – un visage figé que je ne lui connaissais pas. Il feuilleta les autres pages en remontant vers le début, puis en redescendant vers la fin, tout comme je l'avais fait, mais son expression sinistre ne se mua pas en surprise.

— C'est cela… vierge… murmura-t-il.

Il le reposa, ouvert, sur son bureau.

— Entièrement blanc.

— Étrange, n'est-ce pas ?

Mon café refroidissait dans ma main.

— Très. Mais il n'est pas vierge parce qu'il n'a pas été terminé. Il l'est délibérément, avec une redoutable efficacité, pour mettre en valeur l'ornement central.

— Oui ! Oui, c'est comme si la créature avait… dévoré tout ce qui était autour.

J'avais commencé ma phrase, porté par une sorte d'enthousiasme, mais les derniers mots m'échappèrent lentement.

Rossi semblait incapable de détacher ses yeux de l'image déployée devant lui. Enfin, il referma le livre d'un geste décidé et avala son café d'une gorgée.

— Où l'avez-vous trouvé ?

— Eh bien, comme je vous l'ai dit, quelqu'un l'a déposé par erreur a ma place de bibliothèque il y a deux jours. J'aurais peut-être dû le remettre immédiatement au contrôle, mais je suis persuadé qu'il appartient à quelqu'un, alors je ne l'ai pas fait.

— Oh, aucun doute là-dessus, dit Rossi en me regardant, les paupières plissées. Il appartient effectivement à quelqu'un. Et je sais bien qui.

— Pardon ? Vous… savez ?

— Oui. Le livre est à vous.

— Non, moi je l'ai simplement trouvé à ma place de…

L'expression de son visage gela les mots sur mes lèvres. Effet trompeur de la lumière qui entrait par la fenêtre poussiéreuse ? Il paraissait avoir vieilli de dix ans.

— Professeur, que voulez-vous dire par « le livre est à vous » ?

Rossi se leva lentement, s'avança vers la bibliothèque d'angle et monta les deux marches de l'escabeau en bois pour extirper du rayonnage du haut un petit volume sombre. Il le contempla pendant une minute comme s'il répugnait à le mettre dans mes mains. Puis il me le tendit.

— Que pensez-vous de *ça* ?

« Ça », c'était un livre ancien, recouvert de velours brun. Son aspect rappelait celui d'un missel ou d'un livre d'heures, mais il ne portait aucune inscription, ni sur la couverture ni sur le dos, qui aurait permis de l'identifier. Les pages étaient scellées par un fermoir couleur bronze qui glissa sur le côté sous la pression de mon pouce.

Le livre s'ouvrit au milieu et là, trônant sur la double page centrale, je reconnus mon – je dis bien *mon* – dragon. Cette fois, il s'étalait jusque sur la tranche, ses griffes déployées, sa gueule béante montrant ses crocs monstrueux, déployant la même bannière sur laquelle se détachait le même nom en lettres gothiques.

— Naturellement, poursuivait Rossi, j'ai eu tout le temps de me pencher sur le problème, et j'ai identifié la gravure. Elle vient d'Europe centrale et remonte aux années 1512 – ce qui signifie qu'elle aurait pu servir d'illustration à un texte imprimé, s'il y avait eu un texte, naturellement.

Je tournai lentement les feuilles délicates. Pas de titre sur les premières pages – non, bien sûr, je le savais déjà.

— Étrange coïncidence…

— Mon exemplaire a été éclaboussé par de l'eau de mer, peut-être à l'occasion d'un voyage sur la mer Noire. Mais les meilleurs experts que j'ai consultés ont été incapables de reconstituer son périple. Eh oui, vous voyez, j'ai poussé la curiosité jusqu'à faire procéder à une analyse chimique dans un institut scientifique. Il m'en a coûté trois cents dollars... juste pour apprendre qu'à un moment donné de son existence, probablement avant 1700, cet ouvrage avait séjourné dans un environnement saturé en poussière de pierre. Je me suis même rendu à Istanbul dans l'espoir d'en apprendre plus sur ses origines. Mais le plus curieux de l'affaire est encore la façon dont je suis entré en possession de ce livre...

Il tendit la main et je lui rendis son bien avec soulagement.

— Vous l'avez acheté quelque part ?

— Figurez-vous que je l'ai trouvé moi aussi à ma place quand j'étais étudiant en troisième cycle.

Un frisson me parcourut de la tête aux pieds. Je le réprimai, gêné.

— Quelle place ?

— Mon pupitre, comme vous. Ils existaient déjà, vous savez ! La tradition remonte aux monastères du septième siècle.

— Mais qui... ? Comment... ? Il s'agissait d'un cadeau ?

— Peut-être.

Rossi sourit d'un air étrange. Il semblait contenir avec peine son émotion.

— Un autre café ?

— Volontiers, articulai-je, la gorge sèche.

— Mes tentatives pour retrouver son propriétaire se soldèrent par un échec, et le bibliothécaire ne put l'identifier. Même la bibliothèque du British Museum n'avait jamais eu vent de l'existence de ce livre. Elle m'offrit d'ailleurs une très grosse somme d'argent pour l'acquérir.

— Mais vous ne souhaitiez pas le vendre.

— Non. J'aime trop les énigmes, comme vous le savez. Tout étudiant en histoire digne de ce nom rêve d'être un jour confronté à un mystère surgi du passé. C'est notre récompense de contempler le fascinant visage de l'Histoire et de lui dire : « Je sais qui tu es, d'où tu viens. Tu ne me tromperas pas ! »

— Quelle est votre opinion, alors ? Pensez-vous que la gravure de votre livre a été réalisée par le même imprimeur, à la même époque que… le mien ?

Ses doigts pianotèrent sur le rebord de la fenêtre.

— Oh, j'ai cessé de m'interroger à ce sujet depuis des années – j'ai essayé, tout au moins, même si d'une certaine façon je… sens toujours sa présence, là… derrière moi.

Il montra d'un geste la crevasse sombre sur l'étagère de la bibliothèque, au milieu de la rangée de livres.

— Le rayonnage du haut est réservé à mes échecs. Et à des questions sans réponse auxquelles je préfère éviter de penser.

— Mais maintenant que vous avez son frère jumeau entre les mains, peut-être réussirez-vous à ajuster les pièces du puzzle ? Il est impossible que les deux exemplaires ne soient pas liés l'un à l'autre.

— Il est impossible qu'ils ne soient pas liés l'un à l'autre.

Sa voix me parvint comme un écho caverneux malgré le chuintement de la cafetière électrique.

L'impatience et une certaine fébrilité, sans doute causée par le manque de sommeil accumulé depuis quelques jours, me poussèrent à le questionner plus avant :

— Et vos recherches ? Vous avez dit avoir mené une enquête. Avez-vous essayé d'en apprendre davantage ?

— J'ai essayé, en effet.

Il s'assit et saisit sa tasse entre ses doigts.

— J'ai bien peur de ne pas vous devoir qu'une simple explication, déclara-t-il d'une voix douce. Mais également des excuses – si, si, vous comprendrez pourquoi… – même si je n'ai jamais eu la volonté de léguer un pareil héritage à l'un de mes étudiants. Pas consciemment, en tout cas. Et à vous moins qu'à quiconque !

Il me sourit avec affection – mais aussi, à ce qu'il me sembla, avec tristesse.

— Avez-vous entendu parler de Vlad Tepeş – l'Empaleur ?

— Oui, Drakula. Un prince féodal des Carpates, connu au cinéma sous les traits de Bela Lugosi et de beaucoup d'autres après lui.

— C'est cela. Une très vieille famille, avant que le plus abominable de ses membres accède au pouvoir. Vous êtes-vous renseigné sur lui à la bibliothèque ? Oui ? Hum, mauvais signe… Quand le livre est tombé entre mes mains de façon si étrange, je me suis immédiatement documenté, moi aussi, d'abord sur lui, puis sur la Transylvanie, la Valachie, les Carpates… On pourrait parler d'une obsession fulgurante.

Je me demandai s'il ne s'agissait pas d'un compliment déguisé – Rossi aimait que ses étudiants travaillent dans l'excellence – mais je gardai le silence de peur de briser le fil de son récit. Il était toujours si actif qu'il pouvait s'interrompre à tout moment, changer de sujet ou clore l'entretien avec sa brusquerie chaleureuse.

— Les Carpates… Une région de tout temps imprégnée de mysticisme aux yeux des historiens. L'un des étudiants d'Occam s'y est rendu – à dos d'âne, je crois – et a tiré de son expérience un petit récit amusant intitulé « Philosophie de l'Horreur ». La vie de Drakula a fait l'objet de tant de récits qu'il ne reste plus grand-chose à explorer. Le prince de Valachie régna au quinzième siècle et fut un souverain redouté et haï tout à la fois par les Ottomans et par son propre peuple. Il s'agit sans aucun doute de l'un des tyrans les plus sanguinaires que l'Europe médiévale ait connus. Les chroniques rapportent qu'il aurait fait massacrer au cours de son règne plus de vingt mille personnes en Valachie et en Transylvanie. Drakula signifie « fils de Dracul » – autrement dit, *fils du Dragon.* De fait, son père appartenait à l'ordre du Dragon, une société militaire à caractère religieux fondée par l'empereur du Saint Empire romain germanique. Cette confrérie avait pour but de défendre l'Europe contre la menace du puissant Empire ottoman. Dans le cadre d'un pacte d'alliance avec le sultan, il confia son fils à la garde des Turcs pendant deux ans, et ce serait en observant les méthodes de torture des Ottomans que Drakula aurait acquis en partie son goût pour la cruauté.

Rossi secoua la tête.

— Quoi qu'il en soit, Vlad l'Empaleur fut tué dans une bataille contre les Turcs, ou peut-être accidentellement par ses propres soldats, et enterré dans un monastère, sur une île situé sur le lac Snagov, aujourd'hui possession de notre camarade socialiste, la Roumanie. Et son souvenir terrifiant devint une légende, perpétuée par des générations et des générations de paysans superstitieux. C'est à la fin du dix-neuvième siècle qu'un romancier fantasque et mélodramatique – Abraham Stoker – récupéra le nom de Drakula pour l'attribuer à une créature de son invention : un vampire.

« Vlad Tepeş était un monstre sanguinaire, certes, mais ce n'était pas un vampire, bien évidemment. Attention : le nom de Vlad n'est mentionné nulle part dans le roman, mais Stoker a utilisé certains thèmes récurrents rattachés aux vampires – et à la Transylvanie, bien qu'il n'y ait lui-même jamais mis les pieds et que le vrai Drakula ait régné sur la Valachie, au sud de la Transylvanie. Au vingtième siècle, Hollywood s'est emparé du sujet avec le succès que l'on sait et, depuis, le mythe perdure et renaît inlassablement, toujours aussi vivace. Mais, pour ma part, je ne vois pas là de quoi se réjouir…

Rossi posa sa tasse sur le côté et joignit les mains devant lui. Pendant un moment, il parut incapable de continuer.

— Je peux sourire de la légende, qui a été monstrueusement commercialisée, mais pas du résultat de mes recherches. En fait, j'ai renoncé à les publier en raison même de cette légende. Je savais qu'à cause d'elle on ne les prendrait pas au sérieux. Mais j'avais aussi un autre motif…

Cette révélation me laissa pantois. Rossi exploitait toutes ses pistes, même les plus anodines. C'était l'une des raisons de sa production gigantesque, d'ailleurs, de son intarissable génie. Il incitait ses étudiants à en faire autant, à ne rien laisser perdre.

— Ce que j'avais découvert à Istanbul était beaucoup trop grave pour m'exposer à ne pas être pris au sérieux. Peut-être ai-je eu tort de décider de garder cette information – c'est le terme qui convient – pour moi. Mais chacun de nous a ses propres superstitions. La mienne est celle d'un historien. J'avais peur.

Il croisa mon regard et soupira, comme s'il était réticent à poursuivre.

— Toutes les études sur Vlad Drakula avaient été effectuées à partir des monumentales archives d'Europe centrale et de sa région natale. Mais il avait commencé sa carrière sanguinaire en s'exerçant sur les Turcs et je me suis rendu compte que personne, jamais, n'avait pensé à aller chercher de la matière sur la légende de Drakula à la source même, autrement dit dans l'Empire ottoman. C'est ce qui me conduisit à Istanbul, une petite incursion secrète au détour de mes recherches officielles sur l'économie de la Grèce à l'époque mycénienne. Oh, j'ai publié tout le barda grec, à mon retour, sans faire un pli. Quant au reste…

Il resta silencieux un moment, les yeux tournés vers la fenêtre.

— Je suppose que je ferais mieux d'aller droit au but, de vous révéler simplement ce que j'ai découvert dans les archives d'Istanbul et d'essayer de ne plus y penser. Après tout, vous avez hérité de l'un de ces charmants petits livres.

L'air grave, il posa la main sur la pile formée par les deux ouvrages.

— Si je ne vous le révèle pas, vous emprunterez les mêmes sentiers que moi, avec peut-être plus de risques encore.

Il sourit avec un peu d'amertume, le regard fixé sur le bureau, devant lui.

— À défaut d'autre chose, je vous épargnerai au moins des heures d'écriture.

Ma gorge desséchée fut incapable d'émettre un son. Où diable voulait-il en venir ? Serait-il devenu fou ? Subitement, l'idée que j'étais confronté à une facette inconnue et pour le moins bizarre du sens de l'humour de mon mentor me traversa l'esprit. Peut-être me jouait-il une farce ? Il possédait deux exemplaires du livre ancien et m'en avait glissé un incognito, sachant pertinemment que je finirais par le lui apporter. Et moi, j'étais tombé dans le panneau.

Mais dans la lumière blafarde de sa lampe de bureau, son visage paraissait grisâtre, ses joues mal rasées, avec des ombres autour des yeux qui en aspiraient la couleur et l'humour.

Je me penchai en avant.

— Qu'essayez-vous de me dire ?

— Drakula…

Il s'interrompit, puis reprit d'une voix sourde :

— Drakula – Vlad Tepeş… *il est toujours en vie.*

— Bonté divine ! s'exclama brusquement mon père en regardant sa montre. Pourquoi ne m'as-tu rien dit ? Il est presque dix-neuf heures.

J'enfonçai mes mains froides dans les poches de ma veste bleu marine.

— Je n'ai pas vu le temps passer. Mais continue ton histoire. Ne l'arrête pas maintenant, je t'en prie.

Le visage de mon père me parut irréel l'espace d'un instant. Jusqu'aujourd'hui, je n'avais jamais envisagé la possibilité qu'il puisse être – je ne sais comment dire. Mentalement instable ? Sa raison aurait-elle vacillé quelques minutes, pendant qu'il me racontait cette histoire à dormir debout ?

— Il est trop tard pour ce soir.

Mon père prit sa tasse et la reposa aussitôt. Je m'aperçus que ses mains tremblaient.

— Papa, s'il te plaît ! insistai-je.

Il fit celui qui n'entend pas.

— De toute façon, mon récit a dû ou te faire peur ou t'ennuyer. Tu souhaitais probablement entendre une bonne histoire de dragons.

— Il y avait un dragon dans celle-là, murmurai-je.

Je tentais de me persuader qu'il avait tout inventé.

— Tu me raconteras la suite demain, n'est-ce pas ?

Mon père se frotta les bras, comme pour se réchauffer, et je vis à son visage sombre, fermé, qu'il était farouchement résolu à ne pas ajouter un mot à ce sujet.

— Nous ferions mieux de chercher un endroit où dîner. Nous pourrions commencer par déposer nos bagages à l'hôtel Turist, qu'en penses-tu ?

— Bonne idée.

— De toute façon, on va finir par nous mettre dehors si nous ne partons pas.

De ma place, je voyais la serveuse blonde, adossée au bar ; elle semblait se moquer éperdument que nous restions ou non. Mon père sortit son portefeuille, aplatit plusieurs de ces gros billets délavés sur lesquels un mineur ou un fermier arborent le même sourire héroïque, et les déposa dans le plateau en étain. Nous nous frayâmes un passage entre les tables et les chaises en fer forgé jusqu'à la porte embuée.

La nuit était tombée d'un coup – une nuit d'Europe de l'Est, froide, mouillée, avec du brouillard en suspension. La rue était presque déserte.

— Garde ta capuche, dit mon père comme il le faisait toujours.

Nous allions sortir du couvert des platanes ruisselants pour traverser la rue quand il s'immobilisa et me ramena brusquement en arrière, les deux bras autour de mes épaules dans un geste protecteur, comme si une voiture avait surgi de nulle part pour nous renverser. Mais il n'y avait pas la moindre voiture en vue, ni âme qui vive, et la lumière jaune des réverbères faisait miroiter la chaussée mouillée.

Mon père lança un regard perçant à gauche et à droite. Pour moi, il n'y avait personne, mais les bords de ma capuche me masquaient partiellement la vue.

Il resta un long moment aux aguets, aussi immobile qu'une statue, puis il se détendit avec un soupir, et m'entraîna vers notre hôtel en parlant de ce que nous commanderions à dîner après avoir déposé nos bagages.

3.

À notre retour à Amsterdam, mon père se montra silencieux et affairé, et je guettai avec embarras une occasion de l'interroger sur le professeur Rossi. Mme Clay dînait avec nous tous les soirs dans la salle à manger aux boiseries sombres. Elle servait à table, mais partageait notre repas comme un membre de la famille et je sentais que mon père ne parlerait pas en sa présence. Quand je le rejoignais dans la bibliothèque, il s'empressait de s'enquérir de ma journée, ou bien il demandait à voir mon travail.

Peu après notre retour d'Emona, j'avais jeté un coup d'œil discret aux rayonnages de sa bibliothèque, mais le livre et les lettres avaient disparu et je n'avais aucune idée de l'endroit où il avait pu les mettre.

Les soirs où Mme Clay était de sortie, Papa m'invitait au cinéma, ou m'emmenait manger des gâteaux en buvant un café dans une pâtisserie bruyante, de l'autre côté du canal. On aurait pu dire qu'il évitait soigneusement tout vrai tête-à-tête avec moi. Parfois, pourtant, lorsque je venais m'asseoir près de lui avec un livre, cherchant un prétexte pour lui poser mes questions, il tendait la main et me caressait les cheveux avec un regard triste et absent. Alors, c'est moi qui ne parvenais plus à aborder le sujet.

Lorsque mon père partit de nouveau dans le Sud, il m'emmena avec lui.

Malgré un interminable voyage et un séjour vraiment très court (une seule réunion au programme, informelle de surcroît), il tenait à me montrer la région. Cette fois, le train nous déposa bien après Emona, et nous dûmes prendre un car. Chaque fois qu'il le pouvait, Papa préférait emprunter les moyens de transport locaux. Aujourd'hui encore, je pense à lui quand je voyage et je choisis le métro plutôt qu'une voiture de location.

— Tu vas voir : Raguse ne se prête pas aux voitures, m'expliqua-t-il comme nous nous agrippions à la barre en métal derrière le siège du chauffeur Installe-toi toujours à l'avant du bus, c'est le meilleur moyen de ne pas être malade.

Je me cramponnai au point que mes jointures en blanchirent ; on avait l'impression de voler au milieu des amoncellements de roches gris pâle qui faisaient office de montagnes dans cette région.

— Seigneur ! souffla mon père après un horrible vol plané causé par un virage en épingle à cheveux.

Les autres passagers avaient l'air parfaitement sereins. De l'autre côté de l'allée centrale, une vieille femme vêtue de noir des pieds à la tête faisait même du crochet, le visage encadré par un châle dont les franges s'agitaient au rythme des soubresauts du car.

— Ouvre grands tes yeux, m'avertit mon père. Tu vas découvrir l'une des vues les plus spectaculaires de la côte.

Je regardai docilement par la fenêtre, regrettant qu'il se croie obligé de me donner tous ces conseils, mais scrutant avec la plus grande attention les amas de roches et les villages en pierre perchés au sommet.

Juste avant le coucher du soleil, je fus récompensée par la vue d'une femme debout de l'autre côté de la route. Elle attendait peut-être un car en sens inverse. Grande, vêtue de longues jupes empesées et d'une veste étroite, elle portait une coiffe extraordinaire, semblable à un papillon d'organdi. Elle se tenait immobile au milieu des rochers, caressée par les feux du crépuscule, un panier posé à côté d'elle sur le sol. Il aurait pu s'agir d'une superbe statue si elle n'avait tourné la tête sur notre passage. Son visage était un ovale pâle, trop éloigné pour que je puisse en distinguer l'expression. Quand je la décrivis à mon père, il me dit qu'elle devait porter la tenue traditionnelle de la Dalmatie.

— Un gros bonnet, avec des ailes de chaque côté ? J'ai vu des photos de cette coiffe. Tu viens quasiment de voir un fantôme… Elle doit habiter un tout petit village, la plupart des jeunes femmes d'ici portent des jeans, à présent.

Je gardai mon front collé à la vitre du car. Il n'y eut pas d'autre fantôme, mais je ne perdis pas une miette du miracle qui s'offrait à moi : Raguse venait d'apparaître en contrebas, splendide cité ivoire baignée par une mer que le coucher du soleil rendait incandescente. Ses toits rouge sang, tassés à l'intérieur d'un impressionnant mur d'enceinte, rivalisaient d'ocre avec le ciel flamboyant. Édifiée sur une large péninsule, la ville semblait défier tempêtes et invasions, tel un géant invincible campé les pieds dans l'eau, face à l'Adriatique. En même temps, de là où je me trouvais, elle avait l'aspect d'une cité miniature, une sorte de maquette qu'un sculpteur aurait déposée là, au pied des montagnes.

La rue principale, quand nous l'atteignîmes deux heures plus tard, était pavée d'un marbre poli par des siècles de piétinements et où se reflétaient les lumières des boutiques et des palais qui la jalonnaient ; elle scintillait comme la surface d'un grand canal.

Une fois sur le port, dans le cœur rassurant de la vieille ville, nous nous affalâmes sur les chaises d'un café et j'offris avec délice mon visage à la brise. Elle sentait les embruns et – bizarrement en cette saison – les oranges. La mer et le ciel étaient presque sombres. À l'autre bout du port, des bateaux de pêche dansaient sur la houle ; le vent m'apportait les bruits de la mer, ses odeurs, et une douceur nouvelle.

— Le Sud... résuma mon père d'un ton satisfait tandis qu'on déposait devant lui un verre de whisky et une assiette de toasts à la sardine. Imagine que tu as un bateau amarré ici et que la nuit s'annonce assez claire pour voyager : en te fiant simplement aux étoiles, tu pourrais rallier Venise, les côtes de l'Albanie ou la mer Égée.

Je remuai mon thé et la brise en emporta la fumée vers le large.

— Combien de temps faudrait-il pour atteindre Venise, par exemple ?

— Oh, à bord d'une nef médiévale, il faudrait compter au moins une semaine.

Il me sourit, savourant l'instant, détendu.

— Marco Polo est né sur ces rivages et les Vénitiens ont été d'insatiables conquérants. Nous sommes assis face à une porte d'accès au monde.

— Tu es venu souvent ici ?

Je commençais seulement à entrevoir la vie passée de mon père, son existence avant moi.

— Peut-être quatre ou cinq fois. Ma première visite remonte à des années, quand j'étais encore étudiant. Mon directeur de thèse m'avait recommandé de visiter Raguse en venant d'Italie, juste pour découvrir cette merveille, pendant que je travaillais sur... Tu sais : je suis parti apprendre l'italien à Florence, un été.

— Tu parles du professeur Rossi ?

— Mmm.

Mon père me lança un regard perçant, puis baissa les yeux sur son whisky.

Un silence suivit, meublé par le claquement de l'auvent au-dessus de nos têtes, dans la brise tiède inhabituelle pour la saison. De l'intérieur du bar-restaurant s'échappait un brouhaha de conversations, de cliquetis de tasses, de saxophone et de piano. Du port, devant nous, montait le clapotis des bateaux sur l'eau noire.

Enfin, sans tourner les yeux vers moi, Papa se décida à reprendre la parole.

— Je devrais peut-être t'expliquer certaines choses à son sujet...

Il me sembla percevoir une fêlure dans sa voix.

— J'aimerais bien, oui, répondis-je doucement.

Il avala une gorgée de whisky.

— Tu es vraiment obstinée, n'est-ce pas ?

Je mourais d'envie de lui rétorquer que s'il y avait quelqu'un d'entêté, ici, c'était lui, mais je me contins. Je voulais entendre la suite de son histoire, pas me disputer avec lui.

Mon père exhala un soupir.

— Très bien. Je te parlerai de lui demain, quand il fera jour et à tête reposée.

Il leva son verre en direction des remparts d'un gris-blanc lumineux, juste au-dessus de l'hôtel.

— Ce sera le lieu et le moment idéals pour évoquer le passé. Surtout celui-là.

Le lendemain, à la mi-journée, nous nous installâmes à une trentaine de mètres au-dessus des flots qui s'écrasaient au pied des murs de la cité, brodant d'écume blanche ses gigantesques fondations. Le ciel de novembre était aussi dégagé qu'un jour d'été. Mon père mit ses lunettes de soleil, jeta un coup d'œil à sa montre, replia la brochure relatant l'histoire des toits couleur rouille qui s'enchevêtraient à nos pieds, et attendit qu'un groupe de touristes allemands finisse de s'éloigner.

Je regardai du côté de la mer, par-delà un îlot verdoyant, vers l'horizon d'un bleu pastel. C'était par là qu'étaient arrivés les navires vénitiens, apportant avec eux la guerre ou le commerce, leurs bannières rouge et or flottant au vent sous ces mêmes cieux lumineux. Tout en attendant que mon père commence son récit, je fus saisie d'une appréhension qui n'avait aucun rapport avec ma vision d'une armada cinglant vers la côte, toutes voiles dehors. Elle me noua l'estomac. Qu'y avait-il donc de si terrible dans les souvenirs de mon père pour qu'il ait tant de mal à en parler ?

4.

— Comme je te l'ai dit, attaqua-t-il après s'être éclairci la voix à deux reprises, le professeur Rossi était un grand érudit doublé d'un ami véritable. Je ne voudrais surtout pas que tu aies une opinion erronée de lui, même si ce que je t'ai raconté – peut-être à tort – à son sujet peut donner l'impression qu'il était... fou. Tu n'as pas oublié cette invraisemblable déclaration dans son bureau ? J'en restai sous le choc, doutant de sa santé mentale, je l'avoue, même si je lisais sur son visage une sincérité accablée.

Dans le silence qui suivit, il posa sur moi un regard où brillait une flamme. Je frissonnai.

— Que diable voulez-vous dire ? fis-je d'une voix qui devait bafouiller.

— Je suis formel, répéta Rossi avec emphase. J'ai découvert à Istanbul que Drakula est vivant. Ou du moins, il l'était à l'époque.

Je le regardai fixement.

— Je sais ce que vous pensez, reprit-il avec plus de modération. Vous vous dites que je suis fou. Bah, je vous accorde que fouiller à longueur de temps dans les vestiges de l'Histoire peut finir par faire perdre la raison.

Il soupira.

— Il existe à Istanbul une bibliothèque peu connue, fondée par le sultan Mehmed II, qui prit la ville aux Byzantins en 1453. Ses archives sont constituées d'un bric-à-brac de documents rassemblés plus tard par les Turcs, au moment où ils étaient repoussés vers les frontières de leur empire. Mais elle contient aussi des cartes censées révéler l'emplacement de la « Tombe maudite » d'un tueur de Turcs qui, à mon sens, pouvait être Vlad Drakula… Pour être exact, il y avait trois cartes de la même région, à des échelles de plus en plus précises. Malheureusement, rien sur ces cartes ne me permettait d'identifier le lieu, même pas de le rattacher à une région que je connaissais. Elles étaient rédigées surtout en arabe et dataient de la fin du quinzième siècle.

Il tapota le livre mystérieux qui ressemblait tellement au mien.

— Les inscriptions figurant au centre de la troisième carte – la plus détaillée – étaient, elles, rédigées dans un très ancien dialecte slave. Seul un spécialiste, possédant des connaissances linguistiques pointues, aurait pu en venir à bout. Je fis de mon mieux, mais je n'étais pas sûr de ma traduction.

Rossi secoua la tête, comme s'il regrettait encore ses limites.

— Les efforts que je consacrais à ma découverte m'entraînaient beaucoup trop loin de mes recherches officielles sur les relations commerciales de la Crète minoenne. Mais j'avais dépassé le stade de la raison, assis jour après jour au premier étage de cette bibliothèque étouffante et moite d'Istanbul. Je me souviens que j'apercevais les minarets de Sainte-Sophie à travers les vitres crasseuses pendant que j'analysais les rares indices semés sur les cartes déployées sur le bureau, compulsant laborieusement mes dictionnaires, couvrant des pages de notes, recopiant les cartes à la main.

Je vous épargnerai le long récit de mes tâtonnements pour en venir à ce fameux après-midi où je concentrais tous mes efforts sur le site marqué avec soin comme étant celui de cette mystérieuse Tombe maudite sur la troisième et la plus étrange des cartes. Vous vous souvenez que Vlad Tepeş est censé avoir été enterré en Roumanie, sur une île-monastère située dans le lac Snagov ? Eh bien, il n'y avait pas trace d'un lac sur cette carte – pas plus que sur les deux autres, d'ailleurs –, même si on y voyait clairement un fleuve traverser la région en s'élargissant au milieu. J'avais déjà traduit toutes les inscriptions situées sur le pourtour de la carte avec l'aide d'un professeur d'arabe et d'ottoman à l'université d'Istanbul : il s'agissait de proverbes ésotériques sur la nature du mal, puisés en grande partie dans le Coran. Çà et là sur la carte, nichées au milieu de montagnes reproduites grossièrement, figuraient des inscriptions qui, à première vue, semblaient être des noms de lieux en dialecte slave mais qui, une fois traduites, se révélaient de vraies énigmes. Je soupçonnais un code pour désigner des lieux réels : la Vallée des Huit Chênes, le Village du Voleur de Cochon et ainsi de suite – autant d'appellations bizarres qui ne signifiaient rien pour moi.

Au centre, juste au-dessus du point marquant l'emplacement de la Tombe maudite, il y avait l'image d'un dragon portant sur la tête un château en guise de couronne. Aucun rapport avec le monstre qui figure sur mon… sur *nos* livres, mais je supposais qu'il avait atterri là-bas en même temps que la légende de Drakula… Sous la queue du dragon apparaissaient quelques mots tracés à l'encre dans une écriture microscopique. Je crus d'abord qu'ils étaient en arabe, comme les proverbes figurant dans la marge, mais, en les regardant à la loupe, je m'aperçus que c'était du grec. Je traduisis la phrase tout haut, sans me soucier des règles de la bienséance qui veulent qu'on ne trouble pas le silence d'une bibliothèque (même si j'étais seul dans la pièce, où de temps à autre un bibliothécaire sinistre faisait une apparition, pour s'assurer que je ne volais rien). Mais en cet instant précis – j'insiste – j'étais totalement seul. Les mots microscopiques dansaient devant mes yeux tandis que je les prononçais à voix haute : *« En ce lieu, il est captif en enfer. Lecteur, délivre-le d'un mot ! »*

Au même moment, une porte claqua dans le hall, en bas. Un pas gravit lourdement l'escalier, mais toutes mes pensées étaient concentrées sur ce que le verre grossissant de la loupe me révélait : contrairement aux deux autres cartes, plus générales, celle-ci avait été annotée par trois personnes différentes, chacune utilisant sa propre langue. L'écriture comme le dialecte employé n'étaient pas les mêmes. De même que la couleur des encres, manifestement très anciennes. Et j'eus tout à coup une certitude – vous savez, cette intuition à laquelle peut adhérer un chercheur lorsqu'elle est étayée par des semaines de travail minutieux.

Il m'apparut qu'à l'origine la carte représentait le dessin central, les montagnes autour, et l'étrange commandement rédigé en grec. C'était seulement plus tard qu'on y avait ajouté des indications en dialecte slave afin d'identifier les lieux – enfin, à condition de connaître le code ! Puis, d'une façon ou d'une autre, la carte était tombée dans les mains d'un Ottoman qui avait ajouté des citations du Coran dans les marges comme pour emprisonner l'inquiétant message écrit au centre, oui, pour l'encercler avec des talismans destinés à conjurer son pouvoir maléfique.

Si je ne me trompais pas, qui était cet helléniste qui avait annoté la carte en premier, et l'avait peut-être même dessinée ? Les érudits employaient couramment le grec à Byzance à l'époque de Drakula, je le savais, mais c'était plus rare dans le monde ottoman.

Avant même que je puisse jeter une seule note sur cette théorie (qui aurait sans doute nécessité des vérifications dépassant mes compétences), la porte située à l'autre bout des rayonnages s'ouvrit à la volée et un homme de haute taille, solidement charpenté, entra dans la salle, passant d'un pas furibond au milieu des rangées de livres pour venir s'arrêter devant la table où je travaillais. Son attitude était délibérément agressive et à l'évidence il ne s'agissait pas d'un bibliothécaire.

Je faillis me lever, mais une forme de fierté me l'interdit : l'intrus aurait pu l'interpréter comme une marque de déférence alors que son irruption avait été aussi grossière que soudaine.

Nous nous regardâmes droit dans les yeux et ma stupeur s'accrut. Cet homme détonnait dans cet environnement ésotérique – il était beau et soigné à la manière des Turcs ou des Slaves du Sud, avec une épaisse moustache tombante et un costume sombre, bien coupé, comme celui d'un homme d'affaires occidental. Son regard noir me défiait, ses longs cils paraissant presque déplacés dans ce visage austère. Son visage avait une teinte cireuse, mais sa peau était parfaitement lisse, ses lèvres rouge vif.

— Sir, je ne crois pas que vous ayez les autorisations nécessaires à ceci, articula l'inconnu d'une voix basse et hostile dans un anglais fortement teinté d'accent turc.

Mon sang d'universitaire ne fit qu'un tour.

— Les autorisations nécessaires à quoi ?

— À ces recherches. Vous travaillez sur des documents que mon gouvernement considère comme des archives privées. Puis-je voir vos papiers, je vous prie ?

— Qui êtes-vous ? rétorquai-je sur un ton tout aussi glacial. Puis-je voir les vôtres ?

Il sortit un portefeuille de la poche intérieure de sa veste, l'ouvrit sur la table d'un geste brusque, et le referma aussi vite. J'eus à peine le temps d'apercevoir une carte ivoire couverte d'un fouillis de titres officiels en turc et en arabe. Sa main avait un aspect cireux désagréable, avec des ongles longs et une crête de poils noirs sur le dos.

— Ministère des Ressources culturelles, annonça-t-il froidement. Il semblerait que vous n'ayez pas l'aval du gouvernement turc pour consulter ces archives. Est-ce exact ?

— Absolument pas !

Je lui brandis une lettre de la National Library, indiquant noir sur blanc que j'étais autorisé à effectuer des recherches dans n'importe quelle bibliothèque d'Istanbul.

— C'est insuffisant, décréta-t-il en laissant tomber dédaigneusement mon laissez-passer sur la table. Je crains que vous ne deviez me suivre.

— Pour aller où ?

Je me levai, plus assuré sur mes jambes maintenant, mais espérant néanmoins qu'il n'interpréterait pas ce geste comme un acte de soumission.

— Au poste de police, si vous persistez.

— C'est scandaleux !

Toujours élever la voix quand on se heurte à la bureaucratie, m'avait appris l'expérience.

— Je prépare un doctorat à l'université d'Oxford, et je suis citoyen britannique ! Je me suis inscrit à l'université d'Istanbul le jour de mon arrivée et j'ai reçu cette lettre comme preuve de mon statut. Il est hors de question que je sois interrogé par la police – ou par vous !

— Je vois.

Son sourire me noua l'estomac. J'avais lu certaines choses sur les geôles turques et sur des Occidentaux qui y avaient séjourné, et ma situation m'apparut subitement des plus précaires, encore que je ne comprenne pas bien dans quel genre de guêpier j'avais pu me fourrer. Je me pris à souhaiter que le bibliothécaire traîne-savate m'ait entendu hausser le ton et monte nous demander de nous calmer. Puis je pris conscience que c'était vraisemblablement lui qui avait fait entrer cet homme, avec sa carte officielle. Peut-être était-ce vraiment quelqu'un d'important.

Il se pencha vers moi.

— Voyons un peu en quoi consistent vos recherches… Écartez-vous, je vous prie.

Je fis à contrecœur un pas sur le côté, et il s'inclina pour examiner mon travail, refermant mes dictionnaires d'un geste brusque pour en lire les titres, sans se départir de son sourire inquiétant. Sa présence, de l'autre côté de la table, était impressionnante, et je remarquai qu'il dégageait une odeur bizarre, comme s'il s'était inondé d'eau de Cologne pour masquer quelque chose de désagréable, sans y parvenir tout à fait.

Finalement, il saisit la carte sur laquelle je travaillais, la manipulant avec des gestes subitement très doux, presque tendres. Il la regarda comme s'il n'avait nul besoin de l'examiner longtemps pour savoir ce qu'elle représentait – encore qu'il s'agît sans doute d'un coup de bluff.

— C'est là-dessus que portent vos recherches ?

— Oui, et alors ? répondis-je avec colère.

— Alors, ce document est extrêmement précieux, et il est la propriété de l'État turc. Je ne crois pas qu'il puisse s'avérer d'une quelconque utilité pour un étranger. Et c'est à cause de ce bout de papier, de cette carte insignifiante, que vous êtes venu de votre université anglaise jusqu'à Istanbul ?

Je faillis rétorquer que je travaillais aussi sur d'autres sujets et lui dresser dans la foulée la liste de mes recherches universitaires, mais je me dis que ça ne ferait que l'encourager à prolonger son interrogatoire.

— Oui, à bord d'une coquille de noix.

— Une coquille de noix ? répéta-t-il, plus doucement. Eh bien, j'ai le regret de vous informer que ceci va vous être momentanément confisqué. Quel dommage pour un chercheur étranger…

Je bouillais de rage impuissante, arrêté si près de la solution. Je me félicitai de ne pas avoir apporté les copies d'anciennes cartes des Carpates que j'avais réalisées avec la plus grande minutie et que je comptais comparer à cette carte dès le lendemain… Elles étaient à l'abri dans ma valise, à l'hôtel.

— Vous n'avez aucun droit de confisquer des documents sur lesquels j'ai été autorisé à travailler ! m'insurgeai-je, les dents serrées. Je vais immédiatement en référer à la bibliothèque de l'université. Et à l'ambassade de Grande-Bretagne. En quoi cela vous dérange-t-il que j'étudie ces archives ? Ce sont d'obscures reliques de l'histoire médiévale. Elles n'ont strictement aucun rapport avec les préoccupations du gouvernement turc !

Le bureaucrate regardait au loin, comme si les flèches de Sainte-Sophie lui offraient un angle nouveau et fascinant qu'il n'avait jamais eu l'occasion de contempler.

— C'est pour votre bien, déclara-t-il calmement. Mieux vaut laisser ce travail à quelqu'un d'autre. Une autre fois, peut-être…

Il restait là, le visage tourné vers la fenêtre, absorbé dans ses pensées, presque comme s'il voulait m'inciter à suivre son regard. J'eus le sentiment ridicule que je ne devais pas, qu'il s'agissait peut-être d'un piège, et je gardai donc les yeux fixés sur lui, attendant. C'est alors que je remarquai son cou, comme s'il l'avait délibérément exposé à la lumière trouble du jour. Là, juste au-dessus du col de sa chemise élégante, dans la partie la plus charnue de sa gorge musclée, deux marques de perforation formaient une croûte brune. Elles n'étaient pas récentes, mais pas cicatrisées non plus, comme si la peau avait été transpercée par deux poinçons identiques, ou mutilée avec la pointe d'un couteau.

Je reculai, loin de la table, en songeant que mes lectures morbides avaient fini par me déranger l'esprit, que j'étais vraiment devenu fou. Mais la lumière du jour était très ordinaire, l'homme dans son manteau en laine noire parfaitement réel, jusqu'à son odeur écœurante faite d'un mélange de transpiration, de manque d'hygiène, d'eau de Cologne et de quelque chose d'autre encore…

La scène ne disparut pas ni ne se modifia. J'étais incapable de détacher les yeux de ces deux petites plaies à moitié cicatrisées. Au bout de quelques secondes, il se détourna de la fenêtre, comme satisfait de ce qu'il avait vu – ou de ce que j'avais vu, moi – et me sourit.

— C'est pour votre bien, professeur, répéta-t-il.

Je restai planté là sans un mot tandis qu'il quittait la pièce, la carte roulée dans sa main, et j'écoutai, pétrifié, le bruit de ses pas décroître dans l'escalier.

Quelques minutes plus tard, le bibliothécaire sinistre aux cheveux gris entra, portant deux vieux in-folio qu'il entreprit de ranger sur un rayonnage du bas.

— Excusez-moi, articulai-je avec la sensation que ma voix était collée au fond de ma gorge. Excusez-moi, mais tout ceci est parfaitement scandaleux.

Il leva les yeux vers moi, stupéfait.

— Qui est cet homme ? Le bureaucrate ?

— Le… bureaucrate ?

Le bibliothécaire répéta le mot d'un ton mal assuré.

— J'exige que vous me fournissiez immédiatement un document officiel stipulant que je suis autorisé à consulter toutes les archives de cette bibliothèque.

— Mais… vous en avez parfaitement le droit, répondit-il. J'ai enregistré votre dossier moi-même.

— Je le sais bien ! C'est pour ça que vous devez absolument le rattraper et récupérer la carte !

— Rattraper qui ?

— L'homme envoyé par le ministère de… l'homme qui sort d'ici, évidemment ! Ce n'est pas vous qui l'avez fait entrer ?

Il me regarda bizarrement par-dessous ses sourcils en broussaille.

— Il n'est venu personne au cours des trois dernières heures. Je suis à l'accueil, je l'aurais vu. Nous avons malheureusement peu de chercheurs ici.

— Mais puisque je vous dis que…

Je m'interrompis, conscient de l'image que je devais offrir : un étranger divaguant et gesticulant.

— Il a pris ma carte, repris-je plus calmement. Je veux dire, la carte des archives.

— Une carte, Herr Professeur ?

— Oui ! Je travaillais sur une carte. J'ai rempli une fiche de consultation ce matin, au bureau du prêt.

— Il ne s'agit pas de cette carte-là ?

Il pointait un doigt vers mon bureau. Une carte routière des Balkans, que je n'avais jamais vue de ma vie, y était déployée. Elle n'était pas là cinq minutes plus tôt, j'aurais pu le jurer. J'avais l'impression de devenir fou, et en même temps j'étais certain que ce document sortait de nulle part. Le bibliothécaire rangeait son deuxième in-folio.

J'avalai péniblement ma salive.

— Peu importe.

Sur quoi, je rassemblai mes livres à toute vitesse et quittai la bibliothèque.

Il n'y avait aucune trace du bureaucrate dans la rue bondée, grouillante de voitures, même si plusieurs hommes de sa taille et de sa corpulence, portant le même manteau noir, me croisèrent d'un pas pressé, un attaché-case à la main. En arrivant à mon hôtel, je découvris que mes affaires avaient été déménagées, prétendument suite à un problème de fuite d'eau dans ma chambre. Mes croquis des anciennes cartes, ainsi que toutes mes notes s'y rapportant, avaient disparu. Oh, ma valise avait été refaite à la perfection. Et comme de bien entendu, le personnel de l'hôtel n'était au courant de rien. Je restai éveillé toute la nuit, guettant les bruits de l'extérieur. Le lendemain matin, j'empaquetai mes affaires et mes dictionnaires, et je sautai dans le premier bateau pour la Grèce.

Le professeur Rossi croisa les mains devant lui et me regarda calmement, comme s'il s'attendait à me voir clamer mon incrédulité. Mais j'étais soudain habité par des certitudes et non par le doute.

— Vous êtes rentré en Grèce ?

— Oui. Et j'ai passé le reste de l'été à essayer d'effacer de ma mémoire mon aventure à Istanbul, même si je ne pouvais ignorer ses implications.

— Vous êtes parti parce que vous aviez… peur ?

— Peur ? J'étais terrifié.

— Mais par la suite vous avez pourtant effectué toutes ces recherches sur votre livre mystérieux ?

— Oui. Essentiellement les analyses chimiques dont je vous ai parlé. Mais lorsqu'elles se sont révélées peu concluantes – et aussi pour d'autres raisons – j'ai tout arrêté et rangé le livre dans ma bibliothèque.

Il montra d'un petit signe du menton le rayonnage du haut.

— C'est étrange… Il y a des moments où je me rappelle tous ces événements avec une grande clarté, et d'autres où il ne me revient que des bribes. Je suppose que l'accoutumance finit par éroder les souvenirs, même les plus horribles. Et il y a assurément des périodes – qui peuvent durer des années – pendant lesquelles je ne veux pas y penser du tout.

— Mais vous croyez vraiment… cet homme avec ces marques dans le cou…

— Qu'auriez-vous pensé, si vous l'aviez vu de vos yeux tout en sachant que vous n'étiez pas fou ?

Il s'était adossé à la bibliothèque et, pendant un instant, le ton de sa voix s'était fait virulent.

J'avalai une dernière gorgée de café froid et amer.

— Et vous n'avez jamais plus essayé de découvrir ce que signifiait la carte, ni d'où elle venait ?

— Jamais. C'est l'une des rares enquêtes que je n'achèverai jamais. Je me suis forgé une théorie, pourtant : selon moi, la voie sombre où m'ont conduit mes recherches est en réalité un chemin où l'on progresse un peu avant de céder la place à un autre, et ainsi de suite, chacun apportant sa petite contribution de son vivant. Peut-être est-ce ce qu'ont fait, il y a des siècles, les trois personnes anonymes qui ont dessiné ces cartes et les ont annotées, bien que ces citations coraniques n'apportent à mon sens aucun enseignement sur l'emplacement de la vraie tombe de Vlad Tepeş. Naturellement, il se peut que tout cela ne soit qu'une théorie fumeuse. L'Empaleur est peut-être enterré dans cette île-monastère, comme l'affirme la tradition roumaine, où il repose en paix… comme une bonne âme qu'il n'était pas.

— Mais vous n'y croyez pas.

Il hésita de nouveau.

— La connaissance doit progresser. Pour le meilleur ou pour le pire, mais inéluctablement et dans chaque domaine.

— Êtes-vous allé à Snagov afin de vous rendre compte par vous-même ?

Il secoua la tête.

— Non. J'ai abandonné mes recherches.

Je reposai ma tasse, scrutant son visage.

— Mais vous avez conservé des informations, devinai-je lentement.

Rossi avança la main vers l'étagère du haut et attrapa une enveloppe brune scellée.

— Naturellement. Qui serait assez fou pour détruire totalement le fruit de son travail ? J'ai reproduit de mémoire ce que je pouvais des trois cartes et j'ai sauvé mes autres notes, celles que j'avais avec moi ce jour-là, dans la salle des archives.

Il posa le paquet sur son bureau, entre nous, et le toucha avec une tendresse qui me sembla contraire à l'horreur que lui inspirait son contenu. Cette contradiction, ou peut-être la nuit qui engloutissait peu à peu la lumière du jour, derrière la fenêtre, accrut encore ma nervosité.

— Vous pensez que cela pourrait être un legs dangereux ?

— J'aimerais tant pouvoir vous répondre non. Mais le danger n'existe peut-être que dans nos têtes. La vie a plus de saveur et d'éclat quand on ne rumine pas sans nécessité des horreurs. Comme vous le savez, l'histoire de l'humanité est remplie d'atrocités, et sans doute devrions-nous verser des larmes sur ces crimes au lieu de les contempler avec fascination. Tant d'années se sont écoulées que je ne suis même plus sûr de mes souvenirs d'Istanbul, et je n'ai jamais ressenti le besoin d'y retourner. J'ai le sentiment d'avoir ramené tout ce que j'aurais eu besoin de savoir.

— Pour aller plus loin dans votre enquête, vous voulez dire ?

— Oui.

— Mais vous ne savez toujours pas qui a pu dessiner la carte indiquant l'emplacement de cette Tombe maudite ?

— Non.

J'ébauchai un geste vers l'enveloppe brune.

— Dois-je me munir d'un rosaire, d'un grigri ou de quelque chose dans ce genre avant de continuer ?

— Je suis certain que votre droiture, votre rigueur morale, appelez ça comme vous voulez, est la meilleure des protections. J'aime à penser que la plupart d'entre nous ont cette force. Je ne me baladerais pas avec une gousse d'ail dans ma poche, non.

— Mais avec un puissant antidote mental.

— Ça, oui. J'ai essayé.

Son visage était triste, presque sinistre.

— Peut-être ai-je eu tort de ne pas utiliser ces anciennes superstitions, mais je suis un rationnel, je suppose, et je m'y tiendrai.

Comme je refermais la main sur le paquet, il se leva.

— Je vous rends votre livre, mon garçon. Il est… intéressant et je vous souhaite bonne chance pour identifier son origine.

Il me tendit l'ouvrage recouvert de vélin et je songeai que la tension de son visage démentait son ton léger.

— Revenez me voir dans deux semaines. Nous étudierons la question du commerce en Utrecht.

Je dus ciller. Même ma thèse me paraissait si irréelle.

— Oui. Entendu.

Rossi débarrassa les tasses à café et je rangeai mes affaires dans ma sacoche, les doigts crispés.

— Une dernière chose, ajouta-t-il gravement comme je me levais pour me retirer.

— Oui ?

— Nous n'évoquerons plus le sujet.

— Vous ne voulez pas savoir… si mes recherches progressent ?

J'étais atterré, comme abandonné.

— On peut formuler la chose ainsi. Je ne veux pas savoir. À moins, bien sûr, que vous n'ayez des ennuis.

Rossi me serra la main avec son affection habituelle. Son visage reflétait une détresse qui était nouvelle pour moi, puis il parut faire un effort sur lui-même et sourit.

— Très bien, murmurai-je.

— À dans deux semaines, lança-t-il presque joyeusement comme je quittais son bureau. Apportez-moi un nouveau chapitre fini.

Mon père se tut et, avec un étonnement mêlé d'embarras, je vis des larmes dans ses yeux. Cette émotion visible m'aurait dissuadée de l'ennuyer avec des questions, même s'il n'avait pas repris la parole.

— Rédiger une thèse de doctorat est une tâche ingrate et austère, déclara-t-il d'un ton faussement désinvolte. Quoi qu'il en soit, nous n'aurions pas dû remuer le passé. C'est une vieille histoire, et à l'évidence elle s'est bien terminée puisque je suis là et toi aussi.

Il cilla. Il se reprenait peu à peu.

— Tout est bien qui finit bien, insista-t-il. Comme dans les contes.

— Mais peut-être s'est-il passé beaucoup de choses avant la fin, hasardai-je avec effort.

Le soleil caressait mon visage, et cependant je me sentais glacée jusqu'aux os par une brise froide venue de la mer.

Nous nous redressâmes pour contempler la ville, à nos pieds. Le dernier groupe de touristes nous avait dépassés et s'éparpillait le long des remparts, montrant les îles du doigt ou se prenant mutuellement en photo. Je jetai un coup d'œil à mon père, mais son regard était tourné vers la mer. Derrière les touristes, à une bonne distance de nous déjà, s'éloignait la silhouette d'un homme que je n'avais pas remarqué avant – grand, les épaules carrées, vêtu d'un manteau en laine noire. Nous avions croisé des gens habillés ainsi dans cette ville, mais inexplicablement je ne parvenais pas à détacher mon regard de cet inconnu.

5.

Je sentais une telle réticence chez mon père que je résolus de mener ma petite enquête de mon côté et, un jour, après le lycée, je me rendis à la bibliothèque de l'université. Je parlais un hollandais à peu près correct, j'étudiais le français et l'allemand depuis plusieurs années déjà, et l'université possédait une vaste collection d'ouvrages en anglais. Les bibliothécaires étaient gentils, et il ne me fallut que deux timides conversations pour trouver ce que je cherchais : les fameux pamphlets de Nuremberg sur Drakula dont mon père m'avait parlé. La bibliothèque ne possédait pas les originaux – des textes très rares, m'expliqua le vieux bibliothécaire du département des ouvrages médiévaux – mais il trouva une traduction anglaise dans une énorme compilation médiévale.

— Cela répond-il à votre attente, mon petit ? me demanda-t-il avec un sourire.

Il avait ce teint très clair qu'ont parfois les Hollandais, des yeux bleus et francs, et des cheveux qui semblaient avoir simplement pâli au lieu de devenir gris. Mes grands-parents paternels, à Boston, étaient morts quand j'étais petite, et je songeai que j'aurais bien aimé avoir un grand-père sur ce modèle-là.

Je lui répondis que c'était exactement ce que je voulais, *dank u*, et il me tapota l'épaule avant de s'éloigner tranquillement. Je relus le premier paragraphe que je venais de recopier sur mon cahier :

« Au cours de l'Annus Domini 1456, Drakula commit de nombreuses et terribles abominations. Alors qu'il était prince de Valachie, il fit brûler vifs tous les jeunes gens qui venaient sur ses terres étudier la langue du pays, quatre cents au total. Il fit également empaler une famille entière, et fusiller nombre de ses sujets après qu'on les eut enterrés jusqu'à la taille. Il en fit rôtir d'autres, et écorcher vifs certains. »

Il y avait une note, au bas de la page. Les caractères utilisés étaient si fins que je faillis ne pas la remarquer, mais en y regardant de plus près, je découvris un commentaire sur le supplice du pal. Vlad Tepeş, était-il écrit, avait importé en Valachie ce mode de torture en vigueur chez les Ottomans. L'empalement, tel qu'il l'avait mis en pratique, consistait à transpercer le corps de la victime à l'aide d'un pieu en bois acéré, généralement en l'introduisant par l'anus ou les parties génitales afin qu'il ressorte par la bouche, voire par la tête.

Je m'efforçai pendant une bonne minute de ne pas voir ces mots ; puis, le livre fermé, je m'efforçai de les oublier.

Ce qui me perturba le plus, ce jour-là, tandis que je rangeais mon cahier et enfilais mon manteau pour rentrer à la maison, ce ne fut pas l'image spectrale de Drakula commettant ses forfaits, ni même la description minutieuse de l'empalement ; c'était plutôt que ces mots évoquaient des événements qui avaient – apparemment – bel et bien eu lieu… J'avais l'impression qu'en prêtant l'oreille j'entendrais les hurlements de cette « famille entière » suppliciée.

En dépit de l'attention que mon père portait depuis toujours à mon apprentissage de l'histoire, il avait omis de m'avertir : les atrocités de l'Histoire sont réelles. Aujourd'hui, avec le recul, je me rends compte que, même s'il l'avait voulu, il n'aurait pas pu. Seule l'Histoire peut nous convaincre de cette vérité. Et une fois que nous avons regardé cette vérité en face – sans ciller – on ne peut plus en détourner les yeux.

Lorsque je rentrai à la maison, ce soir-là, j'étais habitée par une sorte de force diabolique, et je décidai d'affronter mon père séance tenante.

Il s'était installé dans la bibliothèque pendant qu'en bas Mme Clay remuait des casseroles dans la cuisine. Il lisait Henry James, l'un de ses auteurs préférés et un signe manifeste de tension chez lui. Je restai plantée devant lui jusqu'à ce qu'il lève les yeux.

— *Hello,* lança-t-il en cherchant son marque-page avec un sourire. Un problème d'algèbre à résoudre ?

Mais ses yeux étaient déjà anxieux.

— Je veux la fin de l'histoire.

Il garda le silence, ses doigts pianotant sur l'accoudoir de son fauteuil.

— Papa, pourquoi refuses-tu de me raconter la suite ?

Pour la première fois de ma vie, j'avais le sentiment de représenter une menace pour lui. Il fixait obstinément le livre qu'il venait de refermer. Je le torturais, j'en avais conscience, même si je ne comprenais pas en quoi. Mais j'avais commencé ma sale besogne, et il fallait que j'aille jusqu'au bout.

— Tu ne veux pas que j'apprenne certaines choses…

Il finit par lever les yeux vers moi. Son visage creusé reflétait une tristesse énigmatique dans la lumière de la lampe.

— Non, en effet.

— J'en sais beaucoup plus long que tu ne le crois ! ripostai-je, tout en me rendant compte de la puérilité de cette remarque.

J'aurais refusé de m'expliquer s'il m'avait questionnée. Mais il croisa les mains sous son menton et se décida à répondre :

— Je n'en doute pas. Et parce que tu crois tout savoir et que tu ne sais rien, moi, je vais devoir tout te dire...

Je le regardai, interloquée.

— Je t'écoute, lançai-je d'un ton de défi.

Il baissa de nouveau les yeux.

— Je parlerai... dès que j'en aurai la force. Mais pas d'une seule traite.

Et puis il explosa :

— Je ne le supporterais pas ! Sois un peu patiente avec moi !

Mais son regard suppliant ne m'accusait pas. Je courus enlacer ses épaules voûtées de mes bras.

Mars serait froid et venteux en Toscane, mais mon père estimait qu'une petite escapade dans la campagne serait la bienvenue après quatre journées de « palabres » à Milan (pour ce qu'il m'en disait, ses activités se résumaient à des « palabres »). Cette fois, je n'avais pas eu besoin de lui demander de m'emmener.

— Florence est une ville merveilleuse, surtout hors saison, m'informa-t-il un matin comme nous roulions vers le sud au départ de Milan. Nous irons la visiter un de ces jours. Mais pour l'apprécier vraiment il faudra que tu étudies son histoire et ses peintres. La campagne toscane, en revanche, c'est du plaisir à l'état brut. Elle repose les yeux et les excite en même temps – tu verras.

Je hochai la tête, tout en m'enfonçant dans le siège de la Fiat de location. Le plaisir que mon père prenait à profiter de ses moments de liberté était contagieux, et j'aimais sa façon de desserrer sa cravate et de déboutonner le col de sa chemise quand nous partions pour une nouvelle destination. La Fiat roulait sans heurt sur la chaussée lisse de l'autoroute nord.

— Il y a des années que je promets à Massimo et Giulia de venir les voir. Ils ne m'auraient jamais pardonné d'être passé aussi près de chez eux sans m'arrêter.

Il s'adossa à son siège.

— Ils sont assez spéciaux – originaux est probablement le mot qui les définit le mieux. Mais très gentils. Tu es partante ?

— Bien sûr, je te l'ai déjà dit.

J'aurais préféré rester seule avec mon père au lieu de rendre visite à des étrangers dont la présence ferait, comme toujours, ressortir ma timidité naturelle, mais il avait l'air tellement heureux à l'idée de revoir ses vieux amis...

Le ronronnement de la Fiat me berçait, m'invitant à m'assoupir ; le trajet en train m'avait fatiguée. Une malédiction s'était abattue sur moi ce matin, sous la forme d'un filet de sang dont l'irrégularité inquiétait tant mon médecin, poussant Mme Clay à glisser gauchement une montagne de serviettes hygiéniques dans ma valise. Des larmes de surprise m'étaient montées aux yeux dans les toilettes du train, comme à la vue d'une blessure ; la petite tache sur ma culotte en coton ressemblait à l'empreinte du pouce d'un assassin. Je n'en avais rien dit à mon père.

Les vallées et les villages perchés sur des collines lointaines formèrent un paysage de plus en plus flou derrière la vitre de la voiture, puis tout se brouilla. J'étais toujours un peu somnolente quand nous nous arrêtâmes pour déjeuner sur la grand-place d'une petite ville peuplée de cafés et de boutiques sombres et fraîches, où des bataillons de chats dormaient, roulés en boule, sur le seuil des maisons.

Ensuite, comme nous montions à l'assaut du soleil couchant et de l'un des vingt villages accrochés à flanc de colline autour de nous dans un décor de fresque, je me redressai sur mon siège, bien réveillée. Le ciel du soir, nettoyé de ses nuages par le vent, laissait apparaître quelques traînées rouges et violettes à l'horizon – en direction de la Méditerranée, m'informa mon père, vers Gibraltar et d'autres lieux où nous nous rendrions probablement un jour. Pour l'heure, un village de pierre se dressait devant nous. Je suivis mon père dans un labyrinthe de ruelles pentues entrecoupées de traverses voûtées noyées d'ombre. Il tourna ici et là, passant devant la porte d'une *trattoria* qui laissait échapper un flot de lumière sur les pavés mouillés. Puis, moi toujours sur ses talons, il entama prudemment la descente, sur l'autre versant de la colline.

— Si mes souvenirs sont exacts, ils habitent par ici.

Il tourna entre des cyprès dressés comme des sentinelles, et s'engagea dans une ruelle défoncée.

— Villa Montefollinoco, à Monteperduto. Monteperduto est le nom du village. Tu te souviens ?

Je me souvenais, oui. Nous avions étudié la carte routière pendant le petit déjeuner, mon père traçant l'itinéraire avec son doigt par-dessus sa tasse de café :

— Sienne est ici. C'est ton point de repère. Cette merveille se trouve en Toscane. Ensuite, nous traversons pour arriver en Ombrie. Voici Montepulciano, un lieu fameux, et là, sur la colline suivante, se trouve le village où nous allons : Monteperduto.

Les noms se mélangeaient dans ma tête, mais un *mont perdu,* ça ne s'oubliait pas.

Dans la lumière déclinante, la villa paraissait petite – une ferme basse, tout en pierre, avec des cyprès et des oliviers blottis autour de son toit en tuiles rouges, et deux poteaux penchés en guise de portail. Les fenêtres du rez-de-chaussée étaient éclairées, et je me sentis subitement affamée, fatiguée et grognon, reflet d'une humeur que je devrais dissimuler à nos hôtes.

Mon père sortit les bagages du coffre et je le suivis dans l'allée.

— Même la cloche est encore là, dit-il d'un air satisfait tout en tirant sur un cordon près de la porte d'entrée avant de lisser ses cheveux en arrière.

L'homme qui répondit jaillit de la maison comme une tornade, broyant mon père dans ses bras, lui administrant de grandes claques dans le dos, l'embrassant sur les deux joues avant de s'incliner un peu trop ostensiblement pour me serrer la main. La sienne était énorme et chaude, et il la posa sur mon épaule pour me faire franchir le seuil. Une fois dans l'entrée – tout en poutres et en mobilier ancien – il se mit à brailler comme un animal de ferme :

— Giulia ! Giulia ! Viens vite ! Ils sont arrivés ! Dépêche-toi !

Il s'exprimait dans un anglais sauvage et vigoureux, en martelant les mots.

La femme qui apparut me plut immédiatement. Elle était grande, souriante, et ses cheveux gris, aux reflets argentés, étaient maintenus par deux barrettes afin de dégager l'ovale de son visage. Son sourire s'adressa tout d'abord à moi. Sa main était chaude, comme celle de son mari, et elle embrassa mon père, secouant la tête tout en déversant une cascade musicale de mots en italien.

— Quant à toi, enchaîna-t-elle en anglais en se tournant vers moi, il te faut une chambre pour toi toute seule, une bonne chambre, OK ?

— OK, acquiesçai-je avec satisfaction.

J'espérais qu'elle serait proche de celle de mon père, et qu'elle donnerait sur la vallée que nous avions si abruptement quittée.

Après le dîner, dans la salle à manger dallée, les trois adultes s'adossèrent à leur chaise avec un soupir repu.

— Giulia, tu es au sommet de ton art, décréta mon père. J'affirme que tu es l'une des plus grandes cuisinières d'Italie !

— Ridicule, mon cher Paolo.

Son accent anglais sentait Oxford et Cambridge.

— Tu as toujours eu tendance à dire des bêtises.

— C'est peut-être le chianti. Laisse-moi jeter un coup d'œil à cette bouteille.

— Attends, je te ressers, intervint Massimo. Et qu'est-ce que cette délicieuse jeune fille apprend à l'école ?

— On nous enseigne toutes les matières au lycée, répondis-je poliment.

— Elle aime l'histoire, je crois, leur confia mon père. Et elle est également une touriste très douée.

— L'histoire ? Comme nous, Paolo.

Massimo remplit le verre de Giulia puis le sien. Le vin avait la couleur du grenat, ou du sang.

— J'ai rebaptisé ton père Paolo, m'expliqua-t-il, parce que je ne supporte pas ces prénoms anglais que vous portez tous. Banals à pleurer. Paolo, mon ami, j'ai failli tomber raide mort quand on m'a dit que tu avais renoncé à ta carrière universitaire pour organiser des parlottes aux quatre coins de la planète. Un grand érudit, voilà ce que le monde a perdu, petite.

Il versa un fond de vin dans mon verre sans demander la permission à mon père, puis le remplit avec de l'eau. Je le trouvais adorable, à présent.

— Maintenant, c'est toi qui dis des bêtises, rétorqua mon père avec contentement. J'aime voyager, voilà tout.

— Taratata.

Massimo secoua la tête.

— Dois-je te rappeler, *signore professore,* que tu clamais haut et fort vouloir devenir le plus grand des historiens ? Même si ta fondation accomplit un travail remarquable, j'en conviens.

— Notre monde a besoin de s'ouvrir à la lumière de la paix et de la diplomatie, et non de chercher des réponses à des questions qui n'intéressent personne, rétorqua mon père en souriant.

Giulia alluma une lanterne sur le buffet bas et éteignit la lumière électrique. Puis elle posa la lanterne sur la table et découpa une *torta* sur laquelle j'avais essayé de ne pas loucher pendant tout le dîner. Le nappage lisse brillait comme une obsidienne sous la lame de son couteau.

— En histoire, il n'y a pas de petites questions, réfuta Massimo. De plus, le grand Rossi lui-même affirmait que tu étais son meilleur étudiant, alors que nous autres, pauvres bougres, ne parvenions jamais à lui donner satisfaction.

— *Rossi* !

Le nom jaillit de mes lèvres avant que je puisse le retenir. Mon père me regarda par-dessus sa part de gâteau, mal à l'aise.

— Tu connais les légendes qui s'attachent aux succès universitaires de ton père, jeune fille ?

Massimo engloutit un énorme morceau de gâteau au chocolat.

Mon père me lança de nouveau un bref regard.

— Je lui ai raconté certaines choses concernant cette époque, dit-il.

Il y avait une note dissuasive dans sa voix. Je crus tout d'abord qu'elle s'adressait à moi, mais la réponse stupéfiante de Massimo et la façon dont mon père détourna aussitôt la conversation vers la politique me firent comprendre que l'avertissement avait été destiné à son ami.

— Pauvre Rossi, soupira Massimo. Un homme tellement extraordinaire. C'est tragique. On a peine à croire que quelqu'un qu'on a connu personnellement ait pu disparaître comme ça… pff !

Le lendemain matin, nous nous installâmes, mon père et moi, sur la piazza baignée de soleil, tout en haut du village, nos vestes boutonnées jusqu'au menton, une brochure touristique à la main, observant deux jeunes garçons qui, comme moi, auraient dû être à l'école. Ils jouaient au foot devant l'église et shootaient dans leur ballon en poussant des cris. J'attendis patiemment. J'avais attendu toute la matinée, pendant l'interminable visite des petites chapelles – où l'on retrouvait « le style si caractéristique de Brunelleschi », à en croire notre guide aussi ennuyeux que brouillon – puis celle du Palazzo Publico avec son salon de réception qui avait servi pendant des siècles de grenier à blé.

Mon père me tendit avec un soupir l'une des deux bouteilles ventrues et granuleuses d'Orangina.

— Tu vas me demander quelque chose, grommela-t-il d'un air morose.

J'enfonçai ma paille dans le goulot de la bouteille.

— Non. Je veux seulement savoir ce qui est arrivé au professeur Rossi.

— Et voilà ! Massimo a vraiment été maladroit, hier soir.

Je redoutais la suite, mais en même temps il fallait que je sache.

— Est-ce que le professeur Rossi est mort ? C'est ce que Massimo a voulu dire par « disparu » ?

Mon père regarda au loin, vers les cafés et les boutiques alignées de l'autre côté de la place ensoleillée.

— Oui. Non. C'est une histoire extrêmement triste. Tu es sûre de vouloir l'entendre ?

Je hochai la tête. Mon père jeta un bref regard alentour. Nous étions assis sur un banc en pierre accolé à l'élégante façade d'un des vieux palazzi. Il n'y avait personne, à l'exception des deux footballeurs en herbe.

— Très bien, soupira-t-il enfin. Tu l'auras voulu...

6.

— Le soir où Rossi me remit l'enveloppe contenant les documents, commença mon père, je le laissai, tout sourire, sur le seuil de son bureau. Puis, comme je tournais les talons, je fus envahi par l'impression que je ne devais pas le quitter comme ça, que je devais retourner discuter un peu avec lui. Je savais que c'était simplement dû à notre étrange conversation, la plus bizarre de toute ma vie, et je réprimai aussitôt cette impulsion.

Deux étudiants en troisième cycle de notre département apparurent dans le couloir en bavardant, saluèrent Rossi avant qu'il ne referme sa porte, et s'engouffrèrent dans l'escalier derrière moi. Leur discussion animée me donna le sentiment que la vie reprenait son cours normal, mais j'éprouvais toujours un malaise. À l'intérieur de ma sacoche pesait la présence brûlante de mon livre, avec son dragon en guise d'ornement. Et Rossi y avait ajouté cette liasse de notes scellée. Je me demandais si j'allais les regarder dès ce soir, installé seul derrière le bureau de mon petit appartement. J'étais épuisé et je sentais que je n'aurais pas le courage d'affronter leur contenu.

J'avais la conviction, également, que la lumière du jour me rendrait ma confiance et ma raison. Peut-être n'accorderais-je plus aucun crédit à l'histoire de Rossi à mon réveil, encore que, j'en avais la certitude, elle continuerait à me hanter, que j'y croie ou non.

J'étais dans la rue, maintenant, et je passais sous les fenêtres de Rossi, levant machinalement les yeux vers sa lampe qui continuait à briller derrière les carreaux. Mais comment ne pas croire mon directeur de thèse sur des faits remontant à ses études ? Douter de lui ne remettrait-il pas en question tout le travail que nous avions accompli ensemble ? Je songeai aux premiers chapitres de ma thèse, dactylographiés et rangés en pile bien nette sur mon bureau, puis je haussai les épaules. Si je ne croyais pas à l'histoire de Rossi, pouvions-nous continuer à collaborer ? Même si j'en arrivais à le prendre pour un fou ?

Peut-être parce que je pensais à lui en passant sous ses fenêtres, le fait que sa lampe était toujours allumée me frappa avec acuité. Toujours est-il que je progressais au milieu des flaques de lumière dessinées sur le trottoir par ses fenêtres quand elles s'évanouirent littéralement sous mes pas. Cela s'accomplit en une fraction de seconde, mais un frisson d'horreur me glaça de la tête aux pieds.

Un instant plus tôt, j'étais plongé dans mes réflexions, marchant dans les rectangles de lumière que sa lampe projetait dans la rue, et la seconde d'après, j'étais pétrifié sur place. Deux faits étranges venaient de me frapper en même temps. D'abord, je n'avais jamais vu cette lumière à cet endroit, entre les bâtiments de l'amphithéâtre gothique, alors que j'avais emprunté ce chemin un millier de fois. Je ne l'avais jamais vue avant pour la bonne raison qu'elle n'avait jamais été visible. Et si je l'avais vue ce soir, c'était parce que toutes les autres lumières de la rue étaient éteintes… J'étais tout seul dans le noir, l'écho de mon pas étant le seul bruit à résonner encore. Et à l'exception de ces flaques de lumière provenant du bureau où nous discutions dix minutes plus tôt, Rossi et moi, la rue était plongée dans une obscurité totale.

La deuxième constatation, si toutefois elle eut lieu en second, fondit sur moi à l'instant où je m'arrêtai, me paralysant. Je dis qu'elle « fondit » sur moi parce que je le ressentis ainsi de tout mon être, et non avec ma raison ou mon instinct. Au moment même où je me figeais, la chaude lumière de la fenêtre de Rossi s'éteignit. Tu te dis sans doute qu'il n'y a là rien d'extraordinaire : sa journée terminée, le dernier professeur encore à son poste s'apprête à rentrer chez lui et éteint sa lampe, plongeant du même coup dans le noir une rue où les réverbères sont momentanément en panne. Mais ce n'est pas du tout l'effet que cela produisit. Je n'eus pas l'impression d'une lampe de bureau qui s'éteint derrière une fenêtre. C'était comme si quelque chose, dans mon dos, s'était jeté sur la fenêtre, occultant la lumière. C'est à cette seconde que la rue fut plongée dans les ténèbres.

Pendant un moment, je cessai de respirer. Terrifié et sonné, je me retournai, je scrutai les fenêtres noires du bureau de Rossi, invisibles au-dessus de la rue et, sur une impulsion, je rebroussai chemin en courant. La porte par laquelle j'étais sorti était verrouillée. Il n'y avait aucune lumière sur la façade du bâtiment. À cette heure, la porte était sans doute réglée pour se fermer après chaque passage – c'était certainement normal.

Je restai là, hésitant, quand les réverbères se rallumèrent comme par enchantement et je me sentis tout bête. Il n'y avait aucune trace des étudiants qui avaient quitté le bâtiment derrière moi. Ils avaient dû partir dans une autre direction. Mais déjà un autre groupe approchait en parlant fort et en riant. La rue n'était plus déserte. J'aurais l'air de quoi si Rossi sortait d'ici une minute, comme le voulait la logique, après avoir éteint la lumière, fermé son bureau, et qu'il me trouve planté là à l'attendre ?

Il ne voulait pas que nous discutions de nouveau. Comment lui expliquer mes peurs irrationnelles, là, sur un pas de porte, alors qu'il avait tiré le rideau sur le sujet – sur tous les sujets morbides, peut-être ? Je tournai les talons, embarrassé, avant que nous nous trouvions nez à nez, et je rentrai hâtivement chez moi. Une fois dans mon appartement, je laissai l'enveloppe de Rossi dans ma sacoche, sans l'ouvrir, et je sombrai dans un sommeil agité.

Je fus très occupé les deux jours suivants et je ne m'autorisai pas à regarder les papiers du professeur ; en fait, je chassai résolument toute pensée ésotérique de mon esprit. Je tombai donc des nues quand, deux jours plus tard, un condisciple de mon département m'intercepta dans la bibliothèque, en fin d'après-midi.

— Paolo, attends ! Tu n'es pas au courant pour Rossi ? me demanda-t-il en m'attrapant par le coude.

Oui, tu as deviné : c'était Massimo. Aussi costaud et tonitruant qu'aujourd'hui. Peut-être même plus encore. Je lui saisis le bras.

— Rossi ? Qu'est-ce qu'il y a ? Que se passe-t-il ?

— Il est parti. Envolé. Disparu. La police fouille son bureau.

Je courus comme un fou jusqu'au bâtiment qui avait un aspect tout à fait ordinaire dans la lumière pâle de la fin d'après-midi, le hall grouillant d'étudiants quittant leurs salles de cours. Au deuxième étage, devant le bureau de Rossi, un agent de police municipal discutait avec le directeur du département et des hommes que je n'avais jamais vus. Au moment où j'arrivais, deux hommes en veste noire sortirent du bureau du professeur, fermèrent soigneusement la porte derrière eux et se dirigèrent vers l'escalier conduisant aux salles de cours.

Le cœur étreint d'une sourde angoisse, je me frayai un passage vers l'agent.

— Où est le professeur Rossi ? Que lui est-il arrivé ?

— Vous le connaissez ? demanda-t-il en levant les yeux de son calepin.

— C'est mon directeur de thèse. J'étais ici avec lui il y a deux jours. Qui dit qu'il a disparu ?

Le directeur du département s'approcha et me serra la main.

— Avez-vous des informations ? Sa gouvernante nous a téléphoné à midi pour nous signaler qu'il n'était pas rentré chez lui cette nuit, ni la nuit précédente – il n'a pas sonné pour réclamer son dîner ni son petit déjeuner. Elle affirme que c'est la première fois. Il a manqué une réunion de travail cet après-midi, sans nous téléphoner pour nous prévenir de son absence, ce qui ne lui était jamais arrivé non plus. Un étudiant nous a indiqué qu'il avait trouvé porte close alors qu'ils avaient rendez-vous, et que Rossi n'avait pas donné signe de vie. Comme il n'a pas non plus assuré son cours aujourd'hui, j'ai pris la décision de faire ouvrir son bureau.

— Il… il était à l'intérieur ?

J'essayais de respirer normalement.

— Non.

Sous le choc, j'esquissai un geste pour ouvrir la porte de Rossi, mais l'agent me retint par le bras.

— Pas si vite. Vous avez bien dit que vous étiez avec lui, il y a deux jours ?

— Oui.

— À quelle heure l'avez-vous vu pour la dernière fois ?

— Environ vingt heures trente.

— Avez-vous aperçu quelqu'un en partant ?

Je réfléchis un instant.

— Oui, deux étudiants du département – Bertrand et Élias, je crois. Ils sont sortis en même temps que moi.

— Bien. Vérifiez, dit-il à l'un des deux hommes avant de se tourner de nouveau vers moi. Dites, vous n'auriez pas remarqué quelque chose d'inhabituel dans le comportement du professeur Rossi ?

Que dire ? Ma foi, il m'a raconté que les vampires existent, que le comte Drakula se balade parmi nous, et que je pourrais avoir hérité d'une malédiction en même temps que de ses recherches. Ah, et puis la lumière de son bureau a été engloutie par une forme gigantesque...

— Non, dis-je. Nous avions rendez-vous pour parler de ma thèse et nous avons travaillé jusqu'à huit heures trente environ.

— Êtes-vous partis ensemble ?

— Non. Je suis sorti le premier. Il m'a raccompagné jusqu'à la porte et ensuite il est rentré dans son bureau.

— Avez-vous vu quelque chose d'anormal ou quelqu'un de suspect à proximité du bâtiment quand vous êtes parti ? Entendu un bruit, peut-être ?

J'hésitai de nouveau.

— Non, rien. Enfin... il y a eu une brève coupure d'électricité dans la rue. Tous les réverbères se sont éteints.

— Exact. La panne a été signalée. Mais à part ça, vous n'avez rien vu ni entendu d'inhabituel ?

— Non.

— Jusqu'ici, vous êtes la dernière personne à avoir vu le professeur Rossi, insista le policier. Réfléchissez bien. Pendant que vous travailliez avec lui, a-t-il fait ou dit quelque chose de bizarre ? Vous a-t-il laissé entendre qu'il était dépressif, qu'il pensait au suicide, enfin, ce genre de chose ? Ou qu'il songeait à s'en aller, à partir en voyage... ?

— Non, absolument pas, répondis-je avec sincérité.

L'agent me fixa du regard.

— Je vais prendre votre nom et votre adresse.

Il les nota sur son calepin, puis se tourna vers le directeur du département.

— Vous vous portez garant de ce jeune homme ?

— Il est sans nul doute celui qu'il dit être.

— Parfait, déclara le policier à mon intention. Vous allez entrer avec moi et me dire si vous remarquez quoi que ce soit d'anormal. Ou si quelque chose était différent il y a deux jours. Surtout, ne touchez à rien. La plupart des disparitions ont en réalité une explication très banale : problème familial, dépression passagère... Votre professeur sera probablement de retour d'ici un jour ou deux. J'ai vu ça un million de fois. Mais à cause du sang sur le bureau, nous ne voulons prendre aucun risque.

Du sang sur le bureau ? Mes jambes se dérobèrent sous moi, mais je m'obligeai à entrer lentement derrière le policier. La pièce était exactement telle que je l'avais vue des dizaines de fois auparavant dans la clarté du jour : en ordre, agréable, les sièges disposés de façon accueillante, les livres et les papiers rangés soigneusement en piles sur les tables et le bureau. Il n'y avait pas un bruit. J'avançai d'un pas. Sur le sous-main couleur chamois de Rossi s'étalait une flaque de couleur sombre, depuis longtemps séchée et figée.

Je sentis une main réconfortante me tapoter l'épaule.

— La quantité de sang est insuffisante pour avoir entraîné la mort, expliqua le policier. Peut-être s'agit-il d'un simple saignement de nez, ou d'une coupure. Le professeur Rossi était-il sujet aux hémorragies ? Avait-il l'air malade, ce soir-là ?

— Non. Je ne l'ai jamais vu saigner et il ne me parlait pas de sa santé.

Je pris conscience subitement, avec une lucidité effarante, que je venais de parler de nos conversations au passé, comme si elles avaient cessé pour toujours. Ma gorge se noua d'émotion tandis que je revoyais Rossi sur le seuil de son bureau, me regardant partir en souriant. S'était-il blessé lui-même – volontairement, qui sait ? – dans un moment d'égarement, et avant de quitter précipitamment la pièce en fermant la porte à clé derrière lui ? Non, ça ne tenait pas debout. J'essayai de l'imaginer, délirant dans un parc, souffrant peut-être du froid et de la faim, ou montant à bord d'un car vers une destination choisie au hasard… Mais rien de tout ça ne collait. Rossi était un homme solide et réfléchi.

— Regardez très attentivement autour de vous.

L'agent avait lâché mon épaule. Il me dévisageait avec intensité, et je sentis la présence du directeur du département et des autres sur le seuil, derrière nous. Il me vint soudain à l'esprit que, si Rossi avait été assassiné, je ferais partie des suspects jusqu'à preuve du contraire. Mais Bertrand et Élias témoigneraient en ma faveur, de même que je témoignerais pour eux. J'examinai la pièce en détail, essayant de déceler l'invisible. C'était un exercice frustrant ; tout était réel, normal, concret… et pourtant Rossi s'était volatilisé !

— Non, déclarai-je enfin. Désolé, mais je ne remarque rien de différent.

— Très bien.

L'agent me fit pivoter vers les fenêtres.

— En ce cas, levez les yeux.

Sur le haut plafond en plâtre blanc, juste au-dessus du bureau, une traînée sombre d'une douzaine de centimètres de long s'étirait en oblique, comme pour indiquer quelque chose dehors.

— Il semble que ce soit également du sang. Ne vous inquiétez pas : rien ne prouve qu'il s'agit de celui du professeur Rossi. Ce plafond est trop haut pour être atteint aisément, même avec un escabeau. Nous procéderons à des analyses. Maintenant, réfléchissez bien. Rossi a-t-il fait allusion devant vous à un oiseau qui serait entré cette nuit-là ? Ou bien avez-vous entendu du bruit en partant, peut-être comme quelque chose passant par une fenêtre ? Les fenêtres étaient-elles ouvertes ?

— Non. Il n'a rien évoqué de ce genre. Et les fenêtres étaient fermées, j'en suis certain.

Je ne parvenais pas à détacher mon regard de la tache. J'avais l'impression que, si je la fixais de toutes mes forces, je parviendrais à lire dans son horrible forme hiéroglyphique.

— Nous avons eu des oiseaux dans ce bâtiment à plusieurs reprises, intervint le directeur du département. Des pigeons. Ils entrent par les lucarnes de temps en temps.

— C'est une possibilité, admit l'agent. Nous n'avons pas trouvé trace de fiente de pigeon, mais cela reste une possibilité.

— Ou alors une chauve-souris, reprit le directeur. Pourquoi pas une chauve-souris ? Ces vieux bâtiments abritent probablement toutes sortes d'animaux.

— C'est très possible, approuva un professeur depuis le seuil. Surtout si Rossi a essayé de la chasser avec un balai ou un parapluie et qu'il l'a blessée.

— Avez-vous déjà vu ici quelque chose qui ressemble à une chauve-souris ou à un pigeon ? me demanda le policier.

Il me fallut quelques secondes pour former le simple mot et lui faire franchir la barrière de mes lèvres sèches.

— Non, articulai-je.

Mes yeux avaient suivi la traînée sanglante et s'étaient arrêtés à l'endroit qu'elle semblait désigner comme son point de départ. Sur le dernier rayon de la bibliothèque de Rossi, celui où il classait ses « échecs », un ouvrage manquait. Là où il avait rangé deux nuits plus tôt son mystérieux exemplaire du livre au dragon, une étroite crevasse noire béait désormais entre les reliures.

Le directeur du département me raccompagna dans le couloir en me tapotant le dos et en me disant de ne pas trop m'inquiéter. Je devais être d'une pâleur de cire. Je me tournai vers le policier, qui fermait et verrouillait la porte derrière nous.

— À supposer que le professeur Rossi se soit blessé ou qu'il ait été victime d'une agression, ne pourrait-il se trouver en ce moment même dans un hôpital ?

Il secoua la tête.

— Nous avons déjà vérifié. Pour l'instant, sa présence n'a été signalée nulle part. Pourquoi ? Vous pensez qu'il aurait pu se blesser lui-même ? Vous avez dit qu'il ne semblait ni suicidaire ni déprimé ?

— Oh, il ne l'était pas.

J'avalai une grande goulée d'air et le sol cessa de tanguer sous mes pieds. Le plafond de son bureau était trop haut pour qu'il ait pu le tacher de toute façon – mais c'était une amère consolation.

— Inutile de nous attarder ici.

Il se tourna vers le directeur du département et ils s'éloignèrent en conversant à voix basse. L'attroupement qui s'était formé autour de la porte du bureau commençait à se disperser, et je m'éloignai à mon tour. J'avais un besoin désespéré d'un endroit calme où je pourrais m'asseoir.

Mon banc favori dans la nef de la vieille bibliothèque de l'université était encore tiédi par les derniers rayons d'un après-midi de printemps. Autour de moi, trois ou quatre étudiants lisaient ou discutaient tranquillement, et je sentis le calme familier de ce havre de paix pénétrer au plus profond de mon être. Le vaste hall était percé de fenêtres aux vitres colorées, donnant pour certaines sur les salles de lecture, pour les autres sur de petites cours et des promenoirs rappelant ceux d'un cloître, de sorte que je voyais des silhouettes entrer et sortir, ou encore étudier à de grosses tables en chêne.

C'était la fin d'une journée ordinaire ; bientôt, le soleil déserterait les dalles sous mes pieds et plongerait le monde dans une lumière crépusculaire – signe pour moi qu'il se serait écoulé exactement quarante-huit heures depuis mon dernier entretien avec mon mentor et ami. Pour l'instant, le savoir et l'activité régnaient encore en ce lieu, indifférents à l'approche de la nuit.

Je dois préciser qu'à cette époque j'éprouvais le besoin d'être seul quand je travaillais, sans source de distraction, dans un silence absolu, quasi monastique. Je t'ai déjà parlé de ces cabinets de lecture, dans les derniers étages de la bibliothèque, où j'avais mon propre pupitre. C'est là que j'avais découvert cet ouvrage étrange qui avait modifié le cours de ma vie et de mes pensées en l'espace d'une nuit. Deux jours plus tôt, à cette heure-ci, j'étais en train de travailler, seul, affairé et sans crainte, sur le point de refermer mes bouquins sur les Pays-Bas et de me rendre avec un plaisir mêlé d'impatience à un rendez-vous avec mon directeur de thèse. Je ne pensais à rien d'autre qu'à ce que Heller et Herbert avaient écrit sur l'histoire économique de l'Utrecht, et comment je pourrais réfuter leurs allégations dans un article – article, pourquoi pas, emprunté à l'un des chapitres de ma thèse.

Je regardai une fois encore le hall peuplé, les taches de soleil sur le sol qui disparaissaient déjà, les portes de l'entrée principale qui ne cessaient de s'ouvrir et de se fermer sur leurs gonds en bronze. Puis je ramassai ma sacoche en cuir râpé, soulevai le rabat et sortis une épaisse enveloppe brune, bien pleine, où la main de Rossi avait tracé une seule ligne : *« À conserver pour le suivant. »*

Le suivant ? Je n'avais pas regardé le libellé quand il me l'avait confiée. Avait-il eu en tête de sauvegarder ses informations en vue d'une future tentative pour élucider ce mystère aussi défendu qu'un château fort ? Ou bien « le suivant » était-il… moi-même ? Était-ce une preuve de sa folie ?

À l'intérieur de l'enveloppe, je trouvai des papiers de différents formats et épaisseurs, certains fanés et fragilisés par les années, d'autres en papier pelure, entièrement recouvert de texte tapé à la machine à intervalles serrés. Il me fallait de la place pour étaler cette documentation volumineuse, décidai-je. Je me dirigeai vers la table de travail la plus proche, à côté du fichier. Il y avait encore du monde autour de moi, tous des inconnus sympathiques, mais je jetai néanmoins un coup d'œil superstitieux pardessus mon épaule avant de sortir les documents et de les disposer sur la table.

Deux ans plus tôt, j'avais manipulé des manuscrits de sir Thomas More, ainsi que des lettres envoyées d'Amsterdam par Hans Albrecht et, plus récemment, j'avais aidé à numériser une série de livres de comptes flamands datant de 1680. Je savais, en ma qualité d'historien, que l'ordre dans lequel apparaissent des archives est toujours un élément riche d'enseignement. Puisant un stylo et du papier dans ma sacoche, je dressai la liste des documents dans l'ordre dans lequel je les sortais. Le premier, celui du dessus, était la liasse de feuilles de papier pelure. Elles avaient été dactylographiées aussi nettement que possible, plus ou moins sous la forme de lettres. Je veillai à les laisser ensemble en m'interdisant de les regarder de trop près.

Le deuxième document était une carte, tracée à la main avec une précision étonnante. Elle commençait déjà à s'effacer et les marques et noms de lieux étaient à peine visibles sur le papier épais, manifestement d'origine étrangère et arraché à un vieux bloc-notes. Deux cartes similaires suivaient. Puis venaient trois pages de notes éparses, manuscrites, à l'encre, et assez lisibles à première vue. Je les rangeai ensemble aussi. Ensuite une brochure invitait les touristes à visiter « la Roumanie romantique ». Elle était rédigée en anglais et, à en croire les fioritures Arts déco, elle avait dû être imprimée dans les années 1920 ou 1930. Il y avait aussi des factures d'hôtels et de restaurants d'Istanbul. Et une grande carte routière des Balkans, ancienne et grossièrement imprimée en deux couleurs. Le dernier document était une petite enveloppe ivoire, scellée et sans destinataire. Je la posai à part, héroïquement, sans la décacheter.

C'était tout. Je retournai la grosse enveloppe brune, et la secouai afin de m'assurer que rien ne m'avait échappé, pas même un trombone. Tout en effectuant ce geste, j'éprouvai pour la première fois une sensation qui allait m'accompagner tout au long de cette quête : je sentis la présence de Rossi à mes côtés, sa fierté devant ma minutie, comme si son esprit vivant me parlait à travers les méthodes d'investigation qu'il m'avait lui-même enseignées. Je savais que dans ses travaux de recherche il progressait vite, mais aussi qu'il n'omettait rien et ne négligeait aucune piste – pas un document, pas une archive, où qu'elle se trouve dans le monde, et certainement pas une idée, aussi démodé que cela puisse paraître aux yeux de ses collègues. Sa disparition et – songeai-je avec exaltation – le besoin qu'il avait de mon aide nous avaient subitement placés presque sur un pied d'égalité. J'avais le sentiment, également, qu'il m'avait promis ce résultat, cette égalité, depuis le premier jour, guettant le moment où je la gagnerais.

Tous les documents étaient maintenant devant moi sur la table. Je commençai par les lettres, ces longues épîtres tapées à la machine à intervalles serrés sur du papier pelure avec peu de fautes et peu de corrections. Elles semblaient déjà classées par ordre chronologique. Chacune était soigneusement datée, toutes de décembre 1930, plus de vingt ans plus tôt. Chacune portait pour toute adresse l'en-tête « Trinity College, Oxford ».

Je parcourus rapidement la première lettre. Rossi y racontait la découverte du livre mystérieux, et ses toutes premières recherches à Oxford. Elle était signée : « Bien à vous, avec tous mes regrets, Bartholomew Rossi. » Et elle commençait par – je tenais délicatement le papier pelure entre mes doigts, même quand mes mains se mirent à trembler –, elle commençait affectueusement ainsi : *« Cher et infortuné successeur… »*

Mon père s'interrompit brusquement, et la fêlure dans sa voix m'imposa de détourner les yeux. Par un accord tacite, nous récupérâmes nos vestes et nous traversâmes la célèbre petite piazza, en simulant un regain d'intérêt pour la façade de l'église.

7.

Mon père ne s'absenta plus pendant plusieurs semaines et, durant cette période, j'eus le sentiment qu'il me couvait d'une façon nouvelle. Un jour, comme je rentrais un peu tard du lycée, je trouvai Mme Clay au téléphone avec lui. Elle me le passa aussitôt.

— Où étais-tu ? attaqua-t-il.

Il appelait de son bureau, au Centre de la paix et de la démocratie.

— J'ai appelé deux fois, et Mme Clay ignorais où tu étais. La pauvre était dans tous ses états.

C'était lui qui était dans tous ses états, même si sa voix était posée.

— Je me suis installée avec un livre dans un nouveau café, près du lycée, répondis-je.

— Très bien. Mais la prochaine fois, préviens Mme Clay ou appelle-moi.

Ça ne me plaisait pas vraiment, mais je répondis néanmoins que j'appellerais, d'accord. Mon père rentra tôt ce soir-là et me lut à voix haute des pages des *Grandes Espérances*. Puis il sortit plusieurs de nos albums de photos et nous les feuilletâmes ensemble : Paris, Londres, Boston, mes premiers exploits à patins à roulettes, mon BEPC,

Paris, Londres, Rome… Partout, on ne voyait que moi, encore et toujours moi, debout devant les colonnes du Panthéon ou les grilles du Père-Lachaise, parce que mon père prenait les photos et que nous n'étions que tous les deux. À neuf heures, il vérifia que toutes les portes et les fenêtres étaient bien fermées et me laissa aller me coucher.

Quand je fus de nouveau en retard, j'appelai Mme Clay. Je lui racontai que j'allais faire mes devoirs et prendre un thé avec une copine. Elle répondit que c'était d'accord. Je raccrochai et me rendis, seule, à la bibliothèque de l'université. Johan Binnerts, le bibliothécaire de la section des manuscrits médiévaux à Amsterdam, s'était apparemment habitué à mes visites ; en tout cas, il souriait gravement chaque fois que je m'arrêtais devant lui pour lui poser une nouvelle question, et il me demandait toujours si mon exposé en histoire avançait. Cette fois, M. Binnerts me dénicha un passage dans un texte du dix-neuvième siècle que je fus particulièrement ravie de découvrir, et je passai deux heures à prendre des notes. J'en ai un exemplaire, aujourd'hui, dans mon bureau à Oxford (je l'ai trouvé il y a quelques années dans une librairie) : *Histoire de l'Europe centrale* par lord Gelling. J'y suis attachée sentimentalement, après toutes ces années, même si je n'ai jamais pu l'ouvrir sans un sentiment de malaise. Je me rappelle très bien comme ma main alors jeune et agile courait sur mon cahier de lycéenne pour en recopier des passages :

« … Outre son immense cruauté, Vlad Drakula était doté d'un courage à toute épreuve. Son audace était telle qu'une nuit, en 1462, il n'hésita pas à traverser le Danube à cheval

pour attaquer par surprise le campement du sultan Mehmed II et de son armée, positionnés à cet endroit pour envahir la Valachie. Au cours de l'assaut, Drakula extermina plusieurs milliers de soldats turcs, et il s'en fallut de peu que le sultan et son épouse tombent sous ses coups avant que la garde ottomane ne parvienne à repousser les assaillants.

« On pourrait trouver des exploits similaires en Europe chez nombre de grands seigneurs féodaux de l'époque – souvent plus spectaculaires encore. Mais ce qu'il y a de vraiment exceptionnel avec Drakula, c'est sa longévité – j'entends par là son refus de mourir, de disparaître en tant qu'existence historique, bref la persistance de sa légende. Les quelques sources disponibles en Angleterre se réfèrent directement ou indirectement à d'autres sources dont la diversité suffirait à éveiller la curiosité de tout historien. Drakula semble avoir été célèbre en Europe de son vivant même – une véritable prouesse à une époque où l'Europe était, selon nos critères, un monde vaste et éclaté dont les gouvernements communiquaient au moyen de messagers à cheval et où, par ailleurs, la cruauté n'était pas un trait de caractère si rare... La célébrité de Drakula ne prit pas fin avec sa mort mystérieuse et son étrange inhumation en 1476 ; elle semble s'être prolongée presque sans faiblir jusqu'à ce qu'elle pâlisse sous la clarté du siècle des Lumières en Occident. »

L'article consacré à Drakula s'arrêtait là. J'avais eu suffisamment d'informations historiques à méditer pour la journée, mais je parcourus néanmoins les rayons du fonds anglais et découvris sans surprise que la bibliothèque possédait un exemplaire du Drakula de Bram Stoker. Il me faudrait plusieurs séances de lecture sur place pour en venir à bout. J'ignorais si on avait le droit de sortir des ouvrages, mais, même dans ce cas, je n'aurais pas voulu le ramener à la maison où j'aurais eu le choix difficile entre le cacher et le laisser discrètement en vue. Au lieu de ça, je dévorais donc Drakula assise dans un fauteuil en cuir, près d'une fenêtre de la bibliothèque. Quand je levais les yeux du livre, j'apercevais l'un de mes canaux préférés, le Singel, avec son marché aux fleurs et les passants qui achetaient des casse-croûte au hareng à un petit stand. Mon fauteuil était un cocon douillet, et son large dossier me dissimulait au regard des autres lecteurs.

Je laissai progressivement le récit de Stoker m'engloutir, avec ses scènes d'horreur gothiques entrecoupées de bien convenables amourettes victoriennes. Je n'aurais su dire au juste ce que j'attendais de cette lecture. À en croire mon père, le professeur Rossi avait considéré cet ouvrage comme une source d'information totalement inutile dans le cadre de ses recherches sur le vrai Drakula. Mais même s'il n'avait effectivement pas grand-chose en commun avec Vlad Tepeş, l'irrésistible et repoussant comte Drakula du roman s'avérait à mon sens un personnage fascinant.

Le professeur Rossi lui-même avait été convaincu que Drakula était devenu un mort-vivant dans la réalité, dans le vrai cours de l'Histoire. Je me demandais si un roman avait pu provoquer quelque chose d'aussi étrange dans la réalité. Après tout, Rossi avait fait sa découverte bien après la publication de *Drakula*. D'un autre côté, Vlad Drakula avait été l'incarnation du mal presque quatre siècles avant la naissance de Stoker. Cela me laissait perplexe.

Le professeur Rossi n'avait-il pas dit aussi que Stoker avait largement puisé son inspiration dans le folklore qui se rattachait aux vampires ? Je n'avais jamais vu de film de vampires – mon père détestait toute forme d'horreur – de sorte que les conventions du genre m'étaient étrangères. À en croire Stoker, les vampires pouvaient attaquer leurs victimes uniquement entre le coucher et le lever du soleil. Ils vivaient éternellement et se nourrissaient du sang des mortels, qu'ils transformaient à leur tour en morts-vivants. Ils prenaient parfois l'apparence d'une chauve-souris, d'un loup ou du brouillard. On pouvait les tenir à distance à l'aide d'un crucifix ou de gousses d'ail. Ils dormaient le jour, dans un cercueil, et le seul moyen de les tuer était de leur enfoncer un pieu dans le cœur pendant leur sommeil et de leur remplir la bouche d'ail.

Il n'y avait là rien de bien effrayant en soi. Tout cela me semblait trop éloigné de la réalité, imprégné de superstition, saugrenu. Néanmoins un aspect de l'histoire me hantait après chaque séance de lecture, quand je reposais le livre sur son étagère, notant soigneusement la page à laquelle je m'étais arrêtée. Une pensée me suivait dans l'escalier de la bibliothèque et m'accompagnait jusqu'à la porte de la maison : le Drakula imaginé par Stoker avait des victimes de prédilection : les jeunes filles.

Mon père éprouvait comme jamais le besoin de goûter le printemps dans le Sud, me confia-t-il, et souhaitait que je profite moi aussi de ce miracle. De toute façon, je serais bientôt en vacances et ses réunions à Paris ne le retiendraient que quelques jours.

J'avais appris à ne pas l'asticoter, ni sur le chapitre des voyages, ni sur celui du passé ; lorsqu'il se sentait prêt, il reprenait le fil de sa narration. Mais jamais, jamais, lorsque nous étions à la maison. Je crois qu'il ne voulait pas introduire cette sombre présence dans notre foyer.

Nous prîmes donc le train pour Paris, puis une voiture pour nous rendre dans les Cévennes. Tous les matins, je travaillais sur deux ou trois dissertations rédigées dans un français de plus en plus fluide, que j'expédiais ensuite au lycée. J'en ai conservé une et, même aujourd'hui, après toutes ces années, il me suffit de la relire pour retrouver la saveur intraduisible de la France au joli mois de mai, l'odeur de l'herbe fraîchement coupée qui exhale un bouquet de senteurs (comme si, dans ce coin béni du monde, la nature tout entière devenait un vaste jardin aromatique, destiné à rehausser la saveur d'une salade ou d'un fromage fermier).

Nous faisions halte dans des fermes afin d'acheter de quoi composer des pique-niques dix fois meilleurs que ce que nous aurait proposé un restaurant : des barquettes de fraises qui semblaient vernies au soleil et ne donnaient même pas l'impression d'avoir besoin d'être lavées ou des bûchettes de fromage de chèvre roulées dans de la cendre. Mon père buvait du vin d'un beau rouge sombre, dans une bouteille sans étiquette qu'il avait achetée pour une bouchée de pain et qu'il rebouchait après chaque repas. Il la transportait avec un petit verre soigneusement enveloppé dans une serviette. En guise de dessert, nous engloutissions d'énormes morceaux de pain frais acheté dans la dernière ville traversée, enfonçant à l'intérieur des barres de chocolat noir. Mon estomac se dilatait de bonheur et mon père disait avec regret qu'il faudrait nous mettre au régime à notre retour.

Nous progressâmes en direction du sud-est puis, au bout d'un jour ou deux, la route s'élança vers des montagnes.

— Les Pyrénées orientales, annonça mon père en dépliant la carte routière au-dessus d'un de nos pique-niques. Il y a des années que je voulais revenir ici.

Je dessinai la route avec mon doigt et je m'aperçus que nous étions tout près de l'Espagne. Cette pensée – et ce terme magique d'« orientales » – me galvanisa. Nous atteignions les limites de l'univers que je connaissais et, pour la première fois, je prenais conscience qu'un jour je pourrais être amenée à franchir la ligne et à continuer loin, beaucoup plus loin, hors de ses frontières.

Mon père parlait d'un certain monastère, qu'il souhaitait voir.

— Je pense que nous atteindrons ce soir la ville située en contrebas. Nous monterons le visiter demain.

— C'est haut ?

— À peu près à mi-chemin des montagnes qui le protégèrent de toutes sortes d'envahisseurs. Il a été édifié en l'an mil, tu sais. C'est incroyable – ce lieu minuscule sculpté dans la roche, difficile d'accès même pour les pèlerins les plus enthousiastes. Mais la localité construite à ses pieds te plaira. C'est une vieille ville d'eaux. Pleine de charme.

Mon père souriait en prononçant ces mots, mais il était nerveux, repliant la carte un peu trop rapidement. Je devinai qu'il reprendrait très bientôt le fil de son récit ; peut-être même cette fois n'aurais-je pas besoin de demander.

« Les Bains » me plut effectivement lorsque nous y entrâmes, cet après-midi-là. C'était une petite ville de montagne couleur de sable, édifiée sur un promontoire rocheux. La chaîne impressionnante des Pyrénées la dominait, la recouvrant de son ombre à l'exception des rues les plus basses qui se déployaient vers les vallées et les fermes blotties en contrebas. Des platanes poussiéreux, soigneusement taillés autour de placettes tout aussi poussiéreuses, n'offraient pas un pouce d'ombre aux promeneurs et aux vieilles femmes qui vendaient des nappes en crochet et des bouteilles d'extrait de lavande. En levant les yeux, nous pouvions voir en haut de la ville l'incontournable église en pierre, hantée par des hirondelles et dont le clocher semblait flotter dans l'ombre gigantesque des montagnes.

Nous dînâmes avec appétit d'une soupe ressemblant à du gaspacho puis d'une escalope de veau dans un hôtel du dix-neuvième siècle. Le tenancier posa un pied sur le rail en cuivre du bar, près de notre table, et nous questionna courtoisement, mais bizarrement, sur notre voyage. C'était un homme sans prétention, habillé tout en noir, avec un visage mince au teint olivâtre. Il parlait un français saccadé, relevé d'une pointe d'épice que je n'avais encore jamais rencontrée, et que je comprenais nettement moins bien que mon père qui me traduisait au fur et à mesure.

— Ah, notre monastère, bien sûr ! commença l'homme en réponse à la question de mon père. Savez-vous que Saint-Matthieu attire huit mille visiteurs chaque été ? Eh oui, c'est ainsi. Mais ils sont tous très gentils, très calmes, beaucoup de chrétiens qui viennent de l'étranger et qui gagnent leur paradis en montant là-haut à pied. C'est encore un véritable pèlerinage. Ils font leur lit le matin, et ils vont et viennent sans qu'on les remarque. Bien sûr, d'autres personnes viennent pour *les bains*. Vous comptez prendre les eaux, vous aussi ?

Mon père répondit que nous passerions seulement deux nuits ici avant de remonter dans le Nord, et que nous avions l'intention de consacrer toute la journée du lendemain à la visite du monastère. L'autre hocha la tête en connaisseur.

— Un grand nombre de légendes s'attachent à ce lieu, vous savez. Certaines sont étonnantes, mais elles sont toutes véridiques ! déclara-t-il avec un sourire qui rendit subitement son visage maigre très beau. La jolie demoiselle comprend-elle ce que je dis ? La suite devrait l'intéresser…

— Je comprends, merci, répondis-je poliment.

— Bon. Je vais vous en raconter une, alors. Ça ne vous ennuie pas ? Je vous en prie, mangez – c'est meilleur chaud.

Au même moment, la porte du restaurant s'ouvrit et un couple âgé entra en souriant et choisit une table.

— *Bonsoir, buenas tardes*, lança le tenancier dans une même respiration.

Il surprit mon regard étonné et se mit à rire.

— Oui, nous sommes très mélangés ici. Nous sommes une salade, un brassage de cultures différentes. Mon grand-père parlait couramment l'espagnol – à la perfection, même – et il s'est battu chez eux pendant leur guerre civile alors qu'il était déjà âgé. Nous revendiquons la multiplicité de nos langues, ici. Nous ne sommes pas des poseurs de bombes, des terroristes, comme les Basques. Nous ne sommes pas des criminels, *nous*.

Il regarda autour de lui avec indignation, comme si quelqu'un l'avait contredit.

— Je t'expliquerai plus tard, me glissa tout bas mon père.

— Donc, revenons à nos moutons. Vous ne le savez sans doute pas, mais ici, on m'appelle « la Mémoire de la ville », et j'en suis fier. Mangez, mangez. Donc, notre monastère fut fondé en l'an mil. Pour être exact, il le fut en 999 parce que les moines qui choisirent cet emplacement se préparaient pour la fin du monde qui, selon eux, devait se produire au jour et à l'heure du millénaire. Bref, ils sillonnaient la montagne à la recherche d'un lieu pour leur église lorsque, une nuit, l'un d'eux vit en rêve saint Matthieu descendre du ciel et déposer une rose blanche au sommet d'une cime, au-dessus d'eux. Le lendemain, ils y montèrent et consacrèrent la montagne par leurs prières. C'est très beau – vous l'adorerez. Mais ce n'est pas là la grande légende. Alors que le monastère et sa petite église avaient juste un siècle d'existence, l'un des moines les plus pieux mourut mystérieusement dans la force de l'âge. Il s'appelait Miguel de Cuxa. Sa mort endeuilla toute la communauté et ils l'enterrèrent dans leur crypte. Il s'agit de la fameuse crypte qui nous a rendus si célèbres, parce que c'est le plus ancien édifice roman d'Europe. Oui !

Il pianota nerveusement sur le bar du bout de ses longs doigts aux ongles carrés.

— Certains racontent que cet honneur revient à Saint-Pierre, à côté de Perpignan, mais c'est un mensonge indigne, destiné à abuser les touristes.

« Quoi qu'il en soit, le moine Miguel de Cuxa fut enterré dans la crypte et, peu de temps après, une malédiction s'abattit sur le monastère : plusieurs frères moururent d'une étrange épidémie. On les retrouva les uns après les autres dans le cloître – le cloître est une merveille, vous l'adorerez aussi. C'est le plus beau d'Europe ! Donc, on retrouva les saints hommes morts, le visage livide, comme s'ils n'avaient plus une goutte de sang dans les veines. Tout le monde soupçonna un poison.

« Finalement, un jeune novice – il s'agissait de l'élève préféré du premier moine décédé – descendit dans la crypte et exhuma le corps de son maître, contre l'avis de l'abbé qui était très effrayé. Ils découvrirent alors que feu Miguel de Cuxa était encore vivant… enfin, sans l'être réellement, si vous voyez ce que je veux dire. Un mort-vivant, quoi. Il sortait de sa tombe la nuit pour prendre la vie de ses frères. Afin de permettre à l'âme du malheureux de trouver enfin la paix, les moines apportèrent de l'eau bénite puisée dans un lieu sanctifié dans les montagnes, ils se munirent d'un pieu très pointu...

Sa main traça une forme dramatique dans l'air, afin de bien nous montrer l'acuité de l'objet. Toute mon attention avait été focalisée sur lui et son étrange français tandis que je m'efforçais d'assembler les pièces de son récit dans un gros effort de concentration.

Mon père avait cessé sa traduction simultanée, et à ce moment précis sa fourchette heurta bruyamment son assiette. Je m'aperçus qu'il regardait fixement notre hôte, et qu'il était aussi blanc que la nappe.

— Pourrions-nous...

Papa s'éclaircit la gorge et pressa à plusieurs reprises sa serviette sur ses lèvres.

— Pourrions-nous avoir du café, je vous prie ?

— Mais... mais nous n'avez pas encore goûté à notre *salade maison.* Elle est exceptionnelle.

Notre informateur paraissait tout décontenancé.

— Il y a aussi le plateau de fromages, et ce soir nous avons des *poires Belle-Hélène* ainsi qu'un délicieux gâteau au chocolat pour la demoiselle...

— Certainement, certainement, acquiesça précipitamment mon père. Nous allons prendre tout cela, bien sûr.

Des haut-parleurs accrochés aux arbres diffusaient de la musique quand nous sortîmes du restaurant. Une sorte de fête locale devait avoir lieu sur l'une des petites places car une douzaine d'enfants effectuaient des danses folkloriques, vêtus de costumes qui me rappelèrent *Carmen*. Les petites filles tournoyaient sur place, faisant froufrouter leurs jupes en taffetas jaune tout en balançant gracieusement la tête sous leurs *mantillas* en dentelle. De leur côté, les petits garçons tapaient des pieds, puis mettaient un genou en terre, ou bien tournaient autour de leur cavalière d'un air fier et dédaigneux. Ils portaient tous une veste noire courte, un pantalon moulant et un chapeau en velours. La musique nous parvenait par vagues, accompagnée d'un bruit rappelant le claquement d'un fouet qui augmentait à mesure que nous nous rapprochions.

Quelques touristes se mêlaient aux spectateurs, observant les danseurs, et toute une rangée de parents et de grands-parents installés sur des sièges pliants près d'une fontaine vide applaudissait chaque fois que la musique ou le martèlement des garçons atteignait un crescendo. Papa et moi nous attardâmes quelques minutes avant d'emprunter une rue qui partait manifestement de la place pour aboutir à l'église, tout en haut de la ville.

Mon père ne fit aucune mention du soleil qui sombrait à l'horizon, mais j'avais le sentiment que notre marche était réglée sur la mort soudaine du jour, et je ne fus pas surprise quand la lumière de ce paysage sauvage s'évanouit d'un seul coup. La silhouette bleu-noir des Pyrénées se détachait crûment sur l'horizon tandis que nous progressions. Puis elle se dilua dans le bleu-noir du ciel.

La vue depuis le mur de l'église était panoramique – pas vertigineuse comme celles que nous avions contemplées dans ces villes italiennes dont je rêvais encore, mais immense, les plaines et les collines se succédant pour former des contreforts, et les contreforts se cabrant pour devenir des pics sombres qui masquaient des portions entières du monde distant.

Juste à nos pieds, les lumières de la ville commençaient à s'allumer, des promeneurs déambulaient dans les rues et les allées, parlant, riant, et un parfum rappelant celui des œillets montait des petits jardins enclos. Des hirondelles entraient et sortaient du clocher, décrivant des arabesques comme si elles traçaient un message invisible avec des filaments d'air. J'en remarquai une qui voletait maladroitement au milieu des autres, pesante et malhabile, puis je me rendis compte qu'il s'agissait d'une chauve-souris, à peine distincte dans la lumière mourante.

Mon père soupira et posa les pieds sur un bloc de pierre – une marche qui permettait autrefois de monter à dos d'âne, peut-être ? suggéra-t-il à voix haute. Quelle qu'ait été sa fonction originelle, cette pierre avait contemplé cette vue pendant des siècles, admiré des millions de couchers de soleil comme ce soir, et assisté au remplacement relativement récent de la lumière des bougies par celle du gaz puis de l'électricité dans les rues et les cafés. Papa paraissait de nouveau détendu, le dos appuyé contre le mur de l'église, après un dîner délicieux et une promenade dans l'air pur de la montagne, mais j'avais l'impression que cette décontraction était forcée. Je n'avais pas osé l'interroger sur son étrange réaction au récit du restaurateur, mais elle m'avait fait prendre conscience du fait qu'il pourrait y avoir d'autres récits plus terribles encore pour mon père que celui qu'il avait commencé à me raconter. Cette fois, je n'eus pas à lui demander de continuer son histoire ; c'était comme si, entre deux maux, il préférait encore celui-là…

8.

13 décembre 1930
Trinity College, Oxford

« Cher et infortuné successeur,

Je puise un peu de réconfort dans le calendrier chrétien qui fait du jour où je trace ces lignes la fête de sainte Lucie, la “fiancée de la Lumière” qui éloigne les maléfices. Le culte de la bienheureuse vierge et martyre de Syracuse a été répandu par les marchands vikings jusque dans les brumes nordiques. Quelle meilleure protection contre les forces des ténèbres – intérieures, extérieures... éternelles – que la lumière et la chaleur, lorsque l'on approche du jour le plus court et le plus froid de l'année ?

Me revoici donc assis à mon bureau, après une nouvelle nuit de cauchemar. Vous étonnerais-je en vous révélant que je ne dors plus sans une gousse d'ail sous mon oreiller, ou que je porte à mon cou une chaîne ornée d'un petit crucifix en or... moi, un athée ? Il n'en est rien, bien sûr – libre à vous cependant de recourir à de tels talismans, si cela peut vous aider ; ils ont leurs équivalents intellectuels et psychologiques. C'est à ces derniers que, pour ma part, je me raccroche nuit et jour.

Pour en revenir au compte rendu de mes recherches : oui, j'ai subitement modifié le programme de mon voyage l'été dernier pour y inclure Istanbul, et je l'ai modifié sous l'influence d'un simple morceau de parchemin. J'avais examiné toutes les sources d'Oxford et de Londres susceptibles de se rapporter au "Drakulya" mentionné dans mon mystérieux livre vierge. J'avais pris une montagne de notes sur le sujet : vous les trouverez ci-jointes, cher lecteur tourmenté qui viendra après moi. Je les ai quelque peu étoffées depuis, comme vous l'apprendrez, et j'espère qu'elles vous protégeront tout autant qu'elles vous guideront.

La veille de mon départ pour la Grèce, j'étais fermement résolu à abandonner ces recherches stériles, à cesser de courir après un signe chimérique découvert dans un livre trouvé par hasard. J'avais pris toute cette histoire pour un défi lancé par le destin – et en réalité, je n'y croyais même pas : c'était par une sorte de bravade intellectuelle que je pourchassais l'ombre insaisissable et maudite de "Drakulya" à travers le passé, afin de me prouver que j'étais capable de retrouver la trace historique de n'importe quoi, de n'importe qui.

Cet après-midi-là, comme à mon habitude, j'avais préparé mon voyage avec trop de zèle : j'étais en avance et j'avais du temps à tuer avant ma dernière nuit et le départ de mon train, le lendemain matin. J'avais le choix entre aller boire une pinte de bière au Golden Wolf en regardant si par hasard mon ami Hedges s'y trouvait, ou bien – et c'est là malheureusement que me guidèrent mes pas – faire un dernier tour dans la salle des livres rares qui restait ouverte jusqu'à vingt et une heures. J'y avais découvert un semblant de piste que j'avais eu l'intention d'explorer (même si je doutais qu'elle m'éclaire en quoi que ce soit) : une simple fiche classée à la rubrique "Ottoman", mais elle m'avait frappé parce qu'elle correspondait précisément à la période de la vie de Vlad Drakula, la seconde moitié du quinzième siècle.

Bien sûr, me raisonnai-je, je ne pouvais pas explorer toutes les archives concernant cette période dans toute l'Europe et en Asie ; cela me prendrait des années – une vie entière – et je n'imaginais pas pouvoir tirer ne serait-ce qu'un article de cette fichue chasse aux fantômes. Pourtant, je tournai le dos à l'atmosphère chaleureuse du pub (source de la perte de combien de pauvres étudiants…) et pris la direction des livres rares.

La chemise cartonnée que je trouvai sans la moindre difficulté contenait quatre ou cinq courts rouleaux de parchemins ottomans, offerts à l'université au dix-huitième siècle. Chaque rouleau était recouvert de calligraphie arabe. Le descriptif en anglais figurant sur le classeur me convainquit que cela n'avait rien d'un trésor, du moins en ce qui me concernait. (Je me reportai aussitôt au texte écrit dans la langue de Shakespeare, ma connaissance de l'arabe étant désespérément rudimentaire et condamnée, j'en ai peur, à le rester jusqu'à la fin de mes jours. À moins de renoncer à tout le reste pour se consacrer à la linguistique, on ne peut parler correctement qu'une poignée de langues majeures.) Trois des parchemins se révélèrent être des inventaires d'impôts collectés sur la population d'Anatolie par le sultan Mehmed II. Le dernier dressait la liste des impôts prélevés sur les villes de Sarajevo et de Skopje, un peu plus près de chez lui – “chez lui” désignant en l'occurrence la demeure de Drakula en Valachie. Je rassemblai les documents avec un soupir en songeant que j'avais encore le temps d'effectuer une brève mais réconfortante visite au Golden Wolf. J'allais les ranger dans leur dossier en carton quand quelques lignes tracées au dos du dernier parchemin attirèrent mon attention.

C'était une courte liste, gribouillée comme à la hâte au revers du relevé officiel destiné au sultan des sommes récoltées à Sarajevo et Skopje. Je la parcourus des yeux par pure curiosité. Selon toute apparence, il s'agissait d'une liste d'acquisitions : les achats figuraient dans une colonne, à gauche, et la somme déboursée, notée dans une monnaie non précisée, était inscrite sur la même ligne, à droite. “Cinq jeunes lions des montagnes pour notre Glorieux sultan = 45”, déchiffrai-je avec intérêt. “Deux ceintures en or incrustées de pierres précieuses pour le sultan = 290. Deux cents peaux de mouton pour le sultan = 89.” Puis la dernière ligne, qui me donna la chair de poule : “Cartes et documents militaires de l’ordre du Dragon = 12.”

Vous êtes en train de vous demander comment j’ai compris tout cela d’un regard alors que, de mon propre aveu, ma connaissance de l’arabe est sommaire ? Cher lecteur à l’esprit prompt, qui restez éveillé pour suivre mes divagations, je vous sais gré de votre attention ! Ce gribouillage, cette note de frais médiévale, était rédigé en latin. Juste en dessous, une date pâlie, à peine lisible, se grava dans mon esprit comme au fer rouge : 1490.

En 1490, je me le rappelais, l’ordre du Dragon n’était plus que ruines, écrasé par le joug ottoman. Vlad Drakula était mort depuis quatorze ans et enterré, à en croire la légende, dans le monastère du lac Snagov. Les cartes de l’Ordre, ses archives, ses secrets – quels que soient les documents auxquels cette note évasive faisait référence – avaient été achetés à bas prix, à très bas prix, même, comparé aux ceintures incrustées de bijoux et au lot de peaux de mouton puantes... Peut-être ce marchand les avait-il ajoutés à ses emplettes à la dernière minute, comme une curiosité ou un trophée, bref un exemple de bureaucratie conquérante avide de flatter et d’amuser un sultan érudit dont le père ou le grand-père avait dû manifester à contrecœur son admiration pour cet ordre du Dragon barbare qui le harcelait à la lisière de l’empire.

Le marchand en question était-il un voyageur de commerce des Balkans, qui écrivait en latin et parlait un peu de slave ou un dialecte d’origine latine ? Il avait sans nul doute un niveau d’instruction élevé puisqu’il maîtrisait l’écriture. Peut-être un marchand juif, capable de s'exprimer en trois ou quatre langues différentes... En tout cas, je bénissais ses cendres d'avoir pensé à consigner par écrit ses dépenses. S'il avait réussi à envoyer la caravane de présents sans incident, si cette dernière était parvenue intacte à destination et si – en poussant la chance – les documents de l'ordre du Dragon avaient survécu au milieu des innombrables trésors du sultan : bijoux, monnaies, mosaïques byzantines, saintes reliques de martyrs arrachées à des églises, œuvres de poètes perses, livres de la Cabale, atlas, cartes du ciel...

Je me dirigeai vers le comptoir, où le bibliothécaire cherchait une fiche dans un tiroir.

— Excusez-moi... où pourrais-je consulter un catalogue des archives historiques classées par pays ? Les archives conservées en... en Turquie, par exemple ?

— Je vois ce que vous cherchez, monsieur. Il y a bien une liste destinée aux universités et aux musées, encore qu'elle soit loin d'être exhaustive. Nous ne l'avons pas ici, mais le bureau du prêt central de la bibliothèque pourra vous la montrer. Il sera ouvert demain matin à neuf heures.

Mon train pour Londres partait à dix heures quatorze. Il ne me faudrait sûrement pas plus d'une dizaine de minutes pour en avoir le cœur net... Et si jamais le nom du sultan Mehmed II, ou de ses successeurs immédiats, apparaissait sur la liste... Bon, je ne tenais pas plus que ça à voir Rhodes, de toute façon.

Bien tristement à vous,

Bartholomew Rossi. »

— En dépit de l'agitation qui régnait autour de moi, le temps semblait s'être suspendu dans le hall voûté de la bibliothèque, reprit mon père. J'avais lu une lettre en entier, mais il en restait quatre au moins dans la pile. Je remarquai, en levant les yeux, qu'un rectangle de ciel bleu sombre se détachait derrière les fenêtres du haut : le crépuscule. Je devrais l'affronter seul pour rentrer chez moi, songeai-je comme un enfant apeuré. Je ressentis de nouveau l'envie brusque de me précipiter vers le bureau de Rossi et de frapper à la porte. Sûrement, il serait assis à sa table de travail, tournant les pages d'un manuscrit dans le rond de lumière jaune de sa lampe. J'étais dérouté, comme après la mort d'un ami, par l'irréalité de la situation, pis : son impossibilité. En fait, j'étais aussi perplexe qu'effrayé, et mon incrédulité ne faisait qu'accroître mon angoisse parce que je ne me reconnaissais plus dans cet état de doute.

Tout en remuant ces pensées, je contemplais les papiers soigneusement disposés devant moi. Je m'étais étalé sur une bonne partie de la table, ce qui expliquait sans doute que personne n'ait essayé de s'asseoir en face de moi ni même un peu plus loin, d'ailleurs. Je me demandais si j'allais rassembler ces papiers et reprendre la lecture chez moi, quand une jeune femme s'approcha et s'installa au bout de la table. D'un coup d'œil, je vis que toutes les tables situées autour du fichier étaient occupées et jonchées de livres, tapuscrits, tiroirs de fiches et feuilles de notes. Elle n'avait pas d'autre endroit où s'asseoir, je m'en rendais compte, mais je me sentis subitement très protecteur à l'égard des documents de Rossi ; je redoutais le moindre regard que pourrait poser sur eux un étranger. Donnaient-ils, même de loin, l'impression d'avoir été écrits par un esprit perturbé ? Ou bien était-ce moi, le fou ?

J'étais sur le point de ranger les précieux documents, en veillant à préserver leur ordre original – sur le point de les glisser dans l'enveloppe avec ces gestes polis qu'on adopte quand quelqu'un vient s'asseoir en face de vous à la cafétéria et qu'on tente de lui faire croire qu'on avait l'intention de s'en aller, de toute façon – quand je remarquai subitement le livre que la jeune femme tenait devant elle à la verticale. Elle le feuilletait dans sa partie médiane, un bloc-notes et un stylo posés près de son coude. Mon regard remonta avec stupeur du titre de l'ouvrage à son visage, pivota vers l'autre livre ouvert à côté d'elle, puis se fixa de nouveau sur son visage.

C'était celui d'une toute jeune femme, mais présentant déjà quelques signes – oh, légers et séduisants – de maturité, avec ce froissement au coin des paupières que je voyais tous les matins dans ma propre glace, une fatigue à peine voilée qui la désignait à mes yeux comme une étudiante de troisième cycle. Son visage racé, légèrement anguleux, qui aurait pu sortir d'une peinture religieuse médiévale, était adouci par des pommettes rondes et délicates. Son teint avait la pâleur dorée des peaux mates. De longs cils cachaient ses yeux baissés sur son livre, mais, à certains passages, on pouvait percevoir le frémissement de sa bouche ferme et de ses sourcils. Elle avait tiré vers l'arrière ses cheveux de jais, presque bleus à force d'être noirs, avec plus d'austérité que ne l'exigeait la mode déjà sévère de l'époque.

Quant à son livre, il s'intitulait… Je le fixai de nouveau, sans parvenir à surmonter ma stupeur : en ce lieu d'études où se côtoyaient tous les sujets possibles au monde, il s'intitulait *Les Carpates*. Et le second livre, celui que frôlait la manche de son sweater sombre, n'était autre que le *Drakula* de Bram Stoker !

Au même moment, la jeune femme leva les yeux, croisa mon regard posé sur elle, et je pris conscience que je l'avais dévisagée ouvertement, d'une manière qui pouvait paraître insultante. D'ailleurs, le regard noir et profond que je reçus en retour – encore que ses yeux eussent une étrange couleur ambre dans leurs profondeurs, comme du miel – était on ne peut plus hostile. Je n'avais rien de ce que l'on appelait alors un « homme à femmes » ; j'étais plutôt une sorte d'ermite, à l'époque. Mais cela ne m'empêchait pas d'avoir le sens des convenances, et je me hâtai de m'expliquer. Plus tard, je compris que son hostilité était la stratégie de défense d'une femme extraordinairement belle, lasse d'être contemplée encore et encore.

— Excusez-moi, me défendis-je très vite. Je n'ai pas pu m'empêcher de remarquer vos livres. Je veux dire… ce que vous êtes en train de lire. Figurez-vous…

Elle continuait à me fixer sans un mot, son livre ouvert devant elle, et haussa l'arche sombre de ses sourcils.

— Figurez-vous que j'étudie le même sujet, insistai-je.

Ses sourcils se levèrent d'un cran supplémentaire, mais je lui montrai les papiers encore étalés devant moi.

— Sincèrement. Je viens juste de lire quelque chose sur…

Je baissai les yeux sur les documents de Rossi, et m'interrompis brusquement. Le plissement dédaigneux de ses paupières me fit rougir.

— Drakula ? articula-t-elle d'un ton sarcastique. Vous semblez disposer d'une vraie mine d'informations.

Elle avait un accent riche que je ne réussis pas à situer et sa voix était douce, mais comme volontairement feutrée par les exigences du règlement d'une bibliothèque, cachant une potentielle violence.

J'essayai une tactique différente :

— C'est par amusement ? Je veux dire, vous vous intéressez à la question pour vous distraire ? Ou bien vous effectuez des recherches ?

— Par *amusement* ?

Elle maintenait son livre ouvert devant elle, peut-être dans l'espoir de me dissuader d'insister.

— Eh bien… c'est un thème assez inhabituel, et si vous avez pris la peine d'emprunter également un ouvrage sur les Carpates, c'est que le sujet doit vous passionner.

Je crois que je n'avais pas parlé aussi vite depuis mon oral de maîtrise.

— Je m'apprêtais moi aussi à consulter cet ouvrage. Les deux, en fait.

— Vraiment ? demanda-t-elle. Et pour quelle raison ?

— Eh bien, hasardai-je, j'ai des lettres qui proviennent de… d'une source historique assez inhabituelle… et il se trouve qu'elles mentionnent Drakula. Elles concernent Drakula, pour être exact.

Une minuscule lueur d'intérêt apparut dans son regard, comme si la lumière ambrée avait triomphé et se tournait avec réticence vers moi. Elle s'enfonça sur sa chaise, avec une décontraction presque masculine, sans détacher les mains de son livre. J'eus subitement l'impression d'avoir déjà vu cette attitude une bonne centaine de fois – cette tension qui se relâche dans la réflexion, cette façon de s'installer dans une conversation… Où était-ce ?

— En quoi consistent ces lettres, exactement ? demanda-t-elle de sa voix paisible à l'étrange accent.

Je songeai avec regret que j'aurais dû me présenter et préciser au moins mon statut dans l'université avant d'entamer cette conversation. Pour une raison que je ne m'expliquais pas, je me sentais incapable de tout reprendre depuis le début – lui tendre la main, lui expliquer dans quel département j'étudiais, etc. Il m'apparut également que je ne l'avais jamais vue avant ce soir. Elle n'était donc pas étudiante en histoire, à moins qu'il ne s'agisse d'une nouvelle, venue d'une autre université. Devais-je mentir pour protéger Rossi ? Je décidai au hasard que non. Je laissai simplement son nom en dehors de l'équation.

— Je travaille avec quelqu'un qui… qui a des problèmes en ce moment, et qui a écrit ces lettres il y a plus de vingt ans. Il me les a remises en pensant que je pourrais peut-être l'aider à sortir de… de ses ennuis actuels. Ils sont en rapport avec ce qu'il étudie – enfin, ce qu'il étudiait et…

— Je vois, lâcha-t-elle avec une politesse glacée.

Elle se leva et se mit à rassembler ses affaires, sans hâte. Maintenant, elle ramassait sa sacoche. Debout, elle était aussi grande que je l'avais imaginé, un peu musclée, avec de larges épaules.

— Et vous, pourquoi vous intéressez-vous à Drakula ? demandai-je en désespoir de cause.

— Je pourrais vous répondre que cela ne vous regarde en rien, répondit-elle brièvement en se détournant. Mais il se trouve que je prépare un voyage, encore que j'ignore à quelle date je l'effectuerai.

— Un voyage… dans les Carpates, donc ?

Cette conversation avait le don de me troubler.

— Mais non.

Elle me jeta ce démenti avec dédain. Puis, comme si elle ne pouvait s'en empêcher, mais avec un tel mépris que je n'osai pas la suivre :

— À Istanbul.

— Mon Dieu, murmura tout à coup mon père en contemplant le ciel nocturne.

Les dernières hirondelles voletaient au-dessus de nous pour regagner leur nid, tandis qu'à nos pieds la ville blottie dans la vallée éteignait peu à peu ses lumières.

— Nous n'aurions pas dû rester dehors aussi tard avec l'expédition qui nous attend demain. Je suis sûr que les pèlerins sont censés rentrer tôt à l'hôtel. À la tombée de la nuit, ou quelque chose comme ça.

Je dépliai mes jambes. L'un de mes pieds s'était engourdi sous moi et les pierres du mur d'enceinte de l'église semblaient subitement aiguisées, horriblement inconfortables, surtout avec la perspective de retrouver un lit douillet. J'allais avoir des fourmis dans les pieds pendant tout le trajet jusqu'à l'hôtel. Je ressentais aussi une profonde irritation, bien plus forte que les picotements dans mes pieds : mon père avait une nouvelle fois arrêté son récit trop tôt.

— Regarde, dit-il, montrant du doigt un point situé juste en face de notre perchoir. Ce doit être Saint-Matthieu, je pense.

Je tournai les yeux dans la direction qu'il m'indiquait, et j'aperçus, à mi-hauteur de la masse sombre des montagnes, une lumière fixe. Il n'y en avait pas d'autre à proximité ; on ne distinguait aucune habitation. On aurait dit un petit brillant piqué sur un immense vêtement noir, haut perché, mais néanmoins à bonne distance des sommets les plus élevés – comme suspendu entre la ville et le ciel.

— Oui, ce doit être l'emplacement du monastère, reprit mon père. Et nous allons devoir effectuer une sérieuse ascension demain, même par la route.

Comme nous cheminions le long des rues sans lune, je ressentis cette tristesse qu'on éprouve lorsqu'on redescend d'une certaine altitude. Avant de tourner à l'angle du vieux clocher, je jetai un ultime regard par-dessus mon épaule, afin de graver cette étincelle de lumière dans ma mémoire. Elle était toujours là, brillant au-dessus d'un mur débordant de bougainvillées sombres. Je restai immobile quelques instants, la contemplant fixement. Juste à ce moment-là, la lumière clignota. Une fois.

9.

14 décembre 1930
Trinity College, Oxford

« Cher et infortuné successeur,

Je conclurai mon récit aussi rapidement que possible, sachant que vous devez y puiser des informations vitales pour nous deux si nous devons non seulement en réchapper mais en réchapper en pas trop mauvais état... Car il y a survie et survie, tout historien le sait. Les plus effroyables pulsions de l'humanité peuvent perdurer pendant des générations et des générations, des siècles, voire des millénaires... et les plus sublimes de nos créations individuelles périr avec nous au terme d'une vie humaine.

Mais poursuivons : mon voyage de Grande-Bretagne en Grèce fut l'un des plus agréables que j'aie jamais eu l'occasion de faire. Le directeur du musée d'Héraklion s'était déplacé en personne pour m'accueillir sur le sol crétois, et il m'invita à revenir durant l'été afin d'assister à l'ouverture d'une tombe minoenne. Et ce n'est pas tout : j'eus la surprise de découvrir dans mon hôtel deux spécialistes américains de l'âge classique de la Grèce, que je souhaitais justement rencontrer depuis des années. Ils me pressèrent de postuler pour une chaire qui venait de se libérer dans leur université – un poste sur mesure pour quelqu'un possédant mon cursus – et ils ne tarirent pas d'éloges sur mon travail. Partout, j'eus libre accès aux ouvrages que je désirais consulter, y compris à certaines collections privées. Les après-midi, tout le monde en ville faisait la sieste, je m'installais sur mon balcon ombré de vigne, étoffant mes notes, jetant des idées pour d'autres travaux que je réaliserais plus tard. Dans ce contexte idyllique, j'envisageai de laisser tomber ce qui me paraissait désormais être une lubie morbide, retrouver la trace de ce nom étrange de Drakulya. J'avais emporté le livre ancien dans mes bagages, ne voulant pas m'en séparer, mais je ne l'avais pas ouvert depuis une semaine, maintenant. Tout compte fait, je me sentais libéré du sortilège. Mais quelque chose – une passion d'historien qui me poussait à aller au fond des choses, ou peut-être le plaisir de la quête – m'imposait de suivre mon plan et de me rendre pour quelques jours à Istanbul.

Il me faut maintenant évoquer l'incroyable aventure qui m'est arrivée là-bas, dans la salle des archives d'une petite bibliothèque. Il s'agit du premier d'une série d'événements que je vais être amené à vous raconter et auxquels vous refuserez peut-être de croire. Mais je vous conjure au moins de me lire jusqu'au bout... »

— J'obéis à cette requête et je dévorai chaque mot, déclara mon père. La lettre revenait sur l'expérience terrifiante de Rossi face aux documents du sultan Mehmed II : sa découverte d'une carte annotée en trois langues différentes qui semblaient indiquer l'emplacement de la tombe de Vlad l'Empaleur, le vol de cette carte par un bureaucrate sinistre, et les deux blessures boursouflées sur son cou...

Au cours de son récit, son écriture perdait de sa fermeté et de sa maîtrise : la graphie devenait pointue, angoissée, et elle comportait des ratures, comme s'il l'avait écrite dans un état de grande agitation. Et en dépit de mon propre malaise (car il faisait maintenant nuit, j'avais regagné mon appartement et je lisais seul dans la pièce, la porte verrouillée et les rideaux tirés), je remarquai les mots qu'il utilisait pour relater ces événements ; le texte était quasiment identique au récit qu'il m'avait fait quarante-huit heures plus tôt. Comme si cette histoire s'était si profondément implantée dans son esprit, il y avait près d'un quart de siècle, qu'elle ne demandait plus qu'à être dévidée devant un nouveau confident.

Il y avait encore trois lettres, et je déchiffrai avidement la suivante.

15 décembre 1930
Trinity College, Oxford

« Cher et infortuné successeur,

À l'instant où cet horrible fonctionnaire m'arracha cette carte, la chance m'abandonna. En regagnant ma chambre, je découvris que la propriétaire avait déménagé mes affaires dans une chambre plus petite et à la propreté douteuse, sous prétexte qu'un morceau du plafond s'était effondré dans la mienne. Pendant l'opération, certains de mes papiers avaient disparu – ainsi qu'une paire de boutons de manchette en or, à laquelle je tenais beaucoup.

Assis dans mes nouveaux quartiers, j'essayai aussitôt de me rappeler mes notes sur l'histoire de Vlad Drakula, et de reproduire, de mémoire, les fameuses cartes que j'avais vues dans les archives. Puis je quittai précipitamment Istanbul pour la Grèce, où je comptais revenir à mes travaux sur la Crète au temps du roi Minos puisque j'avais désormais du temps libre.

Le trajet en bateau vers la Crète fut éprouvant. La mer était déchaînée et un vent chaud et violent, semblable au mistral des Français, soufflait sur l'île sans relâche. À mon arrivée, je découvris que mon ancienne chambre avait été louée et je ne réussis à trouver qu'un logement sombre et humide. Mes collègues américains étaient partis. Le gentil directeur du musée était brusquement tombé malade et personne ne semblait se souvenir qu'il m'avait invité à assister à l'ouverture d'une tombe. J'essayai de poursuivre la rédaction de mon travail sur les Minoens, mais je scrutai en vain mes notes pour trouver l'inspiration. Comme pour accroître encore ma nervosité, je rencontrai toutes sortes de superstitions primitives partout, même en ville – des superstitions que je n'avais jamais remarquées lors de mes précédents voyages, bien qu'elles soient si ancrées en Grèce que j'aurais dû y être confronté bien avant. Dans la tradition grecque, comme dans bien d'autres, le vampire a pour origine le *vrykolakas*, c'est-à-dire un corps qui n'a pas été correctement enseveli, ou qui est lent à se décomposer, sans oublier, bien sûr, toute personne enterrée vivante accidentellement. Dans les tavernes crétoises, les vieux loups de mer se montraient beaucoup plus disposés à me raconter mille et une histoires de vampires qu'à me dire où je pourrais trouver des tessons de poterie, a fortiori de me révéler dans quelles antiques épaves de bateaux naufragés leurs grands-pères avaient plongé pour les piller. Un soir, je laissai un étranger me payer une tournée d'une spécialité locale appelée, curieusement, amnésie, ce qui eut pour résultat de me rendre malade toute la journée du lendemain.

Rien, en fait, ne me réussit jusqu'à ce que je rentre en Angleterre, ce que je fis par un temps effroyable et pluvieux qui me causa le plus beau mal de mer de toute ma vie.

Je relate ces faits pour le cas où ils auraient un rapport avec d'autres aspects de notre affaire. Qu'ils vous éclairent au moins sur l'état d'esprit dans lequel je me trouvais en arrivant à Oxford : j'étais épuisé, abattu, effrayé. Dans la glace, mon reflet était pâle et amaigri. Chaque fois que je me coupais en me rasant, ce qui se produisait fréquemment tant ma nervosité me rendait maladroit, je grimaçais en me remémorant les deux petites plaies à moitié cicatrisées sur le cou du bureaucrate turc, et je doutais de plus en plus de la rationalité de mes propres souvenirs. Le pire, c'était cette hantise qui me poussait aux confins de la folie, la hantise d'un projet inabouti, d'une résolution essentielle mais qui m'échappait, faute de pouvoir lui donner forme. J'étais seul et rempli d'un sentiment d'inachèvement angoissant. En bref, mes nerfs étaient dans un état de délabrement jamais atteint.

Naturellement, je m'efforçais de me comporter comme si de rien n'était, ne touchant mot de tout cela à qui que ce soit et préparant le trimestre suivant avec le plus grand soin, comme à mon habitude. J'écrivis à mes deux confrères américains rencontrés en Crète, leur laissant entendre que je serais intéressé par un poste universitaire aux États-Unis, même pour une courte durée, s'ils pouvaient appuyer ma candidature comme ils me l'avaient proposé. J'avais presque terminé mon doctorat, je ressentais de plus en plus le besoin de prendre un nouveau départ et je pensais que le changement me ferait du bien. Je bouclai dans la foulée deux courts articles sur les liens de l'archéologie et de la littérature dans l'étude de la production des poteries crétoises. Au prix d'un grand effort sur moi-même, j'obligeai mon autodiscipline naturelle à m'aider à passer chaque jour, et chaque jour m'apportait un peu plus d'apaisement.

Durant le mois qui suivit mon retour, j'essayai non seulement d'effacer de ma mémoire tout souvenir de mon horrible voyage en Turquie, mais aussi d'éviter tout regain d'intérêt pour l'étrange petit livre que j'avais repoussé en haut d'un rayon de ma bibliothèque et pour ces recherches qu'il avait initiées. Malgré mes bonnes résolutions, ma confiance en moi reprenant peu à peu le dessus et ma curiosité renaissant avec perversité de ses cendres, je m'emparai du livre un soir et je rassemblai toutes les notes que j'avais accumulées en Angleterre et à Istanbul. La conséquence – directe, je le compris aussitôt – fut immédiate, terrifiante et tragique.

Je dois marquer une pause ici, courageux lecteur ; je ne puis me résoudre à aller plus loin maintenant... Je vous supplie néanmoins de ne pas renoncer à ces lectures, mais de les poursuivre, tout comme j'essaierai moi-même de reprendre mon récit demain.

Bien tristement à vous,

Bartholomew Rossi. »

10.

Adulte, j'ai souvent connu ce désir particulier que le temps lègue au voyageur : l'envie de retourner sur un lieu, de retrouver intentionnellement ce qu'on avait rencontré par hasard, de s'approprier de nouveau ce sentiment de découverte. Parfois, on revient dans un endroit qui n'a rien de remarquable en lui-même – on y retourne simplement parce qu'on s'en souvient. Et si l'on réussit à le retrouver, bien sûr, tout a changé : la porte taillée grossièrement est toujours là, mais beaucoup plus petite que dans notre souvenir ; le ciel est gris au lieu d'être lumineux ; c'est l'automne et non plus le printemps ; on est seul au lieu d'être accompagné de trois amis. Ou, pis : on est accompagné de trois amis au lieu d'être seul.

Un jeune voyageur ignore presque tout de ce phénomène, mais avant de le découvrir en moi-même, je pus le déceler chez mon père lors de notre visite à Saint-Matthieu-des-Pyrénées-Orientales. Je perçus en lui – sans le lire clairement sur son visage, il s'agissait d'une impression – les symptômes du « mystère de la répétition » et je devinai qu'il était déjà venu ici des années plus tôt. Étrangement, ce lieu le plongea dans une rêverie pensive et distraite, comme aucun autre endroit jusqu'ici. Il était venu une fois déjà dans la région d'Emona avant notre voyage, et plusieurs fois à Raguse. Et il avait participé dans le passé à plus d'un joyeux dîner en compagnie de Massimo et Giulia dans leur maison en pierre. Mais à Saint-Matthieu, c'était différent.

J'avais la conviction qu'il avait désiré de toutes ses forces revenir ici un jour et que, pour une raison que je ne saisissais pas, il avait pensé à cet endroit encore et encore, le revivant sans cesse mais n'en parlant à quiconque. Ce jour-là non plus, il ne laissa pas échapper un mot, si ce n'est en reconnaissant la courbe du chemin avant qu'il ne débouche sur le mur de l'abbaye. Par la suite, je notai qu'il savait d'avance quelle porte permettait d'accéder au sanctuaire, au cloître et – finalement – à la crypte. Cette extraordinaire précision dans ses souvenirs, au détail près, n'était pas une nouveauté pour moi : je l'avais déjà vu se diriger sans la moindre hésitation vers la bonne chapelle dans de vieilles églises célèbres, prendre le bon virage dans l'ancien réfectoire, emprunter la bonne allée gravillonnée et ombragée pour aller acheter des tickets au bon endroit, ou même se remémorer l'humble café où on lui avait servi un expresso absolument délicieux.

Ce qui était différent à Saint-Matthieu, c'était sa vivacité, d'une certaine manière, sa façon presque hâtive d'examiner les murs et les allées du cloître. Au lieu de sembler se dire à lui-même : « Ah oui, c'est vrai, il y a ce magnifique tympan au-dessus des portes ; j'étais à peu près certain qu'il se trouvait à cet endroit… », mon père semblait cocher au fur et à mesure dans sa mémoire des images qu'il aurait aussi bien pu décrire les yeux fermés. Il m'apparut progressivement, avant même que nous n'ayons fini de gravir le chemin escarpé et ombragé par des cyprès qui conduisait à l'entrée principale, que ce qu'il se rappelait ici n'était pas tant des détails architecturaux que des événements.

Un moine vêtu d'une longue robe brune se tenait à côté des lourdes portes en bois, remettant paisiblement des brochures aux touristes.

— Tu vois, je te l'avais dit, le monastère est toujours en activité, m'expliqua mon père de sa voix habituelle.

Il avait chaussé ses lunettes de soleil bien que le mur de l'abbaye étende sur nous une ombre épaisse.

— Ils se protègent de l'agitation et du bruit de la foule en ne laissant entrer les visiteurs que quelques heures par jour.

Il sourit au religieux tandis que nous approchions, puis tendit la main pour saisir une brochure.

— *Merci beaucoup*. Nous n'en prendrons qu'une, déclara-t-il dans un français châtié.

Cette fois, avec l'exactitude intuitive que les jeunes ont vis-à-vis de leurs parents, je sus avec une absolue certitude qu'il ne s'était pas contenté de parcourir cet endroit par le passé, un guide ou un appareil photo à la main. Il ne l'avait pas simplement visité « à fond », même s'il connaissait par cœur ce qui figurait dans le dépliant au sujet des liens entre l'architecture et l'histoire de l'abbaye. Non, quelque chose lui était arrivé ici, j'en aurais mis ma main à couper.

Ma seconde impression fut tout aussi fugace que la première, mais plus incisive encore : quand il ouvrit la brochure et posa un pied sur le seuil en pierre, baissant la tête d'une façon un peu trop nonchalante pour lire le texte imprimé plutôt que regarder les figures d'animaux en relief au-dessus de sa tête (et qui auraient *normalement* attiré son regard), je compris qu'il ressentait toujours une profonde émotion envers le sanctuaire dans lequel nous allions entrer. Une émotion – je le saisis sans reprendre mon souffle entre mon intuition et la pensée qui la suivit – une émotion qui était soit de la souffrance, soit de la peur, soit un terrible mélange des deux.

Saint-Matthieu-des-Pyrénées-Orientales se dresse à mille deux cents mètres au-dessus du niveau de la mer – laquelle n'est pas aussi éloignée que ce décor ceint de murs, avec ses aigles qui tournoient, pourrait le laisser supposer. Coiffé de tuiles rouges et perché presque en équilibre dans sa partie la plus haute, il semble avoir jailli d'un piton rocheux comme une excroissance, ce qui, d'une certaine façon, n'est pas faux puisque l'église d'origine fut taillée à même la roche, en l'an mil.

L'entrée principale de l'abbaye est une illustration tardive de l'art roman, influencé du reste par les musulmans qui combattirent au fil des siècles pour s'emparer de ce nid d'aigle : un portail en pierres équarries, couronné d'un motif géométrique d'inspiration islamique et flanqué de deux monstres grimaçants et rugissants, vomis d'un bestiaire médiéval chrétien, des créatures entre le lion, l'ours, la chauve-souris et le griffon – des animaux improbables dont les ancêtres pourraient être n'importe quoi.

À l'intérieur se trouvent la petite église abbatiale de Saint-Matthieu et son cloître magnifique, d'une grâce délicate, ceint de rosiers malgré l'altitude, et entouré par des colonnes torsadées en marbre rouge, d'apparence si fragile qu'elles pourraient avoir été tordues à la force du poignet par un Samson artiste. La lumière du soleil forme des flaques sur les dalles de la cour ouverte, et la voûte bleue du ciel se déploie subitement au-dessus du visiteur.

Ce qui capta mon attention, néanmoins, à l'instant où nous pénétrâmes dans le cloître, ce fut le ruissellement d'une cascade, une mélodie inattendue et enchanteresse dans un lieu aussi élevé et aride, et cependant aussi naturelle que le bruit d'un torrent de montagne. Il provenait d'une fontaine, autour de laquelle les moines du temps jadis méditaient déjà en marchant : un bassin à six côtés, en marbre rouge, décoré d'un relief ciselé montrant un cloître miniature, reflet de l'original autour de nous. La grande vasque reposait sur six colonnes de marbre rouge (plus un support central à travers lequel l'eau de source remontait, je suppose), et le concert des six bouches de la fontaine déversant l'eau bouillonnante produisait une musique délicieuse.

Lorsque je m'assis sur un muret, à l'extérieur du cloître, je contemplai un moment un à-pic vertigineux de plus de mille mètres et les minces rubans des cascades qui s'y déversaient, si blancs contre les parois rocheuses couvertes de forêts vert sombre. Bien que perchés au sommet d'un piton, nous étions dominés par les pics abrupts et grandioses des Pyrénées orientales. À cette distance, les torrents déferlaient dans le vide en silence, tandis que la fontaine vivante, derrière moi, pétillait et ruisselait sans répit.

— La vie monacale, murmura mon père en s'asseyant à côté de moi sur le muret.

Son visage avait une expression étrange et il passa un bras autour de mes épaules, un geste qu'il faisait rarement.

— Elle paraît paisible, mais en réalité elle est très dure. Et mauvaise aussi, parfois…

Nous restâmes immobiles, le regard fixé vers l'abîme si profond que la lumière du matin n'en avait pas encore atteint le fond. Quelque chose brillait, suspendu dans l'air, au-dessous de nous, et je compris de quoi il s'agissait avant même que mon père ne me le montre du doigt : un oiseau de proie, chassant lentement le long des parois, flottant dans le vide comme un flocon de cuivre.

— Bâti plus haut que les aigles, murmura mon père d'une voix songeuse. Tu sais, l'aigle est un très ancien symbole chrétien : c'est celui de saint Jean. Le symbole de Matthieu – saint Matthieu – est l'ange ; celui de saint Luc, le bœuf ; celui de saint Marc, le lion ailé, bien sûr. On peut voir ce dernier à travers toute l'Adriatique, parce que l'apôtre Marc était le saint patron de Venise. Le « lion de saint Marc » tient un livre entre ses griffes : si le livre est ouvert, cela signifie que la statue ou le relief a été sculpté à un moment où Venise était en paix. S'il est fermé, Venise était en guerre. Nous l'avons vu à Raguse – tu te souviens ? – sur l'une des portes… avec un livre fermé. Et maintenant, nous avons aussi vu l'aigle qui garde ce lieu. Ma foi, il a bien besoin de sa protection !

Il fronça les sourcils, se leva et se détourna. Il m'apparut subitement qu'il regrettait, presque à en pleurer, d'être venu ici.

— On continue la visite ?

Lorsque nous descendîmes l'escalier conduisant à la crypte, je décelai de nouveau chez mon père la manifestation d'une peur indescriptible. Nous avions terminé notre exploration attentive du cloître, des chapelles, de la nef et des bâtiments des cuisines battus par les vents. La crypte constituait la dernière étape de notre visite autoguidée, le dessert morbide, comme aimait à le dire mon père dans certaines églises. Parvenu devant un escalier béant, il s'y engouffra avec une détermination qui me parut trop délibérée, me laissant derrière lui sans même un mot ou un geste tandis que nous descendions dans les entrailles rocheuses. Un souffle étonnamment froid monta vers nous des profondeurs sombres. Les autres touristes en avaient terminé avec cette « attraction » et étaient ressortis, nous laissant seuls.

— C'était la nef de la première église, m'expliqua mon père, bien inutilement, d'une voix neutre. Lorsque l'abbaye est devenue plus prospère et que les moines ont pu poursuivre la construction, ils ont simplement percé une ouverture ici et édifié une nouvelle église au-dessus de l'ancienne.

Des bougies trouaient l'obscurité des niches creusées dans les épais piliers. Une croix avait été taillée dans le mur de l'abside ; elle se dressait comme une ombre, au-dessus d'un autel en pierre ou d'un sarcophage – difficile de savoir de quoi il s'agissait exactement. De chaque côté de la nef s'alignaient deux autres sarcophages, petits et primitifs, dénués d'inscriptions.

Mon père soupira longuement, promenant un regard circulaire dans ce trou glacial et silencieux foré dans la roche.

— La tombe de l'abbé fondateur, et de plusieurs abbés plus tardifs. Et notre visite s'achève ici. Bien. Rentrons déjeuner.

Je marquai un arrêt au moment de ressortir de la crypte. Le besoin de questionner mon père sur ce qu'il savait sur Saint-Matthieu, sur ce que ce lieu lui rappelait, déferla en moi comme une vague, presque comme une attaque de panique. Mais son dos, large dans sa veste en lin noir, me disait, aussi clairement que s'il l'avait exprimé avec des mots : « Attends. Chaque chose en son temps. » Je lançai un bref regard à ce sarcophage, tout au fond de l'ancienne basilique. Sa forme brute semblait figée de toute éternité dans cette lumière qui ne vacillait pas. Ce qu'il recelait appartenait au passé, et les suppositions ne l'exhumeraient pas.

Et il y avait autre chose que je savais, déjà, sans avoir besoin de le deviner. Le récit que j'entendrais au cours du déjeuner, assise sur la terrasse du monastère, à une distance diplomatique des quartiers des moines, aurait sans doute pour cadre un lieu très éloigné, mais, tout comme notre visite ici, il marquerait un pas de plus vers cette terreur que j'avais commencé à déceler chez mon père.

Pourquoi n'avait-il pas voulu me parler de la disparition de Rossi avant que Massimo n'évoque accidentellement le sujet ? Pourquoi était-il devenu livide quand le patron du restaurant nous avait raconté cette histoire de mort-vivant ?

Quelle que soit la chose qui hantait la mémoire de mon père, elle était ravivée par ce lieu qui aurait dû avoir un caractère sacré et non morbide, et qui était pourtant hideux pour lui, au point qu'il raidissait les épaules pour se protéger de cette horreur. Il me faudrait travailler, comme Rossi l'avait fait, pour rassembler mes propres indices. Je gagnais peu à peu de la sagesse d'un historien.

11.

Lorsque je retournai à la bibliothèque d'Amsterdam, je découvris que M. Binnerts avait fait des recherches en mon absence. À peine sortie du lycée, je fonçais dans la salle de lecture, mon sac encore sur l'épaule, quand il leva les yeux avec un sourire.

— Ah, ma jeune historienne ! me dit-il dans son anglais policé. J'ai quelque chose pour vous.

Je le suivis jusqu'à son bureau, et il me tendit un petit livre relié.

— L'ouvrage par lui-même n'est pas très ancien, mais il contient de très vieux récits. Ce ne sont pas des lectures très drôles, j'en ai peur, mais ces horreurs devraient vous aider à rédiger votre exposé.

Il m'installa à une table et je lançai un regard reconnaissant à sa silhouette qui s'éloignait déjà. Cela me touchait qu'il me juge assez mûre pour me confier une lecture pleine de telles « horreurs ». Le livre s'intitulait *Récits des Carpates*. C'était un mince volume sans éclat du dix-neuvième siècle, publié à compte d'auteur par un collectionneur anglais appelé Robert Digby. Dans sa préface, Digby évoquait ses incursions dans des montagnes sauvages et des langages plus rugueux encore, bien qu'il ait également puisé à des sources allemandes et russes pour certaines parties de son ouvrage. Ses récits eux aussi avaient une tonalité sauvage et sa prose n'était pas dénuée de romantisme (bien des années plus tard, je constaterais que les versions présentées par Digby étaient largement meilleures que celles des collectionneurs et traducteurs plus tardifs).

Deux histoires avaient pour sujet le « Prince Drakula » et je les lus avec avidité. La première racontait comment cet être monstrueux aimait festoyer à la belle étoile... au milieu des corps de ses sujets empalés. Un jour, comme un de ses serviteurs avait osé se plaindre devant lui de l'odeur pestilentielle, le prince ordonna qu'on l'empale au-dessus des autres afin que la puanteur n'offense plus ses narines délicates... Digby évoquait une variante de cette histoire, dans laquelle Drakula réclamait en hurlant un pieu trois fois plus long que ceux sur lesquels les autres suppliciés avaient été empalés.

La seconde histoire était tout aussi macabre. Elle racontait le sort abominable de deux ambassadeurs envoyés par le sultan Mehmed II auprès de Drakula. Lorsqu'ils se présentèrent devant lui, ils ne retirèrent pas leur turban. Mal leur en prit. Le prince voulut savoir pourquoi ils lui faisaient cet affront et ils répondirent qu'ils respectaient simplement leurs propres coutumes. « En ce cas, repartit Drakula, je m'en voudrais de ne pas vous aider à bien vous enfoncer vos coutumes dans le crâne » – et il fit clouer leurs turbans sur la tête des malheureux.

Je recopiai les deux récits de Digby dans mon cahier. Quand M. Binnerts revint, je lui demandai s'il voulait bien essayer de chercher des sources contemporaines de Drakula – s'il en existait.

— Je ferai mon possible, dit-il en hochant gravement la tête.

Pour l'instant, il devait retourner à son poste, mais il s'en occuperait dès qu'il en aurait le temps. Ensuite, peut-être – il esquissa une moue souriante – peut-être pourrais-je passer à un sujet plus plaisant, l'architecture médiévale, par exemple ? Je lui rendis son sourire en promettant d'y réfléchir.

Il n'y a pas de lieu sur terre plus exubérant que Venise par une journée venteuse, chaude et sans nuages. Les bateaux tanguent sur la lagune comme s'ils voulaient voguer tout seuls vers l'aventure ; les façades décorées s'animent dans la lumière du soleil ; pour une fois, l'eau respire la fraîcheur. La cité tout entière se gonfle comme une voile, tel un bateau sans amarres, s'ébrouant avant d'appareiller. Les vagues au bord de la piazza di San Marco clapotent dans le sillage des hors-bord, produisant une musique festive, mais aussi peu raffinée qu'un coup de cymbales. À Amsterdam, la Venise du Nord, ce temps radieux aurait fait pétiller la ville de nouvelles résolutions. Ici, il mettait simplement en lumière des fissures dans la perfection – une fontaine envahie de mauvaises herbes sur une petite place isolée, par exemple, où l'eau aurait dû jaillir en bouillonnant au lieu de laisser s'écouler un filet d'eau rouillée par-dessus le rebord du bassin. Les chevaux de Saint-Marc caracolaient piteusement dans la lumière étincelante, et les colonnes du palais des Doges n'avaient vraiment pas bonne mine non plus…

Je fis un commentaire sur ce qui s'apparentait à une célébration du délabrement, et mon père se mit à rire.

— Tu commences à avoir une excellente perception de l'atmosphère. Venise est célèbre pour son sens du spectacle, et peu lui importe que son décor soit un peu décati, aussi longtemps que le monde continue à défiler ici pour l'adorer.

Il montra d'un geste la terrasse du café – notre endroit préféré juste après le Florian – où des touristes transpiraient, leurs chapeaux et leurs chemises pastel flottant dans la brise.

— Attends que la nuit tombe et tu ne seras pas déçue. Un théâtre a besoin d'une lumière plus subtile que celle-ci. Tu seras surprise par la transformation.

De toute façon, j'étais trop bien ici, à siroter mon orangeade, pour avoir envie de bouger. Attendre une surprise agréable était exactement ce dont j'avais envie. C'était la dernière offensive de l'été avant que l'automne fasse son apparition. Pour moi, l'automne signifierait plus de cours au lycée et, avec un peu de chance, quelques escapades avec mon père. Il retournerait en Europe de l'Est et je faisais déjà pression sur lui pour qu'il m'emmène.

Pour le moment, il finissait sa bière en feuilletant un guide.

— Voilà San Marco. Tu sais, Venise fut la rivale du monde byzantin pendant des siècles, et aussi une grande puissance maritime. En fait, la Cité des Doges vola quelques objets remarquables à Byzance, y compris ces animaux de manège, là-haut.

Je regardai par-dessous l'auvent en direction de Saint-Marc, où les chevaux en cuivre semblaient tirer le poids des dômes ruisselant de plomb derrière eux. La basilique entière entrait en fusion dans cette lumière – outrageusement lumineuse et chaude, un enfer de trésors.

— Quoi qu'il en soit, reprit mon père, San Marco fut conçu en partie à l'image de sa sœur Sophie, à Istanbul.

— Istanbul ? répétai-je d'un ton innocent tout en cherchant à attraper les glaçons au fond de mon verre. Tu veux dire qu'elle ressemble à Sainte-Sophie ?

— Eh bien, à la prise de la ville, la basilique chrétienne Hagia Sophia a été transformée en mosquée par les conquérants ottomans, ce qui explique les minarets qui montent la garde à l'extérieur et, à l'intérieur, les quatre immenses panneaux ronds ornés de noms musulmans en lettres d'or arabes. On *voit* réellement l'Orient et l'Occident face à face à Sainte-Sophie. Mais ensuite, il y a les grandes coupoles au sommet, clairement chrétiennes et byzantines, comme à San Marco…

Je pointai un doigt négligent vers la piazza.

— Elles sont en plomb, comme celles-ci ?

— Oui. Ce sont les mêmes, en plus grand. Les dimensions du lieu sont impressionnantes. On en a le souffle coupé.

— Oh. Je peux avoir un autre jus d'orange, s'il te plaît ?

Mon père me regarda brusquement, mais il était trop tard. Maintenant, je savais qu'à la suite de Rossi il s'était lui aussi rendu à Istanbul.

12.

16 décembre 1930
Trinity College, Oxford

« Cher et infortuné successeur,

À ce stade mon récit m'a presque rattrapé, ou inversement, et il me faut maintenant évoquer les événements qui lui permettront de rejoindre le présent. Ensuite, j'ose l'espérer, je mettrai un point final à cette histoire car la seule idée que l'avenir puisse receler d'autres de ces abominations m'est insupportable.

Comme je l'ai raconté, je finis donc par reprendre mon fameux livre, tel un drogué retombant dans sa dépendance. Juste avant d'accomplir le geste fatidique, je me racontai à moi-même que ma vie avait retrouvé son cours normal, que mon expérience à Istanbul avait été étrange, certes, mais qu'il y avait sûrement une explication rationnelle, que la fatigue et les tracas du voyage m'avaient conduit à exagérer ce qui s'était passé, etc. C'est ainsi que je m'emparai de nouveau du livre (ou plus exactement, il s'empara de nouveau de moi) et… mais il vaut mieux que je raconte la scène dans l'ordre et le plus fidèlement possible.

Donc, c'était un soir pluvieux d'octobre, il y a de cela deux mois à peine. J'étais chez moi, seul, j'avais fini de dîner depuis une heure environ et je passais le temps en attendant la visite d'un ami, un professeur d'université de dix ans mon aîné pour lequel j'éprouvais une très grande affection. C'était un homme adorable, délicieusement gauche, dont la maladresse et le sourire timide et doux dissimulaient un esprit si aiguisé que je me félicitais bien souvent qu'il l'exerce sur la littérature du dix-huitième siècle plutôt que sur ses collègues ! Sa timidité mise à part, il aurait été totalement à l'aise dans un café de Londres, parmi Addison, Swift et Pope. Il avait peu d'amis, ne s'était jamais risqué à regarder dans les yeux une femme extérieure à sa famille, et ses rêves d'aventure se limitaient à la campagne d'Oxford, où il aimait se promener, s'accoudant de temps à autre à une barrière pour regarder les vaches ruminer. Tout en lui communiquait une douce bonhomie : sa grosse tête ronde, ses larges mains pataudes et ses bons yeux bruns. Il finissait par ressembler lui-même à un paisible bovin, se disait-on... juste avant qu'un de ses pétillants traits d'esprit transperce l'air comme une flèche. J'adorais l'écouter parler de son travail, qu'il évoquait avec modestie mais enthousiasme, et il ne manquait jamais de m'interroger sur mes propres recherches. Il s'appelait... – eh bien, il vous suffirait de chercher dans n'importe quelle bibliothèque digne de ce nom pour le trouver puisqu'il a ramené à la vie pour le grand public plusieurs génies de la littérature anglaise. Mais ici, je l'appellerai Hedges, un nom de guerre de mon invention, afin de respecter la discrétion et la dignité qui furent les siennes toute sa vie durant.

Ce soir-là, Hedges devait passer me rapporter le brouillon de deux articles que j'avais tirés de mon travail en Crète. Bien qu'il ne soit pas en mesure de vérifier la véracité de ma description du commerce antique dans le bassin méditerranéen, je lui avais demandé de les lire et de les corriger, car il écrivait comme d'autres sculptaient : avec la précision et la fermeté que requiert un bas-relief réaliste. C'est ainsi qu'il me suggérait souvent de revenir sur mon ouvrage, pour polir un peu plus mon style. Tout à l'heure, j'aurais sans nul doute droit à une demi-heure de critiques amicales, puis nous siroterions un sherry et je savourerais ce moment délicieux où un véritable ami étend ses jambes devant votre cheminée et vous demande comment vous allez. Bien sûr, je ne lui dirais rien du piteux état de nerfs dans lequel je m'étais trouvé – et dont je me remettais à peine – mais il y avait un tas d'autres sujets dont nous pourrions discuter, un tas.

Tout en l'attendant, je tisonnai le feu, ajoutai une bûche, puis je sortis deux verres et examinai ma table de travail. Mon bureau me servait également de salon et je veillais à ce qu'il soit aussi en ordre et confortable que l'exigeait la robustesse de son mobilier du dix-neuvième siècle. J'avais abattu un monceau de travail cet après-midi-là, dîné rapidement d'une assiette froide qu'on m'avait apportée à dix-huit heures, puis j'en avais terminé avec ma paperasserie. La nuit tombait déjà, et avec elle une pluie lugubre et oblique. Loin d'être rebuté, je trouvais cette soirée automnale des plus attrayantes, et je ne ressentis donc qu'un petit frisson de prémonition lorsque ma main, errant sur les rayons de ma bibliothèque en quête de quoi passer le temps pendant dix minutes, se referma comme par enchantement sur "le" livre que j'avais fui. Je l'avais glissé au milieu d'ouvrages moins... dérangeants sur une étagère située au-dessus de mon bureau. À présent, je m'installai confortablement à ma table de travail, sentant avec un plaisir oublié la reliure ancienne, douce comme du daim, s'ajuster dans ma paume, et j'ouvris le volume.

Instantanément, une odeur monta des pages, qui n'était pas celle, délicate, du vieux papier et du vélin craquelé. C'était une odeur épouvantable, suffocante, de viande avariée ou de chairs en décomposition. Je refermai précipitamment le livre. Encore incrédule, je le rouvris au bout de quelques instants et, de nouveau, une insoutenable puanteur de décomposition monta. Le petit volume semblait vivant dans mes mains et cependant il sentait la mort.

Cette puanteur troublante réveilla l'effroi nerveux qui avait été le mien à mon retour, et il me fallut puiser dans toutes les ressources de ma volonté pour ne pas céder à la panique. Les livres anciens pourrissaient, c'était un fait, et j'avais transporté celui-ci dans la pluie et la tempête. Cette odeur avait une explication logique, rationnelle. Peut-être devrais-je le rapporter dans la salle des livres rares et demander conseil pour le faire nettoyer, ou désinfecter...

Si je n'avais pas déployé autant d'efforts pour nier ma réaction de rejet face à cette odeur insupportable, j'aurais refermé le livre sans plus attendre et je l'aurais à nouveau remisé dans un coin. Au lieu de ça, et pour la première fois depuis des semaines, je m'obligeai à revenir à cette extraordinaire image centrale, ce dragon aux ailes déployées grondant au-dessus de sa bannière. C'est alors qu'avec une précision fulgurante un détail qui m'avait échappé jusqu'ici me sauta aux yeux.

Les fées qui se sont penchées sur mon berceau ne m'ont pas fait don d'une acuité particulière dans ma compréhension visuelle du monde, mais une sorte de sensibilité accrue de mes sens me montra tout à coup le contour du dragon, ses ailes déployées et les anneaux formés par sa queue. Dans un élan de curiosité, je me précipitai sur la liasse de notes prises à Istanbul que j'avais fourrée au fond du tiroir de mon bureau. La compulsant maladroitement, je trouvai la page que je cherchais : arrachée à mon agenda, elle montrait un croquis que j'avais dessiné dans la salle des archives d'Istanbul ; c'était la copie d'une des cartes.

Vous vous rappelez probablement qu'il y avait trois cartes, reproduites à des échelles différentes, de façon à montrer la même région de plus en plus détaillée. Cette région, même dessinée de ma main inexpérimentée, avait une forme bien définie. Elle ressemblait à s'y méprendre à un animal pourvu de deux ailes symétriques. Un long fleuve s'en échappait, en direction du sud-ouest, déroulant ses méandres… exactement comme la queue du dragon que j'avais sous les yeux. J'examinai de plus près la gravure, le cœur étrangement oppressé. La queue du monstre était fourchue, terminée par une double flèche pointée vers… – je faillis pousser un cri, balayant toutes les semaines qu'il m'avait fallu pour guérir de mon obsession première – vers l'endroit qui correspondait sur la carte au site de la Tombe maudite.

La ressemblance entre les deux images était trop frappante pour être une coïncidence. Comment avais-je pu ne pas remarquer, dans la salle des archives, que la région représentée avait exactement la forme menaçante de mon dragon aux ailes déployées ? La gravure sur laquelle j'avais médité si intensément avant mon voyage devait renfermer une signification précise, un message. Elle était conçue pour menacer et intimider, pour glorifier un pouvoir. Mais à un esprit persévérant, elle pourrait servir d'indice : sa queue indiquait la tombe aussi clairement qu'un doigt qu'on pointe vers soi-même pour dire : c'est moi ; je suis là. Et qui était là, dans ce point focal, cette mystérieuse et inquiétante Tombe maudite ? Le dragon brandissait sa réponse dans ses griffes horriblement acérées : “Drakulya”.

J'avais un goût de cendre dans la bouche, plus âcre que mon propre sang. Je savais que je devais me garder des conclusions hâtives, mon expérience ne cessait de me le répéter, mais ma conviction était plus forte que ma raison. Aucune des cartes ne montrait le lac Snagov, où Vlad Tepeş était censé avoir été enterré. Sûrement, cela signifiait que l'Empaleur – Drakula – reposait ailleurs, dans un lieu que même la légende n'avait pas révélé de façon fiable…

— Mais où est sa tombe, alors ?

Je formulai la question à voix haute, malgré moi. Et pourquoi son emplacement avait-il été gardé secret ?

J'étais là, à tenter d'ajuster ces pièces ensemble, quand un pas familier retentit dans le couloir de l'université : la démarche traînante, attachante, de ce cher Hedges. Je songeai qu'il me fallait cacher ces documents, aller à la porte, sortir la bouteille de sherry, et me composer un visage normal et détendu. Je m'étais à demi redressé, rassemblant mes papiers, quand j'entendis tout à coup un silence. On aurait dit une faute musicale, une note qu'un musicien aurait tenue une mesure de trop, et qui éveillait l'attention de l'auditeur comme un accord parfait n'y aurait pas réussi. Le pas familier s'était arrêté à hauteur de ma porte, mais Hedges n'avait pas frappé comme d'habitude. Et il ne frappait pas…

Mon cœur se fit l'écho de cette mesure manquante. Dominant le froissement de mes papiers et le crépitement de la pluie dans la gouttière, au-dessus de ma fenêtre à présent enveloppée de ténèbres, je perçus un bourdonnement : le bruit de mon sang emplissant mes oreilles. Lâchant le livre, je courus vers la porte d'entrée, la déverrouillai et l'ouvris.

Hedges était là, mais il gisait sur le parquet ciré, la tête ployée en arrière et le corps tordu sur le côté comme s'il avait été projeté à terre par une force colossale. Je me rendis compte avec une sensation de nausée que je ne l'avais entendu ni crier, ni tomber. Ses yeux étaient ouverts et regardaient fixement derrière moi. Pendant une interminable seconde, je crus qu'il était mort. Puis sa tête remua et il gémit. Je tombai à genoux à côté de lui.

— Hedges !

Il gémit de nouveau.

— Vous m'entendez ? balbutiai-je, sanglotant presque de soulagement de voir qu'il était vivant.

Au même instant, sa tête roula sur le côté, dévoilant une entaille sanglante à son cou. Elle n'était pas large, mais paraissait profonde, comme si un chien lui avait sauté dessus, le lacérant de ses griffes, et elle saignait abondamment sur le col de sa chemise et sur le sol, contre son épaule.

— À l'aide ! criai-je.

Personne, sûrement, n'avait brisé aussi violemment la quiétude feutrée de ce couloir lambrissé de chêne en des siècles d'existence. Et je ne savais même pas si cela servait à quelque chose : c'était le soir où la plupart des étudiants dînaient avec le principal. Mais une porte s'ouvrit à la volée tout au bout du couloir et le valet du professeur Jeremy Forester, un gentil garçon appelé Ronald Egg (il a depuis quitté l'université), accourut. Il embrassa la scène d'un regard, les yeux exorbités, puis s'agenouilla pour plaquer son mouchoir sur la blessure de Hedges.

— Aidez-moi, monsieur. Il faut le redresser en position assise, et voir s'il n'a pas d'autre blessure.

Il palpa délicatement le corps inerte de mon malheureux ami, et comme celui-ci n'émettait aucune plainte, nous l'adossâmes contre le mur. Je l'appuyai contre mon épaule, où il pesa de tout son poids.

— Je cours chercher un médecin, me dit Ronald – et il disparut au fond du couloir.

Je gardai un doigt sur le pouls de Hedges ; sa tête dodelina près de la mienne, mais les battements de son cœur semblaient réguliers. Je ne pus m'empêcher d'essayer de le ramener à la conscience.

— Au nom du ciel, Hedges, que s'est-il passé ? Qui vous a frappé ? Vous m'entendez ? Hedges !

Il ouvrit les yeux et me regarda. La moitié de son visage semblait affaissée, bleuâtre, mais il parla de façon à peu près intelligible.

— Il m'a… chargé… de vous dire…

— Quoi ? Qui ça ?

— … vous dire qu'il ne tolérera… aucune… transgression…

La tête de Hedges retomba en arrière contre le mur avec un bruit mat – cette pauvre tête qui abritait l'une des intelligences les plus brillantes d'Angleterre. J'en eus la chair de poule tandis que je le soutenais.

— Qui, Hedges ? Qui vous a dit cela ? Que vous a-t-il fait ? Vous l'avez vu ?

De la salive moussa au coin de sa bouche et ses mains remuèrent de chaque côté de son corps.

— Aucune transgression, bredouilla-t-il.

— Oui, oui, restez tranquille à présent, le pressai-je. Ne parlez pas. Le médecin va arriver dans une minute. Essayez de vous détendre et de respirer calmement.

— Oh ! mon Dieu, murmura Hedges. Pope et l'allitératif. "Douce nymphe…" Hum ! à débattre.

Je le regardai, l'estomac noué.

— Hedges ?

— "La Boucle dérobée", articula-t-il poliment. Sans l'ombre d'un doute.

Le médecin de l'université qui le fit admettre à l'hôpital me déclara que Hedges avait eu une attaque d'apoplexie en plus de sa blessure.

— Elle a très certainement été provoquée par le choc. Cette plaie sur son cou, ajouta-t-il une fois à l'extérieur de la chambre de Hedges. On dirait qu'elle a été produite par un objet acéré, certainement des crocs, un animal. Vous avez un chien ?

— Bien sûr que non. Les animaux sont interdits dans l'enceinte de la faculté.

Le médecin secoua la tête.

— C'est très étrange. Je reste convaincu qu'il a été attaqué par un animal au moment où il se rendait chez vous, et c'est cette agression qui a provoqué la crise d'apoplexie qui couvait peut-être. Il n'a plus du tout sa tête actuellement, même s'il parvient à former des mots cohérents. Il y aura une enquête à cause de la blessure, mais à mon avis, nous découvririons qu'il y a un dangereux chien de garde là-dessous. Essayez de retracer l'itinéraire qu'il a pu emprunter pour venir chez vous...

L'enquête ne déboucha sur aucune piste concluante, mais je ne fus pas inquiété, la police étant incapable de trouver un mobile ou l'ombre d'une preuve attestant que j'avais agressé Hedges moi-même. Le pauvre étant dans l'incapacité de témoigner, ils finirent par enregistrer l'incident comme une "automutilation", ce qui me parut une atteinte stupide et scandaleuse à sa réputation.

Un jour, alors que je lui rendais visite dans sa maison de repos, je lui demandai de réfléchir à ces mots : "Je ne tolérerai aucune transgression."

Il tourna vers moi un regard dénué de curiosité, touchant avec des doigts distraits, bouffis, la blessure rouge sur son cou.

— Et pourquoi pas, mon cher Boswell ? dit-il d'un ton badin, presque avec humour. Sinon, hors d'ici.

Quelques jours plus tard, il mourut d'une deuxième attaque, survenue pendant la nuit. La maison de repos ne releva aucune blessure externe sur le corps. Quand le principal de l'université m'annonça la nouvelle, je me jurai de travailler sans relâche à venger la mort de Hedges, si je trouvais un moyen.

Je n'ai pas le courage de raconter en détail la tristesse de la messe d'enterrement qui eut lieu dans notre chapelle, à Trinity, les sanglots étouffés de son vieux père lorsqu'un chœur d'enfants entonna les psaumes magnifiques destinés à réconforter les vivants. Je passe sur la colère que je ressentis au moment de l'Eucharistie, devant le calice du sang versé par un autre Juste... Hedges fut enterré dans son village du Dorset et, par une douce journée de novembre, je me rendis sur sa tombe, seul.

L'inscription sur la dalle dit : "Requiescat in pace" et si l'on m'avait demandé mon avis, je n'en aurais pas choisie d'autre. À mon infini soulagement, c'est le cimetière le plus paisible du pays.

Personne au pub de la grand-rue ne fit état d'une rumeur concernant un *vrykolakas* anglais, malgré les perches énormes que je tendais. Mais après tout, Hedges n'avait été attaqué qu'une seule fois, et non à plusieurs reprises comme cela est nécessaire, à en croire Bram Stoker, pour transformer une personne vivante en mort-vivant. Je crois qu'il fut sacrifié en guise d'avertissement – à mon intention. Et à la vôtre également, infortuné lecteur ?

Bien tristement à vous,

Bartholomew Rossi. »

Mon père remua la glace dans son verre, comme pour contrôler le tremblement de sa main et se donner une contenance.

À la chaleur de l'après-midi avait succédé une nuit vénitienne paisible qui allongeait l'ombre des touristes et des édifices sur les murs de la place. Une nuée de pigeons s'envola, effrayée par quelque chose, et tournoya au-dessus de nos têtes. La fraîcheur des boissons que j'avais absorbées m'avait gagnée, me glaçant jusqu'aux os. Quelqu'un éclata de rire, au loin, et j'entendis des mouettes crier au-dessus des pigeons.

Nous étions toujours assis à notre table quand un jeune homme vêtu d'une chemise blanche et d'un jean s'avança vers nous à grands pas. Il portait un sac en toile sur l'épaule et sa chemise était couverte de taches de peinture.

— Vous m'achetez un tableau, *signore* ? dit-il en souriant à mon père. La *signorina* et vous, vous avez été mes modèles vedettes, aujourd'hui.

— Non, non, *grazie*, répondit machinalement mon père.

Les places et les rues étaient pleines de ces élèves des Beaux-Arts. C'était la troisième vue de Venise qu'on nous proposait aujourd'hui ; mon père jeta à peine un coup d'œil au tableau. Le jeune homme, toujours souriant, et ne voulant apparemment pas nous laisser sans avoir reçu au moins un compliment pour son travail, me montra sa toile et je hochai la tête avec bienveillance, l'effleurant du regard. Une seconde plus tard, il s'éloignait à la recherche d'un autre acheteur potentiel, et je le suivais des yeux, pétrifiée sur ma chaise.

Le tableau qu'il m'avait montré était une aquarelle richement colorée. On y voyait notre café, ainsi que l'angle du café Florian, une scène tout à la fois lumineuse et banale d'un bel après-midi ensoleillé. L'artiste devait avoir installé son chevalet quelque part derrière moi, mais assez près néanmoins ; il avait saisi une tache de couleur que j'avais reconnue comme l'arrière de mon chapeau de paille rouge. C'était un travail d'une élégante simplicité, l'image même de l'indolence estivale, le souvenir d'une journée parfaite au bord de l'Adriatique qu'un touriste pourrait avoir envie de conserver. Mais le regard rapide que j'y avais jeté m'avait montré un homme assis à quelques tables de mon père. Une silhouette sombre et solitaire, aux larges épaules, vêtue de noir au milieu des couleurs pimpantes de l'auvent et des nappes. Or cette table, je m'en souvenais très bien, était restée inoccupée tout l'après-midi.

13.

Le voyage suivant nous conduisit de nouveau à l'est, par-delà les Alpes Juliennes. La petite ville de Kostanjevica, « le lieu du châtaignier », était effectivement le royaume des châtaignes à cette époque de l'année. Certaines étaient déjà tombées des arbres si bien qu'il fallait regarder avec attention où l'on posait les pieds sous peine de déraper sur une bogue piquante. Devant la mairie, construite à l'origine pour un bureaucrate austro-hongrois, le trottoir était jonché de ces petites coques traîtresses : une colonie de minuscules porcs-épics.

Mon père et moi marchions lentement, savourant la fin d'une chaude journée d'automne – dans le dialecte local, ils appelaient ça « l'été tsigane », nous avait révélé une dame dans un magasin, et je réfléchissais aux différences entre le monde occidental, à une centaine de kilomètres de là, et le monde oriental où nous nous trouvions, un peu au sud d'Emona. Dans un magasin aux comptoirs à moitié vides, nous avions acheté une énorme barre de chocolat pour compléter notre pique-nique composé de tranches de salami, de pain noir et de fromage, et mon père portait des bouteilles de Naranca, ma boisson préférée (à l'orange) qui me rappelait déjà Raguse, Emona et Venise.

Sa dernière réunion à Zagreb s'était terminée la veille, pendant que j'apportais la touche finale à mon devoir d'histoire. Mon père souhaitait que je me mette à l'allemand et j'étais avide d'apprendre, non à cause de son insistance mais malgré elle. Je commencerais le lendemain, avec un manuel acheté à la librairie des littératures étrangères, à Amsterdam. Je portais une robe neuve, courte, de couleur verte, et des chaussettes montantes jaunes, mon père souriait encore d'une blague intraduisible qui était passée d'un diplomate à un autre ce matin, et les bouteilles de Naranca tintaient dans notre filet à provisions. Devant nous se profilait un pont en pierre enjambant la rivière Kostan. Je pressai le pas afin de savourer la vue sans personne à mes côtés, pas même mon père.

La rivière disparaissait dans un méandre, non loin du pont, et dans sa courbe se blottissait un palais miniature : un château slave de la taille d'une villa avec des cygnes qui nageaient au pied de ses murailles et faisaient leur toilette sur les berges. Comme je regardais, une femme vêtue de bleu ouvrit une fenêtre à l'étage, faisant basculer vers l'extérieur le panneau dont les carreaux à croisillons brillèrent dans le soleil, et secoua son balai. Sous le pont, de jeunes saules entrelaçaient leurs branches et des hirondelles ne cessaient d'entrer et de sortir en volant des petites mottes de boue formées sur leurs racines. Dans le parc du château, j'aperçus un banc en pierre (pas trop près des cygnes dont j'avais une peur bleue, bien que je ne sois plus une enfant) vers lequel s'inclinaient des châtaigniers et où les murs du château projetaient une ombre apaisante. Mon père n'aurait pas à s'inquiéter pour son costume clair, et il pourrait même décider de rester assis plus longtemps que prévu, et parler malgré lui.

— Tandis que je parcourais ces lettres dans mon appartement, reprit mon père en effaçant toute trace de salami sur ses mains avec un mouchoir en coton, un problème étranger à la tragique disparition de Rossi hantait avec insistance un coin de mon esprit. Lorsque je reposai la lettre où il racontait l'horrible accident de son ami Hedges, j'éprouvai un tel sentiment de malaise qu'il me fut d'abord impossible de réfléchir clairement. J'avais conscience d'avoir basculé dans un univers nauséeux, une transmutation du monde que j'avais connu jusqu'ici, un stupéfiant retournement du cours de l'Histoire que j'avais toujours tenu pour acquis. Dans mon univers d'historien, les morts restaient convenablement morts, le Moyen Âge avait été le théâtre d'horreurs réelles et non pas surnaturelles, Drakula n'était qu'une légende folklorique d'Europe de l'Est ressuscitée par les films de mon enfance, et l'année 1930 signifiait que dans trois ans Hitler prendrait le pouvoir en Allemagne, un horizon déjà assez terrifiant comme ça.

L'espace d'une seconde, je me sentis donc malade de dégoût, furieux que mon directeur de thèse m'ait légué ces divagations répugnantes avant de se volatiliser. Puis le ton de ses lettres, plein de compassion et de regret, me convainquit de nouveau de sa sincérité, et le remords d'avoir douté de lui me submergea. Rossi ne pouvait compter que sur mon aide – sur moi seul ; si je refusais de suspendre mon incrédulité en vertu d'un principe aveugle et arbitraire, je ne le reverrais certainement jamais.

Autre chose me tracassait, je l'ai dit. Et comme mon esprit s'éclaircissait, je compris que c'était le souvenir de la jeune femme rencontrée dans la bibliothèque deux heures plus tôt – même si j'avais l'impression qu'il s'était écoulé plusieurs jours. Je me rappelais la lumière magique de ses yeux quand elle m'avait écouté lui parler des lettres, la ligne sévère de ses sourcils froncés par la concentration.

Pourquoi avait-elle choisi de s'installer à ma table, à côté de moi, pour lire un ouvrage sur Drakula, et précisément ce soir ? Pourquoi avait-elle mentionné Istanbul ? Ce que j'avais lu des lettres de Rossi m'avait suffisamment ébranlé pour que je consente à mettre de côté mon scepticisme et à rejeter la notion de coïncidence en faveur de quelque chose de plus fort. Pourquoi pas ? À partir du moment où j'étais prêt à accepter un événement surnaturel, je pouvais en accepter d'autres ; c'était logique.

Je poussai un soupir et saisis la dernière lettre de Rossi. Ensuite, il me resterait à examiner les autres documents dissimulés dans cette enveloppe innocente, après quoi je me retrouverais livré à moi-même. Quel que soit le sens de l'apparition de la jeune inconnue – apparition qui n'avait probablement rien que de très naturel –, je n'avais pas le temps de découvrir qui elle était, ni pourquoi nous partagions le même intérêt pour l'occulte. Cela me fait drôle de m'entendre dire ça, car je ne suis vraiment pas porté sur l'occulte, je ne l'ai jamais été. La seule chose qui comptait pour moi, c'était de retrouver Rossi.

La dernière lettre, contrairement aux autres, était écrite à la main – sur une feuille de cahier réglé, et à l'encre noire. Je la dépliai avec une sourde appréhension.

19 août 1931
Cambridge, Massachusetts, USA

« Cher et infortuné successeur,

Je n'ose même pas envisager la possibilité que vous ne soyez pas encore là pour moi, quelque part, prêt à me sauver si un jour ma vie s'écroule… Et parce que j'ai un autre élément d'information à ajouter à ce que vous avez déjà (je suppose) parcouru, je sens que je devrai remplir cette coupe d'amertume jusqu'à la lie.

"Un petit savoir est chose dangereuse…", aurait philosophé mon ami Hedges. Mais il est mort, tué par moi aussi sûrement que si je lui avais ouvert la porte de mon bureau pour lui porter moi-même le coup fatal avant d'appeler à l'aide. Je n'ai rien fait de tel, bien sûr. Si vous avez consenti à me lire jusqu'ici, vous ne pouvez mettre ma parole en doute.

Finalement, ce furent mes propres forces qui me trahirent, il y a de cela quelques mois, et pour des raisons directement liées à la fin horrible et insupportable de Hedges. Je ne quittai sa tombe que pour m'envoler vers l'Amérique – littéralement : mon rendez-vous était devenu une réalité et mes bagages étaient déjà bouclés lorsque je me rendis dans le Dorset pour me recueillir à l'endroit où il reposait en paix. Après avoir quitté l'Angleterre, à la grande déception de quelques amis à Oxford et au désespoir de mes parents, j'en ai peur, je me retrouvai dans un monde nouveau et plus clair où la rentrée universitaire (j'avais été engagé pour assurer trois trimestres et comptais bien me battre pour obtenir plus) commençait plus tôt et où les étudiants avaient un point de vue plus ouvert et pragmatique qu'à Oxford. Mais même alors, je ne pus me résoudre à couper tout lien avec les morts-vivants… Et par voie de conséquence, Lui – Ça – ne put se résoudre à couper tout lien avec moi…

La nuit de l'agression de Hedges, vous vous en souvenez, j'avais découvert de façon inattendue la signification de la gravure centrale de mon livre sinistre, et j'avais vérifié par moi-même que la Tombe maudite figurant sur les cartes trouvées à Istanbul devait être le tombeau de Vlad Drakula. À cet instant, j'avais formulé à voix haute la question qu'il me restait à résoudre – "Mais où est sa tombe, alors ?" – tout comme j'avais parlé à voix haute dans la salle des archives à Istanbul. Sans le vouloir, j'avais dû en quelque sorte invoquer, provoquer, une "présence" effroyable qui m'avait répondu par un avertissement dévastateur en prenant la vie de mon cher ami.

Seul un homme doté d'un ego démesuré se risquerait à affronter des forces naturelles – surnaturelles dans ce cas précis – mais je vous jure que ce châtiment injuste et cruel alluma en moi une fureur plus forte encore que la terreur. Je fis le vœu de découvrir d'autres indices et, si mes forces ne me trahissaient pas, de traquer l'Ennemi jusque dans son repaire. Cette pensée bizarre devint peu à peu aussi naturelle pour moi que le désir de publier mon prochain article ou d'obtenir un poste permanent dans cette nouvelle et chaleureuse université, comme me le réclamait mon cœur meurtri.

Après m'être installé dans la routine des tâches universitaires et m'être préparé à retourner brièvement en Angleterre à la fin du trimestre pour embrasser mes parents et remettre ma thèse de doctorat à cette aimable presse londonienne qui me témoignait une indulgence prononcée, je me lançai une fois de plus sur la piste de Vlad Drakula, l'historique ou le surnaturel, quelle que soit la forme qu'il revêtirait. La première chose à faire était d'en apprendre davantage sur mon étrange livre ancien : d'où venait-il ? Qui l'avait conçu ? Quel âge avait-il ? Je le confiai (à regret, je dois l'admettre) aux spécialistes du Smithsonian. Ils secouèrent la tête devant la spécificité de mes questions, et me laissèrent entendre que l'expertise poussée qui s'imposait me coûterait très cher. Mais j'étais têtu, et je ne pensais pas qu'un seul sou de l'héritage laissé par mon grand-père, ou de mes maigres économies glanées à Oxford, devrait me servir à m'habiller, me nourrir ou me distraire pendant que Hedges resterait non vengé (mais, grâce à Dieu, en paix) dans un cimetière qui n'aurait pas dû accueillir son cercueil avant au moins une quarantaine d'années. Je n'avais plus peur des conséquences, puisque le pire de ce que j'aurais pu imaginer m'était déjà arrivé ; de ce point de vue, au moins, les forces des ténèbres avaient commis une erreur.

C'est du moins ce que je croyais... Mais ce ne fut pas la brutalité des événements suivants qui me fit changer d'avis et me donna la pleine mesure du mot peur ; ce fut l'intelligence du procédé.

Mon livre devait être remis au Smithsonian, le plus grand complexe de musées du monde, par un conservateur et bibliophile averti appelé Howard Martin – un petit homme aimable, quoique taciturne, qui avait pris ma cause à cœur aussi passionnément que s'il avait connu toute l'histoire. (Non. Réflexion faite, s'il avait eu vent de mon histoire, il m'aurait probablement montré la porte dès ma première visite !) Mais mon culte pour l'histoire m'avait valu sa sympathie, et il était déterminé à faire de son mieux pour moi. Son mieux n'étant pas un vain mot, il assimila ce que les laboratoires lui envoyaient avec un zèle qui aurait davantage eu sa place à Oxford que dans ce département plutôt bureaucratique d'un des musées de Washington. J'étais impressionné, et plus encore par sa connaissance des publications européennes pendant la période située juste avant et après Gutenberg.

Lorsqu'il estima avoir fait tout ce qui était en son pouvoir, Howard Martin m'écrivit pour m'informer que les résultats étaient à ma disposition et qu'il me rendrait volontiers le livre en mains propres, tout comme je le lui avais remis, si je ne souhaitais pas qu'il me soit expédié. Je fis aussitôt le voyage en train, consacrai la matinée du lendemain à effectuer un peu de tourisme, puis je me présentai à son bureau dix minutes avant l'heure prévue. Mon cœur battait à tout rompre et ma bouche était sèche ; je brûlais de rentrer en possession de mon livre et d'apprendre ce qu'il avait découvert sur ses origines.

M. Martin ouvrit la porte et me fit entrer avec un pâle sourire.

— Je suis si heureux que vous ayez pu venir, dit-il avec cet accent américain monocorde qui était devenu pour moi la façon de parler la plus accueillante du monde.

Une fois assis dans son bureau rempli de manuscrits, je fus frappé par le changement qui s'était opéré en lui. Je l'avais rencontré brièvement quelques mois auparavant et je me rappelais très bien son visage. Rien dans les lettres très précises et professionnelles qu'il m'avait adressées n'avait laissé supposer qu'il pût être malade. Aujourd'hui, je le retrouvai éteint, livide, son visage avait un aspect cireux et ses lèvres étaient anormalement rouges. Il avait aussi beaucoup maigri, de sorte que son costume démodé flottait sur ses épaules étroites. Il se tenait légèrement voûté, comme s'il était trop mal ou trop faible pour se redresser. On aurait dit que la vie s'était écoulée de lui...

J'essayai de me persuader que j'avais été trop pressé par le temps lors de ma première visite pour faire très attention, mais je ne pouvais m'empêcher de penser que son état s'était dégradé à une vitesse incroyable. Le malheureux devait être atteint d'une maladie grave et dégénérative, un cancer à évolution foudroyante, par exemple, me répétai-je pour m'en convaincre. Bien sûr, la politesse m'interdisait de faire allusion à son apparence.

— Parlons franc, docteur Rossi, dit-il dans le plus pur style américain. Je ne crois pas que vous ayez conscience de la valeur du petit objet que vous avez eu tout ce temps en votre possession.

— Sa valeur ?

C'est lui qui était loin de se douter de sa valeur à mes yeux, songeai-je. Pas même avec toutes les analyses chimiques du monde. Ce "petit objet" était la clé de ma vengeance.

— Il s'agit d'un exemple rarissime d'édition médiévale d'Europe centrale. Un spécimen des plus intéressants et très inhabituel, dont je suis pratiquement sûr à présent qu'il a été imprimé vers 1512, peut-être à Buda ou, qui sait ? en Valachie. Une édition en 1512 le placerait avec certitude après l'Évangile selon saint Luc de Corvin, mais avant le Nouveau Testament hongrois de 1520, qui n'aurait pas manqué d'exercer son influence sur un tel ouvrage s'il avait été antérieur.

Il se redressa et sa chaise craqua.

— Il est même possible que ce soit au contraire la gravure de votre livre qui ait influencé ce Nouveau Testament de 1520, car on y trouve une illustration similaire : un Satan ailé. Cela dit, il n'y a aucun moyen de le prouver. Ce serait paradoxal, n'est-ce pas ? Pensez donc : une partie des Saintes Écritures illustrée par une gravure d'une origine aussi diabolique !

— Une origine… diabolique ?

Je savourai le son de cette condamnation sur les lèvres de quelqu'un d'autre.

— Absolument. Vous m'avez parlé de la légende de Drakula, mais vous ne pensez tout de même pas que je me suis arrêté là ?

Le ton de M. Martin était si banal et enjoué, si américain en quelque sorte, qu'il me fallut un moment pour réagir. Je n'avais jamais perçu cette intensité sinistre dans une voix aussi neutre. Je le regardai fixement, stupéfait, mais ses intonations étaient redevenues normales et son visage dénué d'expression. Il parcourait des papiers qu'il venait de sortir d'une chemise cartonnée.

— Voici les résultats de nos tests. Je les ai retranscrits au clair, en même temps que mon compte rendu, et je pense que vous les trouverez intéressants. Ils n'apportent pas grand-chose de plus que ce que je viens de vous dire… oh si, il y a deux faits additionnels importants : les analyses chimiques font apparaître que ce livre a probablement été conservé pendant une longue période dans une atmosphère lourdement chargée en poudre de pierre, et ceci avant 1700. Il apparaît également que le dos de la reliure a été éclaboussé par de l'eau de mer – peut-être au cours d'une traversée en bateau. Si nos suppositions concernant son édition sont exactes, il pourrait s'agir de la mer Noire, mais il y a beaucoup d'autres possibilités, bien entendu. J'ai peur que nous n'ayons pas réussi à vous faire beaucoup progresser dans vos recherches – vous écrivez une histoire de l'Europe médiévale, c'est bien ce que vous m'avez dit ?

Il leva les yeux des documents et m'adressa un sourire détendu et aimable, qui paraissait bizarre dans ce visage ravagé par la maladie. Je remarquai simultanément deux détails qui n'en étaient peut-être pas et qui me glacèrent d'effroi sur ma chaise.

Le premier, c'était que je n'avais jamais prétendu écrire une histoire de l'Europe médiévale. Je lui avais dit que je souhaitais obtenir des informations sur mon livre afin de compléter une bibliographie de documents concernant la vie de Vlad l'Empaleur, connu dans la légende sous le nom de "Drakula". Howard Martin était un homme précis dans son style conservateur-de-musée, tout comme je l'étais dans mon style professeur-de-faculté, et il n'aurait jamais commis involontairement une telle erreur. Sa mémoire m'avait frappé auparavant par sa précision quasi photographique et sa capacité à enregistrer le moindre détail, une aptitude que je remarquais et que j'appréciais à sa juste valeur quand je la rencontrais chez quelqu'un d'autre que moi.

La seconde chose qui me frappa, c'était que, sans doute à cause de cette affection dont il souffrait – le malheureux, ajoutai-je presque en moi-même –, ses lèvres avaient un aspect répugnant et flasque quand il souriait, dévoilant des canines supérieures proéminentes, le tout donnant à son visage une apparence repoussante. Je ne me rappelais que trop le bureaucrate à Istanbul même si, à première vue, il n'y avait rien de suspect sur le cou de Howard Martin...

Je venais juste de dominer un frisson et de prendre les documents qu'il me tendait quand il poursuivit :

— Cette carte, à propos, est remarquable.

— Une carte ?

Je me figeai. Je ne connaissais qu'une seule carte – enfin, trois, reproduites à une échelle différente – qui soit en rapport avec le sujet présent, et j'étais sûr et certain de ne jamais avoir mentionné leur existence à cet étranger.

— Vous l'avez dessinée vous-même ? reprit-il. Elle est récente, mais je ne vous aurais pas classé dans la catégorie des artistes. A fortiori dans celle des artistes morbides, si vous me pardonnez l'expression.

Je le dévisageai, incapable de déchiffrer le sens de sa remarque et craignant de me trahir d'une façon ou d'une autre en lui demandant ce qu'il voulait dire par là. Avais-je laissé l'un de mes croquis dans le livre ? Quelle erreur stupide, si c'était le cas ! Mais non : j'étais certain d'avoir vérifié qu'il ne contenait aucune feuille volante avant de le lui remettre.

— En tout cas, je l'ai remise dans le livre, déclara-t-il d'un ton réconfortant. Maintenant, docteur Rossi, si vous le souhaitez, je peux vous conduire dans notre département de comptabilité, ou faire en sorte qu'on envoie la facture à votre domicile.

Il m'ouvrit la porte de son bureau et grimaça de nouveau son sourire professionnel. J'eus la présence d'esprit de ne pas feuilleter fébrilement le livre que je serrais dans ma main et, dans la lumière du couloir, je constatai que j'avais dû imaginer le sourire effrayant de Martin, voire sa maladie ; sa peau avait une couleur normale, et ses traits étaient un peu tirés par les heures de recherches parmi les feuillets du passé, rien de plus. Il se tenait devant la porte, la main tendue pour un au revoir chaleureux, et je la serrai dans la mienne, marmonnant que je préférais qu'on envoie la note à mon adresse universitaire.

Je m'éloignai prudemment de sa porte, puis de ce couloir et finalement du grand château rouge qui abritait son service. Une fois à l'air libre, sur le Mall, je traversai l'herbe d'un vert lumineux en direction d'un banc où je me laissai choir en m'efforçant tout à la fois de paraître et de me sentir insouciant.

Le volume s'ouvrit tout seul dans ma main, avec son habituelle et sinistre complaisance, et je cherchai en vain une feuille volante glissée à cet endroit pour me surprendre. Ce fut en feuilletant les pages que je la trouvai – un tracé très fin sur du papier carbone, comme si quelqu'un avait eu la troisième et la plus précise de mes cartes secrètes devant lui, et avait copié tous ses détails à mon attention. Les noms de lieux en dialecte slave étaient exactement ceux qui figuraient sur ma propre carte : "Village du Voleur de Cochon", "La Vallée des Huit Chênes". En fait, ce croquis comportait une seule différence avec celui que je connaissais par cœur. Sous l'appellation Tombe maudite, on lisait à présent une inscription tracée en caractères latins à l'aide d'une encre qui semblait identique à celle employée pour les autres noms. Et à l'emplacement supposé de la tombe, je déchiffrai les mots "Bartolomeo Rossi".

Lecteur, traitez-moi de lâche si vous voulez, mais j'abandonnai net mon enquête. Je suis un jeune professeur qui vit à Cambridge, Massachusetts, où je donne des cours, je dîne avec mes nouveaux amis, et j'écris toutes les semaines à mes parents qui se font vieux. Je ne porte pas de gousse d'ail ni de crucifix sur moi et je ne fais pas le signe de croix chaque fois que j'entends un bruit de pas dans le couloir. Je bénéficie d'une meilleure protection que ça, la meilleure : j'ai cessé de fouiller ce terrifiant carrefour de l'histoire. Et "Ça" doit être satisfait de me voir me tenir tranquille, parce que je n'ai plus été troublé par d'autres tragédies.

Maintenant, si vous-même deviez choisir entre votre santé mentale, l'existence que vous vous êtes bâtie, et une instabilité totale, et si votre but était de vivre votre vie d'érudit le mieux possible, pour quoi opteriez-vous ? Que mon cher Hedges me pardonne de laisser son meurtre impuni, mais je sais qu'il n'aurait jamais exigé de moi que je plonge la tête la première dans les ténèbres.

Et cependant, si vous lisez ces lignes, cela signifie qu'il m'est finalement arrivé malheur. Alors le moment est venu pour vous aussi de faire un choix. Je vous ai transmis chaque fragment de ce que je connaissais sur cette Abomination. Connaissant mon histoire, pouvez-vous me refuser votre secours ?

Avec regret,

Bartholomew Rossi. »

Les ombres sous les arbres s'étaient allongées jusqu'à atteindre des proportions géantes. Mon père donna un coup de pied dans une bogue de châtaigne et j'eus le sentiment que, s'il avait été moins bien élevé, il aurait craché par terre pour expulser un goût infect. Au lieu de cela, il me sembla qu'il avalait péniblement sa salive et il réussit à sourire.

— Seigneur ! Quel sujet de conversation sinistre pour un après-midi avec ma petite fille…

Il essaya de sourire, mais son regard trahissait son angoisse, comme si une ombre pouvait descendre sur moi, sur moi entre tous et toutes, et m'enlever à ce lieu.

Je desserrai les doigts que j'avais crispés sur le rebord du banc et fis moi aussi l'effort de paraître enjouée. Quand était-ce devenu un effort ? me demandai-je, mais il était trop tard. Je le distrayais, comme il avait jadis essayé de me distraire. Je me réfugiai derrière un entrain de façade – mais pas trop, pour ne pas éveiller ses soupçons.

— Je dois t'avouer que j'ai encore faim. Je meurs d'envie de manger quelque chose de solide.

Il sourit avec plus de naturel et ses souliers en cuir prirent appui d'un même mouvement sur le sol tandis qu'il me tendait galamment la main pour m'aider à me lever, puis rangeait dans notre sac les bouteilles vides de Naranca et les restes de notre pique-nique. Je m'obligeai à faire de même, soulagée maintenant parce que cela signifiait qu'il allait prendre avec moi la direction de la ville au lieu de se retourner pour contempler la façade du château. Je m'étais retournée, moi, une fois, vers la fin de son récit, et j'avais remarqué la silhouette sombre et immobile derrière la fenêtre. Je parlai, rapidement, racontant tout ce qui me passait par la tête. Tant que mon père ne la verrait pas, lui aussi, la confrontation n'aurait peut-être pas lieu. Et nous serions tous les deux à l'abri du danger.

14.

J'étais restée un certain temps sans retourner à la bibliothèque de l'université, en partie parce que mes recherches sur place me rendaient nerveuse, en partie aussi parce que Mme Clay avait des soupçons sur mes absences répétées après les cours. Je lui téléphonais chaque fois pour l'avertir, comme promis, mais je percevais une gêne de plus en plus prononcée dans sa voix et je ne l'imaginais que trop bien, occupée à soutenir d'embarrassantes discussions avec mon père. Je ne la croyais pas capable de flairer quelque chose de précis, mais mon père, lui, pourrait former de son côté des hypothèses gênantes – marijuana ? garçons ? Et il me regardait déjà avec une telle anxiété, parfois, que je n'avais pas le cœur de le troubler davantage.

Finalement, la tentation fut trop forte et, en dépit de mon malaise, je décidai de retourner à la bibliothèque. C'était un mercredi soir (je savais que Johan Binnerts travaillait dans la section médiévale ce soir-là et que mon père devait assister à une réunion au Centre) ; je prétextai une séance au cinéma avec une camarade de classe – barbante au possible – et je sortis dans mon nouveau manteau avant que Mme Clay ait eu le temps de dire quoi que ce soit.

C'était bizarre d'aller à la bibliothèque la nuit, même si, je le découvris avec surprise, le hall était tout aussi rempli d'étudiants à la mine fatiguée. La salle de lecture du département médiéval, cependant, se révéla déserte. Je me dirigeai tranquillement vers le bureau de M. Binnerts, et le trouvai occupé à répertorier une pile de nouveaux livres – rien qui m'intéresserait, déclara-t-il avec son sourire adorable, puisque je n'aimais que les histoires horribles. Mais il avait mis un ouvrage de côté pour moi – pourquoi n'étais-je pas venue plus tôt le consulter ? Je m'excusai d'un air gêné et il s'esclaffa.

— J'avais peur qu'il vous soit arrivé quelque chose, ou que vous ayez suivi mon conseil et cherché un sujet plus souriant pour une jeune dame. Mais vous avez piqué ma curiosité, alors je vous ai trouvé ceci.

Je pris le livre avec gratitude, et M. Binnerts m'informa qu'il avait à faire à l'atelier de reliure mais qu'il repasserait me voir pour s'assurer que je n'avais besoin de rien. Il m'avait montré cet atelier, une fois : une petite pièce avec des fenêtres pas plus grandes que des lucarnes, où les bibliothécaires s'ingéniaient à restaurer de merveilleux ouvrages anciens. La salle de lecture devint plus silencieuse et intimidante que jamais quand il s'éloigna, mais j'ouvris avec impatience le livre qu'il m'avait donné.

C'était une trouvaille remarquable, songeai-je, bien que je sache maintenant qu'il s'agissait d'une source bien connue et fondamentale pour l'histoire de l'Empire byzantin au quinzième siècle – une traduction de l'*Istoria Turco-Bizantina* de Doukas. Doukas avait beaucoup à dire sur le conflit entre Vlad Drakula et Mehmed II, et ce fut à cette table que je lus pour la première fois la fameuse description du spectacle qui s'offrit aux yeux du sultan quand il envahit la Valachie en 1462 et prit la direction de Tirgoviste, la capitale désertée de Drakula. À l'extérieur de la ville, racontait Doukas, Mehmed fut accueilli par « des milliers et des milliers de pieux supportant des morts en lieu et place de fruits ». Au centre de ce jardin macabre se dressait la *pièce de résistance* de Drakula. Le général favori de Mehmed, Hamza, empalé au milieu des autres dans « ses sous-vêtements rouges », précise le texte.

Je me rappelais les archives du sultan Mehmed, celles que Rossi était parti consulter à Istanbul. Le prince de Valachie avait été une épine dans le flanc du sultan – c'était clair. Je me dis que ce ne serait pas une mauvaise idée de me documenter sur Mehmed ; peut-être existait-il des sources à son sujet qui expliquaient sa relation avec Drakula. Je ne savais pas par où commencer, mais M. Binnerts avait dit qu'il reviendrait s'assurer que je n'avais besoin de rien.

Je m'étais retournée d'un mouvement impatient avec l'idée d'aller voir où il était, quand j'entendis un bruit étrange au fond de la pièce. Une sorte de choc sourd, ressemblant davantage à une vibration traversant le sol qu'à un son réel, un peu comme un oiseau qui heurterait en plein vol une vitre transparente. Quelque chose me poussa à me rendre sur le lieu de l'impact, et je m'élançai vers l'atelier, au bout du couloir.

Je ne vis pas M. Binnerts à travers les fenêtres, ce qui me rassura pendant un instant, mais, lorsque je poussai la porte en bois, il y avait une jambe sur le sol, une jambe revêtue d'un pantalon gris reliée à un corps désarticulé, le sweater bleu de travers sur le torse contorsionné, les cheveux gris pâle maculés de sang, le visage – Dieu merci ! à moitié caché – écrasé, un lambeau de chair encore collé sur le coin du bureau. Un livre s'était apparemment échappé de la main de M. Binnerts ; il gisait sur le sol, démantelé, comme lui. Sur le mur au-dessus de la table de reliure, il y avait une traînée sanglante où était imprimée la forme d'une main grande et élégante, comme un enfant qui peint avec ses doigts. Je m'appliquai si fort à ne pas lâcher un son que mon hurlement, quand il s'échappa de mes lèvres, me sembla jaillir de la gorge de quelqu'un d'autre.

Je passai deux nuits à l'hôpital – mon père insista pour qu'on me garde en observation et le médecin de service était l'un de ses vieux amis. Papa se montra gentil et grave, restant des heures assis au bord de mon lit, ou se tenant près de la fenêtre, bras croisés, pendant que l'officier de police m'interrogeait pour la troisième fois. Non, je n'avais vu personne entrer dans la salle de lecture. Je lisais tranquillement, assise à une table. Oui, j'avais entendu un bruit – une sorte de choc sourd. Non, je ne connaissais pas personnellement le bibliothécaire, mais je l'aimais bien.

Le policier rassura mon père : je n'étais pas considérée comme suspecte. J'étais simplement l'unique témoin dont ils disposaient… même si je n'avais été témoin de rien. Personne n'était entré dans la salle de lecture – j'étais catégorique sur ce point – et la victime n'avait pas crié. Hormis à la tête, M. Binnerts ne portait trace d'aucune blessure ; quelqu'un avait seulement fracassé le crâne du pauvre bibliothécaire sur l'angle du bureau. L'assassin devait posséder une force prodigieuse.

L'officier de police secoua la tête, perplexe. La trace sur le mur n'avait pas été faite par le bibliothécaire lui-même : il avait dû être tué sur le coup et, de toute façon, il n'y avait pas de sang sur ses mains. En outre, l'empreinte ne correspondait pas à la sienne. C'était une empreinte... bizarre, avec des sillons des doigts étrangement usés. Il aurait été facile de procéder à des recoupements (le policier se montrait très loquace avec mon père), sauf qu'ils n'en avaient jamais enregistré de semblables. Une sale affaire, vraiment. Amsterdam n'était plus la ville paisible dans laquelle il avait grandi – maintenant les gens jetaient des bicyclettes dans les canaux, sans parler de cette histoire affreuse, l'année dernière, avec la prostituée qui... –, mon père l'arrêta d'un regard.

Le policier parti, Papa s'assit de nouveau au bord de mon lit et me demanda pour la première fois ce que j'étais allée faire à la bibliothèque. Je lui répondis que j'y travaillais, que j'aimais bien m'y rendre après mes cours pour faire mes devoirs parce que la salle de lecture était paisible et confortable. J'avais peur qu'il me demande pourquoi j'avais choisi le département médiéval, mais, à mon grand soulagement, il retomba dans le silence.

Je ne lui dis pas que, dans la confusion qui avait suivi mon hurlement, j'avais instinctivement fourré dans mon sac le livre tenu par M. Binnerts au moment de sa mort. Les policiers avaient fouillé mon sac quand ils étaient entrés dans la pièce, bien sûr, mais ils n'avaient rien dit au sujet du livre – pourquoi y auraient-ils prêté attention ? Il n'y avait pas de sang dessus.

À l'hôpital, j'y avais jeté un œil en cachette. Il s'agissait d'un ouvrage français du dix-neuvième siècle sur les églises romanes, tombé ouvert au moment du drame sur une page évoquant l'église du lac Snagov, richement dotée par Vlad III de Valachie. C'était ici que la tradition fixait l'emplacement de sa tombe, juste devant l'autel, à en croire un petit texte écrit en légende du plan de l'abside. L'auteur rapportait, cependant, que d'autres histoires circulaient chez les villageois des environs de Snagov. Des histoires, quelles histoires ? me demandai-je. Malheureusement, il n'y avait rien de plus sur cette église. Et le croquis de l'abside ne montrait rien d'anormal non plus.

Assis précautionneusement au bord de mon lit, mon père secoua la tête.

— À partir d'aujourd'hui, je veux que tu étudies à la maison, déclara-t-il calmement.

Précaution inutile : de toute façon, je n'aurais jamais remis les pieds dans cette bibliothèque.

— Mme Clay dormira quelque temps dans ta chambre, si tu te sens angoissée, et nous reviendrons voir ton médecin chaque fois que tu le souhaiteras. Tu n'auras qu'un mot à dire.

Je hochai la tête, tout en songeant que j'aurais préféré rester seule avec la description de l'église de Snagov plutôt qu'avec Mme Clay. J'envisageai de me débarrasser du livre en le jetant dans notre canal – il y rejoindrait les bicyclettes dont le policier avait parlé – mais je savais que, tôt ou tard, je souhaiterais le rouvrir, à la lumière du jour, afin de l'étudier de plus près. Non seulement pour satisfaire ma curiosité, mais aussi pour rendre hommage à ce pauvre M. Binnerts qui gisait en ce moment même dans une chambre froide de la morgue.

Quelques semaines plus tard, mon père déclara qu'un petit voyage me ferait le plus grand bien, et je compris qu'il ne voulait pas me laisser seule à la maison. Les Français souhaitaient s'entretenir avec des représentants de sa fondation avant d'ouvrir les discussions en Europe de l'Est cet hiver, m'expliqua-t-il, et il allait les rencontrer une dernière fois. Ce serait également le moment idéal pour nous rendre sur la côte méditerranéenne : après le départ des hordes de touristes et avant qu'il n'y ait plus un chat. Nous examinâmes la carte avec soin en nous félicitant que, contrairement à leurs habitudes, les Français aient choisi de ne pas organiser la réunion à Paris, optant pour l'intimité d'une station balnéaire près de la frontière espagnole – tout près du petit bijou qu'était Collioure, exulta mon père, et peut-être dans un site aussi agréable et admirable.

Non loin, à l'intérieur des terres, se trouvaient Les Bains et Saint-Matthieu-des-Pyrénées-Orientales, mais lorsque j'en fis la remarque à mon père, son visage s'assombrit et il se mit à chercher le long de la côte d'autres noms intéressants.

Le petit déjeuner servi sur la terrasse de l'hôtel Le Corbeau, où nous étions descendus, était si agréable dans l'air frais du matin que je m'attardai là après que mon père eut rejoint les autres cols blancs en costume sombre dans la salle de conférences. J'ouvris sans enthousiasme mes livres de classe, levant souvent les yeux vers l'eau bleu marine à quelques mètres de moi. J'en étais à ma deuxième tasse de ce *chocolat* continental amer, buvable uniquement avec un morceau de sucre et une montagne de petits pains frais. Le soleil sur les façades des vieilles maisons semblait éternel, comme si aucune tempête, jamais, n'avait osé approcher ces rivages. De ma place, je pouvais voir deux voiliers sur la mer merveilleusement colorée, et toute une tribu d'enfants affublés de ces drôles (pour moi) de maillots de bain français, partant avec leur maman et leur seau pour la plage de sable fin qui s'allongeait au pied de l'hôtel. La baie décrivait une courbe avant de s'incurver sur la droite sous la forme de collines déchiquetées. L'une d'elles était coiffée d'une forteresse en ruine de la même couleur que la roche et l'herbe desséchée. Des oliviers se lançaient vainement à l'assaut de ses flancs, tandis qu'en toile de fond s'étirait un ciel matinal d'un bleu délicat.

J'éprouvai une brusque sensation de solitude, un tiraillement d'envie causé par l'image insupportablement parfaite de ces enfants jouant avec leur mère. Moi, je n'avais pas de maman, pas de vie de famille normale. Je n'étais pas très sûre de ce que j'entendais par « normale » mais, comme je feuilletais mon livre de biologie en cherchant le début du troisième chapitre, je songeai vaguement que cela pourrait vouloir dire vivre dans un même lieu, avec une mère et un père qui seraient là tous les soirs à l'heure du dîner, un vrai foyer où les voyages seraient synonymes de vacances au bord de la mer et non d'une existence nomade perpétuelle. Et, j'en étais sûre et certaine, ces petits anges qui, en ce moment même, s'installaient sur le sable avec leurs jolies serviettes de plage n'étaient jamais menacés par le visage grimaçant de l'histoire.

Puis, comme j'observais leurs têtes blondes, je me dis qu'en fait ils étaient menacés, eux aussi. Simplement, ils n'en avaient pas conscience. Nous étions tous vulnérables, tous autant que nous étions. Je frissonnai et jetai un coup d'œil à ma montre. Dans quatre heures, mon père et moi prendrions notre déjeuner sur cette même terrasse. Ensuite, je me remettrais à étudier, et après dix-sept heures, nous irions nous promener en direction de cette forteresse en ruine qui dominait les alentours – et d'où, d'après mon père, on pouvait apercevoir la petite église de Collioure, baignée par la mer. Au cours de cette journée, j'apprendrais un peu d'algèbre, quelques verbes allemands, je lirais un chapitre sur la guerre des Roses, et ensuite…

Ensuite, assise tout en haut de la colline aride, j'écouterais en frémissant la suite du récit de mon père. Il parlerait à regret, les yeux baissés vers le sol sableux, ou bien il pianoterait du bout des doigts sur ces pierres hissées ici des siècles plus tôt, perdu dans sa propre peur. Et ce serait à moi de l'étudier de nouveau, d'assembler tous les morceaux du puzzle. Un enfant cria, en bas, et je sursautai, renversant mon cacao.

15.

— Lorsque j'achevai de lire la dernière des lettres de Rossi, dit mon père, je ressentis une nouvelle vague de désespoir, comme s'il avait disparu une seconde fois. Mais désormais, j'étais convaincu que sa disparition n'avait rien à voir avec un voyage en car à Hartford ou une visite chez un parent malade en Floride ou à Londres, comme la police en avait émis l'hypothèse. Je chassai ces pensées de mon esprit et m'obligeai à examiner les autres documents. D'abord lire toutes les informations, ensuite les assimiler. Puis établir une chronologie des faits et commencer – prudemment, avec la plus grande rigueur – à dégager des conclusions. Je me demandais si Rossi avait eu la prémonition qu'en me formant au travail d'historien il œuvrait peut-être à sa propre survie... C'était comme un examen macabre de fin d'études – même si j'espérais qu'il ne sonnerait pas notre fin, à lui et à moi. Je ne ferais aucun plan avant d'avoir tout lu, décidai-je, mais déjà j'avais une petite idée de ce qu'il me faudrait probablement accomplir.

J'ouvris de nouveau l'enveloppe fanée. Les trois documents suivants étaient des cartes, ainsi que Rossi l'avait annoncé, chacune tracée à la main et aucune ne paraissant plus ancienne que les lettres. Bien sûr : il s'agissait certainement des copies des cartes qu'il avait examinées dans la salle des archives d'Istanbul, avant leur confiscation par son étrange visiteur.

Sur celle que je sortis en premier, je vis une vaste région de montagnes, reproduites sous la forme de petites encoches triangulaires. Elles dessinaient deux longs croissants est-ouest à travers la page, et formaient également un groupement à l'ouest. Un large fleuve décrivait des méandres au nord de la carte. Aucune ville n'était visible, même si trois ou quatre petits X au milieu des montagnes de l'ouest pouvaient indiquer des sites habités. Aucun nom de lieu n'apparaissait sur cette carte, mais Rossi – de la même écriture que dans sa dernière lettre – avait inscrit dans la marge : « "Ceux qui ne croient pas et qui meurent incroyants, sur eux s'abat la malédiction d'Allah, des anges et des hommes" (le Coran) », et plusieurs autres citations du même genre. Je me demandai si le fleuve pouvait être celui qui lui avait paru symbolisé par la queue du dragon dans son livre. Mais non ; Rossi avait alors fait référence à la troisième carte, la plus détaillée, qui devait se trouver aussi dans l'enveloppe. Je maudis les circonstances – au grand complet – qui m'empêchaient de tenir en main et d'étudier les originaux ; en dépit de la mémoire photographique et du tracé fidèle de Rossi, il y avait certainement des omissions ou des divergences entre l'original et la copie.

La carte suivante semblait s'intéresser de plus près à la région montagneuse située à l'ouest. De nouveau, je vis ici et là des X tracés selon la même configuration que sur la première carte. Un fleuve plus petit sinuait à travers les montagnes. De nouveau, aucun nom de lieu. Rossi avait noté en haut, entre parenthèses : « mêmes citations du Coran, répétées à l'identique ». Ma foi, il était aussi minuticux à l'époque que le Rossi que je connaissais. Mais ces cartes étaient trop simplifiées, trop schématiques pour m'évoquer une région spécifique que j'aurais déjà vue ou étudiée. La frustration monta en moi comme une fièvre et je la ravalai avec difficulté, me forçant à me concentrer.

La troisième carte était plus instructive... même si j'ignorais au juste ce qu'elle était censée m'apprendre ! Son contour général correspondait effectivement à la silhouette hideuse qui ornait mon livre et celui de Rossi (encore que, si Rossi n'avait pas fait le rapprochement, je ne l'aurais probablement pas remarqué tout de suite). On y voyait le même genre de reliefs montagneux symbolisés par des triangles, l'un de ces pics s'élevant vers l'est comme les ailes repliées du dragon. Les montagnes paraissaient très hautes maintenant, et formaient de lourdes crêtes nord-sud où un fleuve dessinait des méandres avant de se jeter dans ce qui devait être un réservoir naturel. Pourquoi ne s'agirait-il pas du lac Snagov, en Roumanie, comme les légendes sur le lieu de la sépulture de Drakula le suggéraient ? Mais – Rossi l'avait déjà noté – il n'y avait pas d'île dans la partie la plus large du fleuve et, de toute façon, ça ne ressemblait pas à un lac. Les X apparaissaient de nouveau, cette fois annotés en minuscules cyrilliques. Il devait s'agir des villages que Rossi avait évoqués.

Au milieu de ces villages éparpillés, il y avait un carré, où Rossi avait écrit textuellement : « (en arabe) La Tombe maudite de Celui Qui Tue des Turcs ». Au-dessus de cet encadré était dessiné assez joliment un petit dragon portant sur la tête un château en guise de couronne. En dessous, je déchiffrai une inscription en grec et la traduction qu'en avait faite Rossi : « En ce lieu Il est captif en enfer. Lecteur, délivre-le d'un seul mot. » Ces lignes étaient incroyablement envoûtantes, comme une incantation, et je me surpris à ouvrir la bouche pour les prononcer à voix haute. Je m'arrêtai net et serrai les lèvres, mais le chapelet de mots ensorcelants avait déjà composé une sorte de poésie dans ma tête, où ils entamèrent une ronde infernale pendant quelques secondes.

Je mis les trois cartes de côté. C'était terrifiant de les découvrir là, exactement telles que Rossi les avait décrites, et plus étrange encore de voir non les originaux, mais ces copies réalisées de sa propre main. Qu'est-ce qui me prouvait, en fin de compte, qu'il n'avait pas fabriqué ces documents de toutes pièces, les inventant comme on monte une farce ? Au fond, c'est vrai, je n'avais aucune source de première main dans cette affaire, rien que ce qu'il voulait bien raconter dans ses lettres.

Je tambourinai du bout des doigts sur ma table. Le tic-tac de l'horloge dans mon bureau semblait anormalement fort ce soir, et la semi-pénombre urbaine paraissait trop calme derrière mes stores vénitiens. Je n'avais rien avalé depuis des heures, mes jambes étaient douloureuses, mais pas question de s'arrêter maintenant. Je lançai un rapide coup d'œil à la carte routière des Balkans, mais à première vue, elle n'avait rien d'inhabituel – aucune annotation écrite, en tout cas. Le dépliant sur la Roumanie ne présentait rien de frappant non plus, mis à part l'anglais involontairement cocasse dans lequel il était rédigé : « Profitez de nos paysages luxuriants et écœurants », par exemple. Les seuls documents qu'il me restait à examiner étaient les notes prises de la main de Rossi, et cette petite enveloppe scellée que j'avais remarquée la première fois que j'avais ouvert la liasse. J'avais eu l'intention de la garder pour la fin, justement parce qu'elle était cachetée, mais je ne pouvais pas attendre plus longtemps. Je trouvai mon coupe-papier parmi les feuilles volantes, sur mon bureau, brisai délicatement le sceau, et en retirai une feuille de bloc.

C'était de nouveau la troisième carte, avec sa forme de dragon, son fleuve dessinant ses méandres, ses cimes des montagnes grossièrement schématisées. Cette version avait été recopiée à l'encre noire, comme celle de Rossi, mais le trait du dessin était légèrement différent – une bonne copie, quelque peu maniérée quand on la regardait attentivement, avec les textes écrits en pattes de mouche, d'une écriture archaïque qui n'était *pas de la même main* que le reste. Le récit de Rossi aurait dû me préparer à la particularité qui la différenciait de la première version, mais elle me frappa néanmoins avec la violence d'un coup : au-dessus de l'encadré indiquant l'emplacement de la tombe et son dragon gardien étaient tracées en cercle les lettres formant le nom « Bartolomeo Rossi ».

Je rejetai suppositions, peurs, conclusions précipitées, et m'obligeai à mettre la carte de côté et à lire les pages de notes de Rossi. Les deux premières, apparemment prises dans la salle des archives d'Oxford et de la British Library, ne m'apprirent rien de nouveau. Il y avait une brève évocation de la vie de Vlad Tepeş et de ses exploits, ainsi qu'une liste de documents littéraires et historiques dans lesquels Drakula avait été mentionné au fil des siècles. Venait ensuite une autre page, sur un papier à lettres différent, en date et lieu de son voyage à Istanbul. « Reconstitué de mémoire », disait son écriture rapide et cependant minutieuse, et je compris qu'il devait s'agir des notes prises après sa mésaventure dans la salle des archives, quand il avait reproduit les cartes avant de s'embarquer pour la Grèce.

Ces notes dressaient la liste des documents détenus par la bibliothèque d'Istanbul, concernant l'époque du sultan

Mehmed II – du moins ceux que Rossi avait jugés pertinents par rapport à sa recherche : les trois cartes, des manuscrits de récits des guerres dans les Carpates contre les Ottomans, et des grands livres de marchandises achetées auprès de marchands ottomans à la lisière de cette région. Rien de tout cela ne me paraissait très instructif ; mais je me demandais à quel moment, exactement, les recherches de Rossi avaient été interrompues par l'horrible bureaucrate. Se pouvait-il que les récits de guerres et les livres de comptes qu'il mentionnait contiennent des indices sur la mort et la sépulture de Vlad Tepeş ? Rossi les avait-il consultés lui-même, ou bien avait-il seulement fait l'inventaire des documents exploitables dans cette salle des archives avant d'en être chassé, terrifié ?

Un dernier ouvrage figurait sur la liste, et la référence m'étonna au point que je la contemplai un long moment : « Bibliographie : ordre du Dragon (fiche de manuscrit incomplet). » Ce qui me surprenait, et me remplissait d'hésitation, c'était le manque d'informations qu'elle affichait. Les notes de Rossi étaient toujours si complètes, si descriptives ; c'était le seul intérêt d'en prendre, aimait-il répéter. En quoi consistait cette bibliographie mentionnée en passant, comme à la va-vite ? S'agissait-il d'une liste de documents que la bibliothèque avait établie afin de regrouper ses pièces sur l'ordre du Dragon ? Si tel était le cas, quel rapport avec une « fiche de manuscrit incomplet » ? Il devait s'agir d'un document lui-même très ancien, supposai-je – peut-être même datant de l'époque de l'ordre du Dragon. Tout de même, pourquoi Rossi ne s'était-il pas montré plus explicite ? Cette bibliographie, quelle qu'elle fût, s'était-elle finalement révélée dénuée d'intérêt ?

Toutes ces suppositions concernant des documents que Rossi avait examinés il y avait des années de cela, dans une très lointaine bibliothèque, ne constituaient sûrement pas une piste directe permettant d'expliquer sa disparition, et je lâchai la feuille d'un geste écœuré, subitement fatigué de ces détails bizarres et de ces hypothèses sans fin. Je mourais d'envie d'obtenir des réponses. À l'exception de cette mystérieuse bibliographie, Rossi avait été précis et complet dans le partage de ses découvertes avec moi. Et cependant, je ne savais pas grand-chose, excepté ce que je devais tenter de faire par la suite. À présent, l'enveloppe était complètement, désespérément, vide, et les derniers documents n'avaient guère ajouté à ce que je savais déjà par les lettres. Je savais aussi qu'il me fallait agir aussi vite que possible. Il m'était souvent arrivé de rester à travailler toute la nuit et, dans l'heure qui venait, je pourrais être en mesure de rassembler pour mon usage personnel ce que Rossi m'avait dit au sujet des précédentes menaces qui avaient (à l'en croire) pesé sur sa vie.

Je me levai, mes articulations craquant, et je passai dans ma lugubre petite cuisine pour me faire chauffer un peu de bouillon en guise de souper. Je sortais une casserole du placard quand je pris conscience que mon chat n'était pas rentré pour le dîner, un repas que je partageais traditionnellement avec lui. C'était un chat errant, et je le suspectais de pratiquer çà et là des entorses à notre arrangement de célibataires. Mais vers l'heure du dîner, il apparaissait généralement derrière mon étroite fenêtre de cuisine, scrutant la pièce depuis l'escalier de secours pour me faire comprendre qu'il voulait sa boîte de thon ou, quand je voulais lui faire une petite gâterie, son plat de sardines à l'huile. Je m'étais mis à aimer le moment où il sautait dans mon appartement sans vie, s'étirant et miaulant dans une manifestation d'affection attendrissante. Souvent, il restait un moment avec moi après avoir mangé, dormant au bout du canapé ou me regardant repasser mes chemises. Il me semblait parfois lire de la tendresse dans ses yeux jaunes parfaitement ronds, à moins que ce ne soit de la pitié. Il était puissant et musclé, avec une fourrure noir et blanc, toute douce. Je l'avais baptisé Rembrandt. Où se cachait-il, ce soir ? Je remontai le bas du store, soulevai la vitre et l'appelai, guettant le bruit sourd de ses pattes de félin sur le rebord de la fenêtre. Mais je n'entendis que le lointain trafic nocturne montant du centre-ville. Je baissai la tête, regardai dehors…

Sa forme pendait dans la gouttière de façon grotesque, comme s'il avait roulé du toit par jeu, puis s'était affaissé, désarticulé. Je le ramenai à l'intérieur de la cuisine avec des gestes doux et prudents, conscient de son corps brisé et de sa tête pendante. Les yeux de Rembrandt étaient écarquillés comme je ne les avais jamais vus de son vivant, ses babines retroussées dans un rictus de terreur. Je sus aussitôt qu'il n'avait pas pu tomber là, avec une telle précision, juste sous ma fenêtre. Fort comme il était, mon pauvre chat avait dû défendre chèrement sa vie – je caressai sa fourrure souple, la rage grondant sous mon épouvante – et son attaquant avait sans doute été griffé et mordu. Mais mon petit compagnon avait eu le dessous. Je le déposai délicatement sur le sol de la cuisine, la haine au cœur, avant de me rendre compte que, sous mes mains, son corps était encore chaud.

Je me retournai d'un bond, fermai la fenêtre en mettant le loquet, puis je réfléchis fébrilement à un plan. Comment me protéger ? Les issues étaient fermées, et la porte de l'appartement possédait deux verrous. Mais que savais-je des horreurs venues du passé ? Se répandaient-elles dans les pièces comme du brouillard, en passant sous les portes, en s'infiltrant par les trous de serrure ? Ou bien brisaient-elles tous les remparts pour jaillir tout à coup devant leur victime ? Je regardai autour de moi, à la recherche d'une arme. Je ne possédais pas de revolver, mais les revolvers n'avaient jamais eu raison de Bela Lugosi, dans les films de vampires, à moins que le barillet ne fût équipé de balles spéciales en argent. Que m'avait conseillé Rossi ? « Je ne me baladerais pas avec une gousse d'ail dans ma poche, non. » Et quelque chose d'autre, aussi : « Je suis certain que votre droiture, votre rigueur morale, quel que soit le nom que vous lui donniez, est la meilleure des protections. J'aime à penser que la plupart d'entre nous ont cette force. »

Je trouvai un torchon propre dans les tiroirs de la cuisine et enveloppai délicatement le corps de Rembrandt avant de le déposer dans l'entrée. Il me faudrait l'enterrer demain, si toutefois demain se levait comme n'importe quel autre jour. Je l'ensevelirais dans la cour de l'immeuble – dans un trou profond, pour le mettre hors de portée des chiens.

L'appétit coupé et le cœur en berne, je retournai m'asseoir à mon bureau et je repliai les papiers de Rossi, les rangeant un à un dans l'enveloppe et la refermant hermétiquement. Je posai dessus mon mystérieux livre au dragon, et pour qu'il ne risque pas de s'ouvrir à la page fatidique, je plaçai par-dessus mon exemplaire de *L'Âge d'or d'Amsterdam* de Hermann, qui avait longtemps été l'un de mes ouvrages favoris. J'étalai mes notes pour ma thèse sur mon bureau et installai devant moi un pamphlet consacré à la guilde des marchands en Utrecht – une copie que j'avais fait faire à la bibliothèque – sur lequel je devais travailler. Je disposai ma montre à côté de moi et m'aperçus avec un frisson superstitieux qu'il était minuit moins le quart. Demain, me dis-je, je me rendrais à la bibliothèque et je me documenterais rapidement sur les différents moyens de protection dont je pourrais m'équiper pendant les jours à venir. Cela ne coûtait rien de se renseigner sur les pieux en argent, les gousses d'ail et les crucifix, puisque c'étaient les remèdes et talismans que les paysans préconisaient contre les morts-vivants depuis la nuit des temps. Pour le moment, je ne disposais que des conseils de Rossi, mais Rossi ne m'avait jamais fait défaut quand il avait été en son pouvoir de m'aider. Je saisis mon stylo et inclinai la tête sur le pamphlet.

Jamais je n'avais éprouvé autant de difficulté à me concentrer. Chacun de mes nerfs semblait guetter la présence du Rôdeur dehors (si tant est que ce fût une « présence »), comme si tout mon corps et pas seulement mes oreilles avait le pouvoir de percevoir son frôlement contre mes fenêtres… Au prix d'un effort, je me plongeai résolument dans l'Amsterdam de l'an de grâce 1690. J'écrivis une phrase, puis une autre. Minuit moins quatre. Chercher des anecdotes sur la vie des marins hollandais, notai-je sur mes papiers. Je songeai aux commerçants, se groupant dans leurs guildes déjà anciennes pour tirer le meilleur parti possible de leur existence et de leurs marchandises, avançant jour après jour en s'appuyant sur un sens du devoir assez simple, utilisant une partie de leurs bénéfices pour bâtir des hôpitaux pour les pauvres. Minuit moins deux. J'écrivis le nom de l'auteur du pamphlet, levai de nouveau les yeux sur l'heure, puis griffonnai ce pense-bête : étudier l'impact sur les marchands des presses d'imprimerie de la ville.

L'aiguille des minutes sur ma montre fit un bond soudain, et je bondis avec elle. Elle était presque sur le douze. Les presses pourraient être très riches d'enseignement, m'obstinai-je en me contraignant à ne pas regarder derrière moi, surtout si les guildes en contrôlaient certaines. Mais les imprimeurs avaient-ils leur propre guilde ? Quelle était la relation entre les idées sur la liberté de la presse dans les milieux intellectuels hollandais et la mainmise sur les presses ? Je m'intéressai sincèrement à la question pendant un moment, en dépit de moi-même, et j'essayai de me rappeler ce que j'avais lu sur les premières publications à Amsterdam et en Utrecht. Soudain, je sentis une immobilité totale dans l'air, puis une brusque tension. Je jetai un coup d'œil à ma montre. Minuit trois. Je respirais normalement et mon stylo courait librement sur la page.

La « chose » qui me persécutait n'était pas tout à fait aussi intelligente que je l'avais craint, songeai-je, attentif à ne surtout pas m'arrêter dans mon travail. Manifestement, les morts-vivants s'arrêtaient aux apparences, or je donnais l'impression d'avoir tenu compte de l'avertissement (la mort de Rembrandt) et de m'être remis à ma tâche habituelle. Il me serait impossible de dissimuler longtemps et la haine qui m'animait et mes véritables activités, mais, pour ce soir, ma propre apparence était la seule protection dont je disposais.

Je rapprochai la lampe et me plongeai donc dans les canaux d'Amsterdam pendant une autre heure, afin d'accroître l'illusion que je m'étais réfugié dans mon travail de thèse. Tout en feignant d'écrire, je raisonnai avec moi-même. La dernière menace faite à Rossi – enfin… en 1931 – consistait en l'apparition de son propre nom à l'emplacement de la tombe supposée de Vlad l'Empaleur. Rossi n'avait pas été retrouvé mort à son bureau, il y avait de cela deux jours, comme cela risquait de m'arriver si je ne me montrais pas extrêmement prudent. On ne l'avait pas découvert en sang dans le couloir, comme Hedges. Il avait été enlevé. Bien sûr, il gisait peut-être quelque part, mort, mais jusqu'à preuve du contraire, je devais continuer à espérer qu'il soit en vie. À partir de demain, il me faudrait tenter de trouver moi-même la Tombe maudite.

Assis sur la colline, devant la vieille forteresse française, mon père contemplait la mer au loin, comme à Saint-Matthieu, quand il avait regardé de l'autre côté du gouffre l'aigle planer et tournoyer.

— Rentrons à l'hôtel, déclara-t-il enfin. Les jours commencent à raccourcir, tu as remarqué ? Je ne veux pas être pris ici après le coucher du soleil.

Dans mon impatience, j'osai une question directe :

— Pris ?

Il me regarda, sérieusement, comme s'il pesait les risques relatifs auxquels il s'exposait en fonction de sa réponse.

— Le sentier est très abrupt, dit-il finalement. Je n'aimerais pas avoir à chercher mon chemin dans le noir au milieu de ces arbres. Toi, si ?

Il pouvait provoquer, lui aussi, je le voyais.

Je baissai les yeux vers les oliviers – gris-blanc, maintenant, et non plus pêche et argent. Les arbres sans âge étaient tordus, et comme tragiquement tendus vers les ruines de la forteresse qui les avait jadis protégés – eux ou leurs ancêtres – des torches des Sarrasins.

— Non, répondis-je. Je n'aimerais pas ça.

16.

C'était le début du mois de décembre, nous étions une nouvelle fois sur la route, et la lassitude ressentie au cours de l'été lorsque nous nous étions rendus au bord de la Méditerranée semblait loin derrière nous. Le vent soutenu de l'Adriatique rabattait mes cheveux en arrière tel un peigne géant et j'aimais cette sensation, sa rudesse brouillonne ; on aurait dit qu'une bête munie de grosses pattes escaladait tout ce qui se trouvait dans le port, faisant claquer violemment les drapeaux devant l'hôtel moderne, froissant la cime des platanes le long du front de mer.

— Quoi ? Qu'est-ce que tu dis ? criai-je.

Mon père répéta quelque chose d'inintelligible, pointant un doigt vers le dernier étage du palais de l'Empereur. Nous renversâmes tous les deux la tête en arrière pour regarder.

L'élégante forteresse de Dioclétien trônait au-dessus de nous dans la lumière du matin, et je faillis tomber en arrière en essayant d'apercevoir son sommet. Nombre d'espaces entre ses belles colonnes avaient été comblés – souvent par des gens qui avaient partagé le bâtiment pour le transformer en appartements, venait de m'expliquer mon père – de sorte qu'un étrange patchwork de pierres, en majeure partie du marbre taillé par les Romains et pillé dans d'autres édifices, scintillait sur la façade tout entière. Çà et là, le ruissellement de l'eau et les tremblements de terre y avaient ouvert des fissures. Des petites plantes tenaces, et même quelques arbustes, poussaient dans les anfractuosités.

Le vent soulevait les larges cols des marins qui se promenaient le long du quai par groupes de deux ou de trois. Leur visage prenant une teinte cuivrée contre le blanc de leur uniforme, leurs cheveux sombres coupés en brosse brillant comme des étrilles métalliques. Je contournai l'édifice derrière mon père, écrasant les noix noires tombées au sol et le tapis de feuilles des sycomores, jusqu'à la vieille place bordée de monuments.

Juste devant nous se dressait une tour extraordinaire, exposée aux vents et décorée comme une pâtisserie : un gâteau de mariage étroit et tout en hauteur. C'était plus calme ici, et nous n'avions plus besoin de crier pour nous faire entendre.

— J'ai toujours eu envie de voir ça, dit mon père de sa voix normale. Tu veux monter jusqu'au sommet ?

C'est moi qui ouvris la voie, gravissant avec enthousiasme l'escalier en fer. Sur le marché à ciel ouvert, près du quai, que j'apercevais de temps à autre à travers un cadre en marbre, les arbres avaient viré au brun doré, et par contraste les cyprès le long de l'eau paraissaient plus noirs que verts. Tandis que nous progressions, je distinguais l'eau bleu marine du port, à nos pieds, les silhouettes blanches des marins sur le départ, errant parmi les terrasses des cafés. Parvenus sous le toit de la tour, nous retînmes notre souffle. Seule une plate-forme en fer nous soutenait au-dessus du vide ; d'ici, nous pouvions voir tout l'à-pic jusqu'au sol à travers la toile d'araignée de marches en fer tressées que nous venions de gravir. Le monde s'offrait à nous, à perte de vue, au travers d'ouvertures encadrées de pierre, chacune suffisamment basse pour qu'un touriste inattentif risque de chuter et d'aller s'écraser dans la cour pavée, neuf étages plus bas. Nous nous réfugiâmes prudemment sur un banc au milieu, face à l'eau, dans un tel silence qu'un martinet n'hésita pas à entrer, ses ailes arquées contre le vent marin qui soufflait en rafales, puis disparut sous la corniche. Il tenait quelque chose de brillant dans son bec, quelque chose qui capta la lumière du soleil.

— Je me réveillai tôt, le lendemain du jour où j'avais fini d'examiner les papiers de Rossi, déclara mon père. Je crois que je n'ai jamais été aussi heureux de voir la lumière du soleil. Ma première et triste besogne fut d'enterrer Rembrandt. Ma tâche accomplie, je me présentai à la bibliothèque dès l'ouverture des portes ; il me fallait bien toute la journée pour me préparer à la nuit prochaine, au prochain assaut des ténèbres. Pendant de nombreuses années, la nuit avait été une amie, un cocon de quiétude dans lequel je lisais et écrivais. Désormais, elle était devenue une menace, un danger mortel qui ressurgirait inéluctablement dans quelques heures. Il se pouvait également que je sois amené à partir en voyage, très bientôt, avec tous les préparatifs que cela impliquerait. Ce serait plus facile, songeai-je avec amertume, si seulement je connaissais ma destination…

Le hall principal de la bibliothèque était silencieux, à l'exception de l'écho du pas des bibliothécaires qui s'apprêtaient à prendre leur poste ; peu d'étudiants venaient aussi tôt et je serais tranquille et au calme pendant au moins une demi-heure. Je me rendis dans le labyrinthe de la salle des catalogues, sortis mon carnet, et commençai à fureter dans les tiroirs dont j'avais besoin. Il existait plusieurs fiches pour les Carpates, dont une sur le folklore transylvanien ; mais un seul ouvrage sur les vampires – des légendes appartenant à la tradition égyptienne. Je me demandai ce que les vampires avaient en commun à travers le monde. Ceux d'Égypte ressemblaient-ils aux vampires d'Europe de l'Est ? C'était une étude pour un anthropologue porté sur la démonologie, pas pour moi, mais je notai quand même la référence d'un livre sur les croyances vampiriques chinoises.

Puis je quittai la lettre V pour le D et cherchai directement à Drakula. Les sujets et les titres étaient mélangés dans le catalogue ; entre « Drab-Ali le grand » et « Dragons, Asie », il y aurait au moins une entrée : la fiche du *Drakula* de Bram Stoker que j'avais vu dans les mains de la jeune femme brune, ici même, hier. Sans doute la bibliothèque possédait-elle plusieurs exemplaires d'un tel classique. Il m'en fallait un sans plus attendre ; d'après Rossi, ce roman était le fruit des recherches de Stoker sur le folklore lié aux vampires, et il contenait peut-être des suggestions de protection que je pourrais utiliser à mon usage personnel. J'explorais tout ce qui se trouvait avant et après… rien. Pas trace d'une seule entrée sous le nom « Drakula ». Rien de rien. Je ne m'attendais pas que sa légende soit un sujet d'études majeur, évidemment, mais tout de même, j'aurais pensé qu'il y aurait eu au moins un ouvrage répertorié.

Puis je m'aperçus qu'il y avait bien quelque chose entre « Drab-Ali » et « Dragons ». Une écharde de papier tordue au fond du tiroir montrait clairement qu'une fiche

– au moins une – avait été arrachée. Mû par un pressentiment, je me dirigeai vers le tiroir des « St ». Aucune fiche pour Stoker ! Ici aussi, d'autres signes d'un vol manifeste. Je m'assis lourdement sur le banc en bois le plus proche. C'était vraiment étrange. Pourquoi avait-on arraché ces fiches ?

La belle inconnue aux cheveux de nuit avait emprunté le roman de Stoker en dernier, je le savais. Avait-elle voulu faire disparaître la preuve de l'existence de son exemplaire ? Mais si elle avait voulu le dérober ou dissimuler, pourquoi prendre le risque de s'afficher avec lui en public, au beau milieu de la bibliothèque ? Non, quelqu'un d'autre devait avoir subtilisé les fiches, quelqu'un qui ne voulait pas – mais pour quelle raison ? – que l'on consulte cet ouvrage ici... Celui qui avait fait cela avait agi très vite, négligeant d'effacer les traces de son geste. Je tournai et retournai la question dans tous les sens. La salle des catalogues était un lieu sacro-saint où un étudiant se faisait sévèrement rappeler à l'ordre pour un simple tiroir abandonné sur une table. L'acte de malveillance devait avoir été perpétré très rapidement, à un moment où il n'y avait ni bibliothécaires ni personne d'autre dans la pièce. Si la jeune femme n'avait pas arraché les fiches elle-même, elle ignorait sans doute qu'« on » ne voulait pas que ce livre soit emprunté. Et elle l'avait probablement toujours en sa possession. Je me ruai littéralement vers le bureau des prêts.

Cette bibliothèque, construite dans le plus pur style néo-haut-gothique à l'époque où Rossi terminait ses études à Oxford, m'avait toujours fasciné tant par sa beauté que par sa ridicule prétention architecturale. Je dus remonter à toute vitesse une longue nef digne d'une basilique pour atteindre le bureau des prêts qui trônait à l'endroit où, dans une vraie cathédrale, se serait dressé l'autel. Faire tamponner un livre ici – sous une peinture murale représentant une Madono (du Savoir, probablement) vêtue d'une robe bleu ciel, les bras chargés de gros volumes célestes – revêtait la même sacralité que venir recevoir la communion. Aujourd'hui, j'y voyais une plaisanterie d'un cynisme insupportable et j'ignorai le visage douceâtre, non secourable, de Notre Dame pour m'adresser à la bibliothécaire en affectant un détachement que j'étais loin de ressentir.

— Je cherche un ouvrage qui n'est pas en rayon, commençai-je. Je me demandais s'il vient juste de sortir ou s'il est sur le point d'être rendu ?

La bibliothécaire – une femme d'une soixantaine d'années, petite et austère – daigna lever les yeux de son travail.

— Le titre, je vous prie.

— *Drakula*, de Bram Stoker.

— Une minute, s'il vous plaît. Je vais vérifier.

Elle consulta rapidement des fiches dans une petite boîte, le visage dénué d'expression.

— Désolée. Il est sorti.

— Oh non, quelle malchance ! m'exclamai-je d'un ton consterné. Quand doit-il rentrer ?

— Dans trois semaines. Il a été emprunté hier.

— Oh, il m'est impossible d'attendre aussi longtemps ! Je suis professeur, et j'en ai absolument besoin pour l'un de mes cours…

En général, ces mots étaient magiques.

— Vous pouvez demander à ce qu'on vous le réserve, répondit froidement la bibliothécaire.

Elle détourna la tête comme pour m'indiquer qu'elle voulait se remettre à son travail.

— Je suis à peu près sûr que c'est l'un de mes étudiants qui l'a emprunté pour le lire avant mon cours. Si vous me donniez son nom, je pourrais le contacter moi-même.

Elle m'observa, les paupières plissées.

— Nous ne faisons pas ce genre de chose.

— C'est une situation un peu particulière, lui confiai-je. Pour ne rien vous cacher, je compte leur donner en sujet d'examen un extrait de ce livre et… eh bien, j'ai prêté mon exemplaire personnel à un étudiant et il ne sait plus ce qu'il en a fait. J'ai eu tort, je le sais, mais vous savez comment ils sont. J'aurais dû me méfier.

Son visage s'adoucit et elle parut presque sympathique.

— Ils sont terribles, acquiesça-t-elle en hochant la tête. Nous perdons une pile d'ouvrages chaque trimestre. Attendez, je vais voir si je peux vous trouver ce nom, mais que cela reste entre nous, n'est-ce pas ?

Elle se détourna pour fouiller dans une armoire de rangement, derrière elle, et je restai là à m'interroger sur la duplicité que je venais de découvrir dans ma propre nature. Quand avais-je appris à mentir si aisément ? Cela me procurait une sensation de plaisir embarrassé. Pendant que j'attendais, je me rendis compte qu'un autre bibliothécaire s'était approché et m'observait derrière le gros « autel ». C'était un homme fluet, d'une quarantaine d'années, que j'avais souvent vu ici. Il était à peine plus grand que sa collègue et arborait une veste en tweed élimée et une cravate tachée. Je fus surpris et frappé par le changement qui s'était opéré en lui. Son visage était cireux et émacié, on aurait dit qu'il relevait d'une grave maladie.

— Puis-je vous aider ? demanda-t-il brusquement, comme s'il soupçonnait que je puisse voler quelque chose sur le bureau s'il n'intervenait pas dans la seconde.

— Non, non, merci.

J'esquissai un geste en direction de sa collègue.

— On s'occupe de moi.

— Je vois.

Il s'écarta d'un pas en la voyant revenir avec un bout de papier qu'elle posa devant moi. À cet instant, je ne savais pas où regarder et le papier tournoya sous mes yeux. Car, à la même seconde, le deuxième bibliothécaire s'était détourné pour passer en revue la pile d'ouvrages déjà rapportés qui attendaient d'être classés. Et comme il penchait la tête de côté pour les examiner avec ses yeux de myope, son cou dépassa du col élimé de sa chemise et je distinguai deux plaies crasseuses, formant une croûte, avec un peu de sang séché qui dessinait juste en dessous un entrelacs répugnant sur sa peau. Puis il se redressa et se détourna, un gros livre à la main.

— C'est bien ce que vous vouliez ? me demandait la bibliothécaire.

Je baissai les yeux sur la fiche qu'elle poussait vers moi.

— Vous voyez, c'est le bordereau de retrait pour votre roman de Bram Stoker. Nous ne possédons qu'un seul exemplaire de son *Drakula*.

Le bibliothécaire mal fagoté fit tomber son livre sur le sol, et le son se répercuta comme un coup de tonnerre à travers la haute nef. Il se redressa et ses yeux fondirent sur moi. Je n'ai jamais vu – ou plutôt : jusqu'à cet instant, je n'avais jamais vu – un regard humain à ce point rempli de haine et de méfiance.

— C'est bien ce que vous vouliez ? insistait sa collègue.

— Pas du tout, répondis-je très vite en surmontant mon trouble. Vous m'avez mal compris. Je cherche l'*Histoire de la décadence et de la chute de l'Empire romain*, de Gibbon. Je vous l'ai dit, je prépare un cours sur le sujet.

Courroucée, elle fronça vigoureusement les sourcils.

— Mais… je croyais…

Même dans un moment pareil, je m'en voulais de lui infliger un démenti alors qu'elle venait de se montrer aussi obligeante.

— N'en parlons plus, ça ne fait rien, affirmai-je. Je n'ai peut-être pas regardé assez attentivement. Je vais retourner vérifier dans le fichier de la salle des catalogues.

À peine avais-je prononcé le mot « catalogues » que je sus que je venais de forcer mon talent de comédien tout neuf. Les yeux du bibliothécaire se rétrécirent davantage et il bougea légèrement la tête, comme un animal suivant les mouvements de sa proie.

— Désolé pour le dérangement, murmurai-je poliment.

Je sortis, conscient que ses yeux acérés restaient plantés dans mon dos jusqu'à ce que je parvienne au bout de la grande nef. Pendant une minute, je fis mine de me diriger vers la salle des catalogues, puis je fermai ma sacoche et je me dirigeai vers la porte où les fidèles se pressaient déjà en masse pour leur travail du matin.

Une fois dehors, je cherchai le banc le plus ensoleillé, et m'y installai, le dos appuyé à l'un des murs néogothiques, de façon à surveiller les allées et venues autour de moi. J'avais besoin de m'asseoir cinq minutes pour réfléchir – savoir faire le point au bon moment, se plaisait à répéter Rossi, c'était gagner du temps et non en perdre.

Mais là, ça faisait tout de même beaucoup à encaisser pour un seul homme. Car, dans le même moment effarant, j'avais découvert les deux affreuses marques sur le cou du bibliothécaire et l'identité de la jeune femme qui m'avait pris de vitesse sur Drakula. Elle s'appelait Helen Rossi.

Le vent était froid et de plus en plus violent. Mon père s'interrompit et sortit de son sac deux vestes imperméables. Il les roulait très serré pour les faire tenir avec son appareil photo, un chapeau de toile et un kit de premiers secours. Sans prononcer un mot, nous les enfilâmes par-dessus nos blazers et il reprit son récit.

— Alors que j'étais assis au soleil en cette fin de printemps, regardant l'université se réveiller et entamer ses activités habituelles, je me surpris tout à coup à envier ces étudiants et ces professeurs allant et venant « normalement », pour qui les pires défis et les drames les plus noirs se résumaient aux examens programmés le lendemain et aux débouchés de Sciences-po… Pas un seul n'aurait pu comprendre le guêpier dans lequel je me trouvais, songeai-je avec amertume, a fortiori m'aider à en sortir. Je me sentis soudain terriblement seul, coupé de tous et de tout, mon université, mon univers, comme une abeille ouvrière rejetée, chassée de la ruche. Et cette situation, j'en pris conscience avec étonnement, était survenue en l'espace de deux petits jours. Trois, en comptant aujourd'hui.

Je devais réfléchir intensément, maintenant, et vite. Tout d'abord, j'avais observé à mon tour ce que Rossi lui-même évoquait dans ses lettres vieilles de vingt-cinq ans. J'avais vu, de mes yeux vu, un homme – en l'occurrence, un bibliothécaire crasseux et mal fagoté – portant à son cou les marques de l'abomination. Imaginons, songeai-je en riant nerveusement du ridicule de cette supposition, imaginons que notre bibliothécaire ait été mordu par un vampire, et assez récemment. Rossi avait été enlevé dans son bureau – après une lutte, me rappelai-je – deux nuits plus tôt. Drakula, s'il était... disons en liberté, semblait avoir une prédilection non seulement pour l'élite du monde universitaire (outre Rossi, je me rappelais le malheureux Hedges) mais aussi pour les bibliothécaires, les archivistes et... Non – je me redressai, comme ébloui par la vérité –, *il avait une prédilection pour ceux qui manipulaient des archives en rapport avec sa légende.*

D'abord il y avait eu le bureaucrate qui avait arraché la carte des mains de Rossi, à Istanbul. Et aussi le bibliophile du Smithsonian, songeai-je en me remémorant la dernière lettre de Rossi. Hedges, je l'ai dit. Et, bien sûr, victime de multiples menaces, Rossi en personne, qui avait en sa possession un exemplaire de « l'un de ces charmants petits livres » et qui avait peut-être examiné d'autres brûlots. Et maintenant, il y avait ce bibliothécaire aux allures de vautour, encore que je n'aie aucune preuve qu'il ait manipulé des documents concernant Drakula. Et pour finir – *moi* ?

Je ramassai ma sacoche et m'élançai vers une cabine téléphonique près du foyer des étudiants.

— Le secrétariat administratif, s'il vous plaît.

Pour autant que je puisse voir, personne ne m'avait suivi ici, mais je fermai quand même la porte et observai d'un œil acéré les passants derrière la vitre.

— Avez-vous une mademoiselle Helen Rossi inscrite parmi les internes ? Oui, une étudiante en troisième cycle, hasardai-je.

La standardiste de l'université était laconique ; je pouvais l'entendre feuilleter lentement des papiers.

— Nous avons bien une H. Rossi logée dans le dortoir des étudiantes en troisième cycle, confirma-t-elle.

— C'est cela. Merci infiniment.

Je griffonnai le numéro qu'elle me donna et le composai aussitôt. Une surveillante me répondit, d'une voix cassante et protectrice :

— Mlle Rossi ? Oui ? Qui la demande, je vous prie ?

Oh, Dieu. Je n'avais pas réfléchi aussi loin.

— Son frère, répondis-je rapidement. Elle m'a dit que je pouvais la joindre à ce numéro.

J'entendis un pas qui s'éloignait du téléphone, un autre pas, plus brusque, qui s'approchait.

— Merci, mademoiselle Lewis, je prends la communication, fit une voix distante, sur un ton qui donnait congé.

Puis elle parla dans mon oreille, et je retrouvai ces intonations basses et fermes que j'avais entendues dans la bibliothèque.

— Je n'ai pas de frère, dit-elle.

Cela sonnait comme un avertissement.

— Qui êtes-vous ?

Mon père frotta ses mains l'une contre l'autre dans le vent glacial, et les manches de sa veste crissèrent comme du papier de soie. Helen, songeai-je, sans oser répéter ce nom tout haut. C'était un prénom que j'avais toujours aimé ; il évoquait pour moi une belle et courageuse figure, comme ce frontispice préraphaélite montrant Hélène de Troie dans *L'Iliade racontée aux enfants*, un livre que j'avais à la maison quand nous vivions aux États-Unis. Mais par-dessus tout, ce prénom avait été celui de ma mère, dont mon père ne parlait jamais.

Je le regardai intensément, mais il avait déjà repris la parole.

— Une tasse de thé bien chaud, dans l'un de ces cafés, en bas, dit-il. Voilà ce qu'il nous faut. Qu'est-ce que tu en penses ?

Pour la première fois, je remarquai que son visage – le beau visage poli et accueillant d'un diplomate – était marqué par de lourdes ombres qui creusaient ses yeux et pinçaient la base de son nez, comme s'il dormait trop peu ou très mal. Il se leva et s'étira, puis nous regardâmes une dernière fois la vue vertigineuse. Papa me ramena légèrement en arrière, comme s'il avait peur que je tombe.

17.

Athènes rendait mon père nerveux et fatigué ; je m'en aperçus au bout d'une seule journée sur place. Pour ma part, je trouvais la ville exaltante : j'adorais cette combinaison de décadence et de vitalité, cette circulation suffocante qui tournoyait jusqu'à l'écœurement autour des places, des parcs et des vestiges des monuments antiques, et l'Acropole, majestueuse, qui s'élançait vers le ciel tandis que, vivant contraste, les auvents des restaurants frétillaient à ses pieds.

Mon père me promit que nous monterions admirer la vue dès qu'il aurait le temps. Nous étions en février de l'année 1974, et depuis presque trois mois, c'était la première fois qu'il partait en voyage. Cette fois, il m'avait emmenée avec lui à regret parce qu'il détestait la présence des militaires dans les rues. J'avais l'intention de profiter à fond de chaque minute.

Dans le même temps, je travaillais assidûment dans ma chambre d'hôtel, en levant sans cesse la tête vers mon unique fenêtre pour garder un œil sur les hauteurs couronnées par le temple, comme s'il allait subitement leur pousser des ailes après deux mille cinq cents ans, et qu'elles aillent s'envoler avant que j'aie eu la possibilité de les explorer. J'apercevais les routes, les chemins, les rues qui partaient du Parthénon et se déroulaient jusqu'à sa base. Ce serait une longue et lente progression – nous nous trouvions dans un pays chaud, et l'été commençait tôt ici – parmi les maisons blanchies à la chaux et les étals de limonade, sur un chemin qui s'échappait de temps à autre vers d'anciennes places de marché ou de nouveaux sites archéologiques, puis revenait sur ses pas en direction des maisons aux jolis toits de tuiles. Je pouvais voir une partie de ce labyrinthe à travers mes carreaux poussiéreux. Nous progresserions d'un panorama à un autre, contemplant avec émerveillement ce que les heureux habitants des alentours de l'Acropole voyaient tous les jours depuis leur porte. J'imaginais d'ici le spectacle que nous offriraient les ruines antiques, les jardins semi-tropicaux, les rues sinueuses, les églises coiffées d'or ou de tuiles rouges qui se dressaient dans la lumière du soir comme des rochers colorés éparpillés sur une plage grise. Mon père s'essuierait le visage avec son mouchoir. Et je saurais en l'observant à la dérobée qu'une fois au sommet il ne se contenterait pas de me montrer des ruines sublimes. Il lèverait aussi un nouveau pan de voile sur son passé.

— Le petit restaurant que j'avais choisi comme lieu de rendez-vous avec Helen Rossi, m'expliqua mon père, était assez éloigné du campus pour me rassurer (la seule idée de me retrouver face à ce bibliothécaire – même s'il était tenu de rester à son poste, il devait bien aller déjeuner quelque part – me donnait la chair de poule), tout en étant assez proche de l'université pour que mon invitation paraisse raisonnable et ne donne pas l'impression d'un traquenard. Si je m'attendais qu'elle arrive en retard à force de s'interroger sur mes véritables intentions, j'avais bien tort : Helen m'avait précédé. À la seconde où je poussai la porte du restaurant, je la vis déjà installée dans l'angle le plus reculé de la salle, qui dénouait son écharpe en soie bleue et ôtait ses gants blancs (n'oublie pas qu'à cette époque les étudiantes devaient sacrifier à une mode vestimentaire aussi charmante que peu pratique). Ses cheveux étaient tirés en arrière, presque lissés, de sorte que, lorsqu'elle tourna la tête à mon approche, j'eus l'impression d'être dévisagé avec encore plus d'intensité qu'à la bibliothèque, la veille.

— Bonjour, déclara-t-elle avec froideur. Vous paraissiez si fatigué au téléphone que je vous ai commandé du café.

Je me présentai en déclinant mon identité, cette fois, et lui serrai la main, tout en essayant de cacher mon embarras. J'aurais voulu la questionner immédiatement sur son nom de famille, mais il valait mieux attendre le bon moment. Sa main était douce, sèche et fraîche dans la mienne, comme si elle portait encore ses gants. Je tirai une chaise en face d'elle et m'assis, regrettant, même en ce jour de chasse aux vampires, de ne pas avoir enfilé une chemise impeccable. Son sévère chemisier blanc, presque masculin sous une veste noire, semblait immaculé.

— Pourquoi avais-je dans l'idée que j'aurais bientôt de vos nouvelles ?

Son ton était offensif, pour ne pas dire offensant.

— Je sais que ma requête doit vous paraître étrange.

Je me redressai sur ma chaise et essayai de la regarder dans les yeux, en me demandant si elle me laisserait le temps de lui poser toutes les questions qui se pressaient dans ma tête avant de se lever et de me planter là une deuxième fois.

— Je suis désolé. Je vous assure que ce n'est pas une farce et que mon but n'est pas de vous importuner, ni de vous perturber dans votre travail.

Elle hocha la tête, comme si elle voulait bien me faire crédit pour cette fois. Derrière sa froide élégance, je décelai de ces défauts qui, parce qu'ils la rendaient humaine, me rassurèrent.

— J'ai fait une étrange découverte, ce matin, commençai-je avec une confiance nouvelle. C'est la raison de mon coup de téléphone inopiné. Avez-vous toujours en votre possession le *Drakula* que vous avez emprunté à la bibliothèque ?

Elle fut rapide, mais je le fus plus encore car j'avais guetté le tressaillement, la soudaine lividité de son visage déjà pâle.

— Oui, répondit-elle avec méfiance. Et après ? En quoi cela vous regarde-t-il ?

Je me gardai de réagir à la provocation.

— Est-ce vous qui avez arraché toutes les fiches se rapportant à cet ouvrage dans la salle des catalogues ?

Cette fois, sa réaction fut sincère et non déguisée.

— Pardon ?

— Je me suis rendu dans la salle des catalogues ce matin pour chercher des informations sur… sur le sujet que nous étudions apparemment tous les deux. Et je me suis rendu compte que toutes les fiches se rapportant à Drakula et à Stoker avaient été arrachées à l'intérieur même de leur tiroir de classement.

Ses traits s'étaient tendus et elle me regardait fixement, son visage devenant soudain inquiétant, dérangeant, ses yeux trop brillants. Mais pour la première fois depuis que Massimo m'avait annoncé la disparition de Rossi, je ressentis un soulagement imperceptible, comme si le poids de ma solitude venait de s'alléger. Elle n'avait pas ri de ce qu'elle aurait pu appeler mon mélodrame, ni froncé les sourcils pour marquer sa stupéfaction. Mais par-dessus tout, il n'y avait pas la moindre duplicité dans son attitude, rien qui pût suggérer que je parlais avec une ennemie. Son visage n'exprimait – ou ne laissait paraître – qu'une seule émotion : une peur naissante et palpitante.

— Les fiches y étaient encore hier matin, déclara-t-elle lentement, comme si elle abaissait son arme et se préparait à parler. J'ai regardé tout d'abord à *Drakula* et il y en avait une seule, indiquant donc l'existence d'un seul exemplaire. Puis j'ai voulu vérifier s'ils possédaient d'autres œuvres de Stoker, et je suis allée voir à son nom. J'y ai trouvé quelques références, dont celle de cette édition de *Drakula*, évidemment.

Le serveur posa deux cafés sur notre table et Helen tira sa tasse à elle sans même la regarder. Je songeai avec une nostalgie soudaine et poignante à Rossi, nous servant un café autrement plus raffiné que celui-ci – à son exquise hospitalité. Oh, j'avais bien d'autres questions en réserve pour cette étrange jeune femme.

— Apparemment quelqu'un ne veut pas que vous, moi ou n'importe qui emprunte ce livre, commentai-je.

Je m'exprimais calmement, observant sa réaction.

— Je n'ai jamais rien entendu d'aussi ridicule, riposta-t-elle, lâchant un sucre dans son café et le remuant.

Mais elle-même semblait peu convaincue par sa protestation et je poursuivis :

— Le livre est-il toujours en votre possession ?

— Oui.

Sa cuillère retomba avec un cliquetis agacé.

— Il est même dans mon sac.

Elle regarda à ses pieds et j'aperçus à côté d'elle la sacoche que je l'avais vue transporter la veille.

— Mademoiselle Rossi, je suis désolé, mais au risque de passer pour un fou, je suis convaincu qu'il pourrait y avoir un grand danger pour vous à détenir un livre que, manifestement, quelqu'un ne veut pas que vous ayez entre les mains.

— Qu'est-ce qui vous fait penser cela ? rétorqua-t-elle, sans croiser mon regard cette fois. Qui donc, selon vous, pourrait ne pas vouloir que ce livre soit en ma possession ?

Une légère rougeur lui était de nouveau montée aux joues et elle gardait les yeux fixés sur sa tasse d'un air coupable ; c'était le seul mot qui me venait pour décrire son expression – coupable à cent pour cent. Je me demandai tout à coup avec horreur si elle n'était pas de mèche avec le vampire : la femme de Drakula, songeai-je, horrifié, tandis que les séances de cinéma du dimanche en matinée de mon adolescence me revenaient sous forme de flashes. Ces cheveux noirs comme la nuit, ce visage si pâle collaient avec le personnage, de même que cet accent prononcé, impossible à identifier, ces lèvres comme une tache de mûre sur sa peau blanche... Je chassai cette idée saugrenue de mon esprit ; ce n'était qu'un fantasme né de ma nervosité.

— Mademoiselle, quelqu'un, à votre connaissance, pourrait-il souhaiter que ce livre ne soit pas entre vos mains ?

— En réalité, la réponse est oui. Mais ce ne sont pas vos affaires.

Elle me lança un regard glacial, puis baissa les yeux sur sa tasse.

— Pourquoi tenez-vous tant à obtenir ce livre, de toute façon ? Si vous vouliez mon numéro de téléphone, pourquoi ne pas me l'avoir demandé, tout simplement, au lieu de vous lancer dans cette histoire abracadabrante ?

Cette fois, je sentis mon visage s'empourprer. Parler avec cette femme revenait à rester assis sans bouger et à encaisser une volée de gifles, délivrées à un rythme irrégulier, de sorte qu'on ne savait jamais à quel moment allait arriver la suivante.

— Je n'avais aucune intention de chercher à connaître votre numéro de téléphone avant de découvrir que ces fiches avaient été arrachées du fichier et de penser que vous saviez peut-être quelque chose à ce sujet, répondis-je avec raideur. J'avais moi-même un besoin urgent de consulter ce livre. Je me suis donc rendu à la bibliothèque pour voir s'ils avaient un deuxième exemplaire.

— Et comme il n'y en avait pas, vous aviez un prétexte tout trouvé pour me téléphoner, riposta-t-elle d'une voix cinglante. Si vous vouliez mon exemplaire, vous n'aviez qu'à demander à ce qu'on vous le mette de côté.

— J'en ai besoin maintenant, rétorquai-je.

Son ton sarcastique commençait à m'exaspérer. Nous étions peut-être en grand danger tous les deux, et elle m'asticotait comme si j'avais essayé de lui extorquer un rendez-vous, ce qui était faux. Je me rappelai alors qu'elle ne pouvait pas savoir que j'étais aux abois. Puis je pris conscience que, si je lui racontais toute l'histoire, je ne passerais pas simplement pour un fou à ses yeux : je la mettrais elle-même en péril. J'exhalai malgré moi un gros soupir.

— Seriez-vous en train d'essayer de me faire peur pour que je vous cède mon livre ?

Son ton s'était un peu radouci et je perçus l'amusement qui relevait les coins de sa large bouche.

— Je crois que oui.

— Hum. Non, ce n'est pas le cas. Mais j'aimerais que vous me disiez enfin qui, selon vous, pourrait ne pas vouloir que vous empruntiez ce livre.

Je reposai ma tasse et la regardai dans les yeux.

Elle remua nerveusement les épaules sous la laine légère de sa veste. Un long cheveu était accroché au revers, l'un des siens, brun, mais paré de reflets cuivrés contre le tissu noir. Elle semblait se préparer à dire quelque chose.

— Qui êtes-vous ? demanda-t-elle brusquement.

Je pris sa question sur un plan universitaire.

— Je suis étudiant, ici même. Je prépare un doctorat en histoire.

— En histoire ? Tiens donc.

Sa réaction avait été rapide, presque coléreuse.

— Oui. Je rédige une thèse sur le commerce hollandais au dix-septième siècle.

— Oh.

Elle resta silencieuse quelques instants.

— Moi, je suis anthropologue, déclara-t-elle finalement. Mais je m'intéresse également beaucoup à l'histoire. J'étudie les coutumes et les traditions dans les Balkans et en Europe centrale, en particulier dans mon pays natal…

Sa voix baissa un peu, mais plus sous l'effet de la nostalgie que par goût du secret.

— … mon pays natal, la Roumanie.

Ce fut mon tour de tressaillir. Décidément, c'était de plus en plus étrange.

— Est-ce la raison pour laquelle vous vouliez lire *Drakula* ?

Son sourire me surprit – elle avait des dents très blanches, régulières, un peu trop petites dans un visage aussi volontaire. Puis elle serra de nouveau les lèvres.

— On peut formuler les choses comme ça, je suppose.

— Vous ne répondez pas à mes questions, lui fis-je remarquer.

— Pourquoi devrais-je vous répondre ?

Elle haussa les épaules.

— Vous êtes un parfait inconnu pour moi et vous voulez me prendre mon livre.

— Vous êtes peut-être en danger, mademoiselle Rossi. Je ne veux pas vous effrayer, mais c'est très sérieux.

Elle me fixa du regard, les paupières plissées.

— Vous me cachez quelque chose, vous aussi. Je parlerai si vous parlez.

Je n'avais jamais rencontré une femme comme elle – à la fois aussi combative et aussi peu désireuse de séduire. J'avais l'impression que ses paroles étaient une piscine d'eau froide dans laquelle il allait me falloir plonger la tête la première sans possibilité de peser les conséquences.

— Entendu. Commencez donc par répondre à ma question, déclarai-je en imitant son ton brusque. Qui selon vous pourrait s'irriter de voir ce livre en votre possession ?

— Le professeur Bartholomew Rossi, lâcha-t-elle d'une voix sarcastique, grinçante. Vous êtes étudiant en histoire. Peut-être avez-vous entendu parler de lui ?

Je restai pétrifié sur ma chaise, abasourdi.

— Le professeur Rossi ? Que… que voulez-vous dire ?

— J'ai répondu à votre question.

Elle se redressa, ajusta sa veste et plaça ses gants l'un sur l'autre comme si elle avait terminé une tâche. Je me demandai brièvement si elle savourait l'effet que ses mots avaient eu sur moi, de m'avoir entendu bafouiller sous le choc.

— À vous maintenant : dites-moi où vous voulez en venir avec ce mauvais mélo sur un danger qui me menacerait à cause de ce livre.

— Mademoiselle Rossi, je vous en supplie. Je vous dirai tout ce que je sais, je vous le promets. Mais expliquez-moi d'abord vos liens avec le professeur Bartholomew Rossi. S'il vous plaît.

Elle se pencha, ouvrit sa sacoche et en sortit un étui en cuir.

— Vous permettez que je fume ?

Pour la deuxième fois, je vis chez elle cette aisance masculine qui semblait ressurgir dès qu'elle mettait de côté son attitude défensive de jeune dame importunée.

— Vous en voulez une ?

Je secouai la tête ; j'avais horreur du tabac, même si j'aurais presque été tenté d'accepter une cigarette de cette main fine et lisse. Elle inhala la fumée sans gestes maniérés. Une vraie fumeuse.

— J'ignore pourquoi je discute de tout cela avec un inconnu, déclara-t-elle d'un air songeur. Ce doit être la solitude qui me pèse... Je n'ai quasiment parlé avec personne en deux mois, sauf de travail. Et vous ne me faites pas l'effet d'un colporteur de ragots, même si mon département en regorge.

Son accent ressortit pleinement à ces mots, qu'elle prononça avec une douce rancœur.

— Mais si vous tenez votre promesse...

Son visage se durcit de nouveau ; elle se redressa, sa cigarette jaillissant avec défi de sa main.

— Ma relation avec le célèbre professeur Rossi est très simple. Ou du moins elle devrait l'être. C'est mon père. Il a rencontré ma mère pendant qu'il était en Roumanie, sur la piste de Drakula.

Mon café gicla sur la table, mes genoux, le devant de ma chemise – qui n'était pas d'une propreté au-dessus de tout soupçon, de toute façon – et éclaboussa sa joue. Elle l'essuya du dos de la main, le regard fixé sur moi.

— Mon Dieu. Je suis désolé. Désolé.

J'essayai de nettoyer les dégâts, utilisant nos deux serviettes.

— Manifestement, c'est un choc pour vous, dit-elle sans bouger. Donc, vous le connaissez.

— En effet. Il est mon directeur de thèse. Mais il ne m'a jamais parlé de la Roumanie, et il… il ne m'a jamais dit qu'il avait une famille.

— Il n'en a pas.

La froideur dans sa voix me cisailla.

— Je ne l'ai jamais rencontré, voyez-vous. Même si ce n'est plus qu'une question de temps, je suppose.

Elle s'adossa à sa chaise et rentra brusquement la tête dans ses épaules.

— Je l'ai vu, une fois, de loin, pendant l'un de ses cours magistraux. Vous imaginez ? Découvrir son père, à distance, de cette façon ?

J'avais fait un tas avec les serviettes détrempées et maintenant je repoussais tout sur le côté : la bouillie de serviettes, ma tasse, ma cuillère.

— Pourquoi ?

— C'est une histoire très étrange.

Elle me regardait, non pas comme quelqu'un qui serait perdu dans ses pensées, mais comme si elle jaugeait mes réactions.

— Disons que c'est une histoire d'amour sans happy end.

La formule prenait une résonance étrange avec son accent, mais je n'étais pas d'humeur à sourire.

— Elle n'est peut-être pas si étrange, finalement. Il a rencontré ma mère dans son village, il a pris du bon temps avec elle, et après quelques semaines il est reparti en lui laissant une adresse en Angleterre. Après son départ, ma mère a découvert qu'elle était enceinte, et sa sœur, qui vivait en Hongrie, l'a aidée à s'enfuir avant ma naissance.

— Il ne m'a jamais dit qu'il s'était rendu en Roumanie.

Ma voix n'était plus qu'un croassement.

— Cela ne m'étonne pas.

Elle tira sur sa cigarette avec une expression amère.

— C'est également ce qu'il a eu le culot de dire à ma mère. Elle lui a écrit de Hongrie, à l'adresse qu'il lui avait donnée, et elle lui a parlé de leur bébé. Ce cher professeur lui a répondu qu'il ignorait qui elle était et comment elle avait trouvé son nom, mais qu'il n'était jamais allé en Roumanie. Vous pouvez imaginer quelque chose d'aussi cruel ?

Ses yeux me transpercèrent, immenses et d'un noir profond, à présent.

— Non, je… En quelle année êtes-vous née ?

Il ne me vint même pas à l'esprit de m'excuser de poser une question aussi indiscrète à une femme ; elle était si différente de toutes celles que j'avais rencontrées jusqu'ici que les règles habituelles de la bienséance ne semblaient pas de mise.

— En 1931, répondit-elle d'une voix neutre. Ma mère m'a emmenée quelques jours en Roumanie, une fois, mais c'était bien avant que j'aie entendu parler de Drakula et, même alors, elle n'est pas retournée en Transylvanie.

— Mon Dieu, chuchotai-je, les yeux fixés sur le revêtement en Formica de la table. Mon Dieu. Je croyais qu'il m'avait tout raconté, mais il ne m'avait pas dit ça.

— Il vous a raconté… quoi ? demanda-t-elle âprement.

— Pourquoi n'avez-vous pas cherché à le rencontrer ? Sait-il que vous êtes ici ?

Elle me regarda bizarrement mais répondit sans sourciller.

— Disons que c'est un jeu. Un caprice de ma part.

Elle marqua un temps.

— Je ne me débrouillais pas trop mal à l'université de Budapest, vous savez. En fait, ils me considéraient comme un génie.

Il s'agissait d'un constat, exprimé presque en toute modestie. Son anglais était phénoménalement bon, me dis-je tout à coup. Surnaturellement bon. Peut-être était-elle *vraiment* un génie.

— Inouï, n'est-ce pas ? Ma mère n'est pas allée au-delà de l'école primaire – même si la vie lui a permis plus tard de compléter son instruction – et moi je suis entrée à l'université à l'âge de seize ans. Bien sûr, ma mère m'avait parlé de mon héritage paternel et, même au fin fond du bloc de l'Est, nous connaissons les ouvrages éblouissants du professeur Rossi – sur la civilisation minoenne, les cultes religieux de la Méditerranée, l'époque de Rembrandt... Parce qu'il a parlé avec sympathie dans ses écrits du socialisme britannique, notre gouvernement autorise la diffusion de ses travaux. J'ai étudié l'anglais tout au long de ma scolarité – vous voulez savoir pourquoi ? Pour pouvoir lire les brillants ouvrages du Dr Rossi dans le texte. Ce n'était pas très difficile non plus de découvrir où il donnait ses cours ; je regardais toujours le nom de l'université mentionnée sur la jaquette de ses livres et je me promettais de m'y rendre un jour. J'avais tout planifié. Je me suis arrangée pour établir des contacts avec les bonnes personnes, politiquement parlant. J'ai commencé par prétendre que je voulais étudier la glorieuse révolution travailliste en Angleterre. Et, le moment venu, j'ai pu choisir la bourse que je voulais. Ces temps-ci, nous bénéficions d'une certaine liberté en Hongrie, même si tout le monde se demande combien de temps les Soviets vont continuer à le tolérer. Quand on parle d'empaleurs… Quoi qu'il en soit, je suis partie à Londres pour six mois, puis j'ai obtenu ma bourse pour venir ici, il y a de cela quatre mois maintenant.

Elle souffla pensivement une longue volute de fumée grise, mais sans que ses yeux dévient des miens. Il me vint à l'esprit qu'Helen Rossi risquait plus d'être pourchassée par les gouvernements communistes auxquels elle se référait avec un tel cynisme que par Drakula. Peut-être était-elle passée définitivement à l'Ouest. Je me promis de lui poser la question plus tard. Plus tard ? Et qu'était-il advenu de sa mère ? Et avait-elle organisé tout cela, depuis la Hongrie, à seule fin de bénéficier de la réputation d'une université occidentale renommée ?

Elle suivait le fil de ses pensées.

— Joli tableau, non ? L'enfant non reconnue pendant toutes ces années se révèle être quelqu'un de très fréquentable. Elle retrouve son père, et ils tombent dans les bras l'un de l'autre, fous de bonheur.

L'amertume de son sourire me retourna l'estomac.

— Mais ce n'est pas exactement ce que j'avais en tête. Je suis venue ici pour qu'il entende parler de moi – comme par accident –, de mes publications, de mes cours. On verra alors s'il réussit encore à se cacher de son passé, à feindre d'ignorer mon existence comme il a feint d'ignorer celle de ma mère. Quant à cette histoire de Drakula…

Elle pointa sa cigarette vers moi.

— Ma mère, Dieu bénisse son âme trop candide, a évoqué le sujet devant moi.

— Elle vous a dit quoi ? demandai-je faiblement.

— Elle m'a parlé des recherches que Rossi effectuait à l'époque. Je l'ignorais jusqu'alors. Je ne l'ai appris que l'été dernier, juste avant mon départ pour Londres. C'est à cette occasion qu'ils se sont rencontrés ; il se renseignait dans le village sur le folklore lié aux vampires et ma mère se souvenait d'avoir entendu son père et des amis à lui évoquer en sa présence une histoire de vampires locaux. Normalement, un homme seul, a fortiori un étranger, n'aurait jamais dû s'adresser à une jeune fille, vous comprenez, dans cette culture… Mais je suppose que Rossi n'avait aucune idée des règles. Historien, vous savez, pas anthropologue. Il était en Roumanie pour chercher des informations sur Vlad l'Empaleur, notre cher comte Drakula. Et vous ne trouvez pas pour le moins étrange…

Elle se pencha soudain en avant, amenant son visage plus près du mien qu'il ne l'avait jamais été, avec une sorte de férocité.

— … vous ne trouvez pas bizarre qu'il n'ait jamais rien publié sur le sujet ? Pas une seule ligne, comme vous le savez sans doute. Pourquoi ? Voilà une question qui mérite réflexion, pas vrai ? Pourquoi le célèbre explorateur de territoires historiques – et de femmes, apparemment, car qui sait combien d'autres filles géniales il a semées sur son chemin ? – pourquoi n'a-t-il jamais rien publié de cette quête si peu banale ?

— Pourquoi ? demandai-je, sans bouger un muscle.

— Je vais vous le dire. Parce qu'il la garde précieusement pour son grand final, son apothéose. C'est son secret, sa passion. Pour quelle autre raison un spécialiste garderait-il ainsi secret le fruit de ses recherches ? Mais là, une surprise l'attend ! Rira bien qui rira le dernier.

Son sourire était une grimace, maintenant, et cela ne me plaisait pas.

— Vous n'imaginez pas le terrain que j'ai couvert en l'espace d'une petite année depuis que j'ai appris cette marotte. Quel choc ce sera quand Rossi verra quelqu'un lui couper l'herbe sous le pied en publiant avant lui un ouvrage complet sur le sujet – quelqu'un qui porte son nom par-dessus le marché ! C'est magnifique. Je lui ai même pris son nom quand je suis arrivée ici – un *nom de plume* universitaire, pourrait-on dire. En outre, dans le bloc de l'Est, on n'aime pas beaucoup les étrangers qui volent notre héritage pour se livrer à des interprétations douteuses la plupart du temps.

Je dus laisser échapper un gémissement, car elle s'interrompit un instant pour m'observer, les sourcils froncés.

— D'ici la fin de l'été, j'en saurai plus que quiconque au monde sur la légende de Drakula. Vous pouvez récupérer votre vieux bouquin, à propos.

Elle ouvrit sa sacoche et le posa avec un bruit horrible sur la table, au vu et au su de tout le monde.

— Je l'ai emprunté uniquement parce que je souhaitais vérifier un détail et que je n'avais pas le temps de rentrer chez moi consulter mon propre exemplaire. Vous voyez, je n'en ai même pas besoin. Ce n'est que de la littérature de toute façon, et je connais ce fichu roman presque par cœur.

Mon père regarda autour de lui comme un homme qui s'éveille d'un rêve. Depuis un bon quart d'heure, maintenant, nous nous tenions sur l'Acropole en silence, nos pieds plantés sur cette citadelle d'une civilisation lumineuse entre toutes. J'étais impressionnée par les puissantes colonnes de marbre du Parthénon, devant nous, et surprise de découvrir que la vue la plus lointaine, à l'horizon, était constituée par des montagnes, de longues lignes de faîtes arides et sombres qui flottaient au-dessus de la cité dans le coucher du soleil. Comme nous entamions notre descente, mon père sortit de sa rêverie et me demanda ce que je pensais de ce panorama fantastique, et il me fallut une minute pour rassembler mes idées et lui répondre. Je pensais à ce qui s'était passé la nuit précédente.

Je m'étais rendue dans sa chambre un peu plus tard que d'habitude pour qu'il puisse contrôler mon devoir d'algèbre, et je l'avais trouvé en train de travailler, réfléchissant à sa paperasserie du jour, comme il le faisait souvent en fin de la journée. Cette fois, pourtant, il ne feuilletait pas des documents avec son efficacité habituelle : il était immobile, la tête courbée au-dessus d'une pile de feuillets. Sa lampe projetait une grande ombre sur le mur nu de la chambre d'hôtel, la silhouette d'un homme penché d'un air accablé sur un autre bureau, plus sombre. Si je n'avais pas connu son état de fatigue, et la forme familière de ses épaules voûtées au-dessus de la page, j'aurais pu – l'espace d'une seconde – penser qu'il était mort.

18.

Un temps clair, triomphal, et des journées aussi immenses qu'un ciel de montagne, voilà ce que nous réserva le printemps slovène. Quand je demandai à mon père si nous aurions le temps de revoir Emona – j'associais déjà cette ville à une période révolue de ma vie, une époque d'une saveur différente, à un commencement (et comme je l'ai dit, on essaie toujours de retourner dans de tels endroits) –, il me répondit précipitamment que nous aurions déjà fort à faire au bord du grand lac au nord d'Emona, où il devait assister à sa conférence. Ensuite, enchaîna-t-il, il nous faudrait rentrer en hâte à Amsterdam, faute de quoi j'allais finir par prendre du retard dans mes études. Ça ne m'arrivait jamais, mais cette pensée tracassait mon père.

Le lac Bled, lorsque nous arrivâmes sur place, ne me déçut pas. Il avait investi une vallée alpine à la fin d'une des périodes glaciaires, offrant un lieu de repos aux premiers nomades qui se blottirent dans des huttes en chaume au bord de l'eau. Aujourd'hui, le lac s'offrait comme un saphir délicatement posé au creux des Alpes, sa surface polie s'irisant de mille reflets dans la brise de la fin d'après-midi. De l'une des rives abruptes s'élevait une falaise plus haute que les autres, où était arrimé l'un des châteaux les plus célèbres de Slovénie, restauré par l'office du Tourisme avec un bon goût inhabituel. Ses créneaux donnaient sur une île, où l'une de ces humbles églises à toit rouge typiquement autrichiennes se dressait comme un étendard pour les bateaux qui partaient vers l'île toutes les deux ou trois heures.

L'hôtel, comme d'habitude, était en verre et en acier, le modèle « tourisme socialiste numéro cinq », et nous nous en évadâmes le deuxième jour pour nous promener le long de la partie inférieure du lac. Je dis à mon père que je ne pensais pas pouvoir tenir encore vingt-quatre heures avant de visiter le château qui dominait la vue à chaque repas, et il s'esclaffa.

— Puisqu'il le faut, nous irons, promit-il.

L'actuelle et nouvelle détente politique était encore plus prometteuse que son équipe ne l'avait espéré et certaines des rides qui creusaient son front s'étaient atténuées depuis son arrivée.

Le matin du troisième jour, donc, quittant un réchauffé diplomatique de ce qui avait déjà été réchauffé la veille, nous montâmes dans un petit car qui nous fit faire le tour du lac et nous amena presque au niveau du château, puis nous en descendîmes pour grimper à pied jusqu'au sommet. Le château était construit en pierres brunes qui ressemblaient à des os décolorés, réassemblées avec précision après une longue période de délabrement. Comme nous traversions le premier passage pour nous rendre dans une chambre d'apparat (du moins, je le suppose), je ne pus retenir un cri étouffé : de l'autre côté de la fenêtre en verre cathédrale, la surface du lac étincelait trente mètres plus bas, une étendue aveuglante de blancheur dans le soleil. Le château semblait s'agripper à la paroi du précipice avec pour tout support ses fondations enfoncées dans la roche comme des racines. L'église rouge et jaune sur l'île, en contrebas, le bateau pimpant qui accostait au milieu de massifs de fleurs rouges et jaunes, le ciel bleu et immense, tout cela avait nourri des siècles de tourisme, songeai-je.

Mais ce château, avec ses pierres du douzième siècle patinées par le temps, ses faisceaux de haches de guerre, de lances et de hachettes installés dans tous les coins, menaçant de s'écrouler au moindre contact – c'était cela l'âme véritable du lac. Les premiers habitants des abords du lac, quittant leurs huttes de chaume inflammables pour se hisser plus près du ciel, avaient finalement choisi de se percher ici avec les aigles, et de confier leur sort à un seigneur féodal. Malgré l'habileté avec laquelle le site avait été restauré, il était encore hanté par son passé.

Je me détournai de la fenêtre pour pénétrer dans la pièce suivante et là, je vis, dans un cercueil de verre et de bois, le squelette d'une femme de petite taille, morte bien avant l'avènement du christianisme. Une sorte de torque en bronze reposait sur son sternum effrité, des anneaux en bronze vert pendaient aux phalanges de ses doigts. Comme je me penchais sur la vitre du cercueil pour la regarder, ses orbites profondes et sombres comme des fosses jumelles me sourirent brusquement.

Sur la terrasse du château, le thé était servi dans des théières en porcelaine blanche – une élégante concession au tourisme. Il était fort, parfumé, et, pour une fois, les petits sucres enveloppés n'avaient pas l'air vieux comme Mathusalem. Les mains de mon père étaient crispées l'une contre l'autre sur la table en fer ; leurs jointures en paraissaient blanchies. Je détournai les yeux pour contempler le lac, puis je lui servis une autre tasse de thé.

— Merci, articula-t-il.

Il y avait une douleur lointaine dans son regard. Je remarquai de nouveau combien il paraissait las et amaigri depuis quelque temps ; devrait-il consulter un médecin ?

— J'ai un service à te demander, murmura-t-il en se détournant légèrement de façon à ne me montrer que son profil face à l'à-pic fascinant de la falaise et à l'eau étincelante.

Il marqua un temps.

— Pourrais-tu réfléchir à l'idée de les consigner par écrit ?

— Tes récits, tu veux dire ?

Mon cœur se serra, et précipita ses battements dans ma poitrine.

— Oui.

— Pourquoi, Papa ?

C'était une question d'adulte, dénuée de toute feinte enfantine. Il me regarda et je songeai que derrière leur fatigue ses yeux étaient remplis de bonté et de chagrin.

— Parce que, si tu ne le fais pas, je pourrais être obligé de le faire, répondit-il.

Puis il se tourna vers sa tasse de thé et je compris qu'il n'en parlerait plus.

Cette nuit-là, dans ma petite chambre d'hôtel sinistre, à côté de la sienne, je commençai à écrire noir sur blanc tout ce qu'il m'avait raconté. Il avait toujours affirmé que je possédais une excellente mémoire – une trop bonne mémoire, disait-il parfois.

Le lendemain matin, au petit déjeuner, mon père m'informa qu'il souhaitait s'installer quelque part sans bouger pendant deux ou trois jours. J'avais peine à croire qu'il puisse rester sans rien faire, mais je voyais les cernes sombres sous ses yeux et l'idée qu'il se repose un peu n'était pas pour me déplaire. Je ne pouvais pas m'empêcher de penser que quelque chose lui était arrivé, qu'il était rongé par une nouvelle angoisse silencieuse. Mais il me dit seulement qu'il avait envie de retrouver les plages de l'Adriatique.

Nous montâmes dans un train express qui nous emporta vers le sud en traversant des gares dont les noms étaient affichés à la fois en latin et en cyrillique. Mon père m'apprit le nouvel alphabet et je m'amusai à déchiffrer à voix haute les panneaux des gares, chacun m'apparaissant comme des mots codés qui ouvriraient une porte secrète.

Je l'expliquai à mon père et il sourit un peu, s'adossant à la banquette de notre compartiment, un livre ouvert sur son attaché-case. Son regard s'évadait fréquemment de son travail pour se tourner vers la fenêtre, où l'on pouvait voir de jeunes hommes sur des tracteurs tirant des charrues, parfois un cheval attelé à une charrette, des vieilles femmes courbées dans leur potager, binant, désherbant. Nous roulions toujours vers le sud et le paysage prit peu à peu de chaudes teintes or et vert sur notre passage, puis s'éleva pour former des montagnes de roches grises, et plongea sur notre gauche dans une mer scintillante. Papa exhala un profond soupir, de satisfaction cette fois, et non pas de lassitude comme il le faisait de plus en plus souvent ces derniers temps.

Nous descendîmes du train dans un bourg animé, et mon père loua une voiture pour nous conduire le long des replis complexes de la route côtière. Nous tendîmes tous les deux le cou pour voir d'un côté la mer – elle s'étirait jusqu'à un horizon rempli d'une brume de fin d'après-midi – et de l'autre les ruines squelettiques des forteresses ottomanes qui se dressaient vers le ciel.

— Les Turcs ont régné sur cette terre pendant très, très longtemps, déclara mon père d'un air songeur. Leurs invasions s'accompagnaient de toutes sortes de cruautés, mais une fois la région conquise, ils gouvernèrent de façon assez tolérante – et efficace, aussi, pendant des siècles. C'est une terre aride, mais elle donne le contrôle de la mer. Ils avaient besoin de ces ports et de ces baies.

La ville où nous nous arrêtâmes était au bord de la mer : le petit port était tapissé de bateaux de pêche qui se heurtaient doucement sur une houle translucide. Mon père souhaitait se rendre sur une île proche, et il fit signe au propriétaire d'un bateau, un vieil homme portant un béret noir à l'arrière de la tête. L'air était chaud, même en cette toute fin d'après-midi, et l'écume qui éclaboussait mes doigts était fraîche, mais pas froide. Je me penchai par-dessus la rambarde, avec la sensation d'être une figure de proue.

— Fais attention, dit mon père en me retenant par mon sweater.

Le passeur manœuvrait déjà pour entrer dans le port d'une île abritant un vieux village avec une élégante église en pierre. Il lança une corde autour d'un moignon de pilier et tendit une main noueuse pour m'aider à sauter à terre. Mon père le paya avec un de ces billets de banque socialistes colorés, et l'autre toucha son béret. Comme il remontait à bord de son bateau, il se retourna.

— Enfant à vous ? demanda-t-il en anglais. Votre fille ?

— Oui, répondit mon père, surpris.

— Je la bénis, dit simplement l'homme.

Et il traça une croix dans l'air dans ma direction.

Mon père nous trouva des chambres avec vue sur le continent, puis nous dînâmes dans un restaurant en terrasse, près des quais. Le soleil glissait derrière la ligne d'horizon et j'aperçus les premières étoiles au-dessus de la mer. Une brise, plus froide maintenant qu'elle ne l'avait été dans l'après-midi, m'apporta les odeurs que j'avais déjà appris à aimer : cyprès et lavande, romarin, thym.

— Pourquoi les parfums sont-ils plus prononcés quand il fait nuit ? demandai-je à mon père.

La question était sincère, mais elle me servait aussi d'alibi pour remettre à plus tard notre discussion. J'avais besoin de temps pour me reprendre dans un endroit où il y avait des lumières, des gens qui parlaient, besoin surtout de poser mon regard ailleurs que sur le tremblement qui agitait les mains de mon père, comme s'il était devenu un vieillard.

— Tu crois ? demanda-t-il d'une voix absente, mais qui m'apporta un certain soulagement.

Je saisis sa main pour stopper son tremblement et il la referma, toujours distraitement, sur la mienne. Il était trop jeune pour être vieux.

Sur le continent, la silhouette des montagnes dansait presque dans l'eau, dominant les plages, dominant notre île. Lorsqu'une guerre civile éclata dans ces mêmes montagnes, presque vingt ans plus tard, je fermai les yeux et me les remémorai, stupéfaite : je ne parvenais pas à imaginer que leurs flancs puissent héberger suffisamment de gens pour mener une guerre. Elles m'avaient paru si primitives quand je les avais vues pour la première fois, dénuées de toute habitation humaine, n'abritant que des ruines désertées, gardant uniquement le monastère sur la mer.

19.

Après qu'Helen Rossi eut posé avec fracas sur la table son exemplaire de *Drakula* – qu'elle prenait manifestement pour notre pomme de discorde –, je m'attendis presque que tout le monde dans le café se rue vers la sortie, ou qu'un bibliothécaire mal fagoté crie : « Ha ha ! » en se précipitant sur nous pour nous trucider. Naturellement, rien de tout cela n'arriva et elle resta assise à me regarder avec la même expression de satisfaction amère.

Se pouvait-il que cette femme, me demandai-je, après avoir cultivé une rancœur contre Rossi depuis l'enfance, et machiavéliquement échafaudé une vendetta universitaire à son encontre, soit à l'origine de sa disparition ?

— Mademoiselle Rossi, commençai-je aussi calmement que j'en étais capable en mettant le livre, face cachée, à côté de ma sacoche. Votre histoire est extraordinaire et il me faudra un certain temps pour digérer ce que je viens d'entendre. Mais je me dois de vous révéler un élément important.

Je pris une profonde respiration, puis une autre.

— Je connais très bien le professeur Rossi. Il est mon directeur de thèse depuis maintenant deux ans, et nous avons passé de longues heures à discuter et à travailler ensemble. Je suis sûr que si vous... que quand vous le rencontrerez, vous vous rendrez compte qu'il s'agit d'un homme infiniment meilleur et plus sensible que vous ne l'imaginez...

Elle fit un mouvement, comme pour lancer un démenti, mais j'enchaînai très vite :

— Le problème c'est... voyez-vous, c'est... à la façon dont vous parlez de lui, il semblerait que vous n'ayez pas connaissance du fait que le professeur Rossi – votre père – a disparu.

Elle me regarda fixement et je ne décelai aucune hypocrisie sur son visage, seulement une extrême confusion. La nouvelle se révélait bel et bien une surprise pour elle. Elle n'était donc pas impliquée dans l'enlèvement. Le poids douloureux qui me comprimait la poitrine s'allégea.

— Qu'entendez-vous par « disparu » ? demanda-t-elle.

— Je veux dire qu'il y a trois jours j'ai discuté avec lui comme d'habitude et que, le lendemain, il s'était évaporé... Alertée, la police a entamé des recherches. Il aurait été enlevé dans son propre bureau, et il se pourrait même qu'il ait été blessé sur place parce qu'ils ont trouvé du sang sur sa table de travail.

Je lui racontai brièvement les événements survenus ce soir-là, à partir du moment où j'avais apporté à Rossi mon étrange petit livre, mais je ne lui dis pas un mot de l'histoire qu'il m'avait confiée.

Elle m'observait, le visage figé dans une moue perplexe.

— Écoutez, si c'est une mauvaise plaisanterie...

— Je vous jure que non. Je n'ai quasiment pas mangé ni dormi depuis que c'est arrivé.

— La police n'a aucune idée de l'endroit où il se trouve ?

— Aucune, pour autant que je sache.

Une lueur perspicace s'alluma dans ses yeux.

— Et vous ?

J'hésitai.

— Peut-être. C'est une longue histoire, et elle semble s'allonger d'heure en heure.

— Une minute…

Elle me regarda durement.

— Ces lettres que vous lisiez dans la bibliothèque, hier, vous m'avez dit qu'elles concernaient quelqu'un qui avait un problème. Vous parliez de Rossi, n'est-ce pas ?

— On ne peut rien vous cacher.

— Et quel problème avait… quel problème a-t-il ? rectifia-t-elle vivement.

— Désolé. Je ne veux pas vous mêler à une histoire aussi noire ni a fortiori vous exposer à un danger en vous racontant le peu que je sais.

— Vous aviez promis de répondre à mes questions si je répondais aux vôtres ! Tenez votre parole !

Si ses yeux avaient été bleus au lieu de noirs, son visage aurait été le jumeau de celui de Rossi en cet instant. J'avais l'impression étrange de contempler un modelage de la rigueur anglaise de Rossi sur le cadre sombre et volontaire de la Roumanie. Mais comment aurait-elle pu être sa fille alors qu'il avait nié s'être jamais rendu en Roumanie ? Quoique… à y bien réfléchir, il m'avait seulement affirmé n'être jamais allé à Snagov. D'un autre côté, il y avait cette brochure sur la Roumanie parmi les papiers qu'il m'avait laissés. Je ne savais plus que penser – d'autant que la demoiselle me foudroyait du regard, chose que Rossi n'avait jamais faite.

— Au diable vos scrupules, il est trop tard pour me dire de ne pas poser de questions ! Quel rapport entre ces lettres et sa disparition ?

— Je ne suis pas sûr encore. Mais je pourrais avoir besoin de l'aide d'une spécialiste. J'ignore ce que vous avez découvert dans le cadre de vos recherches...

Comme elle me coulait de nouveau un regard méfiant, j'ajoutai :

— ...mais je suis convaincu qu'avant de disparaître Rossi pensait être personnellement menacé.

Elle semblait essayer d'assimiler tout cela, ces nouvelles d'un père en qui elle n'avait vu si longtemps que le symbole d'un défi.

— Personnellement menacé ? Par quoi ?

Je me jetai à l'eau. Rossi m'avait demandé de ne parler à personne de son histoire incroyable et je lui avais obéi, mais voici que j'avais la chance inespérée de faire appel à une spécialiste de Drakula. Cette femme savait peut-être déjà des choses qu'il me faudrait plusieurs mois pour découvrir ; peut-être même avait-elle raison quand elle affirmait en savoir plus long sur la question que son propre père. Rossi soulignait constamment l'importance de rechercher l'assistance d'un expert – et c'était un conseil que j'allais mettre en pratique. « Pardonnez-moi si cet acte la met en danger », me surpris-je à implorer les forces du Bien. Du reste, une autre considération me poussait à braver l'interdit de Rossi et à la mettre dans la confidence : si Helen était réellement sa fille, elle avait plus que quiconque le droit de connaître son histoire.

— Mademoiselle Rossi, qu'est-ce que Drakula signifie pour vous, exactement ?

— Ce qu'il signifie ?

Elle fronça les sourcils.

— Dans ce contexte ? L'instrument de ma vengeance, je suppose.

— Oui, j'ai compris cela. Mais Drakula représente-t-il quelque chose de plus à vos yeux ?

— Que voulez-vous dire ?

Impossible de savoir si elle essayait de louvoyer ou si elle se montrait simplement honnête.

— Rossi, repris-je, toujours hésitant, votre père était – est – convaincu que Drakula vit toujours parmi nous.

Elle me regarda fixement, comme pétrifiée.

— Eh bien ? Que dites-vous de cette théorie ? insistai-je. Vous pensez qu'il s'agit d'une ineptie ?

Je m'attendais qu'elle éclate de rire, ou qu'elle se lève et me plante là, comme elle l'avait fait à la bibliothèque.

— C'est drôle, murmura-t-elle. D'instinct, je vous aurais répondu qu'il s'agit d'une croyance paysanne – une superstition attachée au souvenir terrifiant d'un tyran sanguinaire. Mais ma mère est convaincue de la même chose.

— Votre mère ?

— Oui. Je vous l'ai dit, c'est une villageoise avec sa culture paysanne pour tout bagage ; il est normal qu'elle croie à ces superstitions parmi lesquelles elle a grandi, même si elle est probablement moins convaincue de leur véracité que ses parents ne l'étaient. C'est plus étonnant de la part d'un éminent historien occidental !

Je n'étais pas moins étonné par la façon dont la vive intelligence d'Helen parvenait à se détacher des questions personnelles. En dépit de sa quête amère, elle était anthropologue jusqu'au bout des ongles.

— Mademoiselle, déclarai-je, ma décision prise, je devine que vous aimez examiner les faits par vous-même et je crois que le plus simple serait que vous lisiez les lettres de Rossi. Je dois cependant vous avertir que tous ceux qui ont eu en main ces documents ont été menacés d'une façon ou d'une autre. Mais si vous n'avez pas peur, lisez-les. Cela m'épargnera de tenter de vous convaincre que son histoire est vraie, ce dont je suis persuadé, et nous gagnerons un temps précieux.

— *Nous* ? releva-t-elle dédaigneusement. Auriez-vous la prétention de gérer mon emploi du temps ?

J'étais trop désespéré pour me sentir vexé.

— En tout état de cause, vous lirez ces lettres avec un regard plus expérimenté que le mien.

Elle réfléchit, le menton dans sa main.

— Entendu, acquiesça-t-elle finalement. Vous avez su trouver le défaut de la cuirasse : il m'est impossible de résister à la tentation d'en apprendre davantage sur Papa Rossi, surtout si cela me donne les moyens de le prendre de vitesse dans ses recherches. Mais je vous préviens : si j'estime qu'il s'agit du délire d'un malade mental, n'espérez aucune compassion de ma part. Ce serait bien ma veine, qu'il soit interné avant que j'aie eu la chance de le torturer !

Son sourire n'était pas un sourire.

— Parfait.

J'ignorai sa dernière remarque et sa grimace sinistre, m'obligeant à ne pas regarder ses canines qui, je le voyais, n'étaient pas plus longues que la normale. Avant de conclure notre transaction, néanmoins, je devais mentir sur un point :

— Malheureusement, je n'ai pas les lettres ici. J'étais trop inquiet à l'idée de les garder avec moi toute la journée.

En réalité, j'avais eu encore plus peur de les laisser chez moi, et elles étaient bien au chaud dans ma sacoche. Mais que je sois damné – littéralement, peut-être – si je les brandissais au beau milieu de ce café ! Qui sait s'il n'y avait pas là des gens occupés à nous observer – les acolytes du bibliothécaire répugnant, par exemple ? J'avais une autre raison, même si mon cœur se serrait à cette perspective déplaisante. Je devais m'assurer qu'Helen Rossi, ou celle qui se cachait sous ce nom, n'était pas de mèche avec... eh bien, n'était-il pas envisageable que l'Ennemi de son ennemi soit déjà son allié ?

— Je vais aller les chercher chez moi. Mais je vous demanderai de les lire en ma présence ; ce sont des documents fragiles et extrêmement précieux pour moi.

— Très bien, acquiesça-t-elle froidement. Voulez-vous que nous nous retrouvions quelque part demain après-midi ?

— Non, c'est trop tard. Je voudrais que vous les lisiez maintenant. Je suis désolé. Je sais que cela doit vous paraître bizarre, mais vous comprendrez l'urgence quand vous aurez connaissance de leur contenu.

Elle haussa les épaules.

— Si ce n'est pas trop long.

— Ça ne le sera pas. Pouvez-vous me rejoindre à... à l'église Sainte-Mary ?

Ce test, au moins, je pouvais le réaliser avec la même minutie qu'aurait déployée Rossi. Le visage dur et ironique d'Helen Rossi demeura impassible.

— Elle se trouve sur Broad Street, à deux blocs de...

— Je sais où c'est, trancha-t-elle en ramassant ses gants et en les enfilant avec des gestes très précis.

Elle noua son foulard bleu, qui scintilla autour de sa gorge comme des lapis-lazuli.

— À quelle heure ?

— Accordez-moi trente minutes pour aller chercher les papiers chez moi et je vous retrouve là-bas.

— À l'intérieur de l'église. Très bien. Je m'arrêterai en chemin à la bibliothèque pour chercher un article dont j'ai besoin aujourd'hui. S'il vous plaît, soyez à l'heure : j'ai beaucoup de choses à faire.

Son dos était mince et vigoureux dans sa veste noire tandis qu'elle se dirigeait vers la porte du café. Avec un temps de retard, je me rendis compte qu'elle avait réglé nos consommations sans que je m'en aperçoive.

20.

— L'église Sainte-Mary, poursuivit mon père, était un modeste témoin de l'époque victorienne qui subsistait à l'orée du campus. J'étais passé devant des centaines de fois sans jamais y entrer, mais aujourd'hui une église catholique me semblait constituer un rempart idéal contre toutes ces horreurs. Après tout, la religion catholique parlait tous les jours de sang et de mort ressuscité... N'était-elle pas experte en superstitions ? Je doutais que les chapelles protestantes sobres et accueillantes de l'université puissent m'être d'un quelconque secours ; elles ne me paraissaient pas qualifiées pour se mesurer avec des morts-vivants. J'étais certain que ces gros temples carrés puritains qui trônaient sur les pelouses de la ville seraient démunis face à un vampire venu de l'Est. Passe encore pour un autodafé de sorcière, ça c'était déjà plus dans leurs cordes – pour Drakula, ils n'étaient pas de taille.

Bien sûr, j'arrivai à Sainte-Mary bien avant mon invitée réticente. Viendrait-elle, au moins ? C'était la première partie du test. L'église était ouverte, heureusement, et, à l'intérieur, ses lambris sombres sentaient l'encaustique et les tapisseries poussiéreuses. À l'autre bout, deux vieilles ladies coiffées de chapeaux ornés de fleurs factices disposaient de vraies roses sur l'autel sculpté. J'entrai dans le lieu saint d'un pas un peu gêné et m'assis dans une rangée du fond, d'où je pouvais surveiller l'entrée sans être immédiatement repéré par toute personne qui franchirait la porte. J'attendis.

Je trouvais le temps long, mais la quiétude du lieu et la conversation étouffée des deux grenouilles de bénitier m'apaisèrent. La fatigue de ma courte nuit commençait à peser sur mes épaules. Finalement la porte s'ouvrit, pivotant sur des gonds vieux de quatre-vingt-dix ans, et Helen Rossi apparut. Elle resta un moment immobile sur le seuil, hésitante, jetant un coup d'œil derrière elle, puis elle entra.

Le soleil qui fusait par les vitraux latéraux projetait une lumière turquoise et mauve sur ses vêtements. Helen regarda autour d'elle puis, ne voyant personne, s'avança. Je ne la quittais pas des yeux, guettant un brusque mouvement de recul, une pâleur soudaine... une crispation démoniaque – quelque chose, n'importe quoi, qui aurait pu être le signe d'une allergie à cette vieille ennemie de Drakula : l'Église.

Peut-être un modeste édifice de l'époque victorienne n'avait-il pas le pouvoir de repousser les forces de l'ombre, de toute façon, songeai-je, perplexe. Mais cette église avait apparemment un pouvoir qui lui était propre sur Helen Rossi car, au bout de quelques instants, elle traversa les couleurs rayonnantes du vitrail pour s'approcher du bénitier. Honteux de me comporter comme un voyeur – même si je le faisais uniquement pour Rossi –, je la regardai ôter son gant et plonger le bout des doigts dans la vasque, puis toucher son front. Le geste était doux ; son visage, de là où je me trouvais, avait une expression grave.

Et maintenant, j'avais la preuve absolue qu'Helen Rossi n'était pas une *vrykolakas.*

Elle entra dans la nef et recula légèrement en me voyant me lever.

— Vous avez les lettres ? chuchota-t-elle, ses yeux me fixant d'un air accusateur. Je dois regagner mon département à treize heures.

Elle jeta un nouveau coup d'œil nerveux autour d'elle.

— Qu'est-ce qu'il y a ? demandai-je très vite, tandis que mes bras se couvraient instinctivement de chair de poule.

Je semblais avoir développé une sorte de sixième sens morbide au cours de ces deux derniers jours.

— Vous avez peur de quelque chose ?

— Non, répondit-elle dans un chuchotement.

Elle serrait ses gants dans une main, de sorte qu'ils ressemblaient à une fleur contre son tailleur sombre.

— Je me demandais seulement… avez-vous vu quelqu'un entrer, il y a un instant ?

— Non.

Je regardai à mon tour autour de moi.

L'église était déserte, à l'exception des dames de la paroisse, devant l'autel.

— Quelqu'un me suivait, reprit-elle, toujours à voix basse.

Son visage arborait une expression bizarre, un mélange de méfiance et de bravade.

— Je crois qu'il me suivait, tout au moins. Un petit homme fluet, mal habillé – veste en tweed, cravate verte…

Lui !

— Vous êtes sûre ? Où l'avez-vous vu ?

— Dans la salle des catalogues, répondit-elle doucement. Je suis allée vérifier si cette histoire de fiches arrachées était vraie. Je ne savais pas si je devais y croire ou non.

Elle s'expliquait avec pragmatisme, sans s'excuser.

— Je l'ai vu là-bas et la dernière chose dont je suis sûre c'est qu'il me suivait, mais à distance, dans Broad Street. Vous savez qui c'est ?

— Oui, acquiesçai-je lugubrement. C'est un bibliothécaire.

— Un bibliothécaire ?

Elle attendait que je lui en dise davantage, mais je ne me résolvais pas à lui parler de la plaie que j'avais vue sur le cou de l'homme. C'était trop incroyable, trop étrange ; elle me prendrait certainement pour un fou.

— Il semble se méfier de moi. Vous devez absolument vous tenir à distance de lui, répondis-je. Je vous en dirai plus à son sujet plus tard. Venez vous asseoir, et installez-vous confortablement. Voici les lettres.

Je lui fis de la place sur l'un des bancs capitonnés de velours et j'ouvris ma sacoche. Son visage devint immédiatement attentif ; elle retira les lettres de la grosse enveloppe avec presque autant de respect que moi. J'essayais d'imaginer ce qu'elle pouvait ressentir à la vue de l'écriture de ce père présumé qui n'était jusqu'ici pour elle qu'un objet de détestation. Je regardai les lettres pardessus son épaule. Oui, c'était une écriture fluide, ferme, douce. Peut-être avait-elle déjà réussi à le rendre plus humain aux yeux de sa fille.

Je songeai que je devrais faire preuve d'un peu de discrétion, et je me levai.

— Je vais faire quelques pas, prenez tout votre temps. Si jamais vous avez besoin d'un renseignement ou d'un éclaircissement…

Elle acquiesça d'un air absent, les yeux fixés sur la première lettre, et je m'éloignai. Il était clair qu'elle manipulerait mes précieux documents avec soin, et qu'elle déchiffrait déjà les lignes de Rossi avec une grande rapidité. Pendant la demi-heure qui suivit, j'examinai l'autel sculpté, les tableaux de la chapelle, les tentures garnies de glands, la statue en marbre représentant une Vierge à l'Enfant épuisée, le bébé gigotant dans ses bras. L'une des peintures attira plus particulièrement mon attention : un *Lazare ressuscité* préraphaélite, titubant hors de son tombeau jusque dans les bras de ses sœurs, les chevilles gris-vert, son linceul en lambeaux. Décoloré après des siècles de fumée d'encens, le visage de l'homme revenu d'entre les morts paraissait amer et las, comme s'il ressentait tout sauf de la gratitude d'avoir été arraché à son repos. Dressé à l'entrée du tombeau, la main levée d'un geste impatient, le Christ avait un aspect diabolique… oui, vorace et roussi comme un démon. Je cillai, secouai la tête et me détournai. À l'évidence, le manque de sommeil empoisonnait mes pensées.

— J'ai terminé, annonça derrière moi Helen Rossi.

Sa voix était basse et elle semblait pâle et épuisée.

— Vous aviez raison, dit-elle. Il n'y a aucune mention de sa liaison avec ma mère, pas même de son séjour en Roumanie. Vous ne mentiez pas sur ce point. Je n'arrive pas à comprendre. Cela s'est pourtant passé à la même époque, probablement au cours du même voyage puisque je suis née neuf mois plus tard.

— Je suis désolé.

Son visage assombri ne réclamait aucune compassion, mais c'était plus fort que moi.

— J'aimerais pouvoir vous fournir des explications, malheureusement je n'en ai aucune. Je ne parviens pas non plus à m'expliquer son silence.

— Au moins, nous nous croyons mutuellement, n'est-ce pas ?

Elle me regarda dans les yeux.

Je fus étonné de découvrir que j'étais capable de ressentir de la joie au milieu de toute cette angoisse et de cette détresse.

— Vous me croyez ?

— Oui. J'ignore s'il existe quelque chose – quelle que soit sa forme – appelé Drakula, mais je vous crois quand vous dites que Rossi – mon père – se sentait menacé. Il en était déjà convaincu il y a des années, alors pourquoi n'aurait-il pas senti renaître sa peur en découvrant votre petit livre, dont la vue incarnait pour lui à la fois une coïncidence désagréable et un rappel du passé ?

— Et comment expliquez-vous sa disparition ?

Elle secoua la tête.

— Il pourrait s'agir d'une crise de démence, bien sûr. Mais je comprends ce que vous vouliez dire, maintenant. Ses lettres portent la marque de…

Elle hésita.

— … d'un esprit logique et intrépide, comme tous ses écrits. On peut tirer un grand nombre d'informations des livres d'un historien, et je connais les siens par cœur. Ils sont le fruit d'une pensée équilibrée et lumineuse.

Je regagnais le banc où se trouvaient les lettres et ma sacoche ; cela me rendait nerveux de les laisser sans surveillance ne serait-ce qu'un instant. Elle les avait soigneusement rangées dans l'enveloppe – et dans l'ordre originel, je n'en doutais pas. Nous nous assîmes côte à côte, presque comme deux camarades.

— Admettons qu'une force surnaturelle soit impliquée dans sa disparition, hasardai-je. J'ai du mal à croire ce que je suis en train de dire, mais il s'agit d'une simple hypothèse de travail. Comment vous représenteriez-vous la suite des événements ?

— Procédons logiquement, murmura-t-elle d'une voix lente.

Son profil était aigu et pensif, proche de moi dans la lumière pâle.

— Je ne vois pas en quoi cela peut vous aider dans votre enquête, mais si nous nous référons à la tradition de Drakula, il faut supposer que Rossi a été attaqué et enlevé par un vampire, qui l'a ensuite tué ou – pis – transformé à son tour en vampire en lui transmettant la malédiction des morts-vivants. La légende veut que trois agressions qui mélangent votre sang à celui de Drakula ou de l'un de ses disciples fassent de vous un vampire pour l'éternité. S'il a déjà été mordu une fois, vous devez le retrouver aussi vite que possible !

— Mais pourquoi Drakula aurait-il choisi d'apparaître dans ce coin du monde ? Et pourquoi enlever Rossi ? Pourquoi ne pas l'attaquer et le transformer en vampire ici même, sans que quiconque soupçonne quoi que ce soit ?

— Je ne sais pas, avoua-t-elle en secouant la tête. Si on se réfère au folklore et au mode opératoire de Drakula, c'est effectivement un comportement inhabituel. Rossi doit – dans l'hypothèse toujours où il s'agit d'une disparition surnaturelle – il doit forcément présenter un intérêt particulier pour Vlad Drakula. Peut-être même une menace pour lui, d'une certaine façon.

— Vous pensez que le fait que j'aie trouvé ce petit livre et que je l'aie apporté à Rossi a un rapport avec sa disparition ?

— La logique me dit que c'est une idée absurde. Cependant…

Elle lissa ses gants sur sa jupe noire.

— Je me demande s'il n'y a pas une autre source d'information que nous négligeons.

Les coins de sa bouche s'affaissèrent. Silencieusement, je la remerciais pour ce « nous ».

— Laquelle ?

Elle soupira et déplia ses gants.

— Ma mère.

— Votre mère ? Mais que pourrait-elle savoir de…

Une infime variation de la lumière accompagnée d'un brusque courant d'air me fit sursauter. Je me retournai. De notre place (le poste d'observation stratégique que j'avais choisi pour assister à l'arrivée d'Helen), nous voyions les portes de l'église sans être vus. Une main venait de se faufiler entre les portes, puis un visage maigre et pointu apparut : l'affreux bibliothécaire inspectait l'intérieur de l'église.

Il m'est impossible de te décrire l'effet que produisit sur moi sa soudaine apparition dans cette église paisible. J'eus tout à coup la vision d'un animal au museau allongé, furtif et renifleur, une fouine peut-être, ou un rat monstrueux. À côté de moi, Helen s'était figée, le regard rivé sur la porte. D'ici un instant, il renniflerait notre odeur. Mais nous avions une seconde ou deux devant nous. Je rassemblai sans un bruit ma sacoche et les papiers sous un bras, agrippai Helen de l'autre – je n'avais pas le temps de lui demander sa permission – pour l'entraîner au bout de la rangée, dans l'allée latérale. Il y avait une porte ouverte, donnant dans une petite pièce. Nous nous y glissâmes sur la pointe des pieds et je fermai tout doucement la porte derrière nous. Pas moyen de la verrouiller de l'intérieur, notai-je avec un pincement au cœur, bien qu'elle soit équipée d'une grosse serrure en fer.

Il faisait plus sombre dans cette pièce que dans la nef. Il y avait des fonts baptismaux au centre, un ou deux bancs capitonnés le long des murs. Helen et moi échangeâmes un long regard silencieux. Je fus incapable de déchiffrer son expression, qui reflétait autant de vigilance et de défi que de peur. Sans un mot ni un geste, nous reculâmes prudemment derrière les fonts baptismaux et Helen y posa la main pour se stabiliser. Au bout d'une minute, je n'y tins plus ; je lui tendis les papiers et m'approchai de la serrure. En y collant prudemment mon œil, je vis le bibliothécaire passer devant une colonne. Il ressemblait vraiment à une fouine, son visage pointu projeté en avant, inspectant une à une les rangées de bancs. Il pivota dans ma direction et je reculai légèrement. Il parut étudier la porte derrière laquelle nous nous cachions, et effectua même un pas ou deux dans sa direction, puis se détourna de nouveau. Soudain, un chandail lavande traversa mon champ de vision. C'était l'une des vieilles dames de la paroisse. Sa voix me parvint, étouffée.

— Puis-je vous aider ? demandait-elle gentiment.

— En fait, je cherche quelqu'un. Une… un rendez-vous.

Le bibliothécaire avait une voix tranchante, sifflante, trop sonore pour un sanctuaire.

— Je… auriez-vous vu une jeune femme entrer ici ? Tailleur noir ? Cheveux bruns ?

— Ma foi, oui.

Elle regarda elle aussi autour d'elle.

— Quelqu'un qui ressemble à cette description était là il y a un petit moment, en effet. Elle était avec un jeune homme, assise dans la rangée du fond. Mais à l'évidence elle est repartie.

La fouine continuait à fureter ici et là.

— Se pourrait-il qu'elle se cache dans l'une de ces pièces ?

La subtilité n'était pas son fort, à l'évidence.

— Qu'elle se cache ?

La dame au chandail lavande se tourna à son tour vers notre porte.

— Je suis certaine que personne ne se cache dans notre église. Avez-vous besoin d'aide ? Voulez-vous que j'appelle le prêtre ?

Le bibliothécaire recula instantanément.

— Non, non. J'ai dû me tromper.

— Accepterez-vous au moins une de nos brochures ?

— Hein ? Non.

Il recula dans l'allée.

— Non merci.

Je le vis jeter un autre regard perçant autour de lui, puis il sortit de mon champ de vision. Il y eut un cliquetis prononcé, un choc sourd – la porte d'entrée se refermant derrière lui. J'adressai un petit signe de tête à Helen. Elle soupira silencieusement pour exprimer son soulagement, mais nous attendîmes encore plusieurs minutes, tout en nous regardant par-dessus les fonts baptismaux. Helen baissa les yeux la première, les sourcils froncés. Elle devait se demander comment elle s'était retrouvée dans une situation pareille, et ce que tout ceci signifiait.

— Il vous cherche, chuchotai-je tout bas.

— C'est peut-être vous qu'il cherche.

Elle montra l'enveloppe que je tenais à la main.

— Il me vient une idée bizarre, repris-je lentement. Peut-être sait-il, lui, où se trouve Rossi ?

Helen fronça les sourcils.

— Rien de tout cela n'a de sens, de toute façon. Alors pourquoi pas ? marmonna-t-elle.

— Quoi qu'il en soit, je ne peux pas vous laisser retourner à la bibliothèque. Ni dans votre chambre. Il va essayer de vous y retrouver.

— *Vous* ne pouvez pas *me* laisser ? répéta-t-elle avec hauteur.

— Mademoiselle Rossi, je vous en prie. Vous ne voulez pas être la prochaine personne portée disparue, n'est-ce pas ?

Elle garda le silence.

— Et comment comptez-vous me protéger ?

Il y avait une note moqueuse dans sa voix et je songeai à son étrange enfance, à la façon dont sa mère, enceinte d'elle, avait fui en Hongrie, à son ingéniosité politique qui lui avait permis de franchir le rideau de fer pour exécuter sa vengeance universitaire. Si toute son histoire était vraie, bien sûr.

— Vous allez probablement trouver que cela manque de... dignité, dis-je, mais je me sentirais rassuré si vous acceptiez de... vous munir comme moi de quelques... talismans... avant de quitter cette église.

Elle haussa les sourcils pendant que je poursuivais, mal à l'aise :

— Oui, nous devrions emporter des cierges ou des crucifix, ce genre de choses... et ensuite nous achèterions quelques gousses d'ail sur le chemin de la maison... je veux dire, de mon appartement...

Là, ses sourcils se levèrent d'un cran supplémentaire.

— Enfin, si vous acceptiez de m'accompagner, bien sûr. Il se peut que je sois obligé de partir en voyage demain, mais vous pourriez...

— Dormir sur le canapé ?

Elle avait enfilé ses gants et maintenant elle croisait les bras sur sa poitrine. Je me rendis compte que je rougissais.

— Vous pourriez être suivie : je ne peux pas vous laisser regagner votre chambre, ni retourner à la bibliothèque, surtout pas ça. Et il y a encore beaucoup de choses dont nous devons discuter, je pense. J'aimerais savoir en quoi votre mère pourrait nous...

— Ce n'est ni le moment ni l'endroit pour en parler, dit-elle, froidement, à ce qu'il me sembla. En ce qui concerne le bibliothécaire, je doute qu'il réussisse à me suivre jusque chez moi, à moins...

Une sorte de fossette apparut sur un côté de son menton sévère – ou était-ce du sarcasme ?

— ... à moins qu'il ne soit déjà capable de se transformer en chauve-souris. La surveillante ne nous autorise pas à faire entrer des vampires dans nos chambres, voyez-vous. Ni des hommes, d'ailleurs. En outre, j'espère bien qu'il va me suivre jusqu'à la bibliothèque !

— Vous... l'espérez ?

J'étais stupéfait.

— Parbleu, il ne nous aurait pas parlé ici, dans une église. Je gage qu'il rôde sur le parvis, à attendre que nous sortions. Or il se trouve que j'ai un contentieux avec lui...

Toujours cette maîtrise extraordinaire de l'anglais.

— ... d'abord parce qu'il essaie d'entraver mon droit à lire les livres que je veux, où et quand je le veux, ensuite parce que vous pensez qu'il détient peut-être des informations sur mon... sur le professeur Rossi. Alors pourquoi ne pas le laisser me suivre ? M'escorter, même. Vous et moi pourrons parler de ma mère chemin faisant. On y va ?

Mon expression devait être plus qu'effarée, parce qu'elle se mit tout à coup à rire, dévoilant ses dents blanches et régulières.

— Il ne va pas vous sauter dessus en plein jour, Paul !

21.

Il n'y avait aucune trace du bibliothécaire à l'extérieur de l'église.

Nous nous dirigeâmes d'un pas (apparemment) paisible vers la bibliothèque – mon cœur battait à toute volée, même si Helen semblait détendue – avec chacun dans notre poche un crucifix acheté à l'entrée de l'église. Nous marchions en silence : à ma grande déception, Helen n'aborda pas le sujet de sa mère. J'avais le sentiment qu'elle acceptait temporairement de coopérer à ma « folie », et qu'elle disparaîtrait à l'instant où nous arriverions à la bibliothèque. Une fois encore, elle me surprit :

— Il est derrière nous, m'annonça-t-elle à deux pâtés de maisons environ de l'église. Je l'ai vu quand nous avons tourné à l'angle. Non, ne vous retournez pas.

J'étouffai une exclamation et nous continuâmes à avancer comme si de rien n'était. Helen poursuivit dans un chuchotement :

— Je vais me rendre dans les étages supérieurs de la bibliothèque. Disons… au septième : c'est le niveau le moins fréquenté. Ne montez pas avec moi. Il me suivra plus sûrement si je suis seule – je suis une proie plus facile que vous.

— Il n'en est pas question, murmurai-je. Obtenir des informations sur ce qui est arrivé à Rossi est mon problème, pas le vôtre.

— Faux, obtenir des informations sur Rossi, c'est précisément mon problème, riposta-t-elle tout bas. S'il vous plaît, n'allez pas imaginer que je vous fais une faveur, monsieur l'étudiant en commerce hollandais.

Je lui lançai un regard de côté. Je commençais à m'habituer à son humour grinçant et quelque chose dans la courbe de sa joue, près de ce long nez droit, semblait presque amusé, taquin.

— Très bien. Mais je serai juste derrière et, au moindre problème, je volerai à votre aide.

Une fois devant les portes de la bibliothèque, nous nous séparâmes dans un grand show de cordialité.

— Eh bien, c'est ici que nos chemins divergent... Bonne chance pour vos recherches, monsieur Hollande, dit Helen en serrant ma main dans sa main gantée.

— Et vous pour les vôtres, mademoiselle...

— Chuuut, fit-elle, et elle s'éloigna.

Je me retirai dans la salle des catalogues et, pour donner l'impression d'être occupé, je tirai au hasard le tiroir des « B » indiqué « de Ben Hur à Bérézina ». Tout en gardant la tête baissée, je voyais le bureau du prêt, du côté des « Z ». Helen attendait l'autorisation d'aller travailler au septième, sa silhouette mince et élancée sanglée dans son ensemble noir, le dos résolument tourné à la longue nef de la bibliothèque. Puis je le vis, *lui*, qui se coulait dans sa direction comme une couleuvre. Il était parvenu au niveau du « H » quand Helen se dirigea vers la porte donnant accès aux étages. Je connaissais bien cette porte : je la franchissais presque tous les jours, mais jamais elle n'avait bâillé devant moi avec autant de signification qu'aujourd'hui. On la laissait ouverte dans la journée, mais un surveillant posté à proximité vérifiait les laissez-passer. En quelques secondes, la silhouette sombre d'Helen disparut en haut des marches de l'escalier métallique. *Lui* s'attarda un instant à hauteur des « W », puis chercha quelque chose à tâtons dans la poche de sa veste – en tant que bibliothécaire, il devait posséder un passe spécial, me dis-je –, brandit brièvement une carte, et disparut à son tour dans l'escalier.

Je me précipitai vers le bureau du prêt.

— Je voudrais accéder aux étages, s'il vous plaît, dis-je à l'employée.

Je ne l'avais jamais vue avant aujourd'hui – elle était effroyablement lente ! – et il me sembla que ses petites mains potelées tripotaient les laissez-passer jaunes pendant une éternité avant de se décider à m'en accorder un. Je franchis enfin la porte et commençai à gravir silencieusement l'escalier de fer, le regard levé. À chaque palier, on voyait la salle de travail correspondante à travers les marches. Je me glissai jusqu'au deuxième étage, dépassant la section Économie et Sociologie, sans apercevoir – ni entendre – le bibliothécaire au-dessus de moi. Le troisième niveau était tout aussi désert, à l'exception de deux étudiants travaillant à une table. Toujours rien au quatrième étage, pas un bruit. L'inquiétude me gagnait. C'était trop calme. Je n'aurais jamais dû laisser Helen servir d'appât. Je me remémorai soudain ce que Rossi avait raconté au sujet de son ami Hedges, et je montai les marches plus vite. Le cinquième étage – Archéologie et Anthropologie – était rempli d'étudiants en licence qui participaient à une sorte de travail de groupe, comparant leurs notes *sotto voce*. Leur présence me rassura d'une certaine façon, comme s'il ne pouvait pas se passer quelque chose d'abominable juste deux étages au-dessus. Au sixième niveau, j'entendis enfin des pas au-dessus de moi, et au septième – Histoire – je m'immobilisai, ne sachant trop comment me faufiler au milieu des rayonnages sans trahir ma présence.

Au moins, je connaissais bien les lieux ; c'était mon royaume : j'aurais pu décrire les yeux fermés l'emplacement de chaque table, de chaque chaise, de chaque rangée d'usuels. L'étage me parut d'abord aussi silencieux que les autres, mais au bout d'un moment, je perçus une conversation étouffée à l'angle de l'un des rayonnages. Je me glissai dans cette direction, longeant Babylone et l'Assyrie, progressant aussi silencieusement que possible. Puis j'entendis la voix d'Helen, et ensuite une deuxième voix, déplaisante et grinçante, qui devait être celle du bibliothécaire. Mon cœur se retourna.

Ils se trouvaient dans la section médiévale – je la connaissais fort bien, depuis l'arrivée dans ma vie d'un certain livre au dragon... – et je me rapprochai le plus possible pour capter leurs paroles, sans pour autant me risquer à jeter un œil au bout de l'allée suivante. Ils se tenaient de l'autre côté des étagères, juste sur ma droite.

— ... je me trompe ? demandait Helen d'un ton hostile.

La petite voix grinçante s'éleva de nouveau.

— Je vous répète que vous n'avez pas le droit de fouiner dans ces livres, jeune dame.

— Ces livres ? La propriété de l'université ? Qui êtes-vous pour confisquer ou censurer des ouvrages appartenant à une bibliothèque universitaire ?

— Vous perdez votre temps avec de pareilles lectures. Une jeune femme a mieux à faire... Rapportez-les aujourd'hui, et nous n'en parlerons plus.

La voix du bibliothécaire était à la fois enjôleuse et lourde de menaces. Celle d'Helen répliqua, ferme et claire :

— Pourquoi tenez-vous tant à les récupérer ?

— Mais…

— Cela aurait-il un rapport avec le professeur Rossi ?

Recroquevillé derrière le Féodalisme en Angleterre, je me demandais si je devais disparaître sous terre ou applaudir. Quelle que soit l'opinion d'Helen, elle en faisait maintenant une affaire personnelle. Elle ne me prenait pas pour un fou. Et elle était volontaire pour m'aider à recueillir des informations sur Rossi, même si sa démarche n'était pas désintéressée.

— Qui ça ? Je ne vois pas de quoi vous voulez parler, siffla le bibliothécaire.

— Bien sûr que si. Savez-vous où il est ? attaqua abruptement Helen.

— Jeune dame, je n'ai aucune idée de ce à quoi vous faites allusion. Maintenant vous allez rapporter les livres que vous avez empruntés, pour lesquels la bibliothèque a d'autres projets, sinon je vous garantis que cela aura des répercussions sur votre carrière universitaire.

— Ma carrière ? ironisa Helen. Malheureusement pour elle, il m'est impossible de rapporter ces livres maintenant. J'en ai trop besoin.

— Alors, il faudra que je vous force à les restituer. Où sont-ils ?

J'entendis un pas, comme si Helen avait brusquement reculé devant ces menaces. J'étais sur le point de contourner le rayonnage et d'écraser un énorme volume consacré aux Abbayes cisterciennes sur le crâne de cette fouine quand Helen abattit subitement une nouvelle carte :

— Je vous propose un marché. Si vous me dites où se trouve le professeur Rossi, alors peut-être consentirai-je à vous montrer…

Elle marqua un temps.

— … une petite carte très, très intéressante que j'ai vue récemment.

Mon estomac dévala d'un coup les sept étages. La carte ? À quoi pensait Helen ? Pourquoi trahissait-elle une information aussi vitale ? Si la signification que lui prêtait Rossi était exacte, cette carte était sans doute le document le plus précieux – et le plus dangereux – que nous avions en notre possession. Helen tentait-elle de me trahir ? Sa duplicité m'apparut dans un éclair : elle voulait se servir de la carte pour retrouver Rossi la première, achever sa recherche, m'utiliser afin d'apprendre tout ce qu'il avait découvert, publier le tout et…

Je n'eus pas le temps de développer cette hypothèse fulgurante, car au même instant le bibliothécaire lâcha un rugissement :

— *La carte* ! Vous avez la carte de Rossi ! Oh, je vous tuerai pour avoir cette carte !

Un cri étouffé d'Helen, puis un autre et le choc assourdi d'un corps qui tombe.

Helen !…

— Posez ça ! hurlait le bibliothécaire. Ou je…

Je fus sur lui sans même que mes pieds aient eu le temps de toucher le sol. Sa tête heurta le sol avec un bruit sourd qui résonna également dans mon crâne.

Helen se redressa pour s'agenouiller à côté de moi. Elle était blanche comme un linge mais paraissait calme. Elle brandissait son crucifix acheté vingt-cinq cents un peu plus tôt dans l'église, et le maintenait braqué sur son agresseur tandis qu'il crachait et se contorsionnait sous moi. C'était un homme fluet et, pendant quelques instants, je pus plus ou moins le maîtriser – une chance, sachant que j'avais passé les trois dernières années à feuilleter de vieux manuscrits hollandais, et non à soulever des poids. Il se débattait comme un beau diable pour échapper à mon étreinte et je lui bloquai les jambes avec mon genou.

— Rossi ! hurlait-il. Ce n'est pas juste ! C'est à moi d'y aller – c'était mon tour ! Donnez-moi la carte ! Il y a si longtemps que j'attends… j'ai fait vingt ans de recherches pour ça !

Il se mit à sangloter – un bruit hideux, pitoyable. Comme sa tête roulait de gauche à droite, je vis la double plaie près du bord de son col, deux perforations recouvertes d'une croûte. Je tenais mes mains aussi éloignées d'elles que possible.

— Où est Rossi ? grondai-je. Dites-nous où il est ! Lui avez-vous fait du mal ?

Helen rapprocha la croix et il détourna le visage, se convulsant littéralement sous moi. Même en cet instant, je ne pus m'empêcher d'être saisi par l'effet que produisait ce symbole religieux sur la créature. Pouvait-on encore parler de superstition ou de cinéma ? Je me demandai comment ce possédé avait réussi à pénétrer à l'intérieur de l'église – il est vrai qu'il était resté loin de l'autel et des chapelles, je m'en souvenais, et qu'il avait même reculé devant la dame de la paroisse.

— Je ne l'ai pas touché ! Je ne sais rien du tout !

— Oh si, vous savez quelque chose.

Helen se pencha plus près. Son expression était farouche, mais son visage livide, et je m'aperçus soudain qu'elle gardait sa main libre plaquée sur son cou.

— Helen !

Je devais avoir crié, mais elle m'arrêta d'un geste, son regard furieux toujours rivé sur le bibliothécaire.

— Où est Rossi ? Qu'est ce que vous attendez depuis vingt ans ?

Il retomba en arrière.

— Je vais l'appliquer sur votre visage, l'avertit Helen en baissant le crucifix.

— Non, pas ça ! hurla-t-il. Je vais parler. Rossi… ne voulait pas y aller. Moi, si. Ce n'est pas juste. Il… Il a pris Rossi au lieu de moi ! Il l'a emmené de force… Alors que moi, je serais allé de mon plein gré, pour le servir, l'aider à faire le catalogue de…

Il ferma tout à coup la bouche.

— Quoi ?

Je lui cognai légèrement la tête sur le sol pour faire bonne mesure.

— Qui a emmené Rossi ? Vous le gardez prisonnier ?

Helen lui mit la croix sous le nez et il recommença à sangloter.

— Le Maître, gémit-il.

À côté de moi, Helen exhala une longue respiration et s'assit sur ses talons, comme si ces mots lui inspiraient un mouvement de recul involontaire.

— Qui est votre maître ?

J'enfonçai mon genou dans sa jambe.

— Et où a-t-il emmené Rossi ?

Ses yeux flamboyèrent et sa face entière se tordit de désespoir. C'était une vision hallucinante – la contorsion, les traits d'un visage humain hideusement déformés, comme changés en… en hiéroglyphes lourds d'une signification terrible.

— Là où j'aurais dû aller ! Dans la tombe !

La pression de mes doigts s'était peut-être relâchée, à moins que sa confession n'ait décuplé sa force – probablement sous l'effet de la terreur, je le réalisai plus tard. Quoi qu'il en soit, il parvint à libérer l'une de ses mains et se retourna sur lui-même comme un scorpion, manquant casser mon poignet qui maintenait son épaule au sol. La douleur fut si aiguë que je dégageai mon bras d'un mouvement brutal.

Il disparut dans l'escalier avant même que j'aie compris ce qui s'était passé, et je dégringolai les marches derrière lui, passant dans un bruit de cliquetis devant l'étage du séminaire d'étudiants en licence et les paisibles royaumes du savoir en dessous. Mais j'étais freiné par ma sacoche, que je tenais toujours serrée dans une main. Même pour me lancer à sa poursuite, j'y songeai fugitivement, je n'avais pas voulu la lâcher. Ni la confier à Helen. Cette traîtresse lui avait parlé de la carte. Et il l'avait mordue, même si cela n'avait duré que quelques secondes. Ne risquait-elle pas d'être contaminée, elle aussi ?

Pour la première et la dernière fois de ma vie, je remontais en courant et non en marchant la nef de la bibliothèque, prêtant à peine attention aux visages étonnés qui se retournaient sur mon passage pendant que je fonçais droit devant moi.

Je ne voyais nulle part l'esclave de Drakula. Mais il pouvait s'être réfugié dans n'importe laquelle des arrière-salles interdites au public, pensai-je avec désespoir, n'importe quel donjon utilisé pour la rédaction des fiches, n'importe quel placard à balai réservé aux bibliothécaires… Je poussai rageusement la lourde porte d'entrée et m'arrêtai net. La lumière de l'après-midi m'aveuglait comme si j'avais longtemps vécu dans un monde souterrain, une grotte peuplée de chauves-souris et de rongeurs.

Devant la bibliothèque, la circulation était interrompue, et une jeune fille en tenue de serveuse hurlait sur le trottoir, pointant un doigt vers quelque chose. Quelqu'un criait d'appeler une ambulance et deux hommes étaient agenouillés à côté de la roue avant d'une des voitures à l'arrêt.

Les jambes du bibliothécaire à tête de fouine dépassaient de sous la voiture, tordues, dans un angle anormal. L'un de ses bras était projeté au-dessus de sa tête. Il gisait à plat ventre sur la chaussée, au milieu d'une flaque de sang, tué sur le coup.

22.

Mon père était réticent à l'idée de m'emmener avec lui à Oxford. Il passerait six jours sur place, me dit-il, une absence qui me ferait manquer le lycée trop longtemps. J'étais étonnée qu'il soit d'accord pour me laisser à la maison ; ça ne s'était jamais produit depuis que j'avais trouvé le livre au dragon. Projetait-il de prendre des précautions particulières ? Je lui fis remarquer que notre voyage sur la côte yougoslave avait duré presque deux semaines sans que mon travail scolaire en ait souffert. Il me répondit que mes études étaient prioritaires. Je rétorquai qu'il répétait toujours que les voyages formaient la jeunesse et que le mois de mai était la saison idéale pour mettre cet adage en pratique. Et je brandis mon dernier bulletin scolaire, qui n'affichait que d'excellentes notes, ainsi qu'un devoir d'histoire sur lequel mon professeur avait écrit de son style pompeux : « Vous faites preuve d'une compréhension de la nature de la recherche historique tout à fait remarquable, surtout chez quelqu'un de votre âge », un éloge que j'avais appris par cœur et que je me répétais comme un mantra avant de m'endormir.

Mon père hésitait visiblement. Devant mes exploits scolaires, il reposa son couteau et sa fourchette d'une manière, je le savais, qui signifiait simplement une pause dans le cours de notre dîner dans la vieille salle à manger hollandaise. Il m'expliqua que, cette fois, son travail ne lui laisserait pas la possibilité de me faire visiter correctement les lieux, et qu'il ne voulait pas gâcher ma première impression d'Oxford en me cloîtrant toute la journée. Je lui fis observer que je préférais être cloîtrée à Oxford qu'à la maison avec cette pauvre Mme Clay – à ce stade de la discussion, nous baissâmes instinctivement la voix, bien que « la pauvre » ait pris sa soirée. En outre, ajoutai-je, j'étais assez grande pour visiter les lieux toute seule. Il répondit qu'il n'était pas certain que ma venue soit une bonne idée dans la mesure où ces conférences risquaient d'être relativement tendues, et qu'il se pouvait... Il ne termina pas sa phrase et je ne savais que trop bien pourquoi.

De même que je me gardais de lui avouer la vraie raison pour laquelle je devais me rendre à Oxford, de même il se gardait bien de me révéler pourquoi il voulait m'en empêcher. Je ne voulais pas lui avouer que je ne supportais plus l'idée de le laisser partir loin de moi, avec ses yeux cernés, ses épaules voûtées et sa tête basse. Et il ne voulait pas m'avouer qu'il pourrait être en danger à Oxford et qu'en conséquence je ne serais pas en sûreté avec lui. Un silence flotta entre nous pendant une minute ou deux, puis Papa me demanda avec douceur ce qu'il y avait comme dessert et j'apportai le fabuleux pudding au riz et aux raisins secs que Mme Clay nous laissait toujours en guise de compensation pour s'excuser d'aller voir un film au British Center sans nous.

J'avais imaginé un Oxford verdoyant et silencieux, une sorte de cathédrale en plein air où des professeurs en costume médiéval paradaient, un étudiant confit en dévotion à leur côté, discourant sur l'histoire, la littérature, ou d'obscurs points de théologie... La réalité était effroyablement plus animée : des motocyclettes klaxonnaient, des petites voitures filaient dans tous les sens, évitant de justesse les étudiants qui traversaient les rues n'importe comment, une armée de touristes se faisait photographier, tout sourire, devant une croix plantée sur un trottoir où deux évêques avaient été brûlés vifs quatre siècles plus tôt, bien avant l'avènement des trottoirs. Les professeurs comme les étudiants portaient des vêtements désespérément modernes – pulls en laine et pantalons en flanelle noire pour les mentors, jeans et T-shirts unisexes pour les disciples. Je songeai avec regret qu'à l'époque de Rossi, une bonne quarantaine d'années avant que nous descendions du bus dans Broad Street, Oxford devait se draper dans un peu plus de dignité.

Puis j'aperçus le premier collège que j'aie jamais vu ici, dominant ses murs d'enceinte dans la lumière du matin, et, tout près, la forme parfaite de la *Radcliffe Camera*, que je pris tout d'abord pour un petit observatoire. Dans le fond s'élevaient les flèches d'une imposante église brune, et le long de la rue courait un mur si vieux que même la mousse qui le mangeait paraissait séculaire. J'avais du mal à imaginer ce qu'aurait pensé de nous un passant de l'époque où le mur était récent – moi dans ma robe rouge, avec mes collants blancs et mon sac en bandoulière, et mon père dans son blazer bleu marine, son pantalon gris, son pull noir à col roulé et son chapeau en tweed, chacun de nous trimballant une petite valise.

— Nous sommes arrivés, déclara mon père.

Et à mon ravissement, nous nous arrêtâmes devant une grille intégrée dans le mur tapissé de mousse. Elle était fermée et nous attendîmes qu'un étudiant soulève pour nous les barres en fer forgé.

À Oxford, mon père prendrait la parole dans le cadre d'un grand colloque sur les relations politiques entre les États-Unis et les pays de l'Est, actuellement en plein « dégel ». Le colloque se déroulant dans l'université, nous étions invités à séjourner dans une dépendance de la maison de l'un des professeurs. Comme nous franchissions l'entrée sombre et basse, puis débouchions dans une cour inondée de soleil, je pris soudain conscience que j'irais bientôt à l'université moi aussi, et je croisai mentalement les doigts en formant le vœu d'étudier dans un paradis semblable à celui-ci.

Autour de nous, le sol était en dalles patinées par le temps, interrompues ici et là par des arbres au feuillage épais – de vieux arbres, sérieux, mélancoliques, à l'ombre desquels s'éparpillaient des bancs. Un rectangle de gazon irréprochable et une étroite pièce d'eau s'étiraient au pied du bâtiment principal – l'un des plus anciens d'Oxford, fondé au treizième siècle par Édouard III et dont les ajouts les plus récents avaient été dessinés par des architectes élisabéthains. Même ce carré de gazon impeccablement tondu avait l'air vénérable. Et je n'ai d'ailleurs jamais vu personne marcher dessus.

Nous contournâmes le gazon et la pièce d'eau pour nous diriger vers le bureau de l'appariteur, juste à l'entrée, et de là, vers une succession de pièces attenantes aux quartiers du professeur. Elles devaient faire partie des plans originaux de l'université, même s'il était difficile de déterminer leur fonction première ; les plafonds étaient très bas, avec des lambris sombres et des petites fenêtres en vitrail. La chambre de mon père était ornée de rideaux bleus. La mienne, à ma très vive satisfaction, abritait un lit à baldaquin recouvert de chintz.

Après avoir défait nos bagages et effectué un brin de toilette devant le lavabo jaune pâle de notre salle de bains commune, nous partîmes à la rencontre de *master* James qui nous attendait dans son bureau, à l'autre bout du bâtiment. Il m'apparut comme un homme chaleureux, à la voix douce, aux cheveux gris, avec une drôle de cicatrice courbe sur une joue. J'aimai sa poignée de main cordiale et l'expression bienveillante de ses grands yeux un peu globuleux, couleur noisette. Il n'eut pas l'air de trouver extraordinaire que j'accompagne mon père à la conférence, et suggéra que son jeune assistant m'emmène faire le tour de l'université dans l'après-midi. Un jeune homme très serviable et très cultivé, précisa-t-il.

Mon père estima que c'était une excellente idée ; lui-même serait accaparé par ses réunions, pourquoi ne profiterais-je pas de mon séjour dans ce lieu historique pour en découvrir les trésors ?

Je me présentai à quinze heures, pleine d'impatience, mon béret neuf dans une main, un carnet dans l'autre, mon père m'ayant suggéré de prendre des notes en vue d'un futur exposé. Mon guide était un étudiant en licence, dégingandé, aux cheveux clairs, que *master* James m'annonça comme Stephen Barley. J'aimai les mains fines, veinées de bleu, de Stephen et son gros pull marin – un « jumpah », m'expliqua-t-il comme je lui en faisais compliment. Traverser la cour à ses côtés me donnait l'impression d'appartenir temporairement à cette élite. Cela me donna aussi ma première bouffée de désir charnel, le sentiment indéfinissable que, si je glissais ma main dans la sienne, une porte s'ouvrirait toute grande quelque part dans le long mur de la réalité qui était la mienne, et ne se refermerait plus jamais. J'ai déjà expliqué que j'avais mené une vie extrêmement protégée – si protégée, je m'en rends compte maintenant, qu'à dix-sept ans je n'avais pas senti combien ses limites étaient proches. Le frisson de rébellion qui me saisit, tandis que je marchais aux côtés de ce bel étudiant, me fit l'effet d'un accord de musique venu d'une culture étrangère. Troublée, je m'agrippai plus fort à mon bloc-notes et à mon enfance, et je lui demandai pourquoi il y avait tellement de dalles dans la cour et si peu d'herbe.

Il baissa les yeux vers moi en souriant.

— Ma foi, je n'en sais rien. Vous êtes la première à me poser cette question.

Il me conduisit dans le réfectoire, une grange très haute de plafond, avec des poutres sculptées datant des Tudors, où s'alignaient des tables en bois, et me montra le banc où un jeune comte de Rochester avait gravé au couteau pendant un repas un graffiti grossier. Les murs étaient percés de fenêtres en vitrail, ornées d'une scène édifiante : Thomas Becket agenouillé au chevet d'un mourant ; un prêtre en robe de bure servant de la soupe à une rangée de pauvres ; un médecin médiéval appliquant un bandage sur la jambe d'un blessé… rien que de bonnes actions. Au-dessus du banc Rochester apparaissait une scène que je ne réussis pas à interpréter : un personnage armé d'une croix et d'un bâton, penché sur ce qui ressemblait à un amas de guenilles noires.

— Oh, il s'agit d'une curiosité dont nous sommes assez fiers, m'expliqua Stephen Barley. L'homme que vous voyez est un professeur des premiers temps de l'université, et il plante un pieu en argent dans le cœur d'un vampire.

Je le dévisageai, restant sans voix pendant plusieurs secondes.

— Il y avait des vampires à Oxford, à cette époque ? demandai-je enfin.

— Aucune idée, admit-il en souriant. Mais selon la tradition, les premiers étudiants de l'université auraient aidé à protéger la région des vampires. En fait, ils ont rassemblé quelques éléments du folklore rattaché aux vampires, des trucs bizarroïdes qu'on peut encore voir dans la Radcliffe Camera. D'après la légende toujours, leurs professeurs ne voulaient pas du moindre livre de sorcellerie dans l'enceinte du collège. Ils ont donc été placés ici ou là, et, pour finir, dans la Radcliffe Camera.

Je me rappelai subitement Rossi et je me demandai s'il avait vu ces documents anciens.

— Y a-t-il un moyen de retrouver le nom des étudiants qui sont venus ici dans le passé – je veux dire, il y a peut-être… cinquante ans ? Des étudiants en doctorat ?

— Sûrement…

Mon compagnon me regardait d'un air interrogateur de l'autre côté du banc en bois.

— Je peux demander au *master*, si vous voulez.

— Oh non.

Je me sentis rougir, le fléau de mon jeune âge.

— Ce n'est pas important. Mais j'aimerais beaucoup… Pourriez-vous me montrer le folklore consacré aux vampires ?

— Vous aimez les histoires qui font peur, hein ?

Il avait l'air amusé.

— Il n'y a pas tant que ça à voir, vous savez : juste quelques in-folio poussiéreux et des vieux bouquins reliés. Mais c'est d'accord. Je vous emmène visiter la bibliothèque de l'université – c'est à ne pas manquer – et ensuite nous irons jeter un œil à vos horreurs dans la Camera.

La bibliothèque était, naturellement, l'un des joyaux de l'université. Depuis mes dix-sept ans, j'ai visité la plupart de ces collèges, parfois en long et en large, j'ai flâné dans leurs bibliothèques, leurs chapelles et leurs réfectoires, j'ai donné des conférences dans leurs salles de séminaires et j'ai pris le thé dans leurs vénérables parloirs. Je sais donc de quoi je parle quand j'affirme qu'aucune d'entre elles n'est capable de rivaliser avec la bibliothèque que je visitai ce jour-là (sauf, peut-être, celle de la Magdalen College Chapel, avec son sublime décor gothique).

Nous entrâmes tout d'abord dans une salle de lecture entourée de vitres teintées, tel un grand terrarium, dans laquelle les étudiants, plantes rares élevées en captivité, travaillaient autour de tables d'un âge presque aussi avancé que l'université elle-même. Des lampes étranges descendaient du plafond et d'énormes globes datant du règne d'Henri VIII se dressaient dans les angles sur des piédestaux. Stephen Barley me désigna les innombrables volumes de l'édition originale de l'*Oxford English Dictionary* qui remplissaient les étagères de l'un des murs ; d'autres étaient occupées par des atlas couvrant une bonne longueur de siècles, d'autres par d'anciens livres nobiliaires et des ouvrages sur l'histoire de l'Angleterre, d'autres encore par des manuels de latin et de grec remontant à chaque époque de l'existence de l'université. Au centre de la pièce une encyclopédie géante était exposée sur un présentoir sculpté de style baroque et, près de l'accès à la pièce suivante, se dressait une vitrine dans laquelle je pus voir un vieux livre d'apparence austère qui, me dit Stephen, était une Bible de Gutenberg. Au-dessus de nous, une lucarne ronde comme l'oculus d'une église byzantine laissait entrer de longs rubans de soleil. Des vols de pigeons tournoyaient dans le ciel. La poussière du soleil auréolait le visage des étudiants qui lisaient et tournaient les pages de leurs livres, assis derrière les tables. C'était un paradis du savoir et je priai le ciel d'y être admise un jour.

La pièce suivante était un vaste hall décoré de balcons, d'escaliers en hélice, et d'une haute claire-voie de verre ancien. Chaque centimètre de mur était couvert de livres, de haut en bas, du sol dallé au plafond voûté. Je vis des montagnes de reliures en cuir finement travaillées, des kilomètres de dossiers, des masses de petits volumes rouge foncé du dix-neuvième siècle. Que pouvait-il y avoir dans tous ces livres ? me demandai-je. Serais-je capable de comprendre leur contenu ? Mes doigts me démangeaient d'en prélever quelques-uns sur les étagères, mais je n'osai pas toucher ne fût-ce qu'une reliure. Je ne savais pas s'il s'agissait d'une bibliothèque ou d'un musée. Mon émotion devait être peinte sur mon visage, car je surpris soudain mon guide à me regarder en souriant, amusé.

— Pas mal, n'est-ce pas ? J'ai l'impression que vous êtes vous aussi un petit rat de bibliothèque. Venez, vous avez vu ce qu'il y a de plus remarquable, maintenant je vous emmène dans la Radcliffe Camera.

La lumière vive du jour et le tourbillon bruyant des voitures paraissaient plus discordants que jamais après l'atmosphère feutrée de la bibliothèque. Mais je leur sus gré d'un cadeau imprévu : comme nous nous hâtions au milieu de la circulation, Stephen me prit par la main, m'entraînant pour me mettre à l'abri. Il se comportait en grand frère protecteur, songeai-je – n'importe : le contact de sa paume chaude et sèche contre la mienne m'envoyait un signal troublant qui continua à me picoter la main après qu'il l'eut lâchée. J'étais certaine, tandis que je jetais des regards furtifs à son visage sympathique et serein, que le message avait été unilatéral. Mais il me suffisait de l'avoir reçu.

La Radcliffe Camera, comme le sait tout anglophile, est l'un des plus superbes exemples de l'architecture anglaise, belle et étrange, et une fabuleuse réserve de livres. L'un de ses côtés déborde presque dans la rue, mais une grande pelouse entoure le reste de l'édifice. Nous déambulâmes très tranquillement dans les lieux, malgré le groupe de visiteurs bavards qui occupait le centre du glorieux intérieur en rotonde. Stephen me montra différents aspects du bâtiment, étudié dans tous les cours d'architecture anglaise, détaillé dans tous les guides touristiques. C'était un endroit délicieux et émouvant, et je regardai autour de moi en me disant que c'était vraiment un bel écrin pour un folklore démoniaque. Puis Stephen m'entraîna vers un escalier et nous montâmes jusqu'au balcon.

— Par ici.

Il m'indiquait une porte dans le mur, découpée, pour ainsi dire, dans une paroi abrupte de livres.

— Il y a une petite pièce de lecture, à l'intérieur. Je n'y suis entré qu'une fois, mais je pense que c'est là qu'ils conservent la collection d'archives sur les vampires.

La pièce sombre était réellement minuscule, et silencieuse, isolée des voix des touristes, en dessous. Des volumes d'aspect ancien s'entassaient sur les étagères, leurs reliures aussi sèches que de vieux ossements avaient pris une couleur caramel. Un crâne humain exposé dans une vitrine dorée témoignait de la nature morbide de la collection. La chambre était si exiguë, en fait, qu'il y avait juste la place, au centre, pour un pupitre de lecture, contre lequel nous faillîmes trébucher en entrant. C'est ainsi que nous nous retrouvâmes subitement face à face avec l'unique étudiant assis là, qui tournait les pages d'un petit ouvrage cassant et prenait des notes rapides sur un bloc de papier. C'était un homme au visage pâle, plutôt émacié. Ses yeux étaient deux trous sombres, surpris et fiévreux, mais également absorbés par son travail tandis qu'il les levait vers nous. C'était mon père.

23.

— Dans la confusion d'ambulances, de voitures de police et de badauds qui entoura l'évacuation du corps du bibliothécaire devant la bibliothèque de l'université, je restai pétrifié une longue minute, dit mon père. Il me paraissait horrible, impensable, que la vie d'un homme, si répugnant fût-il, se soit achevée si vite, dans ce caniveau. Puis mes pensées affolées allèrent à Helen. Me frayant tant bien que mal un passage dans la foule toujours plus dense, je la cherchais partout. Je fus infiniment soulagé quand elle me trouva la première, me tapant sur l'épaule par-derrière avec sa main gantée. Elle paraissait pâle mais calme. Elle avait noué étroitement son foulard autour de son cou, et cette vue me fit frissonner.

— J'ai attendu quelques minutes avant de vous suivre dans l'escalier, me glissa-t-elle à l'oreille. Merci d'avoir couru à mon secours. Cet homme était une brute. Vous avez fait preuve d'un grand courage.

Je fus surpris de découvrir que son visage pouvait refléter une vraie douceur, finalement.

— C'est vous qui avez été courageuse. Et il vous a blessée, m'inquiétai-je à voix basse.

J'essayai de ne pas désigner son cou en public.

— Vous a-t-il… ?

— Oui, répondit-elle avec calme.

Nous nous étions rapprochés instinctivement l'un de l'autre pour que personne ne puisse entendre notre conversation.

— Lorsqu'il s'est jeté sur moi, il m'a mordue.

Pendant un instant, ses lèvres tremblèrent comme si elle allait se mettre à pleurer.

— Il ne m'a pas volé beaucoup de sang – il n'en a pas eu le temps. Et ce n'est pas douloureux.

— Mais vous…

Je bafouillai, incrédule.

— Je ne pense pas qu'il y ait un risque d'infection, dit-elle. Ça saigne très peu et j'ai refermé la plaie aussi bien que j'ai pu.

— Si on allait tout de même à l'hôpital ?

Je regrettai ma question à la seconde où je la formulai, en partie à cause du regard qu'elle me lança.

— À moins qu'on ne vous soigne nous-mêmes ?

Je crois que je me figurais plus ou moins pouvoir aspirer le venin, comme pour une morsure de serpent. La détresse que je lus dans ses yeux me donna un coup au cœur. Puis je me remémorai sa trahison au sujet de la carte.

— Mais aussi, pourquoi lui avez-vous…

— Je sais ce que ce que vous pensez, m'interrompit-elle très vite, son accent soudain plus prononcé. C'était le seul hameçon dont je disposais et je voulais voir la réaction de la créature quand je mentionnerais la carte. Vous pensez bien que je ne la lui aurais jamais donnée, pas plus que je ne lui aurais communiqué la moindre information.

Je l'observai d'un air méfiant. Son visage était sérieux, ses lèvres serrées dans une moue triste.

— Non ?

— Je vous en donne ma parole, dit-elle. En outre…

Un sourire sarcastique releva les coins de sa bouche.

— Je n'ai pas pour habitude de partager ce que j'ai intérêt à garder pour moi. Vous, si ?

Je ne répondis pas, mais quelque chose dans son expression apaisa mes craintes.

— Sa réaction a été très intéressante, n'est-ce pas ?

Elle hocha la tête.

— Il a lâché qu'il aurait dû avoir le droit d'aller dans la tombe, et que Rossi y avait été emmené de force par quelqu'un. C'est très étrange, mais il semblait vraiment savoir quelque chose au sujet de l'endroit où se trouve mon… votre directeur de thèse. Je ne crois pas à toute cette histoire autour de Drakulya, mais il est possible qu'une secte satanique, ou quelque chose comme ça, ait kidnappé le professeur Rossi.

C'était à mon tour de hocher la tête, bien que je fusse à l'évidence plus enclin qu'elle à croire à la réalité de Drakula.

— Et maintenant ? Quel est votre plan ? demanda-t-elle avec un curieux détachement.

Je n'avais pas vraiment réfléchi à ma réponse avant qu'elle franchisse mes lèvres.

— Je vais aller à Istanbul. Je suis convaincu qu'il y a là-bas au moins un document que Rossi n'a jamais eu la possibilité d'examiner, qui pourrait contenir des informations sur une tombe, peut-être celle de Drakula sur le lac Snagov.

Elle se mit à rire.

— Pourquoi ne pas vous offrir des petites vacances dans mon exquise Roumanie natale ? Vous pourriez vous rendre dans le château de Drakula, un pieu en argent à la main, ou lui rendre visite vous même à Snagov, pourquoi pas ? J'ai entendu dire que c'était l'endroit idéal pour un pique-nique.

— Écoutez, rétorquai-je avec irritation. Je sais que tout ceci est très étrange, mais je dois suivre toutes les pistes qui mènent à la disparition de Rossi. Et vous savez parfaitement qu'un citoyen américain ne peut pas franchir le rideau de fer juste pour chercher quelqu'un.

Ma loyauté envers Rossi devait lui faire un peu honte car elle ne répondit pas.

— J'ai une question à vous poser, Helen. Tout à l'heure, avant de quitter l'église, vous avez dit que votre mère pourrait détenir des informations sur les recherches de Rossi au sujet de Drakula. Que vouliez-vous dire par là ?

— Simplement que, lorsqu'ils se sont rencontrés, il lui a expliqué qu'il était en Roumanie pour étudier la légende de Drakula, et qu'elle-même croit à cette légende. Alors peut-être Maman en sait-elle davantage sur ses recherches que ce qu'elle m'a dit – je n'en suis pas sûre. Elle n'aime pas parler de tout ça, et je me suis lancée à la poursuite de cette petite lubie du cher vieux *paterfamilias* par le biais des canaux universitaires, et non dans le giron maternel. J'aurais dû l'interroger davantage sur ses propres connaissances.

— Mmm, curieuse omission pour une anthropologue… marmonnai-je d'un ton grognon.

Maintenant que je la sentais de nouveau de mon côté, j'éprouvais tous les mauvais côtés du soulagement.

Son visage s'éclaira, je l'amusais.

— *Touché*, Sherlock. Je la cuisinerai la prochaine fois que je la verrai.

— Et ce sera quand ?

— Dans deux ans, je suppose. Mon précieux visa ne me permet pas d'aller et venir entre l'Est et l'Ouest.

— Il ne vous arrive jamais de lui téléphoner ou de lui écrire ?

Elle me regarda fixement.

— L'Occident est tellement innocent, ironisa-t-elle enfin. Vous croyez qu'elle a le téléphone ? Vous pensez que mes lettres ne sont pas toutes ouvertes et lues ?

Je gardai le silence, mouché.

— Quel est ce document que vous êtes si impatient de chercher, Sherlock ? reprit-elle. Serait-ce cette mystérieuse bibliographie concernant l'ordre du Dragon ? C'est la seule archive que Rossi ne décrit pas en détail. Est-ce cela que vous voulez retrouver ?

Elle avait vu juste, naturellement. Je commençais à me faire une haute idée de ses capacités intellectuelles et je songeai avec regret aux conversations que nous aurions pu avoir dans d'autres circonstances. D'un autre côté, sa perspicacité ne me réjouissait pas vraiment.

— Pourquoi voulez-vous le savoir ? ripostai-je. Pour vos propres recherches ?

— Naturellement, répondit-elle d'un ton sec et sévère. Reprendrez-vous contact avec moi à votre retour ?

Je me sentis soudain très fatigué.

— À mon retour ? Je n'ai aucune idée de ce qui m'attend, encore moins de ma date de retour. Peut-être le vampire me terrassera-t-il quand je serai devant lui – où que ce soit.

J'avais eu l'intention de prononcer ces mots sur un ton ironique, mais l'irréalité de la situation me frappa de plus belle tandis que je parlais. Je discutais sur le trottoir, devant la bibliothèque de l'université, comme ça m'était arrivé des centaines de fois, sauf que je parlais de vampires

– comme si leur existence était bel et bien avérée – avec une anthropologue venue de Roumanie, tout ça en regardant des ambulanciers et des agents de police s'agiter sur le lieu d'un accident mortel dans lequel j'étais impliqué, du moins indirectement.

Je me rendis compte que je devrais quitter les lieux rapidement, mais sans hâte suspecte. Je ne pouvais pas me permettre d'être appréhendé par la police maintenant, pas même pour quelques heures d'interrogatoire. J'avais un million de choses à faire avant mon départ, qui ne souffraient aucun retard : j'avais besoin d'un visa pour la Turquie, que j'obtiendrais probablement à New York, ainsi que d'un billet d'avion, et il me faudrait laisser en sûreté chez moi une copie de toutes les informations que je possédais déjà. Dieu merci, je ne donnais pas de cours ce trimestre-ci, mais il me faudrait néanmoins justifier mon départ et fournir une explication plausible à mes parents afin qu'ils ne s'inquiètent pas.

Je me tournai vers Helen.

— Mademoiselle Rossi, si vous ne parlez de tout ceci à personne, je vous promets de vous contacter dès mon retour. Êtes-vous certaine de ne pas avoir autre chose à me dire ? Y a-t-il un moyen pour que je joigne votre mère avant mon départ ?

— Il m'est impossible de la joindre moi-même, sauf par courrier, répondit-elle abruptement. D'ailleurs, elle ne parle pas l'anglais. Quand je retournerai chez moi, dans deux ans, je la questionnerai sur ce sujet.

Je soupirai. Deux ans ! Il serait trop tard, alors. J'éprouvais déjà une sorte d'angoisse à l'idée de quitter cette étrange partenaire de quelques jours – quelques heures, en fait –, la seule personne, à part moi, qui connaissait la nature exacte de la disparition de Rossi. Ensuite, je serais livré à moi-même dans un pays auquel je n'avais quasiment jamais pensé avant aujourd'hui. Mais avais-je le choix ?

Je lui tendis gravement la main.

— Mademoiselle Rossi, merci d'avoir accompagné un inoffensif lunatique pendant deux jours. Si je reviens sain et sauf, soyez assurée que je vous tiendrai informée du retour, enfin peut-être, de votre père avec moi…

Sa main gantée esquissa un geste vague, comme si le sauvetage de Rossi ne suscitait en aucun cas son intérêt, puis elle glissa cette même main dans la mienne et nous échangeâmes une poignée de main cordiale. Avec un pincement au cœur, je me dis que cet échange était mon dernier contact avec le monde que je connaissais.

— Au revoir. Je vous souhaite bonne chance dans vos recherches.

Elle se détourna et se fondit dans la foule. L'ambulance était partie, les policiers demandaient aux badauds de circuler, il n'y avait plus rien à voir. Je me détournai à mon tour et commençai à descendre les marches pour traverser la rue. À une centaine de mètres de la bibliothèque, je m'arrêtai et me retournai dans l'espoir d'apercevoir une dernière fois sa silhouette vêtue de noir au milieu des passants. À ma vive surprise, elle courait vers moi, déjà quasiment sur mes talons. Je constatai que ses pommettes étaient empourprées.

— J'ai réfléchi, dit-elle.

Il me sembla qu'elle prenait une profonde respiration.

— Cette histoire me concerne directement.

Son regard croisa le mien, direct, chargé de défi.

— Je ne sais pas encore comment je vais m'y prendre, mais je pense que je vais venir avec vous.

24.

Mon père nous servit une excuse plaisante pour justifier sa présence aux archives « vampiriques » d'Oxford à un moment où il était censé assister à sa fameuse conférence. La réunion avait été annulée, nous dit-il tout en serrant la main de Stephen Barley avec sa chaleur habituelle et il s'était réfugié dans un vieux repaire – là il s'interrompit net, se mordit presque la lèvre, et recommença. Il avait cherché un endroit calme et silencieux (ça, je voulais bien le croire).

Sa gratitude envers la présence rassurante de Stephen, envers sa haute silhouette, solide, bien réelle dans son pull en laine, était manifeste. Qu'aurait-il pu me raconter si je l'avais surpris ici moi-même ? Comment aurait-il expliqué, ou même fermé discrètement, le livre qu'il tenait ? C'est ce qu'il fit à ce moment, mais trop tard : j'avais eu le temps de voir le titre du chapitre qui se détachait en gras sur l'épais papier ivoire : *« Vampires de Provence et des Pyrénées »*.

Je dormis mal cette nuit-là dans le lit à baldaquin drapé de chintz des appartements du *master*, ne cessant de me réveiller entre deux rêves bizarres. Une fois, j'aperçus de la lumière sous la porte de la salle de bains mitoyenne, ce qui me rassura. Parfois, cependant, l'intuition que mon père ne dormait pas, qu'une activité silencieuse se déroulait dans la chambre voisine, m'arrachait soudain au repos. Juste avant l'aube, alors qu'une brume couleur d'ardoise commençait à apparaître à travers les voilages de la fenêtre, je me réveillai pour de bon.

Cette fois, ce fut le silence qui m'alerta. Tout était trop calme : la silhouette encore fantomatique des arbres dans la cour (j'y jetai un coup d'œil en écartant un rideau du baldaquin), l'énorme armoire ancienne à côté de mon lit, et par-dessus tout la chambre de mon père, juste à côté. Je ne m'attendais pas qu'il soit levé à cette heure, non. Il dormait certainement encore – essayant d'effacer ses soucis de la veille, repoussant la journée chargée qui l'attendait, entre conférences, séminaires et débats. Lorsque nous étions en voyage, il frappait généralement deux coups discrets à ma porte après que je m'étais levée moi-même, une invitation à le rejoindre pour une courte promenade avant le petit déjeuner.

Ce matin, sans aucune raison plausible, le silence m'oppressait. Je descendis de mon grand lit, et jetai une serviette de toilette sur mon épaule. De la salle de bains, j'écouterais un peu la respiration nocturne de mon père. Je tapai doucement à la porte pour m'assurer qu'il n'occupait pas déjà les lieux. Le silence parut s'épaissir encore lorsque je fus devant le miroir. Je collai mon oreille à la porte de sa chambre. Rien. Pas un souffle. Il dormait sûrement à poings fermés. Cela m'ennuyait de troubler son repos, mais la panique hérissait déjà mes bras et mes jambes. Je frappai à la porte. Pas de réponse. Nous avions toujours respecté mutuellement notre vie privée, mais à présent, dans la lumière grise du petit matin qui tombait de la fenêtre de la salle de bains, je tournai la poignée de la porte.

À l'intérieur de sa chambre, les lourds rideaux étaient encore tirés, de sorte qu'il me fallut plusieurs secondes pour enregistrer la forme vague du mobilier et des tableaux. Le silence fit naître un petit frisson le long de ma nuque. Je fis un pas en appelant mon père. En m'approchant, je constatai que le lit n'était pas défait, noir dans la chambre noire. La pièce était vide. Ma respiration redevint normale. Il était sorti se promener tout seul, probablement par besoin d'être tranquille et de réfléchir. Mais quelque chose me fit allumer la lampe de chevet pour regarder autour de moi. Dans le cercle de lumière apparurent un message posé à mon attention au beau milieu de l'oreiller, et sur le message deux objets dont la vue me prit par surprise : un petit crucifix en argent au bout d'une chaîne robuste, et une tête d'ail frais. Leur signification me retourna l'estomac avant même que je lise les mots écrits par mon père :

« Ma fille chérie,

Je suis terriblement désolé de te faire cette mauvaise surprise, mais j'ai été appelé pour une nouvelle mission et je ne veux pas te déranger dans ton sommeil. Je ne serai absent que quelques jours, j'espère. Je me suis arrangé avec *master* James pour qu'il te fasse raccompagner à la maison, en toute sécurité, par notre jeune ami Stephen Barley. Il a été dispensé de cours pour deux jours et te ramènera à Amsterdam ce soir même. Je voulais que Mme Clay vienne te chercher, mais elle a dû retourner à Liverpool au chevet de sa sœur souffrante. Elle devrait être à la maison ce soir. Quoi qu'il en soit, tu ne seras pas seule et je te fais confiance pour prendre soin de toi raisonnablement.

Ne t'inquiète pas pour mon absence. Il s'agit d'une affaire confidentielle, mais je serai de retour aussi vite que possible et je t'expliquerai tout, c'est promis. En attendant, je te demande – je te conjure – de garder sur toi à chaque instant le crucifix, et de transporter un peu d'ail dans chacune de tes poches. Tu sais que je ne t'ai jamais imposé ni religion ni superstition, et je reste un athée dans l'âme. Mais nous devons affronter le mal selon ses propres règles, autant que possible, et tu sais bien de quoi ou de qui je parle. Je te supplie du fond de mon cœur de père de ne pas négliger mes recommandations sur ce point. »

La lettre était signée avec une tendresse affectueuse, mais je pouvais voir qu'il l'avait écrite en toute hâte. Mon cœur battait la chamade. Je passai rapidement la chaîne autour de mon cou, divisai la tête d'ail pour en mettre dans les deux poches de ma robe. C'était tout à fait mon père, songeai-je, de prendre le temps de faire le lit de façon impeccable malgré sa hâte silencieuse de quitter l'université.

Mais pourquoi cette hâte ? Quelle que soit sa mission, il ne pouvait pas s'agir d'une simple activité diplomatique, ou il me l'aurait dit. Il avait souvent eu à répondre à des urgences professionnelles ; je l'avais déjà vu partir sans prévenir – ou presque – pour gérer une crise à l'autre bout de l'Europe, mais il me disait toujours où il allait, toujours. Cette fois, les battements affolés de mon cœur me le criaient, il n'était pas parti pour son travail. D'ailleurs, il était censé passer la semaine ici, à Oxford, donnant des conférences et assistant à des réunions. Et il n'était pas homme à rompre ses engagements à la légère.

Non, son départ soudain avait un lien avec cette tension qui l'habitait depuis quelque temps – je me rendais compte maintenant que j'avais redouté quelque chose de ce genre à chaque instant. Et puis, il y avait eu cette scène, hier, dans la Radcliffe Camera, mon père plongé dans… que lisait-il, exactement ? Et où, *où* était-il allé ? Où était-il parti en m'abandonnant ? C'était la première fois, aussi loin que portent mes souvenirs – durant toutes ces années où mon père m'avait protégée de la solitude d'une existence sans maman, sans frères ni sœurs, sans patrie ni même maison familiale, toutes ces années pendant lesquelles il avait été à la fois mon père et ma mère – c'était la première fois que je me sentais orpheline.

Le *master* se montra très gentil lorsque je me présentai devant lui, ma valise à la main et mon imperméable sur le bras. Je lui expliquai que j'étais parfaitement capable de voyager toute seule. Je lui étais très reconnaissante de m'avoir proposé l'escorte d'un étudiant jusque chez moi – de l'autre côté de la Manche – et je n'oublierais jamais sa prévenance, mais ce n'était pas la peine, merci. (J'éprouvai un petit pincement au cœur en prononçant ces mots, petit mais net – cela aurait été si délicieux de voyager avec Stephen Barley, assis en souriant en face de moi dans le train !) Je serais chez moi, en sécurité, d'ici quelques heures, répétai-je, repoussant la soudaine représentation mentale d'une vasque en marbre rouge remplie d'une eau musicale, craignant que cet homme doux et souriant ne lise dans mes pensées, ou même sur mon visage. Je pourrais même l'appeler en arrivant pour le rassurer tout à fait. Et, bien sûr, ajoutai-je avec une duplicité plus grande encore, mon père serait lui-même à la maison d'ici quelques jours.

Master James ne doutait pas que je puisse voyager seule ; je lui faisais l'effet d'une jeune fille autonome. Mais il ne pouvait pas – son sourire se fit encore plus gentil – il lui était impossible de revenir sur la parole donnée à mon père. J'étais ce que « ce cher vieil ami » avait de plus précieux au monde, et il ne pouvait pas me rembarquer sans une protection adéquate ! Ce n'était pas tant pour moi, je devais en être consciente, que pour mon père : il méritait qu'on lui fasse plaisir.

Stephen Barley se matérialisa dans le bureau avant que j'aie pu argumenter davantage ou digérer l'information selon laquelle le *master* et mon père étaient de vieux amis quand je croyais qu'ils se connaissaient depuis deux jours. Mais je n'eus pas le temps de m'attarder sur cette étrangeté : Stephen se tenait devant moi, comme un vieil ami lui aussi, sa veste et son bagage à la main, et je ne parvenais pas à en être désolée. Je regrettais le détour que cela me coûterait, mais pas autant que je l'aurais dû. Il m'était impossible de ne pas être conquise par son sourire ou son : « Grâce à vous, j'échappe à une journée de travail ! »

Master James se montra plus mesuré.

— Vous n'êtes pas en vacances, mon garçon, lui rappela-t-il. Vous me téléphonerez d'Amsterdam dès votre arrivée, et je veux parler avec la gouvernante. Voilà de l'argent pour vos billets et vos repas, vous me rapporterez les reçus.

Ses yeux noisette se mirent à pétiller.

— Ça ne veut pas dire que vous n'aurez pas droit à un petit chocolat hollandais à la gare. Rapportez-m'en une barre. Il n'est pas aussi bon que le belge, mais je m'en contenterai. Et maintenant, filez, et servez-vous de votre tête.

Il me gratifia d'une poignée de main solennelle et de sa carte.

— Au revoir, mon petit. Revenez nous voir quand vous penserez à l'université pour vous-même.

Sitôt sorti du bureau, Stephen me délesta de ma valise.

— Allons-y. Nous avons des billets pour le train de dix heures trente, mais nous pouvons aussi bien prendre de l'avance.

Le *master* et mon père n'avaient rien laissé au hasard, notai-je, et je me demandai combien de chaînes de sécurité je devrais encore franchir à la maison. Pour l'instant, j'avais d'autres préoccupations.

— Stephen ? commençai-je.

— Pitié, appelez-moi Barley.

Il s'esclaffa.

— Je suis tellement habitué à ce qu'on m'appelle comme ça que j'ai la chair de poule quand j'entends mon vrai prénom.

— Bon.

Son sourire était contagieux aujourd'hui – aussi décontracté que contagieux.

— Barley… puis-je vous demander une faveur avant que nous partions ?

Il hocha la tête.

— J'aimerais juste retourner dans la Radcliffe Camera. C'était si beau, et je… et j'aimerais jeter un œil à la collection consacrée aux vampires. À cause de mon père, je n'ai pas pu hier.

Il gémit.

— Vous avez vraiment une passion pour l'horreur. C'est de famille !

Je me sentis rougir.

— Je sais.

— Entendu. On va y faire un saut, mais en vitesse. *Master* James plantera un pieu dans *mon* cœur si nous manquons le train.

La Camera était paisible ce matin, presque déserte, et nous gravîmes rapidement l'escalier ciré jusqu'à la petite salle macabre où nous avions surpris mon père la veille. Je sentis les larmes me monter aux yeux comme nous pénétrions dans la pièce ; il y avait quelques heures, mon père était assis ici, avec cette expression étrangement lointaine qui voilait son regard, et maintenant je ne savais même pas où il était.

Je me rappelais néanmoins l'endroit où il avait rangé le livre, faussement nonchalant, pendant que nous discutions : sous la vitrine renfermant le crâne, sur la gauche. Je fis courir mon doigt sur le rebord de l'étagère. Barley se tenait près de moi (il nous était impossible de ne pas nous tenir l'un près de l'autre dans cet espace minuscule, et je regrettai qu'il n'aille pas plutôt faire quelques pas sur le balcon) et regardait avec une curiosité manifeste. Là où aurait dû se trouver le livre, il y avait un trou béant, comme une dent manquante.

Je me figeai : jamais, au grand jamais, mon père n'aurait volé un livre. Qui pouvait l'avoir pris, alors ? Mais un instant plus tard, j'aperçus le volume un peu plus loin. On l'avait déplacé depuis ma dernière visite. Mon père était-il revenu le consulter ? Ou quelqu'un d'autre l'avait-il retiré de l'étagère ? Je lançai un regard soupçonneux au crâne dans la vitrine, mais du fond de ses orbites béantes il me retourna un regard d'un vide abyssal. Puis je tirai le livre à moi avec d'infinies précautions, découvrant la grande reliure couleur d'os avec le ruban en soie noire dépassant de la tranche. Je le posai sur la table et allai droit à la page de titre : *Vampires du Moyen Âge*, Baron de Hejduke, Bucarest, 1886.

— Qu'est-ce que vous voulez faire de ces balivernes morbides ?

Barley regardait par-dessus mon épaule.

— Un exposé pour le lycée, marmonnai-je.

Le livre était divisé en chapitres : « Vampires de Toscane », « Vampires de Normandie », et ainsi de suite. Je trouvai vite ce que je cherchais : « Vampires de Provence et des Pyrénées ». Oh, Seigneur, mon français serait-il à la hauteur ? Barley commençait déjà à regarder sa montre. Je fis courir rapidement mon doigt non pas sur mais au-dessus de la page, attentive à ne toucher ni les magnifiques caractères, ni le papier ivoire. « Vampires dans les villages de Provence... » Qu'est-ce que mon père était venu chercher là-dedans ? Il était plongé dans la première page quand nous l'avions interrompu. « Il y a aussi une légende... » Je me penchai plus près.

Par la suite, j'ai connu à de nombreuses reprises ce que je ressentis ce jour-là pour la première fois. Jusqu'ici, mes incursions dans le français écrit avaient été des exercices purement utilitaires, comparables à des problèmes mathématiques. Chaque nouvelle phrase que je comprenais me servait de pont pour passer à la difficulté suivante. Mais jamais, avant cet instant, je n'avais connu ce frisson provoqué par la soudaine étincelle du sens qui fuse du mot au cerveau et au cœur, le saut presque sauvage de la compréhension, dans un éclair de chaleur et de lumière. Depuis, j'ai connu ce moment de vérité avec d'autres compagnons : l'allemand, le russe, le latin, le grec et – l'espace d'une brève heure – le sanskrit. Mais cette première expérience contenait la révélation de toutes les autres.

— « Il y a aussi une légende… », articulai-je dans un souffle, et Barley se pencha soudain sur mon épaule pour déchiffrer la suite.

Ce qu'il traduisit tout haut, cependant, je l'avais déjà assimilé dans un halètement mental :

— « … légende selon laquelle Drakula, le plus noble et le plus dangereux de tous les vampires, acquit son pouvoir non pas dans la région de Valachie mais grâce à une abomination née dans le monastère de Saint-Matthieu-des-Pyrénées-Orientales, une maison bénédictine fondée en l'an mil après Notre-Seigneur. » Non, mais qu'est-ce que c'est que ce truc ? demanda Barley.

— Un sujet d'exposé, répétai-je.

Nos yeux se rencontrèrent au-dessus du livre ; il me regardait comme s'il me voyait pour la première fois.

— Dites, vous êtes bon en français ? demandai-je humblement.

— Qu'est-ce que vous croyez ?

Il sourit et se pencha de nouveau sur la page.

— « Drakula rendrait visite au monastère tous les seize ans afin d'honorer ses origines et de régénérer les pouvoirs qui lui ont permis de vivre dans la mort. »

— Continuez, s'il vous plaît.

J'agrippai le bord de la table.

— À vos ordres, acquiesça-t-il plaisamment. « Selon les savants calculs effectués par le Frère Pierre de Provence au début du dix-septième siècle, Drakula se rendrait à Saint-Matthieu pendant la demi-lune du mois de mai. »

— Où en est la lune actuellement ? soufflai-je d'une voix blanche.

Barley n'en avait pas la moindre idée. Il n'y avait pas d'autre référence à Saint-Matthieu ; les pages suivantes se contentaient de citer un document provenant d'une église de Perpignan, qui faisait état de morts violentes et inexpliquées parmi les troupeaux de moutons et de chèvres de la région, en 1428 ; impossible de dire si l'auteur attribuait ces cadavres à des vampires, des bêtes sauvages ou des actes de malveillance.

— Drôle de truc, commenta Barley. C'est ce que votre famille lit pour se distraire le soir à la veillée ? Tant que vous y êtes, vous voulez des informations sur les vampires à Chypre ?

Rien d'autre ne concernait le sujet qui m'intéressait, et lorsque Barley jeta un nouveau coup d'œil à sa montre, je me détournai à regret des murs fascinants, entièrement tapissés de livres horrifiques.

— Follement drôle, cette excursion, commenta Barley tandis que nous redescendions l'escalier. Vous êtes une jeune fille très spéciale, non ?

J'espérais qu'il s'agissait d'un compliment.

Une fois dans le train, Barley évoqua pour me distraire ses camarades d'études, un grandiose défilé d'hurluberlus et de têtes de Turcs, puis il porta ma valise à bord du bateau en me tenant la main pour franchir la passerelle enjambant l'eau grise et huileuse de la Manche. C'était un jour froid et ensoleillé, et nous nous installâmes à l'intérieur du ferry, dans des sièges en vinyle, abrités du vent.

— Je manque de sommeil, m'informa Barley en guise d'excuse.

Et il s'assoupit instantanément, son manteau roulé en boule sous une joue.

Ce n'était pas plus mal qu'il dorme une heure ou deux, parce que j'avais beaucoup de choses à planifier, des détails pratiques tout autant que scolaires. Mon problème immédiat n'était pas d'établir des liens entre des événements mystérieux, mais de neutraliser Mme Clay. Elle m'attendrait de pied ferme dans l'entrée de notre maison, à Amsterdam, prête à nous témoigner toute l'étendue apaisante de son dévouement. Sa présence, pis, sa surveillance, me tiendrait cloîtrée toute la nuit à la maison, et si je ne rentrais pas le lendemain juste après le lycée, elle se lancerait sur mes traces avec la ténacité d'une meute de loups, et probablement aidée de la moitié des forces de police d'Amsterdam. Et il y avait aussi Barley. Je jetai un regard à son visage endormi, en face de moi ; il ronflait discrètement contre sa veste. Barley remonterait à bord du ferry dès l'instant où je partirais pour le lycée, demain, et il me faudrait faire très attention de ne pas lui tomber dessus en cours de route.

Mme Clay était effectivement à la maison quand nous arrivâmes. Barley resta à mes côtés sur le seuil pendant que je cherchais mes clés ; il contemplait avec admiration les anciennes maisons de marchands et les canaux scintillants.

— Magnifique ! Et tous ces visages à la Rembrandt dans les rues !

Quand Mme Clay ouvrit brusquement la porte et me tira à l'intérieur, il faillit bien rester dehors. Je fus soulagée de le voir rire de bon cœur et conserver ses bonnes manières. Tandis qu'ils disparaissaient tous deux dans la cuisine pour téléphoner à *master* James, je montai encore plus vite à l'étage, criant par-dessus mon épaule que je voulais faire un brin de toilette. En fait – et à cette pensée mon cœur battit plus fort – j'avais l'intention de piller la citadelle de mon père. Je chercherais plus tard un moyen de régler le problème de Mme Clay et de Barley. Pour l'instant, je devais trouver ce qui, j'en avais la certitude, devait y être caché.

Construit en 1620, notre hôtel particulier possédait trois chambres au deuxième étage : des pièces étroites ornées de poutres sombres que mon père adorait parce que, disait-il, elles lui semblaient encore habitées par les gens simples et travailleurs qui y avaient vécu. Sa chambre était la plus grande des trois, une extraordinaire vitrine du mobilier hollandais d'époque. Il avait mêlé les meubles austères aux tentures de lit et à un tapis ottomans, à une esquisse mineure de Van Gogh et à une panoplie de douze casseroles en cuivre provenant d'une ferme française : elles capturaient les reflets lumineux du canal, en dessous.

Je me rends compte aujourd'hui combien cette pièce était remarquable aussi pour sa simplicité monastique. Elle ne contenait pas un seul livre ; ils avaient tous été relégués dans la bibliothèque, en bas. Jamais un vêtement ne traînait sur le dossier de la chaise du dix-septième siècle ; et nul papier ne profanait l'impressionnant bureau. Il n'y avait pas de téléphone, pas même une pendule – mon père se réveillait de lui-même tous les matins au lever du jour. C'était un pur espace de vie, un lieu conçu pour dormir, se réveiller, prier peut-être, encore que j'aurais été incapable de dire si des prières résonnaient jamais ici… J'aimais cette pièce, mais je n'y entrais que rarement.

À présent, je m'y glissai aussi silencieusement qu'une voleuse, refermai la porte et ouvris son bureau. C'était pour moi un geste terrible, aussi grave que de briser le sceau d'un cercueil, mais je continuai néanmoins, sortant le contenu de chaque casier, fouillant les tiroirs mais replaçant chaque objet avec soin tandis que je poursuivais ma recherche – les lettres de ses amis, ses élégants stylos, son papier à lettres portant son monogramme… Finalement, ma main se referma sur un paquet scellé.

Je l'ouvris sans vergogne et découvris un bref message à l'intérieur, adressé à moi et me recommandant de ne lire les lettres contenues à l'intérieur que s'il venait brusquement à mourir ou à disparaître de façon inexpliquée. Ne l'avais-je pas vu écrire, nuit après nuit, quelque chose qu'il couvrait de son bras dès que je m'approchais ? La gorge nouée, je m'emparai du paquet, refermai le bureau et emportai mon butin dans ma chambre, guettant le pas de Mme Clay dans l'escalier.

Le paquet était rempli de lettres, chacune soigneusement pliée à l'intérieur d'une enveloppe et libellée à mon nom et à notre adresse, comme s'il pensait qu'il pourrait être obligé de me les poster une à une depuis un autre lieu. Je les gardai précieusement dans l'ordre – oh, j'avais appris certaines choses sans le savoir – et j'ouvris la première. Elle était datée de six mois plus tôt et il me sembla qu'elle commençait non avec de simples mots, mais par un cri du cœur :

« Ma fille chérie… »

Son écriture trembla sous mes yeux.

« Si tu lis ces lignes, pardonne-moi. Je suis parti chercher ta mère. »

Deuxième partie

Où donc étais-je venu, et devant quels gens allais-je me trouver ? Dans quelle sinistre aventure m'étais-je engagé ? [...] Je me mis à me frotter les yeux et à me pincer un peu partout pour m'assurer que j'étais bien éveillé. Car je croyais au contraire faire un horrible cauchemar, je me disais que j'allais bientôt rouvrir les yeux pour constater que j'étais chez moi, que l'aurore éclairait peu à peu mes fenêtres : ce n'aurait pas été ma première nuit de sommeil agité après une journée de travail excessif. Mais non ! J'avais mal partout où je me pinçais, et mes yeux ne me trompaient point ! J'étais parfaitement éveillé et me trouvais dans les Carpates ! Je n'avais qu'une chose à faire : patienter, attendre le matin.

Bram Stoker, *Dracula*, 1897
(trad. Lucienne Molitor, Marabout, 1980)

25.

La gare d'Amsterdam m'était familière, j'y étais entrée des dizaines de fois. Mais je ne m'y étais encore jamais rendue seule. En fait, je n'avais jamais voyagé seule où que ce soit, et tandis que je m'asseyais sur un banc afin d'attendre l'express du matin pour Paris, l'accélération des battements de mon cœur n'était pas uniquement due à mon inquiétude pour mon père : c'était le premier moment de liberté totale que je vivais de toute ma vie.

Mme Clay, sans doute occupée à laver la vaisselle du petit déjeuner à la maison, me croyait sagement en route pour le lycée. Barley, parti pour l'embarcadère du ferry, me croyait lui aussi sagement en route pour le lycée. J'étais désolée de tromper la si patiente, si ennuyeuse Mme Clay, et plus encore d'avoir dû me séparer de ce chou de Barley qui, dans un soudain accès de galanterie, m'avait gratifiée d'un baisemain sur le perron et m'avait offert une des barres de chocolat achetées pour *master* James (bien que je lui aie fait remarquer que je pouvais m'acheter du chocolat hollandais quand je le voulais). Je songeai que j'aimerais bien lui écrire une lettre quand toute cette affaire serait terminée – mais il m'était impossible de me projeter aussi loin dans l'avenir.

Pour l'instant, la lumière du matin étincelait, brillait, vibrait tout autour de moi. Même en ce jour, je puisai un certain réconfort dans ce trajet entre la maison et la gare : l'odeur du pain chaud, l'humidité montant des canaux, la propreté un peu guindée qui régnait sur toute chose. Une fois sur le quai de la gare, assise sur un banc, je passai mon paquetage en revue : des vêtements de rechange, du pain, du fromage, des briques de jus d'orange subtilisées dans le réfrigérateur, et surtout les lettres de mon père. J'avais également fait main basse sur tout l'argent liquide de la cuisine – tant qu'à faire une bêtise, autant y aller carrément – pour alourdir un peu mon porte-monnaie. Mme Clay en tirerait trop vite les conclusions qui s'imposaient, mais je n'avais pas le choix. Je ne pouvais pas attendre l'ouverture des banques afin de vider le compte où j'engrangeais mes maigres économies. J'emportais aussi un pull chaud et un imperméable, mon passeport, un livre pour passer le temps dans le train, et mon dictionnaire français de poche.

J'avais volé quelque chose encore. Un stylet en argent que mon père conservait dans la vitrine aux curiosités du salon, avec d'autres souvenirs de ses premières missions diplomatiques, des voyages remontant à l'époque où il s'efforçait de créer sa fondation. J'étais trop jeune alors pour l'accompagner, et il m'avait laissée aux États-Unis, à la garde de parents éloignés. Le stylet possédait une lame au tranchant sinistre et un manche estampé. Il reposait dans un fourreau, lui aussi richement décoré. C'était la seule arme que j'aie jamais vue dans notre maison – mon père détestait les armes à feu et ses goûts de collectionneur n'incluaient pas les sabres et autres haches de guerre. Je n'avais aucune idée de la façon dont ce couteau effilé pourrait me protéger, mais cela me rassurait de le savoir dans mon sac.

Le quai était bondé quand l'express arriva enfin. En le voyant apparaître, j'eus le sentiment (et c'est encore vrai aujourd'hui) que l'entrée d'un train en gare était l'une des émotions les plus fortes qui soient, peu importe vos problèmes, en particulier si ce train s'apprêtait à vous emmener vers le sud de l'Europe ! Ce jour-là, je me hissai à bord, serrant très fort mon cartable, souriant presque. J'avais plusieurs heures de trajet devant moi, et il me faudrait au moins cela, non pas pour lire mon livre, mais pour me plonger de nouveau dans les précieuses lettres de mon père. Je pensais avoir choisi correctement ma destination finale, mais j'avais besoin de méditer sur ce qui m'avait amenée à cette conclusion.

Je trouvai un compartiment vide, et fermai les rideaux côté couloir, près de ma place, en espérant que personne n'entrerait après moi. Au bout de quelques minutes, pourtant, une femme d'une quarantaine d'années vêtue d'un manteau bleu et d'un chapeau ouvrit la porte. Elle m'adressa un sourire et s'installa sur la banquette opposée avec une pile de magazines hollandais. Confortablement installée dans mon coin, je regardai la vieille ville puis la petite banlieue verte défiler tranquillement derrière les fenêtres, avant de déplier de nouveau la première lettre de mon père. Je connaissais déjà par cœur le début, la forme choquante des mots, les stupéfiants lieu et date de sa rédaction, et l'écriture ferme et hâtive.

« Ma fille chérie,

Si tu lis ces lignes, pardonne-moi. Je suis parti chercher ta mère. Pendant de nombreuses années, je l'ai crue morte, mais aujourd'hui je ne suis plus sûr de rien et cette incertitude est presque plus terrible que le deuil, comme tu le comprendras peut-être un jour : elle me torture jour et nuit. Je ne t'ai jamais beaucoup parlé d'elle, et cela a été une faiblesse de ma part, je le sais, mais notre histoire était si douloureuse... je n'avais pas le courage de la faire revivre devant toi. Je m'étais promis de tout te raconter, quand tu serais plus grande, plus à même de comprendre sans être frappée d'effroi – mais en réalité j'étais tellement frappé d'effroi moi-même, je le suis tellement encore aujourd'hui, que cet argument n'aura été qu'un prétexte de plus.

Ces derniers mois, j'ai essayé de me racheter un peu en te racontant, petit à petit, certains épisodes de mon passé. Mon intention était d'intégrer progressivement ta mère dans mon récit, bien qu'elle ait fait irruption dans ma vie d'une manière assez soudaine. Mais j'ai peur désormais de ne pas avoir le temps de te transmettre tout ce que tu devrais savoir sur tes origines avant d'être réduit au silence – au sens propre – ou de redevenir la proie de mon propre silence.

Je t'ai décrit certains aspects de ma vie d'étudiant avant ta naissance, et je t'ai raconté dans quelles étranges circonstances mon directeur de thèse et ami disparut après m'avoir fait certaines révélations. Je t'ai confié également comment j'avais rencontré une jeune femme prénommée Helen qui souhaitait tout autant que moi – si ce n'est davantage – retrouver le professeur Rossi. J'ai essayé d'avancer dans mon récit chaque fois que j'en avais l'opportunité, mais la prudence me dicte de poursuivre désormais mon histoire par écrit. Et s'il te faut aujourd'hui la lire au lieu de m'écouter te la dévoiler au sommet d'une colline rocailleuse, sur une piazza paisible, dans un petit port abrité ou à la terrasse agréable d'un café, c'est entièrement ma faute. Cela signifie que j'ai parlé trop lentement, ou trop tard.

Tandis que j'écris ces lignes, les lumières d'un vieux port scintillent devant mes yeux – et tu dors paisiblement dans la pièce voisine d'un sommeil innocent. Je suis fatigué après une longue journée de travail, et plus fatigué encore à l'idée de commencer cette interminable narration : un devoir douloureux... et une sinistre précaution. Je crois avoir devant moi plusieurs semaines, quelques mois peut-être, pendant lesquels je pourrai te raconter mon histoire de vive voix, il est donc parfaitement inutile que je répète ce que je t'aurai déjà relaté au cours de nos multiples voyages. Passé ce délai – semaines ou mois – je n'ai plus aucune certitude. Ces lettres sont mon assurance contre ta solitude. Dans le pire des cas, tu hériteras de ma maison, de mon argent, de mon mobilier et de mes livres, mais je ne doute pas que tu chériras ces lettres plus que tout le reste, parce qu'elles retraceront l'histoire de ta vie, ton histoire.

Pourquoi ne pas t'avoir révélé la vérité d'un coup, afin d'en finir une fois pour toutes ? La réponse se trouve, de nouveau, dans ma propre faiblesse, mais justement dans le fait qu'une version condensée t'aurait fait l'effet d'un coup violent. Je me sens incapable de t'infliger une telle souffrance, même si ce ne serait rien en regard de mes remords. Il est probable, d'ailleurs, que tu ne me croirais pas si je te livrais les faits sans précaution. J'ai moi-même douté jadis de la raison de mon cher Rossi avant de m'engager sur le chemin de ses souvenirs. Voilà pourquoi j'ai l'intention de progresser étape par étape. Il me faudra également essayer de deviner jusqu'où j'aurai eu le temps d'aller dans ma narration avant que ces lettres arrivent entre tes mains. »

Mon père s'était trompé dans ses estimations : il avait renoué le fil de son récit une mesure ou deux après l'endroit où il l'avait laissé en suspens. Je ne connaîtrais peut-être jamais la réaction de Papa à l'étonnante décision d'Helen Rossi de l'accompagner dans sa quête, songeai-je tristement, ni les détails de leur voyage depuis la Nouvelle-Angleterre jusqu'à Istanbul. Comment avaient-ils réussi à effectuer toutes les démarches, à surmonter les difficultés liées à la distance et au contexte politique, à obtenir des visas et à franchir les douanes ? Mon père avait-il menti à ses parents, de gentils et raisonnables Bostoniens, pour justifier sa brusque nécessité de partir à l'étranger sans billet de retour ? Helen et lui s'étaient-ils rendus à New York, comme il en avait eu l'intention ? Avaient-ils dormi dans la même chambre d'hôtel ? Mon cerveau d'adolescente était tout aussi impuissant à résoudre cette énigme qu'à l'éviter. Je dus finalement me contenter d'une vision d'eux deux sortie tout droit d'un film du temps de leurs jeunes années : Helen étendue pudiquement sous les couvertures du grand lit, lui misérablement endormi dans une bergère après avoir enlevé ses chaussures – et rien d'autre – tandis que par la fenêtre leur parvenait la rumeur lointaine de la ville…

« Six jours après la disparition de Rossi, par une nuit de brouillard, Helen et moi décollions de l'aéroport Idlewild. Après avoir changé d'avion à Francfort, nous nous posâmes le lendemain matin à Istanbul. À l'époque, je m'étais rendu par deux fois déjà en Europe de l'Ouest, mais aucun rapport avec ce que je découvris : la Turquie était véritablement un monde à part, en 1954 plus encore qu'aujourd'hui. Après avoir voyagé cassé en deux dans un siège on ne peut plus inconfortable, épongeant mon front et mon cou ruisselants de sueur avec un gant de toilette chaud, je me retrouvai tout à coup propulsé sur un tarmac tout aussi bouillant, assailli par des odeurs inconnues, de la poussière, et le voile d'une musulmane, devant nous, dont un pan flottant ne cessait de me taquiner le visage. Helen riait à mes côtés, visiblement amusée par mon air ébahi. Elle s'était recoiffée dans l'avion, avait mis du rouge à lèvres, et paraissait incroyablement fraîche après une nuit aussi inconfortable. Elle portait son petit foulard noué serré autour du cou ; je n'avais toujours pas vu ce qu'il dissimulait, et je n'aurais jamais osé lui demander de l'enlever.

— Bienvenue dans le vaste monde, Yankee, me dit-elle en souriant.

C'était un vrai sourire, cette fois, pas sa grimace habituelle.

Ma stupeur s'accrut pendant le trajet en taxi vers la ville. Je ne sais pas exactement ce que j'attendais d'Istanbul – pas grand-chose probablement, puisque j'avais eu à peine le temps de penser à ce voyage – mais la beauté de ce lieu chargé d'histoire me coupa le souffle. Istanbul avait cette magie intemporelle des Mille et Une Nuits que rien, ni les voitures qui klaxonnaient à tout va, ni les hommes d'affaires en costume occidental, ne parvenait à altérer. La première cité qui avait vu le jour ici même : Constantinople, capitale de l'Empire byzantin, devait avoir été d'une splendeur inouïe – l'union de l'opulence romaine et du mysticisme des premiers chrétiens.

Lorsque nous trouvâmes enfin à nous loger dans le vieux quartier de Sultanahmet, j'avais déjà eu la vision étourdissante de plusieurs dizaines de mosquées et de minarets, de bazars bariolés de textiles somptueux, et j'avais même entraperçu les dômes et les quatre cornes de la basilique Sainte-Sophie.

Helen non plus n'était jamais venue. Elle regardait par la vitre du taxi avec une concentration paisible, ne se tournant vers moi qu'une seule fois pour remarquer qu'il lui semblait étrange de voir la source intarissable (je crois que ce fut l'expression qu'elle employa) de cet Empire ottoman qui avait laissé tant de traces dans son pays natal. Ce sujet devait d'ailleurs revenir plus d'une fois au fil de notre séjour ; j'ai encore dans l'oreille ses commentaires brefs et caustiques chaque fois qu'elle rencontrait un élément familier : un nom de lieu turc, une salade de concombre commandée à la terrasse d'un restaurant, l'ouverture en ogive d'une fenêtre... Ses réflexions finissaient par produire sur moi un effet assez bizarre, doublant en quelque sorte ma propre expérience, si bien que j'avais l'impression de voir Istanbul et la Roumanie se superposer. Plus tard, lorsqu'un éventuel voyage en Roumanie devint une question lancinante entre nous, j'eus le sentiment que ma décision de partir était en partie motivée par ces vestiges du passé, tels que je les avais imaginés à travers le regard d'Helen. Mais je m'écarte de mon propos – c'est un épisode que j'évoquerai plus tard.

Le hall de notre pension offrait une agréable fraîcheur après la lumière éblouissante et la poussière de la rue. Je m'effondrai avec bonheur dans un des fauteuils de l'entrée, laissant Helen réserver deux chambres dans son français excellent, quoique lourdement accentué. La logeuse – une Arménienne qui éprouvait une grande sympathie pour les voyageurs et parlait plusieurs langues – ne connaissait pas le nom de l'hôtel jadis occupé par Rossi – peut-être avait-il disparu depuis des années.

Helen aimant prendre la direction des opérations, je la lui laissai volontiers. Il était tacitement, mais fermement, convenu entre nous que je paierais la note le moment venu. J'étais passé à la banque avant de partir afin de retirer la totalité de mes maigres économies ; dussé-je échouer dans ma quête, j'étais bien décidé à ne reculer devant aucun sacrifice pour retrouver Rossi. Je rentrerais probablement chez moi ruiné, si j'y rentrais jamais. Mais je savais qu'Helen, une étudiante étrangère, n'avait que le strict minimum pour vivre – ou survivre. J'avais déjà remarqué qu'elle possédait en tout et pout tout deux tailleurs, qu'elle variait grâce à une sélection de chemisiers plus austères les uns que les autres.

— Nous allons prendre des chambres communicantes, déclarait-elle à la logeuse arménienne, une vieille dame qui avait dû être très belle. Mon frère *ronfle affreusement.*

Je fronçai les sourcils depuis l'entrée.

— Je ronfle ?

— Parfaitement, rétorqua-t-elle. Je n'ai pas bouclé l'œil à New York.

— Fermé l'œil, rectifiai-je poliment.

— Bien. En tout cas, *ferme* la porte entre nos chambres, *s'il te plaît.*

Helen voulait se lancer sans attendre à la recherche de la salle des archives dont parlait son père, mais j'insistai pour souffler un peu et déjeuner avant de commencer quoi que ce soit. L'après-midi était donc déjà bien entamé quand nous nous enfonçâmes dans un labyrinthe de rues entrecoupées de brusques ouvertures sur des cours et des jardins colorés.

Rossi n'avait malheureusement pas mentionné dans ses lettres le nom de cette fameuse salle des archives et, lors de notre conversation, il avait seulement évoqué "une bibliothèque peu connue, fondée par le sultan Mehmed II". Une des lettres précisait néanmoins qu'elle était attenante à une mosquée du dix-septième siècle, et nous savions aussi, primo, qu'on apercevait la cathédrale Sainte-Sophie depuis l'une des fenêtres ; secundo, que le local possédait plus d'un étage et, tertio, qu'une porte du premier donnait directement sur la rue. J'avais essayé de trouver de plus amples informations à la bibliothèque de l'université juste avant notre départ, sans succès. Étrange, tout de même, que Rossi n'ait mentionné ni le nom ni l'adresse dans ses lettres ; ça ne lui ressemblait pas, à moins... à moins qu'il n'ait pas souhaité s'en souvenir.

J'avais tous ses papiers avec moi dans ma sacoche, y compris la liste des documents qu'il avait consultés, avec cette ligne bizarrement restée en suspens, comme tronquée : “Bibliographie : ordre du Dragon”. Être prêt à fouiller une ville entière, une ville gigantesque, inconnue, un enchevêtrement de minarets et de dômes, pour tenter de retrouver la source de cette demi-ligne énigmatique tracée de la main de Rossi vingt-cinq ans plus tôt était une entreprise pour le moins hasardeuse.

D’un commun accord, Helen et moi décidâmes de nous diriger vers notre seul point de repère : la basilique Sainte-Sophie. Et une fois devant elle, il nous fut impossible de ne pas entrer. Les portes étaient ouvertes et le vaste sanctuaire nous aspira en même temps que les autres touristes, comme si une vague nous avait déposés à l’intérieur d’une caverne. Pendant quatorze siècles, songeai-je, des légions de pèlerins avaient été pareillement aspirées à l’intérieur de ces murs. Une fois dans le lieu saint, je m’avançai lentement vers le cœur de l’édifice et renversai la tête en arrière pour contempler ce vaste espace sacré, avec ses célèbres dômes tournoyants et ses arches, ses boucliers ronds couverts de calligraphie arabe dans les coins supérieurs, la mosquée recouvrant l’église chrétienne comme l’église avait recouvert les ruines de l’ancien monde. Elle dessinait des arches très haut, très loin au-dessus de nous, reproduisant le cosmos byzantin. Abasourdi, écrasé, j’avais peine à croire que je me trouvais là.

Avec le recul, je me rends compte que j’avais vécu si longtemps dans mes bouquins et mon étroit cadre universitaire qu’ils avaient fini par m’emprisonner. Et dans cette éclatée de grandeur, d’art et de spiritualité toute bruissante encore des échos de l’ancienne Byzance – l’une des plus grandes merveilles de tous les temps – mon esprit se libérait tout à coup de son carcan. Je sus à cet instant que, quoi qu’il arrive, plus jamais je ne pourrais retourner à mon ancienne vie. Je voulais m’élancer vers la lumière, me projeter avec elle vers le ciel et m’y déployer, tout comme cet édifice colossal se hissait vers le haut, afin de mieux rayonner. Mon cœur s'envolait avec lui, une sensation que je n'avais jamais éprouvée pendant mes années de pérégrinations livresques chez les marchands hollandais.

Je regardai Helen et je vis qu'elle était étreinte par la même émotion. Ses boucles sombres effleuraient le col de son chemisier tandis qu'elle renversait la tête en arrière, son visage habituellement cynique et fermé reflétant une pâleur illuminée. Sur une impulsion, je lui tendis la main et elle la serra dans la sienne, avec cette force qui la caractérisait. Chez une autre femme, ce geste aurait pu être un signe de complicité ou de coquetterie, voire une sorte de consentement amoureux ; chez Helen, il avait la même qualité franche et directe que son regard, ou cette distance derrière laquelle elle se retranchait parfois. Au bout de quelques instants, elle sembla se reprendre : elle lâcha ma main, sans montrer d'embarras, et nous marchâmes côte à côte dans l'église, admirant la chaire magnifique, le marbre byzantin étincelant.

Je dus faire un effort énorme pour me rappeler que nous pourrions revenir visiter Sainte-Sophie aussi souvent que nous le voudrions pendant notre séjour, et que notre seule priorité était de retrouver la mystérieuse salle des archives. Helen suivit apparemment le même raisonnement car elle se dirigea vers l'entrée en même temps que moi et nous nous frayâmes un passage à travers la foule pour regagner la rue.

— Le bâtiment que nous cherchons peut être très loin d'ici, observa-t-elle. Sainte-Sophie est si gigantesque qu'on doit la voir depuis presque tous les bâtiments situés dans cette partie de la ville, et même sur l'autre rive du Bosphore.

— Je sais. Nous devons absolument trouver un autre indice. Dans ses lettres, Rossi disait que la salle était attenante à une petite mosquée du dix-septième siècle…

— La belle affaire : Istanbul est remplie de mosquées !

— Exact.

Je feuilletai mon petit guide touristique acheté à la hâte.

— Commençons par celle-là : la Grande Mosquée des sultans. Mehmed II et sa cour ont pu aller y prier : elle a été édifiée à la fin du quinzième siècle. Ce serait un voisinage logique pour installer une bibliothèque dont il fut l'inspirateur, vous ne croyez pas ?

Helen jugea que ça valait la peine d'essayer, et nous nous remîmes en route. Tout en cheminant, je me plongeai de nouveau dans mon guide.

— Écoutez ça. Ils disent que "Istanbul" est un mot byzantin qui signifie "la cité". Vous voyez : même les Ottomans n'ont pas pu détruire Constantinople, seulement la rebaptiser, et en utilisant un nom byzantin encore. Ah, et ici ils nous rappellent que l'Empire byzantin a duré de 333 à 1453. Vous vous rendez compte ? Quel long, long après-midi de pouvoir…

Helen hocha la tête.

— Il est impossible de penser à cette partie du monde sans se référer à Byzance, acquiesça-t-elle gravement. Sa présence est perceptible partout en Roumanie, vous savez : dans les églises, les fresques, les monastères, même sur le visage des gens, je pense. D'une certaine façon, elle affleure beaucoup plus nettement qu'ici, avec tout ce… sédiment ottoman par-dessus.

Son regard se voila.

— La prise de Constantinople en 1453 par Mehmed II aura été l'une des plus grandes tragédies de l'Histoire. Il pulvérisa les murailles au canon, puis il envoya son armée piller et massacrer la population trois jours durant. Les soldats violèrent des jeunes filles et des garçons sur les autels même des églises, jusque dans Sainte-Sophie. Ils volèrent les icônes et tous les trésors sacrés pour fondre l'or et ils jetèrent les reliques des saints aux chiens. Avant ce désastre, c'était la plus belle cité de toute l'Histoire.

Elle serra les poings.

Je gardai le silence. Quelles qu'aient été les atrocités commises ici jadis, la ville était restée d'une grande beauté avec ses couleurs riches et subtiles, ses dômes et ses gracieux minarets. Je commençais à comprendre pourquoi des scènes d'horreur, survenues plus de cinq cents ans auparavant, restaient si réelles aux yeux d'Helen, mais quel rapport tout ceci avait-il avec nous, avec notre présent ? Il me vint tout à coup à l'esprit que j'étais peut-être venu jusqu'ici, dans ce lieu magique, en compagnie d'une femme si complexe, au terme d'un voyage interminable pour... rien. Pour retrouver un citoyen britannique qui en ce moment même se trouvait peut-être à bord d'un car pour New York... Je chassai résolument cette pensée, et essayai plutôt de taquiner un peu ma voisine.

— Comment se fait-il que vous soyez aussi calée en histoire ? Je croyais que vous étiez anthropologue ?

— Je le suis, acquiesça-t-elle gravement. Mais on ne peut pas appréhender la dimension sociale des hommes sans connaître leur histoire.

— En ce cas, pourquoi n'êtes-vous pas devenue simplement historienne ? Ça ne vous aurait pas empêchée d'étudier leur dimension sociale.

— Peut-être.

Son expression était fermée, maintenant, et elle évitait mon regard.

— Mais je souhaitais m'attaquer à un domaine que mon père n'avait pas déjà fait sien.

La Grande Mosquée était encore ouverte dans la lumière dorée du soir, livrant accès aux touristes comme aux fidèles. Je testai mon médiocre allemand sur le garde posté à l'entrée, un garçon au teint olivâtre et aux cheveux frisés (à quoi avaient ressemblé jadis les habitants de Byzance ?), mais il m'assura qu'il n'y avait pas de bibliothèque à l'intérieur, pas de salle des archives ou autre. À sa connaissance, il n'y avait rien de tel dans le voisinage. Je lui demandai s'il avait une suggestion à nous faire.

— Vous pourriez essayer l'université, réfléchit-il. Mais des petites mosquées, vous savez, il y en a eu des centaines.

— Il est trop tard pour nous rendre à l'université aujourd'hui, m'informa Helen.

Elle étudiait le petit guide.

— Nous irons demain et nous demanderons s'il existe dans la ville un endroit où l'on peut trouver des archives remontant à l'époque de Mehmed. Je pense que ce sera la méthode la plus efficace. Pour le moment, allons voir les anciens remparts de Constantinople. On peut accéder à l'une des sections à partir d'ici.

Je la suivis dans les rues tandis qu'elle traçait le chemin, le guide dans sa main gantée, son petit sac noir sous le bras. Des bicyclettes nous dépassaient à toute vitesse, des voitures étrangères croisaient des charrettes tirées par des chevaux, le tout dans un étonnant mélange de costumes orientaux et occidentaux. Partout où se posait mon regard, je voyais des hommes en veste sombre, coiffés d'une calotte blanche, des femmes en chemisier brodé et pantalon bouffant, la tête couverte d'un foulard. Elles portaient des sacs de provisions et des paniers, des ballots de vêtements, des poulets dans des cageots, du pain, des fleurs... Les rues débordaient de vie, dans un flot continu qui durait ici depuis... depuis mille six cents ans, calculai-je. Les empereurs romains chrétiens avaient emprunté ces mêmes rues, portés par leurs proches, flanqués de prêtres, sortant de leur palais pour se rendre à l'église afin d'y recevoir le saint sacrement. Ils avaient été des souverains inflexibles, ou de grands mécènes, ou des savants, ou des théologiens. Des potentats cruels aussi, pour certains – qui n'hésitaient pas à mutiler leurs courtisans tombés en disgrâce et à crever les yeux de leurs proches qui avaient eu le malheur de s'opposer à eux, dans la plus pure tradition de Rome. C'était ici que les premiers hommes politiques byzantins s'étaient exercés au pouvoir. Ce n'était peut-être pas un lieu de résidence si déraisonnable pour un vampire ou deux, après tout.

Helen s'était arrêtée devant un rempart en pierre, en partie écroulé. Des boutiques se blottissaient à sa base et des figuiers plongeaient leurs racines dans ses flancs ; le ciel sans nuage avait pris des teintes cuivrées au-dessus des créneaux.

— Voilà ce qu'il reste des murs d'enceinte de Constantinople, déclara-t-elle paisiblement. On mesure combien ils devaient être gigantesques quand ils se dressaient autour de la ville. D'après le guide, la mer s'avançait jusqu'à leur pied, à l'époque, et l'empereur pouvait monter en bateau à l'intérieur même du palais. Ce mur, là-bas, faisait partie de l'Hippodrome.

Nous contemplâmes la vue jusqu'à ce que je prenne conscience que j'avais de nouveau oublié Rossi pendant dix bonnes minutes.

— Bon, allons chercher un endroit où dîner, déclarai-je. Il est déjà dix-neuf heures et nous ne devons pas nous coucher trop tard. Je veux absolument trouver cette salle des archives demain.

Helen hocha la tête et nous rebroussâmes chemin côte à côte à travers le cœur de la vieille ville.

Nous choisîmes de manger à proximité de notre pension, dans un petit restaurant dont l'intérieur était décoré de vases en cuivre et d'un carrelage ravissant, et où une baie en ogive, dépourvue de vitrage, permettait de manger tout en regardant les passants aller et venir dans la rue. Nous attendions qu'on nous serve, quand je fus frappé par une singularité de ce monde oriental qui m'avait échappé jusqu'ici : tous ces gens qui passaient devant nous d'un pas pressé... ne se pressaient pas tant que ça : ils marchaient comme on se promène. Ce qui s'apparentait ici à de la hâte aurait été considéré comme de la nonchalance dans les rues de New York ou de Washington. J'en fis la remarque à Holon, qui lâcha un éclat de rire cynique.

— Quand il n'y a pas d'argent à la clé, pourquoi courir ?

Le serveur nous apporta des gros morceaux de pain, un plat de yaourt onctueux parsemé de tranches de concombre, et du thé très parfumé servi dans des gobelets en verre. Cette journée bien remplie nous avait ouvert l'appétit et nous attaquions nos brochettes de poulet aux épices avec une belle ardeur quand un homme – moustache et cheveux argentés, costume gris bien coupé – entra dans le restaurant aux trois quarts vide, regarda autour de lui et s'installa à la table voisine de la nôtre. Il posa un livre à côté de son assiette, commanda à manger en turc, puis sembla se rendre compte tout à coup de l'appétit avec lequel nous faisions honneur à notre repas et se pencha vers nous avec un sourire amical.

— Vous appréciez notre cuisine locale, à ce que je vois, déclara-t-il dans un anglais guttural mais excellent.

— En effet, acquiesçai-je, surpris. C'est délicieux.

— Laissez-moi deviner, poursuivit-il en tournant vers moi un visage beau et très doux. Vous n'êtes pas anglais. Américains ?

— Oui.

Helen restait silencieuse, bataillant avec sa brochette et observant notre compagnon avec méfiance.

— Ah oui. Et vous ici, en touristes ?

— En touristes, oui, marmonnai-je tout en faisant les gros yeux à Helen pour qu'elle ne nous fasse pas remarquer par son hostilité.

— Bienvenue à Istanbul, dit-il avec un sourire charmant – et il leva son gobelet en verre pour porter un toast.

Je fis de même et il s'épanouit.

— Pardonnez-moi d'être indiscret, mais puis-je savoir ce qui vous a le plus plu jusqu'ici ?

— Ma foi, le choix est difficile.

Je le trouvai sympathique, difficile de ne pas lui répondre avec sincérité.

— En fait, je suis surtout frappé par cette fusion entre l'Orient et l'Occident au sein d'une même ville.

— Ah, voilà une observation pleine de sagesse, jeune homme, approuva-t-il d'un ton grave tout en tapotant sa moustache avec une épaisse serviette blanche. Cette mixité est tout à la fois notre trésor et notre malédiction. J'ai des collègues qui ont passé leur vie à étudier Istanbul et ils affirment qu'ils n'auront jamais le temps d'en explorer toutes les richesses, bien qu'ils vivent sur place. C'est un lieu étonnant.

— Quelle profession exercez-vous ? demandai-je avec curiosité, bien que la raideur d'Helen me laisse penser que j'allais recevoir un coup de pied sous la table d'une seconde à l'autre.

— Je suis professeur à l'université d'Istanbul, dit-il de ce même ton digne.

— Quelle incroyable coïncidence ! m'écriai-je. Nous sommes...

Le pied d'Helen écrasa le mien. Et elle portait des escarpins au talon extrêmement pointu.

— ... nous sommes très contents de vous rencontrer, bafouillai-je. Quelle matière enseignez-vous ?

— Shakespeare est ma spécialité, révéla notre nouvel ami en puisant délicatement de la salade dans un ravier posé devant lui. J'enseigne la littérature anglaise à des étudiants de troisième cycle. Ce sont des élèves brillants et très motivés, je dois bien l'avouer.

— Formidable, parvins-je à articuler. Je suis moi-même étudiant en troisième cycle, mais en histoire, aux États-Unis.

— Une discipline très riche, acquiesça-t-il solennellement. Vous trouverez largement de quoi vous passionner à Istanbul. Quel est le nom de votre université ?

Je le lui dis pendant qu'Helen torturait sa brochette d'un air sombre.

— Une excellente université. J'en ai entendu dire le plus grand bien, commenta le professeur.

Il but une gorgée de thé, puis tapota distraitement le livre, à côté de son assiette.

— J'ai une idée ! s'exclama-t-il tout à coup. Pourquoi ne venez-vous pas visiter notre université pendant que vous êtes à Istanbul ? C'est une vénérable institution, et je serais très honoré de vous faire visiter les lieux, ainsi qu'à votre charmante épouse.

Je perçus le ricanement étouffé d'Helen et parlai à toute vitesse pour couvrir sa voix.

— Ma sœur… cette jeune femme est ma sœur.

— Oh, je vous prie de m'excuser.

Le spécialiste de Shakespeare s'inclina courtoisement vers Helen.

— Je suis le Dr Turgut Bora. Votre serviteur.

Nous nous présentâmes à notre tour – ou tout du moins, je nous présentai car Helen s'obstinait à rester silencieuse. Je me rendis compte qu'elle n'était pas contente que je décline ma véritable identité, aussi me hâtai-je de la rebaptiser Smith, nouvel exemple de mon incommensurable balourdise qui me valut un froncement de sourcils encore plus appuyé.

Nous échangeâmes une poignée de main, et il ne nous resta d'autre choix que de l'inviter à se joindre à nous. Il protesta poliment, mais seulement pendant un instant, et s'installa à notre table, apportant sa salade et son gobelet de thé qu'il leva aussitôt.

— Je porte un toast en votre honneur, et vous souhaite la bienvenue dans notre ville magnifique, entonna-t-il. À la vôtre !

Même Helen ne put s'empêcher d'esquisser un sourire, bien qu'elle n'ait toujours pas prononcé un mot.

— Pardonnez mon manque de discrétion, lui dit Turgut sur un ton d'excuse, comme s'il était conscient de sa méfiance. Mais j'ai rarement l'occasion de mettre mon anglais en pratique avec d'authentiques anglophones.

Il n'avait pas encore remarqué qu'elle n'était pas anglophone – un détail qu'il risquait fort d'ignorer à tout jamais, songeai-je, car elle était tout à fait capable de ne pas desserrer les dents de la soirée.

— Qu'est-ce qui vous a amené à vous spécialiser dans Shakespeare ? lui demandai-je comme nous nous remettions à manger.

— Ah ! murmura Turgut d'une voix douce. C'est une étrange histoire. Ma mère était une femme remarquable, très brillante, passionnée par les langues vivantes. Elle partit faire des études à l'université de Rome où elle rencontra mon père – un homme admirable, qui étudiait la Renaissance italienne, avec une passion toute particulière pour…

À ce moment, notre attention fut attirée par une femme qui regardait fixement dans notre direction depuis la rue, à deux pas de nous. Je n'en avais encore jamais vu d'aussi près, mais je devinai qu'il s'agissait d'une bohémienne ; sa peau était brune, ses traits comme taillés à la serpe, elle était vêtue de couleurs criardes et ses cheveux noirs en désordre tombaient sur ses yeux sombres et pénétrants. Impossible de dire son âge : elle pouvait aussi bien avoir quinze ans que quarante. Elle serrait contre elle une brassée de fleurs jaunes et rouges, qu'elle souhaitait apparemment nous vendre.

Elle en lança quelques-unes sur la table, à mon intention, puis entonna un chant aigu et criard dont je ne compris évidemment pas un traître mot. Helen avait l'air dégoûtée et Turgut ennuyé, mais la femme insistait. Je sortais donc mon portefeuille pour offrir – par pure plaisanterie, bien sûr – un bouquet à Helen, quand la bohémienne pivota tout à coup vers elle, l'index pointé, en sifflant des imprécations, en tout cas ça en avait tout l'air. Turgut sursauta, pâlit, et Helen, pourtant impavide d'habitude, eut un mouvement de recul instinctif.

Comme si cela provoquait en lui un déclic, Turgut se redressa et apostropha la bohémienne avec une expression indignée. Il n'était pas très difficile de comprendre au ton de sa voix qu'il lui intimait l'ordre de déguerpir sur-le-champ. Elle nous foudroya tous les trois du regard, puis partit aussi soudainement qu'elle était apparue, se fondant au milieu des passants.

Turgut se rassit et dévisagea Helen avec une sorte de stupeur incrédule. Au bout de quelques instants, il plongea la main dans la poche de sa veste pour en retirer un petit objet qu'il plaça près d'elle, à côté de son assiette. C'était une pierre plate, de couleur bleue, mesurant à peu près trois centimètres de long, sertie dans un socle blanc et d'un bleu plus pâle, on aurait vaguement dit un œil. Helen se décolora à sa vue et avança la main comme si son instinct la poussait à toucher cet œil du bout du doigt.

— Quelqu'un pourrait-il m'expliquer ce qui se passe ?

Je ne pouvais m'empêcher d'être irrité d'être ainsi exclu.

— Qu'a-t-elle dit ?

Helen s'adressait à Turgut pour la première fois.

— S'exprimait-elle en turc ou en tsigane ? Je n'ai pas saisi ce qu'elle criait.

Notre nouvel ami hésita, comme s'il ne souhaitait pas répéter les mots employés par la femme.

— C'était du turc, répondit-il enfin. Mais je ne vous ferai pas l'affront de vous traduire ses propos. Elle s'est montrée très incorrecte… et encore plus bizarre.

Il regardait Helen avec intérêt, mais avec au fond des yeux une lueur qui ressemblait à de la peur, songeai-je.

— Elle a utilisé un… un mot que je préfère passer sous silence, expliqua-t-il. Et ensuite, elle a dit textuellement :

"Va-t'en, Roumaine, fille de loups. Ton ami et toi, vous amenez la malédiction du vampire sur notre ville."

Helen avait blêmi et je résistai à l'impulsion de lui prendre la main.

— C'est une coïncidence, lui murmurai-je pour la rassurer.

Elle me foudroya aussitôt des yeux : je parlais trop devant le professeur.

Le regard de Turgut passa de moi à Helen et inversement.

— C'est très étrange, vraiment, mes amis, commenta-t-il. Je crois que nous devrions avoir une discussion sérieuse tous les trois, sans plus de cérémonie. »

Je m'étais presque assoupie sur mon siège, malgré l'intérêt que revêtait pour moi le récit de mon père ; à ma décharge, j'avais déjà lu tout cela la veille, dans ma chambre, pendant une bonne partie de la nuit, et je manquais de sommeil. Un sentiment d'irréalité m'envahissait dans le compartiment ensoleillé de ce train, et je tournai la tête pour regarder les champs hollandais défiler derrière la fenêtre. Chaque fois que nous nous approchions ou que nous nous éloignions d'une ville, le train longeait en cliquetant des petits jardins potagers qui commençaient à reverdir sous un ciel nuageux, des jardins invisibles de la route, soignés par des milliers de gens anonymes, qui ne s'occupaient pas des affaires des autres. Les champs étaient merveilleusement verts, un vert qui commence, en Hollande, au début du printemps, et qui dure presque jusqu'aux premières neiges, nourri par l'humidité de l'air et de la terre, et par l'eau qui miroite où que se porte le regard. Nous avions laissé derrière nous une vaste région de canaux et de ponts, et nous passions maintenant au milieu des vaches, dans leurs pâturages bien tracés. Un vieux couple très digne qui roulait à bicyclette sur une route, tout près de nous, fut avalé la seconde suivante par d'autres pâturages. Bientôt, nous serions en Belgique, une traversée, je le savais d'expérience, qu'on pouvait manquer complètement pour peu qu'on ferme l'œil le temps d'une sieste.

Je tenais les lettres serrées sur mes genoux, mais mes paupières commençaient à tomber. La femme en face de moi dormait déjà à poings fermés, son magazine à la main. Mes yeux s'étaient fermés depuis une toute petite seconde quand la porte de notre compartiment s'ouvrit à la volée. Un grondement exaspéré retentit et une silhouette dégingandée s'intercala entre ma rêverie et moi.

— Vous avez un culot incroyable ! J'en étais sûr ! Je viens de visiter chaque voiture de ce maudit train pour vous retrouver !

C'était Barley, qui s'épongeait le front tout en me foudroyant du regard.

26.

Barley était furieux contre moi. Je ne pouvais pas l'en blâmer, bien sûr, mais ce retournement de situation n'arrangeait pas du tout mes affaires et, du coup, j'éprouvai une certaine colère, moi aussi. Ma mauvaise humeur s'accrut quand je me rendis compte que, le premier choc passé, ma déconvenue cédait la place à du soulagement.

Avant de le voir apparaître, je n'avais pas conscience à quel point je me sentais seule dans ce train, en route vers l'inconnu… ou vers une solitude plus profonde encore si je ne réussissais pas à retrouver mon père… ou vers un vide sidéral si je l'avais perdu à tout jamais. Dire qu'il y avait encore quelques jours, Barley était un parfait inconnu pour moi, alors qu'aujourd'hui son visage était le seul élément familier auquel je pouvais me raccrocher.

Pour l'instant, cependant, ce visage ami était tout sauf amical !

— Sacré bon sang, qu'est-ce qui vous a pris ? Vous m'avez obligé à courir… Où croyez-vous aller comme ça ?

J'éludai momentanément sa dernière question.

— Je n'avais pas l'intention de vous causer du souci, Barley. Je pensais que vous seriez à bord du ferry, et que vous n'en sauriez jamais rien.

— C'est ça, et à mon arrivée je me serais présenté la bouche en cœur devant *master* James pour lui annoncer que vous étiez en sécurité à Amsterdam, sur quoi il m'aurait informé que vous aviez pris la poudre d'escampette à peine avais-je eu le dos tourné ! J'aurais été dans ses petits papiers après ça, c'est certain !

Il se laissa tomber lourdement sur la banquette, à côté de moi, croisa les bras et étendit ses longues jambes devant lui. Il avait sa petite valise avec lui et ses cheveux couleur de paille étaient ébouriffés.

— Quelle mouche vous a piquée ?

— De quel droit m'avez-vous espionnée ? rétorquai-je.

— Le départ du ferry a été retardé ce matin pour cause d'avarie.

Il me sembla qu'il ne pouvait réprimer un léger sourire.

— Comme j'avais une faim de loup, je suis revenu sur mes pas pour boire un thé et m'offrir un beignet quand, tout à coup, il m'a semblé vous voir vous faufiler dans l'autre direction, et disparaître au bout de la rue. J'ai d'abord pensé que mon imagination me jouait des tours, alors je n'ai pas bougé et j'ai achevé mon petit déjeuner comme si de rien n'était. Mais ma conscience me taraudait. Si jamais il s'avérait que c'était bien vous, j'étais dans de très sales draps. Je me suis donc élancé sur vos traces, j'ai aperçu la gare, je vous ai vue monter dans le train et j'ai cru que j'allais avoir une crise cardiaque.

Il me foudroya de nouveau du regard.

— J'ai couru comme un fou pour acheter un billet – en plus, je n'avais presque plus de florins – et j'ai inspecté chaque compartiment de chaque wagon pour vous retrouver. Et maintenant, nous roulons en rase campagne et nous ne pouvons même pas arrêter ce maudit train pour en descendre !

Ses yeux clairs se tournèrent vers la fenêtre, puis se posèrent sur la pile de lettres, sur mes genoux.

— Pourriez-vous avoir au moins la bonté de m'expliquer ce que *nous* fabriquons à bord de l'express pour Paris alors que *vous* devriez être au lycée ?

Que dire ?

— Je suis désolée, Barley, murmurai-je humblement. Je n'avais pas l'intention de vous mêler à ça. Je croyais vraiment que vous étiez sur le chemin du retour et que vous pourriez vous présenter devant *master* James la conscience nette. Je ne voulais pas vous causer d'ennuis.

— Oui ?

Il attendait de plus amples explications.

— Et donc, comme ça, hop, vous avez eu brusquement envie de vous rendre à Paris plutôt qu'à votre cours d'histoire ?

— Non, en fait, je...

Je m'éclaircis la gorge pour essayer de gagner du temps.

— Mon père... euh... m'a envoyé un télégramme pour me dire que tout allait bien et que je devais le rejoindre.

Barley garda le silence quelques instants.

— Je regrette, mais votre explication ne me convainc pas. Si vous aviez reçu un télégramme, il serait arrivé hier soir, or je n'en ai pas entendu parler. Et pourquoi votre père n'irait-il pas « bien » ? Je croyais qu'il était parti pour son travail ? Et qu'est-ce que c'est que ces papiers que vous lisez ?

— C'est une longue histoire, répondis-je lentement. Et je sais que vous me trouvez déjà bizarre, alors...

— Bizarre ? Vous êtes bien au-delà du bizarre ! trancha Barley avec mauvaise humeur. Mais vous feriez mieux de m'avouer tout de suite ce que vous êtes en train de mijoter. Vous avez juste le temps avant que nous descendions à Bruxelles pour attraper le premier train en sens inverse : cap sur Amsterdam !

— Non !

Je n'avais pas eu l'intention de crier. La dame assise en face de nous bougea dans son sommeil et je baissai la voix.

— Je dois me rendre à Paris. Tout va bien, je vous assure. Vous pourrez descendre là si vous voulez, et rentrer à Londres dans la soirée.

— « Descendre là », eh ? Ça veut dire que vous, vous ne descendrez pas à Paris ? Où ce fichu train va-t-il ensuite ? hein ?

— Il s'arrête à Paris.

Il avait croisé les bras et attendait mes explications. Il était pire que mon père. Pire même, peut-être, que le professeur Rossi l'avait été. J'eus une brève vision de Barley, face à une salle de classe, bras croisés, ses yeux passant en revue un à un ses malheureux élèves tétanisés par sa voix cinglante : « Eh bien, j'attends. Qu'est-ce qui conduit finalement Milton à sa terrible conclusion sur la chute de Satan ? Hum ! Dois-je en conclure qu'il n'y a pas *une seule personne ici* qui ait lu le texte, comme je l'avais demandé ? »

J'avalai ma salive.

— C'est une longue histoire, répétai-je.

— Aucun problème. Nous avons tout le temps, rétorqua Barley froidement.

« Helen, Turgut et moi, nous nous observâmes mutuellement à notre petite table de restaurant, et je sentis un signal d'entente passer entre nous. Peut-être afin de gagner du temps, Helen saisit la pierre ronde et bleue que Turgut avait posée près de son assiette et me la tendit.

— C'est un symbole ancien, m'expliqua-t-elle. Un talisman contre l'Œil du Diable.

Je la pris entre mes doigts. Elle était lisse et lourde, chauffée par sa main. Je la reposai sur la table.

Turgut ne se laissa pas distraire, néanmoins.

— Madame, seriez-vous roumaine ?

Elle garda le silence.

— Si c'est le cas, vous devez vous montrer prudente ici.

Il baissa légèrement la voix.

— La police pourrait s'intéresser à vous. Notre pays n'est pas en très bons termes avec la Roumanie.

— Je sais, articula-t-elle froidement.

Turgut fronça les sourcils.

— Mais comment cette bohémienne pouvait-elle le savoir ?

Helen haussa les épaules.

— Je l'ignore.

Il secoua la tête.

— Certaines personnes affirment que les bohémiens possèdent des pouvoirs de voyance. Personnellement, je n'y ai jamais cru, mais...

Il s'interrompit et tapota sa moustache avec sa serviette.

— Étrange tout de même qu'elle ait parlé de vampires.

— Pourquoi ? rétorqua Helen. Il s'agissait probablement d'une folle. Les bohémiens sont tous un peu dérangés, c'est bien connu.

— Peut-être, peut-être...

Turgut resta silencieux un instant.

— Quoi qu'il en soit, son intervention est très étrange pour moi, parce que c'est mon autre spécialité.

— Les bohémiens ? demandai-je en pressentant déjà la réponse.

— Non, mon bon monsieur. Les vampires.

Nous le dévisageâmes fixement, attentifs à ne pas nous regarder.

— Shakespeare est ma première passion, ma vocation professionnelle même, mais la légende du vampire est… comment dites-vous ? ah oui, mon "violon d'Ingres". Il n'y a pas que la Roumanie : figurez-vous que nous avons nous aussi une vieille tradition vampirique, ici.

— S'agit-il d'une… d'une tradition turque ? demandai-je, n'en revenant toujours pas.

— Oh, la légende remonte au moins à l'Égypte, mes chers collègues. Mais pour ce qui est d'Istanbul… eh bien, pour commencer, il y a une théorie selon laquelle les empereurs de Byzance les plus sanguinaires n'étaient rien de moins que des vampires. Ce pourquoi certains d'entre eux interprétaient la communion chrétienne comme une invitation à boire le sang des mortels… Mais moi, je n'y crois pas. Je pense que la tradition du vampire est apparue plus tard.

— Ah oui ?

Je m'appliquai à ne pas montrer trop d'enthousiasme, plus par crainte de recevoir un nouveau coup de pied dans le tibia que par réelle conviction que Turgut puisse être de mèche avec les forces des ténèbres. Mais Helen le regardait fixement, elle aussi.

— Que pensez-vous de la légende de Drakula ? Avez-vous entendu parler de ça ?

— Entendu parler de ça ? ricana Turgut.

Ses yeux sombres étincelèrent et il fit un nœud à sa serviette.

— Vous savez, naturellement, que Drakula est un personnage réel, une figure de l'Histoire ? Un de vos compatriotes, en fait, madame…

Il s'inclina vers Helen.

— C'était un seigneur, un voïvode, qui régna dans les Carpates occidentales au quinzième siècle. Quelqu'un de pas très recommandable, vous savez.

Nous hochâmes la tête, incapables de nous en empêcher. Helen s'était penchée légèrement en avant pour l'écouter, et ses yeux sombres reflétaient la même gravité passionnée que ceux de notre interlocuteur. Son visage habituellement pâle s'était coloré. C'était l'un de ces moments où la beauté transcendait son expression un peu dure, comme si elle l'éclairait de l'intérieur.

— Je ne veux pas vous ennuyer avec mes histoires, mais...

Turgut s'animait peu à peu en évoquant son sujet de prédilection.

— ... mais j'ai une théorie selon laquelle Drakula est un personnage très important dans l'histoire d'Istanbul. Peu de gens savent que, lorsqu'il était un jeune garçon, il fut retenu en captivité par le sultan Mehmed II, d'abord à Gallipoli, puis plus à l'est, en Anatolie. C'est son propre père qui l'avait livré au père de Mehmed, le sultan Murad II, en échange d'un traité. De 1442 à 1448, pendant six longues années, le jeune Drakula connut ainsi le sort peu enviable d'un otage, d'une rançon vivante... Comme quoi son père n'était pas non plus un gentleman !

Turgut s'esclaffa.

— Les soldats qui avaient la garde de Drakula enfant étaient passés maîtres dans l'art de la torture et il doit avoir acquis une grande expérience en la matière à force de les observer. Mais, mes bons messieurs (oui, dans son élan professoral, il semblait avoir momentanément oublié le sexe d'Helen) –, ma théorie, c'est qu'il a également laissé sa marque sur eux !

— Que voulez-vous dire ?

J'étais suspendu à ses lèvres.

— Des documents, datés de cette époque, font état de plusieurs cas de vampirisme à Istanbul. Ma théorie (je ne peux pas la publier, hélas, faute de preuves) est que ses premières victimes furent des Ottomans, peut-être même les gardes qui avaient eu le tort de devenir ses amis. Quoi qu'il en soit, il laissa derrière lui les germes d'une contamination qui se répandit ensuite dans Constantinople avec le Conquérant.

Nous le regardâmes, sans voix. Il me vint tout à coup à l'esprit que, selon la légende, seuls les morts devenaient des vampires. Cela signifiait-il que Vlad Drakula avait été tué en Asie Mineure et qu'il était devenu un mort-vivant à ce moment-là, alors qu'il n'était encore qu'un très jeune garçon ? Ou qu'il avait simplement transmis à d'autres son propre goût, acquis dès son plus jeune âge, pour les sacrifices sanglants ? J'archivai cette question dans un coin de mon esprit afin de la poser plus tard à Turgut – si l'évolution de notre relation le permettait.

— Je reconnais que c'est une marotte plutôt bizarre.

Turgut nous gratifia de son sourire chaleureux.

— Pardon de vous avoir ennuyés avec mes histoires à n'en plus finir. C'est plus fort que moi. Ma femme affirme que je suis... comment dites-vous... un affreux raseur.

Il nous porta de nouveau un toast d'un geste courtois et plein d'élégance, et but une gorgée de thé.

— Grâce au ciel, je détiens tout de même au moins une preuve !

Il reposa son gobelet en verre avec une expression exaltée.

— Oui, j'ai la preuve que les sultans le considéraient comme un vampire !

— La preuve ? répétai-je lentement.

— Absolument ! Le sultan s'intéressait de si près à Vlad Drakula qu'il fit rassembler ici après sa mort toutes sortes de documents le concernant, ainsi que certains de ses papiers personnels. Drakula extermina un grand nombre de soldats turcs en Valachie, et notre sultan le haïssait pour cela, bien sûr, mais ce n'est pas la raison qui le poussa à compiler toutes ces informations. Non ! Le sultan prit même la peine d'écrire une lettre au pacha de Valachie, en 1478, pour lui demander de lui faire parvenir tout élément écrit susceptible d'avoir un lien avec

Vlad Drakula. Pourquoi ? Parce que – affirma-t-il – il était en train de réunir une bibliothèque qui pourrait constituer un rempart contre le mal que Drakula avait répandu dans cette ville après son décès.

Il abattit son poing sur la table.

— Vous voyez bien : pourquoi le sultan aurait-il continué à craindre Drakula après sa mort, s'il n'avait pas été convaincu que Drakula pouvait revenir ? J'ai mis la main sur une copie de la lettre que le pacha lui adressa en réponse.

Il nous sourit.

— J'ai même trouvé la salle des archives qu'il a fondée pour combattre le mal.

Helen et moi ne bougeâmes pas un cil. La coïncidence était trop énorme. Presque incroyable, providentielle en tout cas. Finalement, je hasardai une question :

— Professeur, ôtez-moi d'un doute : le fondateur de cette bibliothèque est bien le sultan Mehmed II ?

Cette fois, ce fut lui qui nous dévisagea avec stupéfaction.

— Par ma foi, vous êtes un historien remarquable ! Dois-je comprendre que vous vous intéressez à cette période de l'Histoire ?

— Effectivement. Elle me passionne. Et nous serions... je serais très heureux de visiter cette salle des archives.

— Bien sûr. Je vous y conduirai avec grand plaisir.

Il s'esclaffa de nouveau.

— Ma femme ne va pas me croire quand je vais lui raconter que quelqu'un a manifesté le souhait de la voir !

Son sourire s'effaça.

— Hélas, le magnifique édifice qui l'abritait autrefois a été détruit afin de permettre la construction de bureaux pour le ministère de l'Équipement, il y a de cela... au moins huit ans. Avant, c'était un ravissant petit édifice près de la Mosquée Bleue, dans le centre de la vieille ville. Un scandale !

Je sentis le sang se retirer de mon visage.

— Mais les documents... ?

— Rassurez-vous, jeune homme. J'ai veillé personnellement à ce qu'ils soient transférés à la Bibliothèque nationale. Même si je suis quasiment la seule personne à s'y intéresser, ils doivent être préservés.

Une ombre passa sur son visage, comme lorsqu'il avait chassé la bohémienne.

— Le combat contre les forces du Mal ne doit pas connaître de répit, dans cette ville comme partout ailleurs.

Il nous regarda alternativement.

— Si vous aimez les curiosités anciennes, je serai enchanté de vous y conduire demain. Je connais très bien le bibliothécaire qui s'occupe des archives.

— Merci infiniment.

Une chance pareille, ça dépassait tout. Je n'osai pas regarder Helen.

— Professeur Bora... comment en êtes-vous arrivé à vous intéresser à ce sujet peu banal ?

— Oh, c'est une longue histoire, répondit-il d'une voix grave. Je ne veux pas vous ennuyer davantage.

S'il savait !

— Vous ne nous ennuyez pas du tout, insistai-je sans me forcer.

— Vous êtes très gentils.

Il resta silencieux quelques instants, polissant sa fourchette entre le pouce et l'index. À l'extérieur de notre alcôve en briques, des coups de klaxon résonnaient dans le trafic toujours aussi dense, des vélos se faufilaient hardiment entre les voitures, des passants allaient et venaient comme des personnages sur une scène de théâtre – des femmes en jupes fluides à motifs colorés, foulards et boucles d'oreilles pendantes en or, ou en robes noires, cheveux tirant sur le roux ; des hommes en costumes occidentaux, cravate et chemise blanche. Une brise douce, salée, flottait jusqu'à notre table, et j'imaginais des bateaux venus de toute l'Eurasie apportant leurs richesses jusqu'au cœur d'un empire – d'abord chrétien, puis musulman – et déchargeant leur cargaison au pied d'une cité dont les murs s'étiraient jusque dans la mer.

Le fief de Vlad Drakula, au milieu de sa sombre forêt des Carpates, avec ses rituels barbares pétris de violence, semblait bien éloigné de cet univers imprégné de civilisation. Pas étonnant qu'il ait tant haï les Turcs, et réciproquement, songeai-je en repensant aux sombres horizons que venait de nous ouvrir le professeur Bora. Et cependant les Turcs d'Istanbul, avec leur somptueux artisanat où se mêlaient l'or, le cuivre et la soie, leurs bazars colorés, leurs échoppes de livres et leurs myriades de lieux de culte, avaient certainement davantage de points en commun avec les Byzantins chrétiens, qu'ils avaient vaincus ici même, que Vlad qui les avait défiés depuis son territoire. Vu d'ici, de ce foyer de culture, il ressemblait à un bandit caché dans les bois, un ogre provincial, un plouc médiéval, si j'ose dire. Je me remémorai un portrait que j'avais vu de lui dans une encyclopédie – la gravure sur bois montrait un homme au visage élégant, moustachu, habillé avec goût. Quel paradoxe.

J'étais perdu dans ma rêverie quand Turgut reprit la parole.

— Dites-moi plutôt, mes jeunes amis, ce qui vous a conduits, vous, à vous intéresser à Drakula ?

Il nous retournait la question avec un sourire bienveillant – ou soupçonneux ?

Je jetai un regard à Helen.

— Le quinzième siècle en Europe sert de toile de fond à ma thèse de doctorat, prétendis-je. Et vous ? Comment êtes-vous passé de Shakespeare aux vampires ?

Turgut sourit – tristement, à ce qu'il me sembla, et sa confiance accrut encore mon sentiment de culpabilité.

— Ah, c'est une histoire très étrange, qui s'est produite il y a bien longtemps. Je travaillais alors à mon deuxième ouvrage sur Shakespeare – sur ses tragédies. Tous les jours, je venais m'installer dans la section anglaise de notre université afin d'y effectuer des recherches. Et un matin, j'eus la surprise de découvrir un livre inconnu parmi les ouvrages que j'avais laissés la veille sur ma table.

Il se tourna vers moi avec ce même sourire triste. Mon sang s'était déjà glacé dans mes veines.

— Ce livre ne ressemblait à aucun autre : il était entièrement blanc, très ancien, avec un dragon sur la double page centrale et un seul mot : "Drakulya". Je n'avais jamais entendu parler de sa légende auparavant. Mais l'illustration était très étrange et très saisissante. Je me suis dit que je devais essayer d'en savoir plus, et je me suis mis à chercher tout ce qui se rapportait à ce sujet.

Helen s'était statufiée en face de moi, mais, à ces mots, elle tressaillit.

— Tout ? répéta-t-elle doucement. »

Nous allions bientôt arriver à Bruxelles. Il m'avait fallu un bon moment – même si j'avais l'impression qu'il s'était écoulé à peine quelques minutes – pour raconter à Barley aussi clairement et simplement que possible ce que je savais de mon père et de Rossi à l'époque où il était étudiant.

Barley regardait par-dessus mon épaule les petites maisons et les jardins belges qui défilaient derrière la fenêtre du compartiment. Ils paraissaient tristes sous le plafond de nuages. Un rayon de soleil occasionnel faisait ressortir la flèche d'une église ou une vieille cheminée industrielle tandis que nous nous rapprochions de Bruxelles. La dame hollandaise dormait profondément, son magazine à ses pieds.

J'allais évoquer le récent changement d'attitude de mon père, sa nervosité, sa pâleur inquiétante et son comportement étrange, quand Barley se tourna vers moi.

— C'est extrêmement bizarre, déclara-t-il. Je ne devrais pas croire un mot de cette histoire abracadabrante, et pourtant j'y crois. Je suis très tenté d'y croire, en tout cas.

Il me vint tout à coup à l'esprit que je ne l'avais encore jamais vu sérieux – seulement enjoué et taquin ou, brièvement, en colère. Ses yeux, aussi bleus que des petits morceaux de ciel, s'étrécirent.

— Le plus curieux, c'est que votre histoire me rappelle quelque chose…

— Quoi donc ?

J'étais tellement surprise qu'il ne me prenne pas pour une folle que j'aurais pu en pleurer de soulagement.

— Justement, c'est ce qui est le plus bizarre : impossible de mettre le doigt dessus. C'est en rapport avec *master* James, mais quoi ?

27.

Le menton appuyé dans ses longs doigts, Barley tentait de se rappeler ce qui dans mon récit lui avait fait penser à *master* James. Finalement, il se tourna vers moi et je fus frappée par la beauté de ses traits fins et réguliers quand il était sérieux. Sans cette gaieté déconcertante qui l'animait presque en permanence, son visage aurait pu être celui d'un ange ou, pourquoi pas, celui d'un moine d'un cloître du vieux royaume de Northumbrie avant l'invasion des Vikings. Naturellement, je n'avais alors qu'une perception très vague de tout cela. Ces rapprochements m'apparurent plus tard seulement comme une évidence.

— Bon, déclara-t-il enfin, de deux choses l'une : soit vous êtes mentalement atteinte, et il est hors de question que je vous lâche dans la nature, soit vous êtes saine d'esprit et il est hors de question que je vous lâche dans la nature, car je sens que vous allez au-devant de gros ennuis. Je suis censé reprendre mes cours demain, mais je trouverai un moyen de m'arranger.

Il s'adossa à la banquette avec un soupir et me lança un regard en coin.

— Je suis sûr que Paris n'est pas votre destination finale. Pourriez-vous m'éclairer sur l'endroit où vous comptez vous rendre ?

« Le professeur Bora nous aurait assené une gifle magistrale dans ce sympathique restaurant d'Istanbul que nous n'aurions pas été plus estomaqués.

L'électrochoc avait été salutaire, néanmoins : notre fatigue s'était envolée. J'avais oublié le décalage horaire, et avec lui ma crainte de ne pas trouver plus d'informations sur la tombe de Drakula. Nous avions choisi la bonne destination. Et qui sait – à cette pensée mon cœur fit une embardée – qui sait si cette Tombe maudite ne se trouvait pas ici même, en Turquie ?

Cette possibilité ne m'avait encore jamais effleuré l'esprit, mais pourquoi pas ? C'était une hypothèse plausible. Après tout, c'était ici que Rossi avait reçu une mise en garde on ne peut plus claire de l'un des envoyés de Drakula. Se pourrait-il que le mort-vivant n'ait pas uniquement protégé des documents d'archives, mais aussi la sépulture de son maître ? Que la présence avérée de vampires, à laquelle Turgut venait de faire allusion, soit la marque de l'emprise de Drakula sur cette ville depuis des siècles ?

Je passai en revue tout ce que nous savions déjà de la carrière et de la légende de Vlad l'Empaleur. S'il avait été retenu prisonnier ici dans sa jeunesse, était-il revenu après sa mort sur le lieu où il avait fait son premier apprentissage de la torture ? Vu le personnage, peut-être avait-il éprouvé une sorte de nostalgie pour cet endroit, de la même façon que certaines personnes prennent leur retraite dans la ville où ils ont grandi. Et si le roman de Stoker était une chronique fiable des habitudes d'un vampire, le monstre pouvait parfaitement quitter un endroit pour un autre… *avec sa tombe.* Dans le roman, on sait qu'il voyage dans son cercueil jusqu'en Angleterre. Pourquoi ne serait-il pas revenu à Istanbul après sa mort, se déplaçant la nuit, pénétrant dans le cœur même de cet empire dont les armées avaient jadis causé sa mort ? Quelle formidable revanche ! Quelle vengeance !

Impossible néanmoins de poser une seule de ces questions à Turgut. Notre rencontre était trop récente et je n'étais pas sûr de pouvoir lui faire confiance. Il semblait sincère, d'accord, mais la façon dont il s'était installé à notre table pour nous déballer son violon d'Ingres était presque trop belle pour être vraie.

Pour l'instant, il s'adressait à Helen qui avait enfin consenti à lui parler.

— Non, chère madame, je ne sais pas "tout" sur l'histoire de Drakula, loin de là. En réalité, mon savoir est loin d'être exaucé ("exhaustif", rectifiai-je en moi-même), mais je suis convaincu que Drakula a exercé une grande influence sur notre ville, pour notre plus grand malheur, et cela m'incite à continuer mes recherches. Et vous, mes amis ?

Son regard attentif passa d'Helen à moi.

— Vous semblez très intéressés vous-mêmes par le sujet. Sur quoi porte votre thèse, jeune homme ?

— Le commerce hollandais au dix-septième siècle, répondis-je avec un manque évident d'enthousiasme.

C'était l'effet que me produisait maintenant ma thèse, et je me demandais si elle avait toujours été pour moi une sorte de pensum plat et ennuyeux. Les marchands hollandais, après tout, ne rôdaient pas de siècle en siècle pour attaquer les gens et voler leur âme immortelle.

— Ah.

J'eus l'impression que Turgut était surpris.

— Eh bien, dit-il finalement, si l'histoire d'Istanbul vous intéresse aussi, je peux vous emmener voir la collection du sultan Mehmed demain matin. C'était un vieux tyran magnifique – il a rassemblé de nombreuses archives intéressantes, en plus de mes documents favoris. Je dois rentrer chez moi, maintenant. Ma femme doit être très inquiète, je suis tellement en retard.

Il s'épanouit, comme si l'affolement supposé de son épouse le ravissait.

— Elle voudra comme moi que vous veniez dîner à la maison demain.

La formulation m'intrigua. Fallait-il comprendre que les femmes turques étaient toujours aussi soumises que dans les légendaires harems ? Ou voulait-il simplement dire par là que son épouse était aussi accueillante que lui ? Je m'attendais à entendre Helen ricaner, mais elle nous observa sans broncher.

— Sur ce, mes amis…

Turgut sortit un peu d'argent de nulle part – à ce qu'il me sembla – et le glissa sous le bord de son assiette. Puis il nous avala le reste de son thé.

— Adieu jusqu'à demain.

— Attendez ! Comment nous retrouverons-nous ? demandai-je.

— Oh, je passerai vous chercher ici. Disons à dix heures précises ? Bien. Je vous souhaite une agréable soirée.

Il s'inclina et l'instant d'après il était parti. Au bout de quelques instants, je me rendis compte qu'il n'avait quasiment rien mangé, qu'il avait réglé notre dîner en même temps que le sien et qu'il nous avait laissé son talisman contre le mauvais œil. Il luisait au centre de la nappe blanche.

Cette nuit-là, je dormis comme une souche, épuisé par le voyage et notre périple dans la ville. Lorsque les bruits de la rue me réveillèrent, il était déjà six heures trente. Ma petite chambre était sombre. Pendant quelques instants, je regardai les murs blanchis à la chaux, le mobilier passe-partout mais d'une certaine façon étranger, et le scintillement du miroir au-dessus de la table de toilette. J'éprouvai une étrange confusion. Je songeai au séjour de Rossi ici, à Istanbul, à sa présence dans cette autre *pension* – mais à quel endroit de la ville ? – où ses bagages avaient été fouillés, ses copies des précieuses cartes dérobées. Tous les détails de son aventure remontaient de ma mémoire avec une incroyable précision, comme si je vivais la scène en cet instant. Au bout d'une minute, mon esprit s'éclaircit et je constatai que tout était paisible et en ordre dans la pièce ; ma sacoche était posée – intacte – avec son précieux contenu, tout à côté de mon lit, il me suffisait de tendre la main pour la toucher. Même dans mon sommeil, j'avais eu conscience de la présence silencieuse mais lourde de menaces du petit livre ancien à l'intérieur…

Maintenant, je pouvais entendre Helen s'activer dans la salle de bains du couloir, faisant couler l'eau et se déplaçant çà et là. Au bout d'un moment, je me rendis compte que mon comportement pouvait s'apparenter à de l'espionnage et j'en éprouvai de la honte. Je me levai aussitôt, ouvris le robinet de la table de toilette et m'aspergeai le visage et les bras. Dans le miroir, mon visage (j'étais encore si jeune à cette époque, ma fille chérie) était exactement comme d'habitude. Mes paupières accusaient une certaine fatigue, mais mon regard était alerte et résolu. Je lissai mes cheveux avec quelques gouttes d'huile, je les peignai en arrière, luisants et plats, puis j'enfilai mon pantalon fripé et ma veste qui ne valait guère mieux, avec une chemise froissée, peut-être, mais propre. Comme je rectifiais mon nœud de cravate dans la glace, le bruit cessa dans la salle de bains et, après avoir attendu quelques instants, je sortis ma trousse de rasage et me forçai à frapper à la porte d'un geste décidé. Il n'y eut pas de réponse, et je pris possession des lieux. Le parfum d'Helen, une eau de Cologne assez entêtante qu'elle avait peut-être apportée avec elle de Hongrie, flottait encore dans la petite pièce. J'en étais presque arrivé à aimer son odeur bon marché.

Le petit déjeuner que nous prîmes dans notre restaurant se composait de café fort – très fort – servi dans un pot en cuivre muni d'une longue anse, de pain, de fromage salé et d'olives, le tout accompagné d'un journal que nous ne pouvions pas lire. Helen mangea en silence et je regardai autour de moi d'un air rêveur, reniflant la fumée de cigarette qui flottait jusqu'à notre table depuis le coin où se tenait le serveur. La salle était déserte ce matin, exception faite d'un petit rayon de soleil qui se faufilait par les fenêtres en ogive, mais la circulation qui grouillait, dehors, la peuplait de bruits agréables et les silhouettes fugitives des passants qui se rendaient à leur travail ou transportaient des paniers de produits du marché donnaient l'impression d'un mouvement perpétuel. Après l'incident de la veille avec la bohémienne, nous avions choisi une table aussi éloignée que possible des fenêtres.

— Le professeur ne doit pas venir nous chercher avant deux bonnes heures, observa Helen tout en sucrant sa deuxième tasse de café. Qu'allons-nous faire en attendant ?

— J'avais pensé que nous pourrions retourner voir la basilique Sainte-Sophie, répondis-je. J'aimerais assez la visiter de nouveau.

— Pourquoi pas ? murmura-t-elle. Ça ne me dérange pas de jouer les touristes pendant que nous sommes ici.

Elle paraissait reposée et je notai qu'elle portait un chemisier bleu pâle avec son tailleur. C'était le premier vêtement de couleur que je lui voyais, une entorse à son habituelle tenue noir et blanc. Elle avait noué le petit foulard autour de son cou. Son visage arborait une expression ironique et réservée, pour ne pas changer, mais j'avais le sentiment – sans en avoir la preuve, cependant – qu'elle commençait à s'habituer à ma présence.

Il y avait déjà un monde fou dans les rues quand nous quittâmes le restaurant. Nous prîmes la direction de la vieille ville et nous nous retrouvâmes bientôt au cœur d'un bazar. Chaque allée était une fourmilière : des vieilles femmes tout en noir manipulaient des arcs-en-ciel de tissus chatoyants ; des jeunes femmes vêtues de couleurs éclatantes, la tête couverte, marchandaient pour acheter des fruits dont je n'avais jamais entendu parler, ou s'attardaient devant des plateaux de bijoux en or ; des hommes âgés portant une calotte sur leurs cheveux blancs ou leur crâne chauve lisaient le journal ou se penchaient pour examiner un choix de pipes en bois sculpté. Certains d'entre eux égrenaient des chapelets en olivier. Partout où je regardais, j'apercevais un tourbillon de visages énergiques, au teint olivâtre, de mains qui gesticulaient, de doigts qui pointaient vers une marchandise, de brusques sourires qui dévoilaient parfois l'éclat d'une dent en or. Tout autour de nous s'élevait la clameur de ces voix fortes et assurées qui argumentaient, protestaient, questionnaient… et parfois, l'écho d'un rire.

Helen observait ces étrangers avec un sourire sibyllin, comme si elle avait de la sympathie pour eux mais n'était pas dupe. De mon côté, j'étais fasciné par le spectacle, mais aussi mal à l'aise, en proie à une nervosité que je ressentais désormais chaque fois que je me trouvais dans un lieu public. Un état de suspicion permanent qui avait commencé à se manifester une semaine auparavant et qui me poussait à observer la foule, à regarder par-dessus mon épaule, à scruter les visages pour y déceler je ne sais quel funeste projet. Car je ne me sentais pas seulement agoraphobe, j'avais peur de devenir aussi paranoïaque à croire que tout le monde m'épiait.

Que ce soit vrai ou non, l'impression était très désagréable et créait une note discordante dans l'harmonie de toutes ces voix qui s'élevaient à l'unisson autour de nous. Je me demandai, et ce n'était pas la première fois, si le cynisme d'Helen n'était pas en train de déteindre sur moi. J'aurais bien voulu savoir aussi si le désenchantement qu'elle affichait en toutes circonstances était dans sa nature ou la conséquence d'avoir vécu dans un État policier.

Quelle que soit son origine, néanmoins, je ressentais ma paranoïa comme un affront à mon ancien moi. Il y avait encore une semaine, j'étais un étudiant américain "normal". Satisfait de ma petite vie et de mon travail, je savourais les notions de prospérité et de moralité attachées à ma culture, alors même que je prétendais les remettre en question. La guerre froide était désormais une réalité pour moi, en la personne d'Helen et de son cynisme désabusé. Je songeai à Rossi, flânant dans ces mêmes rues au cours de l'été 1930, avant que sa mésaventure dans la salle des archives le pousse à quitter précipitamment Istanbul. Il était bien réel pour moi, lui aussi – non seulement le Rossi que je connaissais, mais également celui, plus jeune, que j'avais découvert dans ses lettres.

Helen me toucha le bras et me montra d'un mouvement du menton deux hommes âgés assis à une petite table en bois installée près d'une baraque.

— Regardez : votre théorie du loisir en chair et en os, ironisa-t-elle. Il est neuf heures du matin, et ils se préparent déjà à ne rien faire. Apparemment, ils ne vont pas jouer au *tabla* – c'est le sport national dans cette partie du monde – mais aux échecs.

Comme pour lui donner raison, les deux hommes plaçaient leurs pièces sur un échiquier en bois sans âge. Les noirs s'alignèrent en face des blancs, cavaliers, fous et tours protégeant leur suzerain et sa reine, les pions s'affrontant en formation de combat – le même ordre de bataille dans le monde entier, analysai-je d'un air rêveur en m'arrêtant pour les observer.

— Vous connaissez les règles ? me demanda Helen.

— Naturellement. J'y ai joué des centaines de fois avec mon père quand j'étais petit.

— Ah.

Le ton était acide et je me rappelai, trop tard, qu'elle n'avait pas connu de tels moments de complicité avec son père dans son enfance, et qu'elle disputait aujourd'hui une partie d'échecs d'un genre très spécial avec lui – ou tout du moins avec l'image qu'elle avait de lui.

Cela étant, Helen semblait absorbée par des considérations d'ordre historique.

— C'est un jeu très ancien, vous savez, qui vient non pas d'Occident, mais du Moyen-Orient : *shah-mat* – échec et mat en arabe. *Shah* est le mot qui signifie roi. Un combat de rois.

Je regardai les deux hommes entamer leur partie, leurs doigts noueux choisissant leurs premiers guerriers. Ils échangeaient des commentaires sur le ton de la plaisanterie – il devait s'agir de vieux amis. J'aurais pu les regarder jouer pendant des heures, mais Helen se détourna d'un mouvement impatient et je la suivis. Au moment où nous nous éloignions, ils semblèrent remarquer tout à coup notre présence, et nous dévisagèrent d'un air interrogateur. Nous devions avoir l'air de ce que nous étions : deux étrangers, devinai-je, même si le visage d'Helen se mariait magnifiquement avec les physionomies qui nous entouraient. Je me demandai combien de temps durerait leur partie – toute la matinée, peut-être – et lequel des deux gagnerait cette fois.

La baraque à côté de laquelle ils étaient assis était justement en train d'ouvrir. Il s'agissait d'une sorte de remise, adossée à un vénérable figuier. Le propriétaire, un jeune homme en chemise blanche et pantalon noir, installait avec énergie des tables pour y étaler sa marchandise : des montagnes de livres. Il y en avait partout – en piles sur les tréteaux, en vrac dans des caisses posées à même le sol, entassés sur des étagères, à l'intérieur du stand.

Je m'approchai aussitôt, et le jeune homme m'accueillit d'un signe de tête et d'un sourire, comme s'il reconnaissait un amoureux des livres au premier coup d'œil, quelle que soit sa nationalité. Helen me suivit plus lentement et nous nous mîmes à examiner des ouvrages rédigés dans une bonne douzaine de langues. Un grand nombre d'entre eux étaient écrits en arabe ou en turc moderne ; certains en grec ou en alphabet cyrillique, d'autres en anglais, en français, en allemand, en italien... Je tombai même sur un volume en hébreu et sur un rayonnage entier de classiques latins. La plupart étaient mal imprimés, avec des reliures bon marché que quelques manipulations avaient suffi à faire craquer par endroits. Il y avait aussi des livres en format de poche, montrant des scènes érotiques sur la couverture, ainsi que des livres très anciens, notamment certains rédigés en arabe.

— Les Byzantins étaient épris de culture, eux aussi, murmura Helen tout en feuilletant ce qui ressemblait à un recueil de poésie allemande en deux tomes. Peut-être achetaient-ils déjà des manuscrits à cet endroit.

Le jeune homme avait fini la mise en place du stand et s'approcha.

— Vous parlez allemand ? Anglais ?

— Anglais, répondis-je, voyant qu'Helen gardait le silence.

— J'ai des livres en anglais, me dit-il avec un sourire aimable. *No problem*.

Il avait un visage mince et expressif, avec de grands yeux tirant sur le vert et un long nez.

— J'ai des journaux, aussi, de Londres, New York...

Je le remerciai et lui demandai s'il possédait de vieux livres, vraiment anciens.

— Oh oui, très, très vieux.

Il me tendit une édition du dix-neuvième siècle de *Beaucoup de bruit pour rien* – papier bon marché, reliure en toile élimée. Je me demandai de quelle bibliothèque il provenait et par quels chemins hasardeux il était parti de... disons, de la ville bourgeoise de Manchester, pour s'échouer dans une baraque en bois, au carrefour de l'Europe et de l'Asie. Je le feuilletai, pour ne pas être impoli, puis le lui rendis.

— Pas assez vieux, hé ? demanda-t-il en souriant.

Helen avait regardé par-dessus mon épaule et maintenant elle consultait ostensiblement sa montre. Nous n'aurions pas atteint la basilique Sainte-Sophie, finalement.

— C'est vrai, il faut rentrer, acquiesçai-je.

Le jeune libraire nous adressa une courbette courtoise, le livre à la main. Je le regardai pendant une seconde, troublé par un sentiment de déjà-vu, mais il s'était déjà détourné pour renseigner un autre client, un vieil homme sosie des deux joueurs d'échecs. Helen me donna un petit coup de coude et nous quittâmes la baraque pour regagner notre *pension*.

Le petit restaurant était vide à notre arrivée, mais Turgut apparut quelques minutes plus tard, souriant, nous demandant si nous avions bien dormi. Il portait un costume vert olive, aujourd'hui, en dépit de la température déjà élevée, et semblait impatient de nous montrer son trésor. Son enthousiasme était contagieux et, tandis que nous le suivions dans la rue, je me sentis gagné par une excitation fébrile. Les papiers de Rossi étaient en sécurité dans ma sacoche et les heures à venir allaient peut-être me permettre de faire un pas dans sa direction. Dans tous les cas, j'allais enfin pouvoir comparer ses copies des documents avec les originaux qu'il avait examinés il y avait de cela des années.

Pendant le trajet, Turgut nous expliqua que les archives du sultan Mehmed n'étaient pas conservées dans le bâtiment principal de la Bibliothèque nationale, mais dans une annexe, une ancienne *madrasa* – une école traditionnelle islamique. Atatürk avait fait fermer ces écoles lors de la laïcisation du pays, et celle-ci abritait à présent les livres rares et les manuscrits anciens de la Bibliothèque nationale qui retraçaient l'histoire de l'empire. Les documents réunis par le sultan Mehmed faisaient partie d'un vaste fonds portant sur des siècles d'expansion ottomane.

L'annexe de la bibliothèque s'avéra être un exquis petit bâtiment auquel on accédait depuis la rue par une double porte en bois cloutée de cuivre. Des dentelures en marbre, sur les fenêtres, filtraient la lumière du soleil, dessinant sur le sol de gracieux octogones semés d'étoiles. Turgut nous montra où signer le registre des entrées (je notai du coin de l'œil qu'Helen traçait un gribouillis illisible), puis il inscrivit lui aussi son nom, avec un paraphe.

Nous pénétrâmes alors dans la salle des archives, une pièce vaste et silencieuse sous un dôme incrusté de mosaïque vert et blanc. Des rangées de tables en bois ciré couvraient toute sa longueur. Trois ou quatre personnes, des chercheurs, y travaillaient. Les murs étaient tapissés de livres, mais aussi de tiroirs et de boîtes en bois, et de ravissants abat-jour en cuivre pendaient du plafond. Le bibliothécaire, un homme mince, d'une cinquantaine d'années, portant un chapelet autour de son poignet, quitta son poste de travail pour venir serrer les mains de Turgut dans les siennes. Ils conversèrent pendant quelques instants – je captai au vol dans les propos de Turgut le nom de notre université américaine – puis le bibliothécaire s'adressa à nous en turc, souriant et s'inclinant.

— Je vous présente monsieur Erozan. Il vous souhaite la bienvenue dans la salle des archives, nous expliqua Turgut d'un air satisfait. Il se dit prêt à vous assassiner dans vos recherches.

Il s'agissait évidemment d'un lapsus, mais je reculai malgré moi et Helen esquissa un sourire dédaigneux – à mon intention – pendant que Turgut poursuivait :

— Je lui ai demandé d'aller chercher les documents du sultan Mehmed concernant l'ordre du Dragon. En attendant, asseyons-nous.

Nous prîmes place à l'une des tables, en veillant à rester à distance des autres chercheurs. Ils nous lancèrent un bref regard puis se replongèrent dans leur travail. Après quelques instants, M. Erozan réapparut, portant une grande boîte en bois munie d'une serrure et d'un couvercle, sur lequel figurait une inscription en arabe.

— Qu'y a-t-il écrit ? demandai-je au professeur.

— Ah. Voyons voir…

Il toucha le couvercle du bout des doigts.

— Cela signifie : "Le mal est…" Mmm… "Le mal est maintenu – captif à l'intérieur. Enfermé avec les clés du saint Coran."

Mon cœur fit un bond ; cela ressemblait à la phrase que Rossi avait déchiffrée sous la mystérieuse carte, et qu'il avait prononcée à voix haute dans l'ancienne salle des archives ! Il n'avait fait aucune mention de cette boîte dans ses lettres, mais peut-être ne l'avait-il pas vue, si le bibliothécaire lui avait apporté uniquement les documents. Ou alors ils y avaient été placés après le séjour de Rossi à Istanbul…

— Ce coffret… quel âge a-t-il ? demandai-je à Turgut.

Il secoua la tête.

— Je l'ignore, et M. Erozan aussi. Comme la boîte est en bois, il est peu probable qu'elle soit contemporaine de Mehmed. Mon ami m'a dit un jour…

Il sourit en direction de M. Erozan et l'homme sourit en retour sans comprendre.

— … que ces documents y avaient été placés en 1930, par mesure de protection. Il le sait parce qu'il en a parlé avec le précédent bibliothécaire. Mon ami est un homme très consciencieux.

1930 ! Helen et moi échangeâmes un long regard. Lorsque Rossi avait commencé à raconter son aventure par écrit – en décembre 1930 – pour celui qui pourrait un jour prendre sa succession, quel qu'il soit, les papiers avaient déjà été placés dans ce coffret par mesure de protection. Une simple boîte aurait suffi à les mettre à l'abri des souris et de l'humidité. Qu'est-ce qui avait bien pu pousser le bibliothécaire de l'époque à enfermer les documents de l'ordre du Dragon à l'intérieur d'un coffret où était gravée une mise en garde sacrée ?

L'ami de Turgut avait sorti un trousseau de clés d'un tiroir et en insérait une dans la serrure. Je faillis me mettre à rire en songeant aux millions de fiches répertoriées dans notre salle des catalogues, aux milliers de livres rares auxquels nous permettait d'accéder la moindre bibliothèque universitaire. Je n'aurais jamais imaginé être un jour amené à faire des recherches qui nécessiteraient l'utilisation d'une vieille clé ! Elle cliqueta dans la serrure.

— Nous y voilà, murmura Turgut – et le bibliothécaire nous laissa poliment entre nous.

Turgut nous adressa un sourire – avec une certaine tristesse, à ce qu'il me parut – et souleva le couvercle du coffret… »

Barley finissait de lire les deux premières lettres écrites par mon père. Ça me faisait tout drôle de les voir dépliées dans ses mains, mais je savais que l'autorité de la voix paternelle aurait infiniment plus de poids que mes timides balbutiements.

— Vous connaissez Paris ? lui demandai-je, en partie pour dissimuler mon émotion.

— Vous plaisantez ? rétorqua Barley avec hauteur. J'y ai vécu un an avant d'entrer à l'université. Ma mère voulait que j'améliore mon français.

J'aurais voulu en apprendre davantage sur sa mère, sur les raisons pour lesquelles elle souhaitait que son fils progresse dans cette langue – et aussi l'entendre m'expliquer ce que cela faisait d'avoir une mère, mais Barley s'était replongé dans sa lecture.

— Votre père doit être un conférencier génial, commenta-t-il d'un air songeur. C'est autrement plus captivant que ce qu'on nous sert à Oxford !

Encore une réflexion qui m'ouvrait des perspectives inconnues. Les cours à Oxford étaient-ils parfois ennuyeux ? Était-ce possible ? Barley détenait une mine d'informations que je rêvais d'engloutir, il était le messager d'un monde si vaste que je ne parvenais pas à l'imaginer ! Cette fois, je fus coupée dans mon élan par un contrôleur qui remontait le couloir, longeant les compartiments.

— Prochain arrêt : Bruxelles ! annonçait-il.

Le train ralentissait déjà et, quelques minutes plus tard, nous regardions par la fenêtre la gare de Bruxelles ; des douaniers montaient à bord. Dehors, des gens se hâtaient pour attraper leur correspondance et des pigeons cherchaient des miettes sur le quai.

C'est peut-être parce que j'ai toujours eu un faible pour les pigeons et que je les observais avec une attention particulière, que je remarquai cette femme vêtue d'un long manteau noir, immobile au milieu du va-et-vient des voyageurs. Une écharpe noire, drapée sur ses cheveux, encadrait un visage blanc. Elle était trop éloignée pour que je puisse distinguer ses traits, mais j'entrevis néanmoins deux yeux d'un noir intense et une bouche d'un rouge presque surnaturel – un rouge à lèvres très vif, peut-être. Sa silhouette avait quelque chose d'étrange, une austérité qui tranchait au milieu des minijupes et des affreuses chaussures plate-forme à la mode, à l'image de ses étroits escarpins noirs.

Mais ce qui attira d'abord mon attention sur elle, et la retint jusqu'à ce que notre train s'ébranle, ce fut son attitude vigilante. Elle scrutait notre train, wagon après wagon. Je reculai instinctivement pour m'éloigner de la fenêtre, et Barley me lança un regard interrogateur. Apparemment, la femme ne nous avait pas vus, mais elle esquissa néanmoins un pas hésitant dans notre direction. Puis elle sembla changer d'avis et se détourna pour scruter un autre train, qui venait de s'arrêter sur le quai d'en face. Quelque chose dans la ligne droite et sévère de son dos me poussa à garder les yeux fixés sur elle pendant que notre convoi s'ébranlait, puis elle disparut au milieu de la foule, comme si elle n'avait jamais existé.

28.

Cette fois c'était moi, et non Barley, qui m'étais assoupie. Quand je me réveillai, j'étais blottie contre lui, ma tête dodelinant sur son épaule revêtue d'un pull bleu marine. Il regardait le paysage, les lettres de mon père sur ses genoux, ses longues jambes croisées devant lui, son visage – plus proche du mien qu'il ne l'avait jamais été – tourné vers la fenêtre derrière laquelle défilaient des champs qui devaient être maintenant de nationalité française. Mes paupières s'entrouvrirent, m'offrant une vue directe sur son menton, puis mon regard glissa vers ses mains, croisées nonchalamment sur les lettres (tiens, il se rongeait les ongles, comme moi), et je refermai aussitôt les paupières, feignant de continuer à dormir. La chaleur de son épaule contre ma joue était si réconfortante… Il me vint tout à coup à l'esprit qu'il n'appréciait peut-être pas que je me vautre ainsi sur lui et je me redressai précipitamment. Barley tourna la tête et posa sur moi un regard absorbé par ses pensées ou par ce paysage simple et champêtre. Au bout de quelques secondes, il me sourit.

« Comme le couvercle se soulevait sur la boîte à secrets du sultan Mehmed, une odeur que je connaissais bien s'en échappa. Une odeur de vieux documents, de parchemins ou de vélins, de poussière et de siècles, de pages que le temps a depuis longtemps commencé à profaner. C'était aussi l'odeur du livre au dragon – mon livre. Je n'avais jamais osé l'approcher de mon visage pour le humer, comme cela m'était arrivé en secret avec d'autres ouvrages anciens. Je craignais, je crois, qu'un relent répugnant ne s'en dégage ou, pis, qu'il ne soit imprégné d'une drogue maléfique que je ne voulais pas inhaler.

Turgut sortait avec précaution les documents de la boîte. Ils étaient tous enveloppés d'un papier de soie jaunissant, et se présentaient sous des formes différentes. Il les déposa délicatement sur la table, devant nous.

— Le mieux, je crois, c'est que je vous les montre moi-même en vous fournissant des explications au fur et à mesure, déclara-t-il. Ensuite, vous souhaiterez peut-être les examiner en prenant votre temps, qu'en pensez-vous ?

Je hochai la tête – c'était le meilleur moyen de procéder – et il dégagea un rouleau de parchemin de son papier de protection avant de le déployer prudemment sous nos yeux. Il s'agissait d'un parchemin fixé aux deux extrémités à deux minces baguettes en bois, très différent des grandes pages plates et des manuscrits reliés auxquels m'avaient habitué mes recherches sur l'époque de Rembrandt. Des motifs géométriques dorés, bleu foncé et rouges formaient une frise le long des bords. Le texte, à ma grande déception, était écrit en caractères arabes. Je ne sais pas à quoi je m'attendais au juste : ce document venait du cœur d'un empire qui parlait la langue ottomane et l'écrivait en utilisant la graphie arabe, recourant au grec uniquement pour vilipender les Byzantins, ou au latin pour maudire les portes de Vienne, symbole de sa défaite.

Turgut vit la déception se peindre sur mon visage et se hâta de nous fournir des explications :

— Ceci, mes amis, est un compte rendu des dépenses engagées à l'occasion d'une guerre contre l'ordre du Dragon. Il fut rédigé par un bureaucrate, dans une ville située sur la rive sud du Danube, où il dépensait l'argent du sultan – un rapport d'activité, en d'autres termes. Le père de Drakula coûta extrêmement cher à l'Empire ottoman au milieu du quinzième siècle. Ce bureaucrate a commandé des armures et des... des cimeterres, c'est cela ? pour équiper trois cents hommes. Cela à seule fin de garder la frontière occidentale des Carpates et d'empêcher les populations locales de se révolter. Ici...

Il pointa un doigt vers les dernières lignes du manuscrit.

— ... ici, il est dit explicitement que le père de Drakula est une source de problèmes, et qu'il leur coûte beaucoup plus d'argent que le pacha n'est disposé à en dépenser. Le pacha en est très affecté, malheureux, et il souhaite longue vie à l'Incomparable au nom d'Allah.

Mon regard croisa celui d'Helen et il me sembla lire dans ses yeux un respect identique au mien. Ce minuscule fragment d'histoire était aussi réel que le sol dallé, sous nos pieds, ou le bois de la table, sous nos doigts. Ces gens avaient vraiment existé. Ils avaient vécu, pensé, ressenti des émotions, et ensuite ils étaient morts, comme tout un chacun.

Turgut avait replié le parchemin et ouvrait un deuxième paquet renfermant deux autres rouleaux.

— Ici, nous avons une lettre du pacha de Valachie, dans laquelle il promet d'envoyer au sultan Mehmed tout document mentionnant l'ordre du Dragon. Et là, nous avons un compte rendu des transactions commerciales effectuées le long du Danube en 1461, non loin des terres passées sous le contrôle de l'ordre du Dragon. Les frontières de cette région n'étaient pas fixes, voyez-vous – elles changeaient continuellement. Ici, il dresse la liste des soieries, des épices et des chevaux que le pacha souhaite échanger contre de la laine produite par les bergers de sa province.

Les deux rouleaux suivants présentaient des comptes rendus similaires. Puis Turgut ouvrit un emballage plus petit, qui contenait un croquis dessiné à plat sur un parchemin.

— Il s'agit d'une carte, annonça-t-il. Hélas…

J'ébauchai malgré moi un geste pour prendre les croquis et les notes de Rossi dans ma sacoche, mais Helen secoua imperceptiblement la tête. Je compris son message : nous ne connaissions pas suffisamment Turgut pour dévoiler tous nos secrets devant lui. Pas encore, rectifiai-je en moi-même ; après tout, il nous avait, semble-t-il, livré tous ses trésors.

— … hélas, mes amis, je ne suis jamais arrivé à comprendre ce que signifie cette carte.

Il y avait du regret dans sa voix et il lissa sa moustache d'un geste pensif. Je regardai la carte de très près, et je constatai avec un frisson d'excitation qu'il s'agissait d'une version très nette, quoique un peu fanée, de la première carte que Rossi avait copiée : les montagnes formant un long croissant, le fleuve déroulant ses méandres plus au nord.

— Cela ne ressemble à aucune région que j'ai étudiée moi-même, et il n'y a aucun moyen de connaître le – comment dites-vous ? – l'échelle, et sans elle…

Il la mit de côte.

— Voici une autre carte, qui pourrait être une vue plus rapprochée de la même région.

Oui, oui, c'était bien cela. J'avais déjà vu ces plans et mon exaltation grandissait de minute en minute.

— Je crois que ces montagnes sont les mêmes que celles qui apparaissent à l'ouest, sur la première carte, non ?

Il soupira.

— Mais on ne dispose d'aucune information et, comme vous pouvez le voir, il n'y a quasiment pas d'inscriptions, à l'exception de quelques lignes du Coran et de cette épigraphe sibylline en forme d'épitaphe que j'ai traduite un jour aussi fidèlement que possible, et qui dit à peu près ceci : *"Ici, Il est logé en Enfer. Lecteur, fais-le sortir de sa tombe avec tes mots."*

J'avais levé la main dès les premiers mots pour l'arrêter, mais Turgut m'avait pris de vitesse.

— Non ! criai-je.

Trop tard. Turgut me lança un regard stupéfait. Helen nous observa l'un et l'autre en silence et M. Erozan, qui travaillait à l'autre bout de la salle, se retourna lui aussi pour voir ce qui m'arrivait.

— Excusez-moi, bredouillai-je tout bas. C'est... c'est l'enthousiasme. Ces documents sont... passionnants.

— Vraiment ? Je suis ravi qu'ils vous intéressent à ce point.

Malgré son expression solennelle, Turgut s'épanouit.

— Et ces mots ont vraiment quelque chose d'étrange. Ils font froid dans le dos, non ?

À ce moment précis, un pas résonna dans l'entrée. Je regardai nerveusement autour de moi, m'attendant presque à voir surgir Drakula en personne, quelle que soit son apparence, mais ce fut un petit homme fluet portant une calotte blanche et une barbe grise en broussaille qui entra. M. Erozan s'avança pour l'accueillir et nous retournâmes à nos documents. Turgut sortait déjà un autre parchemin de la boîte.

— C'est le dernier document, déclara-t-il. Je n'ai jamais réussi à comprendre à quoi il correspondait. Il est enregistré dans le catalogue de la bibliothèque comme une bibliographie de l'ordre du Dragon.

Mon cœur cogna à toute volée dans ma poitrine et je vis les pommettes d'Helen se colorer.

— Une bibliographie ?

— Oui, mon ami.

Turgut le déploya délicatement sur la table, devant nous. C'était à l'évidence un parchemin très ancien, presque cassant, rédigé en grec. Le bord supérieur était irrégulier et s'enroulait sur lui-même, comme s'il avait fait partie jadis d'un manuscrit plus long, et le bord inférieur avait manifestement été déchiré. Il ne portait aucun ornement d'aucune sorte, juste une succession de mots tracés à la plume d'une écriture élégante et mis en colonne. Je laissai échapper un soupir de frustration. Je n'avais pas fait d'études de grec et, quand bien même, seule une parfaite maîtrise de cette langue aurait pu me permettre de déchiffrer ce document.

Comme s'il devinait mon problème, Turgut sortit un carnet de sa sacoche.

— J'ai demandé à un étudiant de notre université, spécialiste de Byzance, de la traduire. Il possède une connaissance étonnante de leur langue et de leurs textes. Résultat : nous sommes devant une liste d'ouvrages littéraires, bien que je n'aie jamais trouvé mention ailleurs de bon nombre d'entre eux…

Il ouvrit son carnet et aplatit une page. Elle était écrite en turc. Cette fois, ce fut Helen qui poussa un soupir. Turgut se frappa le front.

— Oh, mille pardons. Je vais vous traduire au fur et à mesure, d'accord ? "Hérodote : *Le Traitement des prisonniers de guerre.*" "Pheseus : *De la Raison et de la Torture.*" "Origène : *Peri Archôn ou traité des Principes.*" "Euthymius l'Ancien : *Le Destin des Damnés.*" "Gubent de Ghent : *Traité sur la Nature.*" "Saint Thomas d'Aquin : *Sisyphe.*" Comme vous pouvez le constater, il s'agit d'une sélection très étrange. Certains de ces ouvrages sont extrêmement rares, pour ne pas dire introuvables, comme ce traité d'Origène dans sa version grecque, alors qu'aux yeux du monde entier il ne survit que dans sa traduction latine. D'après mon ami, un spécialiste de Byzance, le texte original a disparu depuis plus de mille ans, comme tout un pan de ses travaux, d'ailleurs, qui furent détruits quand il fut convaincu d'hérésie

— D'hérésie ? Que lui reprocha-t-on, exactement ?

Helen semblait intéressée.

— Je suis certaine d'avoir lu quelque chose à son sujet.

— On l'accusa d'avoir soutenu que, si l'on suivait la logique chrétienne, Satan lui-même serait sauvé et ressuscité, expliqua Turgut. Dois-je continuer avec la liste ?

— Verriez-vous une objection, intervins-je, à nous écrire les titres en anglais, au fur et à mesure que vous les lisez ?

— Avec plaisir.

Turgut s'assit avec son carnet et sortit un stylo.

— Qu'en pensez-vous ? murmurai-je à Helen.

Son visage était explicite. Nous avions parcouru tous ces kilomètres pour une liste de livres qui n'avait ni queue ni tête ?

— Je sais que cela paraît n'avoir aucun sens pour l'instant, repris-je à voix basse, mais attendons de voir où cela nous conduit.

— Bien, reprit Turgut après avoir recopié pour nous les premiers noms, et maintenant, mes amis, voyons la suite de cette liste. Nous en étions au *Sisyphe* de Thomas d'Aquin.

Il écrivait au fur et à mesure avec bonne volonté.

— Comme vous pouvez le voir, les titres ont presque tous un rapport avec la torture, le meurtre ou quelque chose de déplaisant, c'est le moins qu'on puisse dire. "Érasme : *Fortunes d'un Assassin*." "Johann von Weber : *Les Cannibales*." "Giorgio de Padoue : *Les Damnés*."

— Aucune date n'est mentionnée ? demandai-je en me penchant sur le document.

Turgut soupira.

— Non. Et il y a certains titres que je n'ai trouvé référencés nulle part ailleurs. Pour les autres, aucun n'a été écrit après 1600.

— Et cependant, plusieurs sont postérieurs à l'époque de Vlad Drakula, commenta gravement Helen. Ils ne devraient pas se trouver sur cette bibliographie… Je veux dire que, normalement, ils ne *peuvent pas* s'y trouver.

Je la dévisageai avec surprise ; je n'avais pas pensé à ça. C'était une constatation simple, mais on ne peut plus juste et étonnante.

— Effectivement, chère madame, acquiesça Turgut en levant les yeux vers elle. Le plus récent de ces ouvrages a été écrit plus d'un siècle après sa mort – et après celle du sultan Mehmed, par voie de conséquence. Hélas, je n'ai pas réussi à trouver la moindre information permettant d'expliquer quand ou comment cette bibliographie a été introduite après coup dans les archives du sultan Mehmed. Car quelqu'un a forcément dû l'ajouter plus tard, peut-être même longtemps après qu'elles eurent été transférées à Istanbul, qui sait ?

— Oui, mais avant 1930… réfléchis-je tout haut.

Turgut me lança un regard incisif.

— La date à laquelle les documents ont été mis sous clé, analysa-t-il. Qu'est-ce qui vous fait penser ça, mon cher professeur ?

Je devins écarlate, d'abord parce que j'en avais trop dit – au point qu'Helen se détourna, atterrée par ma stupidité –, et ensuite parce que je n'étais pas encore professeur. Je gardai un silence embarrassé, conscient que Turgut continuait à m'observer, et je remarquai tout à coup la bienveillance de son regard, les pattes-d'oie qui étoilaient ses yeux. Je pris une profonde respiration. Tant pis : je m'en expliquerais plus tard avec Helen, mais j'avais eu confiance en Turgut dès le premier instant et il serait plus à même de nous aider s'il en savait davantage.

Afin de gagner du temps, néanmoins, je baissai les yeux sur la liste de documents qu'il traduisait au fur et à mesure à notre intention, puis sur la traduction en turc qui lui servait de référence. Je n'avais pas le courage de croiser son regard. Jusqu'où pourrais-je aller dans mes révélations ? Si je lui racontais l'aventure que Rossi avait vécue ici, mettrait-il en doute notre sérieux et notre santé mentale ?

C'était précisément parce que mon indécision m'avait fait baisser les yeux que je remarquai tout à coup quelque chose d'insensé. Ma main se tendit comme un ressort vers le document grec original, cette bibliographie de l'ordre du Dragon. Elle n'était pas entièrement rédigée en grec, en fait : je pouvais déchiffrer quelques mots latins tout en bas de la liste... suivis de ce nom, comme une signature : Bartolomeo Rossi.

— Oh, mon Dieu !

Mon cri fit sursauter les lecteurs d'un bout à l'autre de la salle. M. Erozan, toujours occupé à parler avec l'homme à la barbe en broussaille, se tourna vers nous d'un air interrogateur.

Turgut s'alarma aussitôt et Helen se rapprocha de moi.

— Quoi ? Qu'y a-t-il ?

Mes yeux étaient toujours fixés sur la dernière ligne, de sorte qu'il fut aisé de suivre la direction de mon regard. Turgut se leva d'un bond, puis libéra dans un souffle ce qui aurait pu être un écho de mon propre émoi, un écho si clair qu'il m'apporta un étrange réconfort au milieu de cette folie :

— Mon Dieu ! Le professeur Rossi !

Nous nous dévisageâmes tous les trois et pendant un moment aucun de nous ne parla. Finalement, je rompis le silence d'une voix basse et hésitante.

— Vous connaissez ce nom ?

Le regard de Turgut se détourna de moi pour se river sur Helen.

— Et vous ? demanda-t-il enfin. »

Le sourire de Barley était très doux.

— Vous deviez être épuisée pour dormir aussi profondément. Notez que je vous comprends : rien que de penser au pétrin dans lequel vous êtes, je suis éreinté. Je me demande ce que diraient des gens « normaux » si vous leur racontiez cette histoire. Cette dame, par exemple.

Il désigna d'un petit signe du menton notre compagne de voyage qui n'était pas descendue à Bruxelles et avait apparemment l'intention de dormir jusqu'à Paris.

— Ou un agent de police. Ils penseraient que vous êtes bonne pour la camisole !

Il soupira.

— Et vous aviez réellement l'intention de vous rendre seule dans le sud de la France ? J'aimerais que vous me communiquiez le nom de la localité où vous comptez aller au lieu de m'obliger à le deviner.

Ce fut à mon tour de sourire. C'était la deuxième fois qu'il mettait le sujet sur le tapis.

— Vous êtes horriblement têtue, grommela Barley. Je n'aurais jamais imaginé qu'une jeune fille aussi menue puisse être une si grosse source d'ennuis – je parle des problèmes que j'aurais avec *master* James si par malheur je vous abandonnais toute seule en France au beau milieu de nulle part.

Les larmes me montèrent aux yeux, mais ses mots suivants les séchèrent avant même qu'elles aient pu déborder.

— Par chance, nous aurons tout de même le temps de déjeuner avant d'attraper la correspondance. Ils font d'excellents sandwiches gare du Nord. Si toutefois nous réussissons à nous procurer des francs, naturellement.

Ce fut ce petit « nous » qui me réchauffa le cœur.

29.

Descendre d'un train à la gare du Nord, dans cette immense structure de verre et de fer qui se dresse dans le ciel comme un vaisseau lumineux, c'est entrer de plain-pied dans l'univers parisien. Une fois sur le quai, nos bagages à la main, nous restâmes immobiles quelques instants, Barley et moi, pour nous imprégner de ce qui nous entourait, enfin moi, en tout cas (même si j'étais déjà passée plusieurs fois par ici, à l'occasion de mes voyages avec mon père).

La gare résonnait de la plainte grinçante des trains arrivant à destination, des coups de sifflet, du brouhaha des voyageurs, des bruits de pas, du bruissement des ailes des pigeons, du tintement des pièces de monnaie. Un monsieur élégant, aux tempes argentées, passa près de nous, une jeune femme à son bras – rousse, divinement coiffée, les lèvres peintes en rose – et, l'espace d'un instant, je m'imaginai à sa place. Oh, ressembler à cela, être une Parisienne, une femme fatale, arborer des bottines à talons hauts, une poitrine digne de ce nom, et avoir à mes côtés un artiste élégant, dans la force de l'âge ! Puis il me vint à l'esprit qu'il s'agissait peut-être de son père et je me sentis tout à coup très seule.

Je me tournais vers Barley qui, lui, était manifestement plus sensible aux odeurs qu'au décor.

— Bonté divine, il faut que je mange, grommela-t-il.

Il partit comme une flèche vers un angle du hall comme s'il connaissait le chemin par cœur, et peu après nous dévorions deux grands sandwiches au jambon, Barley ne prenant même pas le temps de s'asseoir sur le banc où je m'étais installée.

J'étais affamée, moi aussi, mais surtout inquiète de la suite des événements. Maintenant que nous étions descendus du train, Barley pouvait s'engouffrer dans la première cabine téléphonique afin d'alerter Mme Clay ou *master* James, ou même une escouade de gendarmes qui me ramèneraient à Amsterdam, menottes aux poings... enfin, presque. Je l'observai d'un air circonspect, mais son visage était à moitié caché par son sandwich. Quand il en émergea pour boire un soda à l'orange, je dis :

— Barley, je voudrais que vous me fassiez une faveur.

— Allons bon.

— S'il vous plaît, ne téléphonez pas. Je veux dire : s'il vous plaît, Barley, ne me trahissez pas. De toute façon, quoi qu'il arrive, j'irai où je dois aller. Vous comprenez que je ne peux pas rentrer chez moi sans savoir où est mon père et ce qui lui est arrivé, n'est-ce pas ?

Il soupira, le visage grave.

— Je comprends, oui.

— S'il vous plaît, Barley.

— Mais pour qui me prenez-vous ? Vous me voyez faire ça ?

— Je ne sais pas, répondis-je, perplexe. Je pensais que vous étiez en colère que je me sois enfuie et que vous pourriez vous sentir obligé de me dénoncer.

— Réfléchissez deux petites secondes. Si j'étais si buté, je vous aurais déjà hissée dans un train à destination d'Amsterdam et je me préparerais à assister à mes cours de demain – et à recevoir un sérieux savon de *master* James. Au lieu de ça, je m'apprête, contraint par la galanterie – et la curiosité –, à escorter une gente damoiselle dans le sud de la France. Ce n'est pas digne d'un preux chevalier, ça ?

— Je ne sais pas, répétai-je, mais sur un ton beaucoup plus chaleureux.

— Mouais, nous ferions mieux de nous renseigner sur la correspondance pour Perpignan, déclara Barley en froissant le papier de son sandwich d'un air guerrier.

— Co… comment avez-vous deviné ? balbutiai-je avec stupeur.

— Oh, vous vous croyez si mystérieuse…

Barley paraissait de nouveau exaspéré.

— J'ai traduit pour vous ce texte sur les vampires des villages de Provence dans la Radcliffe Camera, vous avez oublié ? Où pourriez-vous vouloir vous rendre, si ce n'est dans ce monastère des Pyrénées-Orientales ? Vous croyez peut-être que je ne connais pas la géographie de la France, mmm ? Allez, cessez d'arborer cette mine renfrognée. Votre visage perd tout son côté *piquant* !

Sur cette belle parole, nous nous dirigeâmes vers le bureau de change, bras dessus bras dessous, malgré tout.

« Lorsque j'entendis Turgut prononcer ainsi le nom de Rossi, il me sembla que mon univers vacillait sur son axe, entrechoquant de minuscules pièces de puzzle qui s'emboîtaient pour composer un dessin d'une absurdité complexe. C'était comme si, dans un film que je connaissais par cœur, un personnage étranger à l'histoire était apparu tout à coup sur l'écran, s'intégrant à l'action sans aucune explication.

Turgut croisa les bras sur sa poitrine.

— Vous connaissez le professeur Rossi ? répéta-t-il sur le même ton incrédule.

J'étais toujours sans voix, mais Helen semblait avoir opté pour la franchise.

— Le professeur Rossi est le directeur de thèse de Paul dans le département Histoire de notre université.

— C'est incroyable, articula Turgut.

— Dois-je comprendre à votre réaction que vous le connaissez également ? demandai-je.

— Oui et non. En fait, j'ai entendu parler de lui dans un contexte assez particulier, mais je ne l'ai jamais rencontré. Le mieux, je crois, est de commencer par le commencement. Il y a là quelque chose de vraiment extraordinaire…

Il s'interrompit, puis parut se forcer à poursuivre son récit.

— Il y a des années de cela, alors que je commençais à me passionner pour les archives du sultan, je demandai au bibliothécaire en poste s'il possédait des informations susceptibles de m'aider dans mes recherches. Il me répondit qu'à sa connaissance personne n'avait jamais examiné ces documents, mais que son ancêtre – je veux dire son prédécesseur à ce poste – savait peut-être quelque chose. Je me présentai donc devant le vieux bibliothécaire…

— Il est toujours en vie ? demandai-je d'une voix haletante.

— Oh non, mon ami. Je suis désolé. Cet homme était déjà très âgé, à l'époque, et il est décédé un an après notre conversation, je crois. Mais sa mémoire était toujours excellente. Il m'expliqua qu'il avait lui-même placé les archives sous clé parce qu'il avait un mauvais pressentiment. Un jour, un jeune professeur venu de l'étranger les avait consultées et était alors devenu très – comment dites-vous ? – très bouleversé, presque fou, et il avait quitté la bibliothèque en courant, comme s'il avait le diable à ses trousses. Le vieux bibliothécaire ajouta que quelques jours plus tard, alors qu'il travaillait tard dans la salle des archives, tout seul, il avait levé les yeux et avait subitement découvert un homme penché sur les fameux documents. Personne n'était entré et la porte de la rue était fermée car c'était le soir, après les heures d'ouverture. Il ne parvenait pas à comprendre comment cet inconnu avait pu entrer. Il se dit que, peut-être, il n'avait pas fermé la porte à clé comme il le pensait et qu'il ne l'avait pas entendu monter l'escalier – bien que ce soit quasiment impossible. Puis il me raconta…

Turgut se pencha vers nous et baissa encore la voix :

— … il me raconta que, lorsqu'il s'approcha de l'homme pour lui demander ce qu'il faisait là, l'autre leva les yeux et… et un filet de sang coulait au coin de sa bouche.

Un sentiment de répulsion m'envahit et Helen raidit les épaules, comme pour réprimer un frisson.

— Le vieux bibliothécaire ne voulait pas me révéler cette histoire, tout d'abord. Il devait avoir peur que je le prenne pour un fou. Il m'avoua qu'il avait été pris de malaise à cette vue. Quand il avait osé regarder de nouveau, l'homme avait disparu. Mais les documents étaient toujours là, éparpillés sur la table, et dès le lendemain il acheta ce coffret sur le marché des antiquaires afin de les mettre à l'abri. Il les garda sous clé toutes les années où il resta en fonction aux archives, mais personne ne vint plus jamais les consulter. Et il ne revit jamais cet homme étrange.

— Et Rossi ? demandai-je dans le lourd silence qui était tombé entre nous.

— Vous pensez bien que j'étais déterminé à explorer toutes les pistes de cette histoire, même les plus minimes, aussi lui ai-je demandé le nom de ce chercheur étranger. Il l'avait oublié depuis le temps, mais croyait se souvenir qu'il était italien. Il me conseilla de chercher dans le registre de l'année 1930, et mon ami, M. Erozan, me donna l'autorisation. Après quelques recherches, je trouvai le nom du professeur Rossi, et je découvris qu'il était venu d'Angleterre – de l'université d'Oxford, plus exactement. Je lui envoyai donc une lettre à cette adresse.

— Et il vous a répondu ?

Helen foudroyait presque Turgut du regard.

— Oui, mais il n'était plus à Oxford. Il était parti enseigner dans une université américaine – la vôtre, au fait, bien que je n'aie pas fait le rapprochement lors de notre première conversation. Ma lettre lui est parvenue là-bas longtemps après, et oui, il y a répondu. Il était vraiment désolé, mais il ignorait tout des documents auxquels je faisais allusion et il était donc dans l'impossibilité de m'aider. Je vous montrerai sa lettre, quand vous viendrez dîner à la maison. Elle m'est parvenue juste avant la guerre.

— C'est très bizarre, marmonnai-je. Je n'arrive pas à comprendre ce mystère.

— Attendez, c'est loin d'être la seule chose bizarre ! affirma Turgut d'un ton vif.

Il se pencha sur le parchemin déployé devant nous, la fameuse bibliographie, et son doigt souligna le nom de Rossi, à la dernière ligne. Je baissai les yeux sur les quelques mots écrits tout à côté. Ils étaient en latin, aucun doute possible, même si les quelques souvenirs scolaires que je gardais de cette langue morte étaient très flous.

— Vous pouvez me traduire ? Vous lisez le latin ?

À mon grand soulagement, Turgut hocha la tête.

— Cela signifie : Bartolomeo Rossi : *L'Esprit... ou le Fantôme... dans l'amphore.*

Mes pensées furent prises dans un tourbillon.

— Mais je connais ces mots ! Je crois – non, je suis sûr ! – que c'est le titre d'un article sur lequel il travaillait juste avant...

Je m'interrompis avant de reprendre :

— … sur lequel il travaille depuis le printemps. Il me l'a montré il y a un mois environ. C'est une étude sur la tragédie grecque et les objets utilisés parfois au théâtre comme accessoires.

Helen m'écoutait avec une attention soutenue.

— Je suis certain que ces mots sont tirés d'un travail en cours.

— Mais le plus curieux de l'affaire, murmura Turgut – et je perçus une peur sous-jacente dans sa voix –, c'est que j'ai examiné cette liste à de multiples reprises avant aujourd'hui et que cette référence n'y figurait pas. Quelqu'un a ajouté le nom de Rossi.

Je le dévisageai avec stupéfaction.

— Nous devons découvrir qui a touché à ces documents, soufflai-je. Quand les avez-vous consultés pour la dernière fois ?

— Il y a à peu près trois semaines, répondit Turgut d'un air mécontent. Attendez, je vais demander à M. Erozan. Ne bougez pas.

Mais en le voyant se lever, le bibliothécaire s'était approché. Ils discutèrent brièvement.

— Que dit-il ? demandai-je.

Turgut avait l'air effaré.

— Pourquoi ne m'en a-t-il pas parlé plus tôt ? gémit-il. Un homme est venu hier consulter ces archives !

Il questionna son ami, et M. Erozan montra la porte du doigt.

— C'était cet homme, répéta Turgut d'une voix blanche en esquissant le même geste. Il dit qu'il s'agit de l'homme qui était là il y a un instant, et auquel il parlait.

Nous nous retournâmes d'un seul bloc, atterrés, et le bibliothécaire fit un nouveau geste de la main, mais il était trop tard : le petit homme à la barbe grise avait disparu. »

Barley avait expédié son troisième sandwich et inspectait le contenu de son portefeuille.

— Il va falloir changer tout ce que j'ai sur moi, annonça-t-il d'une voix morose. Autrement dit pas grand-chose : ce qui reste du pécule de *master* James, plus quelques reliques de ma bourse d'étudiant.

— J'ai emporté un peu d'argent. D'Amsterdam, je veux dire. J'ai de quoi acheter nos billets de train pour Perpignan, et je pense être en mesure de payer nos repas et notre logement pendant au moins quelques jours.

En réalité, je me demandais avec un peu d'inquiétude si j'aurais les moyens de rassasier l'appétit de Barley. Je n'arrivais pas à comprendre comment un garçon aussi mince pouvait engloutir de telles quantités de nourriture. J'étais moi-même plutôt maigrichonne à l'époque, mais je ne me voyais pas avaler coup sur coup trois « en-cas » (comme il disait) avec une telle voracité. Ce souci financier me tarauda jusqu'à ce que nous nous trouvions devant le bureau de change et que la jeune femme en blazer bleu assise de l'autre côté du guichet nous dévisage fixement. Barley discuta du taux avec elle et au bout d'une minute elle décrocha le téléphone, se détournant pour chuchoter dans le combiné.

— Pourquoi fait-elle ça ? demandai-je nerveusement à Barley.

Il me lança un regard surpris.

— Elle vérifie le taux de change pour une raison que j'ignore. Pourquoi ? Qu'est-ce que vous croyez ?

Je n'aurais su l'expliquer. C'était peut-être les lettres de mon père qui déteignaient sur moi, mais tout me semblait suspect, maintenant. Comme si nous étions espionnés par des yeux que je ne pouvais pas voir.

« Turgut avait plus de présence d'esprit que moi : il se précipita vers la porte et disparut dans le petit vestibule. Au bout de quelques instants, il réapparut et secoua la tête.

— Envolé, nous annonça-t-il, le souffle court. Je n'ai vu aucune trace de lui dans la rue. Il a dû se fondre dans la foule.

M. Erozan semblait désolé et Turgut discuta rapidement avec lui avant de s'adresser à nous.

— Avez-vous une raison de supposer qu'on ait pu vous suivre jusqu'ici, votre sœur et vous ?

— Nous suivre ?

J'avais toutes les raisons de le penser, mais par qui, exactement, je n'en avais aucune idée.

Turgut nous lança un regard perçant et je me rappelai l'apparition de la bohémienne devant le restaurant, la veille au soir.

— Mon ami le bibliothécaire dit que l'inconnu voulait consulter les documents et qu'il s'est mis en colère en apprenant que quelqu'un d'autre les examinait. Il dit que son interlocuteur s'exprimait en turc, mais avec un accent, et il pense qu'il s'agit d'un étranger. Voilà pourquoi je vous demande si quelqu'un aurait pu vous suivre jusqu'à Istanbul. Je vais prier mon ami de surveiller les documents et de se montrer très vigilant si cet homme, ou n'importe qui d'autre, demande à les consulter. Si jamais il revient, mon ami essaiera de découvrir qui il est. Nous ferions mieux de partir. Peut-être sera-t-il tenté de se montrer si nous ne sommes plus là... Venez.

— Mais les cartes...

Cela m'inquiétait de laisser ces précieux documents ici, sans protection. D'autant que nous n'avions rien appris ou presque. Nous n'avions même pas commencé à résoudre le puzzle des trois cartes !

Turgut se tourna vers M. Erozan, qui hocha la tête avec un sourire de connivence.

— Ne vous inquiétez pas, professeur, me rassura Turgut. J'ai réalisé moi-même des copies de tous les documents, et elles sont chez moi, en sécurité. Par ailleurs, ce cher Erozan veillera à ce qu'il n'arrive rien aux originaux. Vous pouvez nous faire confiance.

Personnellement, je ne demandais pas mieux. De son côté, Helen fixait nos deux alliés d'un regard pénétrant, et je me demandai ce qu'elle pensait de tout cela.

— Très bien, acquiesçai-je.

— Partons, mes amis.

Turgut rangea les documents, les manipulant avec une délicatesse touchante. Je n'aurais pas fait mieux.

— J'ai l'impression que nous avons encore beaucoup de choses à nous dire. Allons chez moi, nous pourrons discuter tout à loisir. Je possède moi-même quelques petites choses sur le sujet qu'il faudra que je vous montre. Quittons les lieux aussi ostensiblement que possible et…

Il désigna le bibliothécaire d'un signe du menton.

— … laissons notre meilleur général dans la place.

M. Erozan nous serra la main à tous les trois, referma avec le plus grand soin le coffret à clé et l'emporta à l'autre bout de la salle. Je le suivis des yeux jusqu'à ce qu'il ait disparu derrière les rayonnages, puis je laissai échapper malgré moi un soupir de frustration. Je ne parvenais pas à m'ôter de l'idée que le sort de Rossi était scellé à l'intérieur de cette boîte – voire, Dieu m'en préserve, que Rossi lui-même y était *enseveli* – et que nous avions été incapables de l'en délivrer.

Nous quittâmes ensuite le bâtiment, en faisant en sorte de rester quelques minutes sur les marches au vu et au su de tous. J'avais les nerfs à vif et Helen était toute pâle, mais Turgut affichait un calme souverain.

— Si jamais il rôde dans les parages, dit-il à voix basse, ce petit serpent doit savoir que nous partons.

Il offrit son bras à Helen, qui l'accepta avec moins de répugnance que je ne l'aurais prédit, et nous nous frayâmes un passage dans les rues bondées.

Il était midi, et des effluves de viande grillée et de pain cuit s'élevaient partout autour de nous, mêlés à une odeur humide, difficile à identifier – fumée du charbon, vapeurs du diesel ? – une odeur dont le souvenir me revient parfois sans prévenir aujourd'hui encore et que j'associe toujours à ce lieu à la frontière de l'Europe et de l'Asie, de l'Occident et de l'Orient. La suite des événements, quels qu'ils soient, relevait du mystère, songeai-je, tout comme cet endroit – je regardai autour de moi les visages typés, les flèches minces des minarets à l'horizon de chaque rue, les dômes anciens au milieu des figuiers, les boutiques remplies de marchandises mystérieuses – tout comme cet endroit était en lui-même une énigme.

Mais la plus grande énigme de toutes résonnait douloureusement dans mon cœur à chaque pulsation : où était Rossi ? Ici même, dans cette ville, ou très loin ? Était-il seulement vivant ? Mort ? Ou dans un état situé entre les deux ? »

30.

À seize heures trente-deux précises pour un train prévu une minute plus tard, Barley et moi embarquions à bord de l'express pour Perpignan, hors d'haleine après avoir failli nous perdre dans le métro entre la gare du Nord et la gare d'Austerlitz. Barley jeta son sac en haut des marches, puis me tendit la main pour me hisser à sa suite.

Il y avait peu de voyageurs à bord et le compartiment que nous trouvâmes resta vide même après que le train eut démarré. Je commençais à ressentir de la fatigue. Si j'étais restée chez moi, c'était l'heure où Mme Clay m'aurait servi un verre de lait et une tranche de quatre-quarts à la table de la cuisine. L'espace d'une seconde, je regrettai presque sa sollicitude ennuyeuse. Barley s'était installé à côté de moi, bien qu'il ait quatre autres places à sa disposition, et je glissai ma main sous son bras.

— Il faut que je travaille, dit-il.

Mais il n'ouvrit pas son livre immédiatement. Il y avait trop de choses à regarder tandis que nous prenions de la vitesse. Je songeai à toutes les fois où j'étais venue ici avec mon père, longeant les quais de la Seine, montant tout en haut de la butte Montmartre ou, quand j'étais plus petite, compatissant devant le chameau du Jardin des Plantes, tout déprimé sous le ciel gris de Paris. J'avais l'impression de voir la ville pour la première fois.

Regarder Barley remuer les lèvres en lisant les douze chants du *Paradis perdu* de Milton me rendait somnolente, et quand il m'informa de son intention de se rendre dans le wagon-restaurant pour boire un thé, je secouai la tête, assoupie.

— Vous êtes lessivée, déclara-t-il en souriant. Restez ici et dormez un peu. J'emmène mon bouquin. Vous pourrez me rejoindre plus tard, quand vous aurez faim.

Mes yeux se fermèrent presque instantanément lorsqu'il quitta le compartiment, et quand je les rouvris, je m'aperçus que je m'étais roulée en boule sur la banquette comme une enfant, ma longue jupe en coton enroulée autour de mes chevilles. Quelqu'un s'était installé sur le siège d'en face, un journal ouvert devant lui, et ce n'était pas Barley.

Je me redressai aussitôt. L'homme lisait *Le Monde* et les deux pages déployées cachaient la moitié supérieure de son corps. Je ne voyais ni son buste, ni son visage. Un attaché-case en cuir noir était posé sur le siège à côté de lui.

Pendant une fraction de seconde, j'imaginai qu'il s'agissait de mon père et une bouffée de gratitude mêlée de confusion me submergea. Les jambes croisées, il portait un pantalon noir immaculé et de fines chaussettes en soie, également noires. Mon regard s'arrêta sur ses chaussures en cuir noir, très brillant, avec des perforations au bout qui formaient des motifs élégants. Ce n'étaient pas celles de mon père ; en fait, il y avait quelque chose qui n'allait pas dans ces chaussures, ou dans les pieds qu'elles chaussaient, encore que je sois incapable de dire d'où me venait cette impression. Qu'un étranger soit entré dans le compartiment pendant que je dormais ne me plaisait guère, aussi, et j'espérais qu'il ne m'avait pas regardée dormir. Dans ma gêne, je me demandai s'il me serait possible de me lever et de sortir sans qu'il me remarque. Puis je notai qu'il avait fermé les rideaux donnant sur le couloir. Personne ne pouvait nous voir en passant devant le compartiment. Ou bien était-ce Barley qui les avait tirés en partant, pour me laisser dormir tranquille ?

Je glissai en douce un regard à ma montre. Il était presque dix-huit heures. Dehors, les mornes plaines du Berry défilaient derrière la fenêtre. L'homme derrière son journal était tellement immobile que je me mis à trembler malgré moi. Je compris tout à coup ce qui m'effrayait. J'étais réveillée depuis plusieurs longues minutes maintenant, mais durant tout ce temps, il n'avait pas tourné une seule page de son journal.

« L'appartement de Turgut donnait sur la mer de Marmara, sur la rive asiatique d'Istanbul, et nous prîmes le ferry pour nous y rendre. Helen resta accoudée au bastingage, contemplant les mouettes qui suivaient le bateau et la silhouette magnifique de la vieille ville. Je la rejoignis tandis que Turgut nous montrait du doigt les minarets et les dômes, sa voix tonitruante portée par le vent.

Son quartier, nous le découvrîmes en débarquant, était plus moderne que tout ce que nous avions vu jusque-là, mais par "moderne" il fallait ici entendre dix-neuvième siècle. Comme nous tournions le dos au quai pour nous enfoncer dans les rues paisibles, je découvris une autre Istanbul, inconnue : des arbres majestueux aux branches tombantes, de vieilles demeures élégantes en pierre et en bois, des immeubles résidentiels qui auraient pu avoir été arrachés d'un quartier parisien et repiqués sur place, des allées bien nettes, des fleurs en pots, des corniches ornées… Ici et là, le vieil empire islamique surgissait sous la forme d'une arche en ruine ou d'une mosquée isolée. Dans la rue de Turgut, cependant, l'Occident avait donné un gracieux mais vigoureux coup de balai. Plus tard dans ma vie, je devais reconnaître les mêmes transformations architecturales à Prague, à Sofia, à Budapest, à Moscou, à Belgrade, à Beyrouth…

— Je vous en prie, entrez.

Turgut s'arrêta devant une rangée de vieilles maisons, nous fit gravir un double escalier et, une fois à l'intérieur, vérifia une petite boîte aux lettres – apparemment vide – qui portait les mots “Prof. Bora”. Puis il ouvrit la porte et s'effaça.

— Bienvenue dans ma modeste demeure. Tout ce qu'elle contient est à vous.

Nous pénétrâmes d'abord dans un petit vestibule où le sol et les murs étaient en bois ciré. Imitant notre hôte, nous nous déchaussâmes avant d'enfiler les pantoufles brodées qu'il nous tendait. Il nous fit ensuite entrer dans un salon, et Helen laissa échapper un murmure d'admiration, auquel je ne pus m'empêcher de faire écho.

La pièce baignait dans une agréable atmosphère verte, mélangée à du rose pâle et du jaune. Au bout de quelques instants, je compris qu'il s'agissait de la lumière du soleil qui filtrait à travers le feuillage des arbres, de l'autre côté des deux grandes fenêtres, et un brouillard de rideaux anciens en dentelle blanche. Le mobilier bas était magnifique, en bois sombre sculpté, paré de tissus somptueux. Le long de trois murs courait une banquette garnie de coussins enveloppés de dentelle. Au-dessus, les murs blanchis à la chaux étaient décorés d'estampes et de peintures d'Istanbul, du portrait d'un vieil homme coiffé d'un fez, de celui d'un homme plus jeune en costume noir, et d'un parchemin encadré recouvert d'une fine calligraphie arabe. Il y avait des photographies fanées de la ville en sépia et des vitrines remplies de services à café en cuivre. Des vases vernissés aux couleurs vives débordaient de roses aux quatre coins de la pièce. D'épais tapis rouge, rose et vert pâle jonchaient le sol. Au milieu de la pièce se dressait un large plateau rond posé sur un trépied, superbement astiqué, qui faisait sans doute office de table.

— C'est magnifique ! déclara Helen en se tournant vers notre hôte.

Je me rappelai alors combien elle pouvait être adorable quand elle relâchait un peu la tension qui lui durcissait les traits.

— On se croirait dans un conte des Mille et Une Nuits.

Turgut rit et balaya le compliment de la main, mais il était flatté, cela se voyait.

— C'est l'œuvre de ma femme, expliqua-t-il. Elle raffole de l'artisanat ancien, et sa famille lui a légué de nombreux objets de valeur. Qui sait si parmi eux il n'y en a pas un qui provient de l'empire du sultan Mehmed ?

Il nous sourit.

— Mon café n'est pas aussi bon que celui de ma moitié – c'est ce qu'elle affirme, en tout cas – mais je vais quand même faire de mon mieux.

À sa demande, nous prîmes place sur un canapé bas, l'un près de l'autre, et je songeai avec satisfaction à tous ces éléments destinés au confort que le temps avait consacrés dans ce rôle : coussins, divans et... ottomanes, bien sûr.

En fait de café, Turgut nous servit un véritable festin, qu'il apporta d'une cuisine située de l'autre côté de l'entrée, déclinant nos propositions de l'aider. Comment il avait réussi à cuisiner un repas en si peu de temps dépassait mon imagination – les plats devaient avoir été préparés à l'avance. Il disposa devant nous des sauces, des salades, du melon, un ragoût de viande et de légumes, des brochettes de poulet, l'incontournable salade de concombre au yaourt, du café et une avalanche de douceurs roulées dans du miel et des amandes. Nous mangeâmes avec appétit, et Turgut nous resservit jusqu'à ce que nous criions grâce.

— Je ne peux pas laisser ma femme penser que je vous ai laissés mourir de faim, déclara-t-il.

Pour finir, il nous apporta un verre d'eau fraîche et une soucoupe remplie d'une sorte de pâte blanche et onctueuse.

— *Attar* de roses, analysa Helen après avoir goûté. C'est délicieux. Ils en ont aussi en Roumanie.

Elle fit tomber un peu de pâte dans son verre et le but, et je l'imitai. Nous nous renversâmes ensuite contre le dossier du canapé, repus, à deux doigts d'exploser, et Turgut nous observa d'un air satisfait.

— Vous êtes sûrs que vous avez assez mangé ?

Helen rit et je gémis, mais Turgut remplit de nouveau nos verres et nous resservit de café.

— Bien. Et maintenant, discutons. Tout d'abord, je suis stupéfait, je l'avoue, que vous connaissiez vous aussi le professeur Rossi. Mais je ne suis pas sûr d'avoir bien compris quelle était la nature exacte de votre relation avec lui. Il est votre directeur de thèse, jeune homme ?

Il s'assit sur une ottomane et se pencha vers nous d'un air attentif.

Je lançai un regard à Helen, qui hocha en retour imperceptiblement la tête. L'*attar* de roses aurait-il adouci sa méfiance ?

— Professeur Bora, je dois vous avouer avec regret que nous n'avons pas été très francs avec vous sur ce point, confessai-je. Mais nous sommes venus ici dans le cadre d'une mission assez... spéciale et nous ne savons pas à qui nous devons faire confiance ou pas.

— Je vois.

Il sourit.

— Peut-être êtes-vous plus sages que vous ne le pensez.

Cela me donna à réfléchir, mais Helen inclina de nouveau la tête et je poursuivis :

— Le professeur Rossi présente un intérêt tout particulier pour nous, pas uniquement parce qu'il est mon directeur de thèse, mais à cause de certaines informations qu'il nous a communiquées – enfin, qu'il m'a communiquées – et parce que… eh bien, parce qu'il a disparu.

Le regard de Turgut était perçant.

— Disparu ?

— Oui.

J'évoquai rapidement mes liens avec Rossi, notre travail sur ma thèse de doctorat et le livre étrange que j'avais découvert sur mon pupitre à la bibliothèque. Lorsque je décrivis le fameux livre, Turgut se redressa brusquement sur son siège et joignit les mains, mais il conserva le silence et écouta mon récit avec plus d'attention encore. J'évoquai ma conversation dans le bureau de Rossi, quand je lui avais montré le livre, et l'histoire qu'il m'avait racontée au sujet d'un livre qu'il avait trouvé lui aussi dans des circonstances identiques.

Trois livres… songeai-je en m'interrompant pour reprendre mon souffle. Nous connaissions déjà trois de ces livres maintenant – un chiffre magique. Mais de quelle façon étaient-ils reliés les uns aux autres ? Car il y avait forcément un lien.

Je répétai à Turgut ce que Rossi m'avait dit au sujet de ses recherches à Istanbul – à ce point de mon récit, il secoua la tête comme s'il était dérouté – et lui dévoilai sa découverte : la forme même du dragon correspondait aux contours des anciennes cartes. Je lui racontai également les circonstances de la brusque disparition de Rossi, cette ombre grotesque que j'avais vue passer devant la fenêtre de son bureau ce soir-là, et comment j'avais commencé à le chercher par mes propres moyens, en ne croyant tout d'abord qu'à moitié son histoire.

Parvenu à ce stade de mon récit, je m'arrêtai encore, cette fois pour consulter Helen, parce que je ne voulais pas révéler sa propre histoire sans sa permission. Elle me regarda paisiblement depuis les profondeurs du divan et, à ma grande surprise, elle reprit elle-même le fil du récit et expliqua à Turgut de sa voix basse aux intonations parfois dures tout ce qu'elle m'avait déjà raconté : l'histoire de sa naissance, sa vendetta personnelle contre Rossi, ses recherches intensives sur l'histoire de Drakula, et son intention de retrouver la trace de sa légende, ici même, dans cette ville.

Les sourcils de Turgut se haussèrent jusqu'à la lisière de ses cheveux gominés. La clarté de la diction d'Helen, la richesse de son vocabulaire, son intelligence brillante, tout, jusqu'à la rougeur de ses pommettes dans son beau visage, contribuait à susciter l'admiration – à mon sens, tout au moins – et, pour la première fois depuis notre rencontre, j'éprouvai un petit pincement de jalousie à l'égard de Turgut qui buvait les paroles d'Helen en la mangeant des yeux.

Après qu'Helen eut achevé son récit, nous restâmes tous les trois silencieux quelques instants. La lumière verte qui illuminait cette pièce magnifique semblait s'épaissir autour de nous, et un sentiment d'irréalité glauque s'insinua en moi.

Finalement, Turgut prit la parole :

— Votre expérience est en tout point remarquable et je vous remercie de l'avoir partagée avec moi. Je suis navré de cette triste histoire concernant votre famille, mademoiselle Rossi. Et j'aimerais être en mesure d'expliquer pourquoi le professeur Rossi s'est cru obligé de m'écrire qu'il ne savait rien de ces documents, alors que, de toute évidence, il s'agit d'un mensonge, n'est-ce pas ? Mais la disparition soudaine d'un aussi grand érudit est une très grande perte. Le malheureux a été puni pour quelque chose – ou bien il l'est en ce moment même, pendant que nous discutons.

La torpeur qui m'avait envahi se dissipa en une seconde, comme balayée par un vent glacé.

— D'où vous vient cette certitude ? Et comment le retrouver, si votre théorie est exacte ?

— Je suis un rationaliste, tout comme vous, répondit tranquillement Turgut, mais mon instinct me dit de croire ce que le professeur Rossi vous a révélé ce soir-là. D'ailleurs, le témoignage du vieux bibliothécaire – il a bel et bien vu un chercheur étranger s'enfuir de la salle des archives, terrorisé – est bien la preuve qu'il n'a pas menti. Par ailleurs, j'ai effectivement trouvé le nom de Bartolomeo Rossi dans le registre, et il y a eu l'apparition de ce... cette créature avec ce filet de sang au coin de...

Il s'interrompit, s'humecta les lèvres et reprit :

— Et maintenant, cette découverte effarante, son nom et le titre de son article apparus mystérieusement à la fin de la bibliographie de l'ordre du Dragon... Cet ajout me laisse pantois ! Vous avez pris la bonne décision, mes chers collègues, en venant à Istanbul. Si le professeur Rossi est captif ici, nous le trouverons.

Il hésita un instant, puis se pencha vers nous et reprit d'une voix exaltée :

— Vous ne le savez pas, mais j'ai moi-même envisagé un temps que la tombe de Drakula puisse se trouver à Istanbul. Par ailleurs, le fait que quelqu'un ait ajouté récemment le nom de Rossi au bas de cette bibliographie me porte à croire qu'il y a de fortes chances qu'il soit ici. Je sais que vous pensez que Rossi est retenu à l'endroit même où Drakula a été enterré, dans la Tombe maudite. Quoi qu'il en soit, vous pouvez compter sur mon entière coopération dans cette affaire. Je me sens... responsable vis-à-vis de vous.

— J'ai une question.

Helen plissa les yeux.

— Professeur Bora, puis-je vous demander ce qui vous a conduit dans ce restaurant, hier soir ? Sans vouloir vous offenser, je trouve pour le moins étonnant que vous soyez venu vous asseoir précisément à côté de nous alors que nous arrivions tout juste à Istanbul et que nous recherchions des documents d'archives pour lesquels – quelle coïncidence ! – vous vous passionnez depuis des années.

Pour toute réponse, il saisit un petit coffret en cuivre sur une table et l'ouvrit, nous proposant une cigarette. Je refusai, mais Helen en prit une et l'alluma à la flamme que lui présentait notre hôte. Leurs têtes se touchaient presque. Il alluma également la sienne et ils s'observèrent l'un l'autre, si bien que, pendant un moment, je me sentis subtilement exclu de ce tête-à-tête silencieux. Le tabac dégageait une odeur agréable – manifestement il s'agissait d'un mélange de choix, un mélange rare ; je me demandai si c'était cela, ce fameux raffinement turc dont on parlait tant aux États-Unis. Turgut exhala doucement sa fumée, et Helen ôta ses pantoufles avant de rassembler ses jambes sous elle, comme si elle avait l'habitude de se lover sur des coussins. C'était un aspect de sa personnalité que je n'avais jamais vu auparavant, cette grâce naturelle qui s'exprimait en elle sous le charme de l'hospitalité orientale.

Enfin, Turgut parla :

— Comment se fait-il que nous nous soyons rencontrés dans ce restaurant ? Je me suis posé moi-même la question, mes bons amis, et je ne possède pas la réponse. Mais je peux vous assurer, en toute sincérité, qu'en m'asseyant près de votre table j'ignorais qui vous étiez, et les raisons de votre présence à Istanbul. En fait, il se trouve que c'est l'un de mes restaurants préférés, et j'y viens souvent après mes cours. J'ai poussé la porte presque sans y penser, hier, et en voyant la salle déserte, à part une table occupée par deux étrangers, je n'ai pas eu envie de rester tout seul dans mon coin et je suis venu de votre côté. Ma femme affirme que j'ai un besoin compulsif de nouer des liens, d'amitié si possible…

Il sourit et tapota la cendre de sa cigarette dans une coupelle en cuivre, qu'il poussa ensuite vers Helen.

— Ce n'est pas une maladie si grave, n'est-ce pas ? Bref, quand j'ai vu l'intérêt que vous portiez à mon sujet de prédilection, j'ai été étonné et ravi. Et maintenant que je viens d'entendre votre récit pour le moins extraordinaire, j'ai le sentiment que je dois être votre assistant ici, à Istanbul. Après tout, pourquoi êtes-*vous* entrés dans *mon* restaurant préféré ? Je conçois votre méfiance, madame, mais je n'ai pas de réponse satisfaisante à vous offrir, si ce n'est que cette étonnante coïncidence me donne… de l'espoir ! "Il y a plus de choses sur la terre et dans le ciel, Horatio, que n'en rêvent les philosophes…", comme dit Hamlet.

Il nous regarda pensivement et l'expression de son visage reflétait une sincérité mêlée de tristesse.

Helen souffla un nuage de tabac turc dans la lumière trouble.

— Très bien. Espérons, en ce cas. Mais à quoi cela nous mène-t-il ? Nous avons vu les originaux des cartes, ainsi que la bibliographie de l'ordre du Dragon que Paul voulait tellement examiner. En quoi sommes-nous plus avancés ?

— Venez avec moi, dit Turgut d'un ton abrupt.

Il se leva et les ultimes traces de langueur de l'après-midi s'évanouirent. Helen écrasa sa cigarette et se leva à son tour, sa manche effleurant ma main. Je me redressai également, avec un temps de retard.

— Passons dans mon bureau. Je voudrais vous montrer quelque chose…

Turgut ouvrit une porte dissimulée derrière les plis d'un antique tissu de soie et de laine, et s'effaça devant nous. »

31.

J'étais totalement pétrifiée sur mon siège, les yeux rivés sur le journal qui masquait l'homme assis en face de moi dans le compartiment. Je savais que j'aurais dû bouger, me comporter normalement, sinon j'allais attirer son attention, mais il était lui-même à ce point immobile que je me mis à imaginer que je ne l'avais pas même entendu respirer et, du coup, j'eus du mal à respirer moi-même.

Au bout d'un moment, ce que je redoutais par-dessus tout se réalisa : il s'adressa à moi derrière son journal. Sa voix était parfaitement assortie à ses chaussures cirées et à son pantalon impeccablement coupé ; il s'exprima dans ma langue, mais avec un accent que je fus incapable de situer, même si j'y décelai une pointe de français – mais peut-être étais-je influencée par les gros titres à la une du *Monde*, qui dansaient et se brouillaient devant mon regard horrifié ? Des événements tragiques avaient lieu en ce moment au Cambodge, en Algérie, et dans des endroits dont je n'avais encore jamais entendu parler… Mais l'homme parlait derrière les feuilles imprimées et ma peau se couvrit de chair de poule parce que je n'arrivais pas à croire ce que j'entendais. Sa voix était paisible, cultivée. Elle me posait une unique question :

— Où est votre père, mon petit ?

Je ne fis qu'un bond jusqu'à la porte du compartiment. J'entendis le journal glisser derrière moi, mais toute mon attention était focalisée sur le système de fermeture. Grâce au ciel, il n'était pas verrouillé et s'ouvrit sous mes doigts tremblants dans une seconde de peur panique. Sans me retourner, je jaillis hors du compartiment comme si j'avais la mort aux trousses et me ruai dans la direction que Barley avait prise pour se rendre au wagon-restaurant.

Dieu merci, il y avait des passagers ici et là dans les autres compartiments, rideaux ouverts, un livre, un magazine, un panier de pique-nique à côté d'eux, leurs visages se tournant vers moi avec curiosité tandis que je passais devant eux en courant comme une folle. Je ne pouvais pas m'arrêter, pas même pour écouter si des pas me suivaient. Je me rendis compte tout à coup que nos valises étaient restées dans le compartiment, dans le porte-bagages du haut. Allait-il s'en emparer ? Les fouiller ? Heureusement, mon sac à main avec toutes les lettres dedans était accroché à mon bras. Je m'étais endormie après avoir enroulé la bandoulière autour de mon poignet, comme chaque fois que je me trouvais dans un lieu public.

Barley était installé au fond du wagon-restaurant, son livre ouvert sur la table, devant lui. Il avait commandé du thé et d'autres choses, et il lui fallut un moment pour lever les yeux de son petit royaume et enregistrer ma présence. Je devais avoir l'air passablement agitée parce qu'il m'attira aussitôt à l'intérieur du box.

— Qu'est-ce qu'il y a ?

Je nichai mon front dans son cou, luttant pour ne pas fondre en larmes.

— Je me suis réveillée et… et il y avait un homme dans notre compartiment qui lisait le journal… et je ne pouvais pas voir son visage…

Barley posa une main apaisante sur mes cheveux.

— Un homme avec un journal ? C'est ça qui vous a bouleversée ?

— Il est resté caché derrière son journal, chuchotai-je en me retournant pour guetter l'entrée du wagon-restaurant.

Mais il n'y avait personne, pas l'ombre d'une silhouette noire surgissant pour inspecter le wagon.

— Et il m'a parlé.

— Oui ?

Barley semblait avoir découvert qu'il aimait mes boucles.

— Il m'a demandé où était mon père.

— *Quoi ?*

Cette fois, il s'était brusquement redressé.

— Vous êtes sûre ?

— Oui. Il m'a posé la question en anglais.

Je me redressai moi aussi.

— Je me suis enfuie, et je ne pense pas qu'il m'ait suivie, mais il est dans le train. J'ai dû laisser nos bagages dans le compartiment.

Barley se mordit la lèvre si violemment que je m'attendis presque à voir du sang couler sur sa peau claire. Puis il fit signe au serveur, se leva, conversa avec lui pendant quelques instants et puisa un généreux pourboire dans sa poche, qu'il laissa à côté de sa tasse à thé.

— Le prochain arrêt est Boulois, m'informa-t-il. Dans seize minutes.

— Et nos bagages ?

— Vous avez votre sac et j'ai mon portefeuille.

Barley s'interrompit brusquement et me regarda, blême.

— Les lettres ! Il…

— Non, elles sont dans mon sac, répondis-je très vite.

— Merci mon Dieu. Nous serons peut-être obligés d'abandonner le reste des bagages, mais ça n'a pas d'importance.

Barley me prit par la main et nous nous dirigeâmes vers le fond du wagon-restaurant et de là, à ma grande surprise, dans les cuisines. Le serveur se précipita derrière nous et nous fit entrer dans un petit renfoncement, près des réfrigérateurs. Barley pointa un doigt : il y avait une porte tout à côté. Nous restâmes cachés là pendant les seize minutes, moi agrippant mon sac comme une bouée de sauvetage. Cela semblait tout naturel que nous nous tenions serrés l'un contre l'autre dans cet espace réduit, comme deux fugitifs. Soudain, je me remémorai le présent que m'avait laissé mon père et je le touchai du bout des doigts : le crucifix pendait à mon cou, bien visible sur le col de mon chemisier. Pas étonnant que le journal de l'Autre soit resté brandi comme un bouclier.

Le train finit par ralentir, les freins vibrèrent et crissèrent, et nous nous arrêtâmes. Le serveur poussa un levier et la porte près de nous s'ouvrit. Il adressa à Barley un sourire complice ; il devait nous prendre pour deux amoureux en fugue, poursuivis par mon père furibond.

— Bon, on descend du train, mais on reste tout à côté du wagon, qu'on ne soit pas à découvert, commanda Barley à voix basse.

Nous sautâmes prudemment sur le quai. Devant nous se dressait une grosse gare en stuc, à l'ombre de grands arbres argentés. L'air était chaud et doux.

— Vous le voyez ? Est-ce qu'il est là ?

J'observai les mouvements des voyageurs jusqu'à ce que j'aperçoive enfin – très loin, par-delà la file des passagers qui descendaient du train – la haute silhouette d'un homme aux larges épaules, vêtu de noir... Il y avait en lui quelque chose d'obscur, une noirceur qui fit chanceler mon cœur. Il portait un chapeau noir, à présent, qu'il avait rabattu sur ses yeux, de sorte qu'il me fut impossible de distinguer son visage. Il tenait un attaché-case sombre dans une main et une sorte de rouleau blanc dans l'autre, peut-être le journal.

— C'est lui...

Je m'obligeai à ne pas le montrer du doigt et Barley me ramena aussitôt en arrière.

— Ne vous montrez pas. Je vais regarder ce qu'il fait. S'il pouvait avoir la bonne idée de rester dans ce trou, on remonterait et...

Barley scruta le quai pendant que je restais résolument en retrait, recroquevillée sur les marches, le cœur battant à tout rompre.

— Il marche de long en large... Ouf, il part vers la gare. On va pouvoir continuer sur Perpignan sans lui.

Deux coups de sifflet stridents déchirèrent l'air et Barley m'agrippa le bras avec force.

— Non, il fait demi-tour ! Il inspecte les fenêtres des wagons... Je crois qu'il va remonter à bord. Sapristi, ce type a des nerfs d'acier – il regarde sa montre... Ça y est, il monte à l'intérieur du train ! Non, il redescend ! Il vient de ce côté ! Attention, nous allons peut-être être obligés d'embarquer juste au moment de la fermeture des portes. Vous êtes prête ?

Au même moment, le chef de gare donna le signal du départ, et Barley jura tout bas.

— C'est pas vrai, il remonte à bord ! Il a dû comprendre que nous n'avions pas réellement l'intention de descendre ici.

Barley me tira brusquement sur le quai. Le train eut une secousse, puis s'ébranla. Certains passagers avaient baissé les vitres et se penchaient à l'extérieur pour fumer ou regarder dehors. Parmi eux, à plusieurs voitures de nous, je vis une tête sombre tournée dans notre direction, un homme aux épaules carrées – habité, à ce qu'il me parut, par une fureur froide. Puis le train prit de la vitesse et entama une courbe, c'était fini.

Je me tournai vers Barley et nous échangeâmes un regard empli de rage impuissante. Assis dans la petite gare rurale, deux pelés et un tondu nous observaient avec curiosité. Nous étions échoués au beau milieu de nulle part.

32.

« On aurait pu penser que le bureau de Turgut ressemblerait lui aussi à un rêve oriental, le havre d'un intellectuel ottoman, mais il n'en était rien. La pièce dans laquelle il nous fit entrer était beaucoup plus réduite que le vaste salon que nous venions de quitter, mais tout aussi haute de plafond, et deux fenêtres laissaient entrer largement la lumière du jour. Deux des murs étaient recouverts de livres, du sol au plafond. Des rideaux en velours noir, tombant jusqu'au sol, encadraient chaque fenêtre, et une tapisserie évoquant une scène de chasse à courre donnait au lieu une tonalité médiévale. Des piles de chefs-d'œuvre de la littérature anglaise et autres essais de référence sur la question s'entassaient sur une table, au centre ; le théâtre complet de Shakespeare occupait tout un meuble, à côté du bureau.

Ma première impression en franchissant le seuil ne fut pourtant pas celle d'un lieu imprégné de culture anglaise, mais plutôt la sensation d'une présence plus sombre, une obsession qui avait progressivement dominé l'influence plus "civilisée" des classiques sur lesquels il travaillait. Cette présence me sauta soudain aux yeux sous la forme d'un regard arrogant qui soutenait le mien aux quatre coins de la pièce : ici, sur une gravure accrochée au mur ; là, sur un lutrin ; ici encore, sur une tapisserie ancienne ;

là enfin, sur un dessin encadré près de la fenêtre... Les supports et les expressions variaient, mais c'était toujours le même visage : mêmes joues creuses, même moustache, même physionomie médiévale.

Turgut m'observait.

— Je vois que les présentations sont inutiles, déclara-t-il gravement. Comme vous pouvez le constater, je suis un collectionneur qui va au bout de sa passion.

Nous nous tenions côte à côte, les yeux fixés sur la gravure accrochée au mur, derrière le bureau. C'était une reproduction d'une gravure sur bois comme celle que j'avais vue aux États-Unis, mais cette fois, le visage était représenté de pleine face, de sorte que le regard d'un noir d'encre semblait nous transpercer.

— Où avez-vous réussi à trouver autant de portraits différents ? demandai-je.

— Un peu partout.

Turgut eut un geste en direction du dessin, encadré près de la fenêtre.

— J'en ai fait réaliser certains, à partir de gravures anciennes ; j'en ai déniché d'autres dans des magasins d'antiquités ou des ventes aux enchères. C'est incroyable, le nombre d'objets à son effigie qu'on peut trouver dans cette ville, pour peu qu'on se donne la peine de chercher. J'avais le sentiment que, si je parvenais à les rassembler tous, je deviendrais capable de déchiffrer dans ses yeux le secret de mon étrange petit livre vierge...

Il poussa un soupir.

— Mais ces gravures sur bois sont si grossières, si... réductrices. Aucune ne me satisfaisait vraiment, alors j'ai demandé à un ami artiste de les fondre en une seule pour en extraire un portrait unique.

Très impressionnés, Helen et moi échangeâmes un rapide regard où l'appréhension l'emportait sur la curiosité.

Turgut nous entraîna jusque devant une niche installée près de l'une des fenêtres. Elle était masquée par des rideaux courts, également en velours noir. Une sorte d'effroi m'envahit avant même qu'il tende la main vers la cordelette, et lorsque les rideaux s'écartèrent, je crus que mon cœur se retournait.

Les tentures en velours venaient de dévoiler un tableau peint à l'huile, représentant grandeur nature le portrait hallucinant de vérité d'un homme jeune, viril, au cou de taureau. Les longs cheveux noirs bouclés tombaient sur ses épaules ; son visage était d'une beauté et d'une cruauté... fascinantes, le teint pâle et lumineux, le nez droit, les narines épatées, les yeux verts brillant d'un éclat surnaturel. Les pommettes étaient saillantes et les sourcils épais sous la coiffe en velours vert sombre, ornée sur le devant d'une plume brun et blanc. Les lèvres rouges avaient un dessin sensuel sous la longue moustache noire, mais elles étaient étroitement serrées comme pour contrôler une contraction nerveuse du menton.

C'était un visage habité par la vie, mais qui n'offrait pas une once d'humanité ; débordant de force et d'énergie, mais dénué de toute mesure. Aussi farouches qu'insondables, les yeux constituaient l'élément le plus troublant du tableau : ils donnaient l'impression de vous fixer, comme s'ils étaient vivants, de vous pénétrer de part en part comme des poignards. Au bout de quelques secondes je détournai mon propre regard pour échapper à leur effroyable intensité. Helen, à mes côtés, se rapprocha imperceptiblement de mon épaule, plus pour me témoigner son soutien que pour chercher du réconfort.

— Mon ami est un peintre de grand talent, commenta Turgut d'une voix douce. Vous comprenez pourquoi j'ai soin de maintenir ce tableau derrière un rideau fermé. Je n'aime pas le regarder pendant que je travaille.

Je songeai qu'il aurait pu inverser la phrase et dire qu'il n'aimait pas que le tableau le regarde.

— C'est une idée de l'apparence que pouvait avoir Vlad Drakula vers 1456, au début de son long règne sur la Valachie. Il avait vingt-cinq ans alors, il avait reçu une excellente éducation selon les critères inhérents à sa culture, et c'était un remarquable cavalier. Au cours des vingt années suivantes, il tua peut-être quinze mille de ses sujets – parfois pour des raisons politiques, mais souvent aussi pour le seul plaisir de les regarder mourir.

Il referma le rideau et je fus heureux de voir s'éteindre ce terrible regard qui me perçait l'âme.

— J'ai bien d'autres curiosités à vous montrer, déclara-t-il en ouvrant une armoire en bois fixée au mur. Voici un sceau de l'ordre du Dragon que j'ai trouvé sur un marché aux antiquités, près du port de l'ancienne cité. Et ici, une dague en argent, qui remonte au début de l'ère ottomane à Istanbul. Je suis convaincu qu'elle était utilisée pour la chasse aux vampires parce qu'il y a une inscription dans ce sens sur la gaine. Quant à ces chaînes et ces pointes…

Il nous montrait une autre vitrine.

— … c'étaient des instruments de torture, j'en ai peur, peut-être originaires de Valachie même. Et ceci, mes amis, constitue la pièce de résistance.

Me raidissant à l'avance, je le regardai s'emparer d'une magnifique boîte en bois marqueté posée sur son bureau et ouvrir le fermoir. À l'intérieur, parmi les plis d'une garniture en satin noir, étaient alignés plusieurs outils pointus qui ressemblaient à des instruments chirurgicaux, ainsi qu'un petit pistolet en argent et un couteau également en argent.

— Qu'est-ce que c'est ? murmura Helen.

Elle tendit la main vers la boîte d'un geste hésitant, puis se ravisa.

— Un authentique kit de chasse au vampire, vieux d'un siècle ! rapporta fièrement Turgut. Je crois qu'il vient de Bucarest. Un de mes amis qui est un collectionneur d'antiquités l'a déniché pour moi il y a plusieurs années. Il en existait un grand nombre – on les vendait aux voyageurs en Europe de l'Est au dix-huitième et au dix-neuvième siècle. À l'origine, on mettait une tête d'ail, dans cette cavité, ici, mais moi j'ai préféré suspendre le mien.

Il pointa son index et je ne pus m'empêcher de frissonner en apercevant les longues tresses d'ail accrochées de chaque côté de la porte, face à son bureau. Il me vint tout à coup à l'esprit que le professeur Bora n'était peut-être pas simplement un chercheur qui allait "au bout de sa passion", mais également un malade mental.

Bien des années plus tard, je compris mieux la réaction de méfiance que m'avait inspirée le bureau de Turgut, une pièce qu'on aurait pu croire tout droit sortie du château de Drakula, un réduit médiéval équipé d'instruments de torture. Il est indéniable que nous autres historiens sommes fascinés par ce qui est en partie un reflet de nous-mêmes, une facette obscure de notre personnalité que nous ne tenons peut-être pas à explorer autrement que par l'intermédiaire de l'érudition ; il est vrai également que plus nous nous imprégnons du sujet qui nous passionne, plus il devient une partie intégrante de nous-même. Comme je visitais une université américaine, une bonne décennie plus tard, on me présenta l'un des plus grands spécialistes américains de l'Allemagne nazie. Il habitait une maison confortable à la lisière du campus, où il avait rassemblé non seulement des ouvrages sur son sujet de prédilection, mais aussi le service de table officiel des hauts dignitaires du Troisième Reich. Ses chiens, deux énormes bergers allemands, montaient la garde jour et nuit dans sa cour. Tandis que nous buvions un verre dans son salon avec d'autres membres de l'université, il me dit sans aucune ambiguïté combien les crimes de Hitler le révulsaient et sa volonté de les révéler avec le plus de détails possible au monde civilisé, mais il avait beau dire, je sentais en lui une trouble fascination. Je quittai la soirée très tôt, passant prudemment devant ses gros chiens, incapable de surmonter ma répulsion.

— Vous devez estimer que j'en fais trop..., déclara Turgut presque en s'excusant, comme s'il avait lu dans mes pensées.

Ses yeux étaient toujours rivés sur les tresses d'ail.

— Mais je n'aime pas rester assis ici, entouré par tout ce passé maléfique, sans protection, vous comprenez ? Et maintenant, je vais vous montrer ce pour quoi je vous ai amenés ici.

Il nous invita à nous asseoir sur des chaises bancales recouvertes de damas. Dans le dossier de la mienne était incrusté quelque chose qui ressemblait à... à de l'os ? Je ne m'y appuyai pas. Turgut sortit un épais classeur de l'une des bibliothèques. Il en retira des copies, faites à main levée, des documents que nous avions examinés dans la salle des archives (les fameuses cartes, identiques à celles de Rossi, quoique réalisées avec plus de soin), puis une lettre manuscrite qu'il me tendit. Elle portait l'en-tête de l'université et elle était signée Bartolomeo Rossi – il n'y avait aucun doute possible sur l'authenticité de la signature : les boucles de ses initiales m'étaient familières. Du reste, Rossi était effectivement installé aux États-Unis à la date indiquée. Les quelques lignes étaient conformes à ce que Turgut nous en avait dit : Rossi affirmait n'avoir jamais entendu parler des archives du sultan Mehmed. Il était navré de décevoir le professeur Bora et lui souhaitait de réussir dans ses recherches. C'était vraiment une lettre incompréhensible.

Turgut nous montra ensuite un petit livre relié en cuir ancien. J'eus toutes les peines du monde à ne pas m'en emparer aussitôt et à attendre pendant que Turgut l'ouvrait délicatement et nous montrait tout d'abord les pages blanches du début à la fin, exception faite de la gravure centrale – cette silhouette déjà familière du dragon couronné, avec ses ailes violemment déployées et ses griffes enserrant la bannière où figurait ce mot unique, comme une menace.

J'ouvris ma sacoche, que j'avais apportée avec moi, et j'en sortis mon exemplaire du livre. Turgut posa les deux ouvrages côte à côte sur le bureau. Chacun de nous put ainsi comparer tout à loisir son propre poison avec celui de l'autre, et nous constatâmes ensemble que les deux dragons étaient identiques – à ceci près que le sien était un peu plus sombre, le mien un peu plus fané, mais c'était le même, le même. Jusqu'à cette petite tache près de l'extrémité de la queue du monstre, comme si un défaut sur le bloc d'impression avait barbouillé un peu d'encre à chaque gravure. Helen n'en finissait pas d'examiner la double image, pensive et silencieuse.

— Incroyable, souffla finalement Turgut. Je n'aurais jamais imaginé qu'il puisse exister un deuxième livre, identique au mien.

— Trois, lui rappelai-je. C'est le troisième que je vois avec celui de Rossi, exactement semblable aux deux nôtres.

Il hocha la tête.

— Si seulement nous parvenions à comprendre ce que cela peut signifier.

Il plaça ses copies des cartes à côté de nos livres et suivit avec son large doigt le contour des deux dragons afin de le comparer au tracé du fleuve et des montagnes.

— Stupéfiant, murmura-t-il. Comment ai-je pu passer à côté d'une telle évidence ? Ça correspond en tout point. Un dragon qui forme une carte ! Mais une carte de quoi ?

Ses yeux luisaient.

— C'est ce que Rossi tentait de découvrir dans la salle des archives, répondis-je avec un soupir. Si seulement il avait poursuivi ses recherches pour découvrir la clé de l'énigme !

— Peut-être l'a-t-il fait, murmura Helen d'une voix songeuse.

Je me tournais vers elle pour lui demander ce qu'elle entendait par là quand la porte du bureau s'ouvrit, nous faisant sursauter. Au lieu d'une créature démoniaque, néanmoins, ce fut une petite femme souriante, vêtue d'une robe verte, qui apparut sur le seuil. Il s'agissait de l'épouse de Turgut et nous nous levâmes pour la saluer.

— Bonjour, ma chérie.

Turgut la fit entrer rapidement.

— Voici mes amis, les collègues des États-Unis dont je t'ai parlé.

Il procéda aux présentations avec galanterie et Mme Bora nous serra la main avec un sourire affable. Elle mesurait exactement la moitié de la taille de Turgut, avec des yeux verts frangés de longs cils, et un tourbillon de boucles tirant sur le roux.

— Je suis désolée de ne pas avoir été là pour vous accueillir.

Elle s'exprimait dans un anglais lent et appliqué.

— Je suis sûre que mon mari ne vous a rien donné à manger, si ?

Nous protestâmes, affirmant qu'il nous avait servi un festin de roi, au contraire, mais elle secoua la tête.

— Monsieur Bora ne pense jamais à nourrir nos invités. Il manque à tous ses devoirs !

Elle agita un doigt minuscule en direction de son mari, qui paraissait aux anges.

— Ma femme me terrorise, nous confia-t-il avec un sourire épanoui. Elle est aussi féroce qu'une amazone.

Helen, qui dépassait Mme Bora d'une bonne tête, leur sourit. Ils étaient irrésistibles.

— Et en plus, je suis certaine qu'il vous a ennuyés avec ses histoires abominables, reprit Mme Bora. C'est une idée fixe ! Je suis désolée.

Quelques minutes plus tard, nous étions de nouveau installés dans les somptueux divans et Mme Bora nous servait un thé à la menthe en souriant. C'était une femme d'une quarantaine d'années, paisible, assez jolie, avec des gestes délicats qui faisaient penser à un moineau. Son anglais était très approximatif, mais elle le mettait en pratique avec une bonne humeur charmante, comme si son mari ramenait fréquemment à la maison des invités étrangers. Sa robe était à la fois simple et élégante, ses mouvements pleins de grâce. J'imaginais les enfants de l'école dans laquelle elle enseignait, se regroupant autour d'elle… en lui arrivant au menton. Je me demandais si Turgut et elle avaient fondé une famille ; il n'y en avait pas trace dans la pièce, en tout cas, et je ne voulais pas me montrer indiscret en posant la question.

— Mon mari vous a-t-il fait visiter la ville ? demandait Mme Bora à Helen.

— Une partie, oui, répondit Helen. J'ai bien peur que nous lui ayons pris beaucoup de son temps aujourd'hui.

— Non, c'est moi qui ai abusé du vôtre.

Turgut buvait son thé avec une satisfaction manifeste.

— Mais nous avons encore beaucoup de travail à accomplir. Ma chérie…

Il se tourna vers sa femme.

— … nous sommes à la recherche d'un professeur qui a disparu, je vais donc être très occupé pendant plusieurs jours.

— Un professeur disparu ?

Mme Bora lui adressa un sourire impassible.

— Très bien. Mais nous devons dîner d'abord. J'espère que vous nous ferez l'honneur de partager notre repas ? demanda-t-elle en se tournant vers nous.

L'idée même de manger m'était insupportable et j'évitai soigneusement de croiser le regard d'Helen. Mais elle semblait trouver la proposition tout à fait normale.

— Merci, madame Bora. Vous êtes adorable, vraiment, mais il va nous falloir rentrer à notre hôtel. Nous avons un rendez-vous là-bas, à dix-sept heures.

Ah bon ? J'étais perplexe, mais je jouai néanmoins le jeu.

— C'est exact. Un couple d'Américains doit nous y rejoindre pour boire un verre. Mais j'espère que nous aurons très prochainement le plaisir de vous revoir, tous les deux.

Turgut hocha vigoureusement la tête.

— J'y compte bien ! En attendant, je vais chercher dans ma bibliothèque si je trouve quoi que ce soit qui puisse nous aider. Nous devons réfléchir à la possibilité que la tombe de Drakula se trouve ici même – et que ces cartes fassent référence à un quartier de la ville. J'ai quelques ouvrages anciens sur Istanbul et l'un de mes amis possède des recueils de textes très rares sur le sujet. Je vais y travailler toute la nuit.

— Drakula ! Encore lui...

Mme Bora secouait la tête.

— Je préfère Shakespeare à Drakula. C'est un sujet beaucoup plus sain. Sans compter que...

Elle nous lança un regard malicieux.

— ... c'est Shakespeare qui paie nos factures.

Ils nous raccompagnèrent jusqu'à la porte avec beaucoup de cérémonie, et Turgut nous fit promettre de le retrouver le lendemain matin à neuf heures dans le hall de notre pension. Il nous dirait alors ce qu'il avait appris et nous retournerions dans la salle des archives de la bibliothèque pour le cas où il y aurait eu de nouveaux développements. En attendant, il insistait pour que nous nous montrions très prudents. Il voulait nous raccompagner jusqu'à notre hôtel, mais nous lui assurâmes que nous pouvions retrouver seuls le chemin du ferry – il partait dans vingt minutes, nous informa son épouse. Ils restèrent tous les deux sur les marches, main dans la main, en nous lançant des au revoir pendant que nous nous éloignions sous la voûte des figuiers et des peupliers.

— Ils forment un couple charmant, commentai-je à l'adresse d'Helen.

Je m'en repentis aussitôt car elle lâcha son habituel ricanement cynique.

— En route, Yankee, dit-elle. Nous avons du travail.

En temps normal, j'aurais souri du surnom dont elle venait de m'affubler, mais cette fois quelque chose me fit me tourner vers elle et l'observer avec un frisson intérieur. Notre visite dans le bureau de Turgut m'avait laissé une impression pénible dont je ne parvenais pas à me débarrasser, une impression que j'avais tenue éloignée de mon esprit aussi longtemps que possible. Mais comme je contemplais Helen et qu'elle se tournait vers moi, son regard à la même hauteur que le mien, je fus inévitablement frappé par la similitude troublante qui existait entre ses traits énergiques et racés… et ce portrait saisissant, effroyablement vivant, que Turgut prenait soin de cacher derrière un rideau. »

33.

Quand l'express pour Perpignan eut complètement disparu derrière les arbres et le toit des maisons, Barley s'arracha à son hébétude.

— Bon, au moins, il est dans le train, et pas nous.

— Oui, mais maintenant il sait exactement où nous sommes !

— Pas pour très longtemps.

Remonté, Barley se dirigea vers le guichet vitré derrière lequel un vieil employé semblait dormir sur place. Il reprit rapidement ses esprits et leva vers nous un regard contrit. Les trois minutes de dialogue qui suivirent douchèrent l'optimisme de Barley.

— Il n'y a plus de train pour Perpignan aujourd'hui et pas de car avant demain après-midi, me résuma-t-il. Au mieux, on peut prendre l'express de dix heures trente, descendre à Toulouse et prendre la correspondance pour Perpignan. Il y a une ferme à la sortie du village où on pourra trouver une chambre. Le mieux, c'est d'y passer la nuit et de revenir ici demain matin.

Je ne savais plus si je devais me mettre en colère ou fondre en larmes.

— Barley, je ne peux pas me permettre d'attendre jusqu'à demain pour me rendre à Perpignan ! C'est beaucoup trop tard !

— On n'a pas le choix ! riposta Barley d'un ton irrité. J'ai écumé toutes les solutions : taxi, voiture, tracteur, charrette tirée par un âne, auto-stop... la réponse est non ! Que voulez-vous que je fasse de plus ?

Nous traversâmes le village en silence. C'était la fin de l'après-midi, une journée chaude, pleine de torpeur, et les rares personnes que nous apercevions sur le seuil des maisons ou dans leurs jardins semblaient à moitié engourdies, comme si elles étaient frappées par un sortilège. Il y avait un écriteau peint à la main à l'entrée de la ferme, et une longue table où des œufs, du fromage et du vin étaient mis en vente. La femme qui sortit en s'essuyant les mains sur son proverbial tablier n'eut pas le moins du monde l'air surprise de nous voir. Quand Barley me présenta comme sa sœur, elle sourit sans faire le moindre commentaire et n'essaya même pas de savoir pourquoi nous nous retrouvions ici sans bagages. Il lui demanda si elle pouvait nous louer deux chambres, elle répondit qu'elle n'en avait qu'une et nous la suivîmes dans une cour en terre battue où s'éparpillaient quelques fleurs et des poules occupées à gratter le sol. Les granges et le corps de ferme, en pierre, s'égrenaient tout autour. Si nous le souhaitions, nous pourrions dîner « à la fraîche » dans le jardin, derrière la maison, nous expliqua la fermière. Notre chambre était tout à côté, dans la partie la plus ancienne du bâtiment.

Elle nous précéda dans une cuisine décorée de poutres apparentes, puis dans une petite aile où le personnel devait probablement dormir autrefois. À mon grand soulagement, la chambre était équipée de deux lits d'une place, installés chacun à un bout de la pièce. Tout était d'une propreté immaculée, depuis les rideaux empesés jusqu'à la broderie ancienne, décolorée par le soleil, qui décorait l'un des murs. Le cabinet de toilette attenant comprenait un WC et un lavabo. J'y entrai pour m'asperger le visage d'eau froide pendant que Barley payait la femme.

Lorsque je ressortis, il me proposa de sortir faire un petit tour, histoire d'inspecter les environs et de se détendre. De toute façon, le dîner ne serait pas prêt avant une heure. L'idée de quitter l'enceinte protectrice de la cour de ferme ne m'emballait pas trop, mais une fois dehors, j'appréciai la fraîcheur de cette promenade sous le feuillage des arbres. Nous longeâmes les ruines de ce qui avait dû être une propriété magnifique. Barley enjamba la barrière et je l'imitai. Les murs à moitié effondrés formaient un amas de pierres sur le sol et les vestiges d'une tour survivante donnaient au lieu un air de grandeur passée. Il y avait un peu de paille dans la grange entrouverte, comme si cette bâtisse faisait encore office de remise.

Barley s'assit sur une grosse poutre tombée au sol et me regarda.

— Bon, à l'évidence, mademoiselle ne décolère pas, lança-t-il d'un ton provocant. Sur le coup, vous étiez bien contente que je vous sauve la vie, mais sous prétexte que la situation ne vous convient pas, vous m'en voulez.

Sa méchanceté me coupa le souffle quelques instants.

— Vous n'avez pas besoin de vous montrer aussi désagréable, rétorquai-je finalement, et je m'éloignai au milieu des pierres.

J'entendis Barley se lever et m'emboîter le pas.

— Vous auriez préféré rester à bord de ce train ? demanda-t-il d'une voix un peu plus civilisée.

— Non, évidemment !

Je gardai le visage détourné.

— Mais vous savez aussi bien que moi que mon père est peut-être déjà à Saint-Matthieu.

— Drakula, ou quelle que soit l'identité de l'homme qui était dans le compartiment avec vous, n'y est pas encore.

— Mais il aura un jour d'avance sur nous, maintenant ! ripostai-je, le regard fixé sur les champs.

L'église du village se dessinait au-delà d'une lointaine rangée de peupliers. On se serait cru dans un tableau ; il ne manquait que des chèvres ou des vaches.

— D'abord et d'une, sachez, ma petite, commença Barley (et je détestai son ton pontifiant), que nous ne savons même pas qui était à bord de ce train. Ce n'était peut-être pas l'Abomination en personne. Il a ses émissaires, à en croire votre père, non ?

— C'est encore pire, dans ce cas. S'il s'agissait de l'un de ses émissaires, ça signifie que Lui est peut-être déjà à Saint-Matthieu !

— À moins que…

Barley s'interrompit net, mais je devinai qu'il avait failli dire : « À moins qu'il ne soit ici, avec nous. »

— Et grâce à votre lumineuse initiative, il sait exactement où nous trouver, dis-je pour lui épargner cette peine.

— Qui est désagréable, maintenant ?

Barley entoura mes épaules de son bras d'un geste gauche. Je me rendis compte après coup qu'il s'était enfin exprimé comme s'il croyait à l'histoire de mon père. Les larmes que je m'efforçais de réprimer débordèrent soudain de mes yeux.

— Là, là, ça va aller, murmura Barley.

Sa chemise était chauffée par le soleil sous ma joue. Au bout d'un moment, je me repris et nous rentrâmes en silence à la ferme pour dîner.

« Helen ne prononça pas un mot pendant tout le trajet de retour, et de mon côté je m'appliquai à surveiller les passants, guettant le moindre signe suspect, jetant de temps à autre un regard derrière nous pour m'assurer que personne ne nous suivait. Quand finalement nous atteignîmes notre pension, mon esprit était en proie à la frustration de savoir que nous n'étions pas plus avancés dans notre tentative pour retrouver Rossi. En quoi une liste d'ouvrages, qui pour la plupart n'existaient apparemment même pas, pouvait-elle nous aider ?

— Allons dans ma chambre, décréta Helen sans cérémonie dès que franchîmes le seuil de la *pension*. Nous devons nous entretenir en privé.

Sa façon d'aller droit au but m'aurait amusé dans d'autres circonstances, mais son visage arborait une expression si ferme et déterminée que je me demandai seulement ce qu'elle pouvait avoir derrière la tête. Dans sa chambre, le lit était impeccablement fait et aucun effet personnel ne traînait. Elle s'installa sur la banquette sous la fenêtre et me fit signe de m'asseoir.

— Très franchement, déclara-t-elle en retirant ses gants et son chapeau, j'ai l'impression que notre quête du professeur Rossi vient de nous conduire dans une impasse.

J'acquiesçai tristement.

— C'est exactement ce que je me disais en venant ici. Mais peut-être Turgut obtiendra-t-il des informations de ses amis ?

Elle secoua la tête.

— Autant chercher une aiguille dans une motte de foin.

— Une meule, rectifiai-je d'un ton morne.

— Une meule de foin, répéta-t-elle. Quoi qu'il en soit, je crois que nous négligeons une piste extrêmement importante.

Je la regardai fixement.

— Laquelle ?

— Ma mère, répondit-elle abruptement. Vous aviez raison quand vous m'avez questionnée à son sujet quand nous étions aux États-Unis. J'ai pensé à elle toute la journée. Elle a connu Rossi bien avant vous et je ne l'ai jamais vraiment interrogée à son sujet après qu'elle m'eut révélé qu'il était mon père. À l'évidence, un sujet douloureux pour elle, et puis...

Elle soupira.

— Ma mère est quelqu'un de simple. Je ne pensais pas qu'elle puisse m'apprendre quoi que ce soit que je ne sache déjà sur les travaux de Rossi. Même quand elle m'a révélé que mon père croyait à l'existence de Drakula, je n'ai pas essayé de la questionner – je sais combien elle est superstitieuse. Mais maintenant je me demande si elle ne détient pas des informations qui pourraient nous permettre de le retrouver.

Une étincelle d'espoir s'était allumée en moi dès ses premiers mots.

— Mais comment faire pour lui parler ? Je croyais qu'elle n'avait pas le téléphone ?

— Elle ne l'a pas.

— Alors... ?

Helen serra ses gants dans sa main et les fit claquer sur son genou d'un geste plein d'allure.

— Alors, il va nous falloir nous rendre sur place. Elle vit dans une petite ville à la périphérie de Budapest.

— Quoi ?

Maintenant, c'était à mon tour d'être exaspéré.

— Mais comment donc ! C'est l'enfance de l'art. Nous allons sauter dans le premier train, vous avec votre passeport hongrois, moi avec mon passeport d'ennemi du peuple, et descendre devant chez votre maman pour papoter de Drakula avec elle !

Contre toute attente, Helen sourit.

— Vous n'avez aucune raison de vous énerver, Paul. Nous avons un proverbe, chez moi, qui dit : "Impossible n'est pas hongrois."

Je ne pus m'empêcher de rire.

— Parfait, en ce cas. Quel est votre plan ? Car je suppose que vous en avez un ?

— J'en ai un, oui.

Elle lissa ses gants.

— Ou plutôt, j'espère que ma tante en aura un.

— Votre tante ?

Helen tourna les yeux vers la fenêtre, en direction des vieilles maisons en stuc patiné par le temps, de l'autre côté de la rue. Le jour déclinait et la lumière méditerranéenne que j'avais déjà appris à aimer couvrait tous les murs d'or, dehors.

— Ma tante travaille au ministère de l'Intérieur de Hongrie depuis 1948, et c'est une dame assez influente. C'est grâce à elle que j'ai obtenu ma bourse d'études. Dans mon pays, vous n'arrivez à rien si vous n'avez pas un oncle ou une tante. Elle est la sœur aînée de ma mère, et son mari et elle l'ont aidée à quitter la Roumanie pour se réfugier en Hongrie juste avant ma naissance. Nous sommes très proches, elle et moi, et elle fera tout ce que je lui demande. Contrairement à ma mère, elle a le téléphone. Je crois que je vais l'appeler.

— Vous pensez qu'elle pourra faire venir votre mère au téléphone afin que nous puissions lui parler ?

Helen gémit.

— Misère ! Vous croyez que nous pouvons avoir une conversation privée ou aborder un sujet de controverse au téléphone ?

— Excusez-moi.

— Non, il faudra nous rendre là-bas en personne. Ma tante se chargera de tout organiser. De cette façon, nous pourrons discuter directement avec ma mère. Et puis…

Une certaine douceur passa dans sa voix.

— Elles seront tellement heureuses de me retrouver. Ce n'est pas très loin d'ici et je ne les ai pas vues depuis deux ans.

— Je suis prêt à tout pour retrouver Rossi, même si je me vois mal débarquer comme une fleur dans un pays communiste comme la Hongrie.

— Ah, lâcha Helen. En ce cas, vous aurez sans doute encore plus de mal à vous voir débarquer comme une fleur, comme vous dites, dans un pays communiste comme la Roumanie ?

Sa question me réduisit au silence quelques instants.

— Je sais, déclarai-je enfin. J'ai envisagé cette éventualité, moi aussi. S'il s'avère que la tombe de Drakula n'est pas à Istanbul, à quel autre endroit pourrait-elle se trouver ?

Nous restâmes assis pendant un long moment, perdus dans nos pensées respectives, plus éloignés l'un de l'autre, d'une certaine façon, que nous ne l'avions jamais été, puis Helen s'étira.

— Je vais voir si notre hôtelière veut bien nous laisser utiliser son téléphone. Ma tante va bientôt rentrer de son travail et je voudrais lui parler aussi vite que possible.

— Puis-je venir avec vous ? demandai-je. Après tout, cela me concerne aussi !

— Certainement.

Helen enfila ses gants et nous descendîmes parlementer avec la propriétaire dans son salon. Il nous fallut dix bonnes minutes pour obtenir qu'elle nous laisse utiliser son téléphone, mais quelques billets turcs de bonus glissés dans sa main, et la promesse de lui donner largement de quoi couvrir l'appel, finirent par la convaincre d'accéder à notre requête. Helen s'assit sur une chaise du salon et composa un labyrinthe de numéros. Finalement, je vis son visage s'éclairer.

— Ça sonne !

Elle me décocha son magnifique sourire.

— Ma tante va détester ce coup de téléphone.

Son expression changea brusquement et refléta une attention aiguë.

— Eva ? dit-elle. Elena !

Elle devait s'exprimer en hongrois. Il me semblait que j'aurais dû comprendre au moins quelques mots en roumain, une langue romane, mais celle que parlait Helen résonnait à mes oreilles comme le galop d'un cheval emballé, une cavalcade finno-ougrienne que mon oreille ne parvenait pas à stopper, pas même une seconde. Je me demandai s'il lui arrivait de s'exprimer en roumain avec sa famille, ou si cette époque de leur vie était enterrée depuis longtemps, sous la pression de l'intégration. Sa voix montait et descendait, interrompue parfois par un sourire, parfois par un petit froncement de sourcils. Sa tante Eva, de son côté, semblait avoir beaucoup de choses à dire, et Helen l'écoutait avec une attention soutenue avant de déverser de nouveau ce déluge de syllabes qui ressemblait à un martèlement de sabots.

Helen paraissait avoir oublié ma présence, mais elle leva tout à coup son regard vers moi et m'adressa un petit sourire ironique accompagné d'un hochement de tête triomphant, comme si l'issue de la conversation était favorable. Elle sourit au combiné et raccrocha.

Notre logeuse surgit aussitôt, très inquiète pour sa facture de téléphone, et je comptai rapidement la somme convenue, ajoutai un petit extra, et déposai l'argent dans ses mains tendues. Helen regagnait déjà sa chambre, me faisant signe de la suivre. Je trouvais son goût pour le mystère un peu exagéré, mais qu'en savais-je, après tout ?

— Helen, vite, gémis-je en m'asseyant de nouveau dans le fauteuil. Ce suspense me tue !

— Ce sont de bonnes nouvelles, déclara-t-elle calmement. Je savais que ma tante finirait par accepter de nous aider.

— Que diable lui avez-vous raconté ?

Elle m'adressa un large sourire.

— Eh bien, je ne pouvais pas dire grand-chose au téléphone, et il fallait que ça reste très officiel. Mais je l'ai informée que j'étais à Istanbul avec un collègue dans le cadre de mes recherches universitaires et que nous avions besoin de passer cinq jours à Budapest pour finaliser notre travail. Je lui ai expliqué que vous étiez un professeur américain et que nous écrivions un article ensemble.

— Sur quel sujet ? demandai-je avec un peu d'appréhension.

— Les relations internationales turco-européennes en Europe au temps de l'occupation ottomane.

— Pas mal. Sauf que je n'y connais strictement rien.

— Aucune importance.

Helen chassa une peluche de son impeccable jupe noire.

— Je vous retracerai les grandes lignes.

— J'ai l'impression d'entendre votre père.

Son érudition désinvolte m'avait soudain rappelé Rossi et la remarque avait jailli de mes lèvres sans que j'y prenne garde. Je lui lançai un rapide regard, craignant de l'avoir blessée. Il me vint à l'esprit que c'était la première fois que je pensais spontanément à elle comme à la fille de Rossi, comme si, à un moment que j'aurais été bien incapable de situer dans le temps, j'avais accepté cette idée.

L'amertume qui se peignit sur les traits d'Helen me surprit.

— Voilà qui semble prouver la prééminence de la génétique sur le milieu naturel, se borna-t-elle à commenter. Quoi qu'il en soit, Tante Eva a eu l'air contrariée, surtout quand je lui ai annoncé que vous étiez américain. Je savais qu'elle ne serait pas contente, parce qu'elle me reproche toujours d'être trop impulsive et de prendre trop de risques – ce qui n'est pas faux, bien entendu. Et, comme de bien entendu aussi, elle doit feindre d'être contrariée, tout au moins au début, afin de donner le change.

— Donner le change ?

— Elle doit penser à son travail et à sa situation. Mais elle m'a dit qu'elle allait voir ce qu'elle pouvait faire, et je dois la rappeler demain soir. Pour l'instant, je n'en sais pas plus. Ma tante est très intelligente et je ne doute pas qu'elle trouvera un moyen de nous faire entrer en Hongrie. Nous achèterons un aller-retour Istanbul-Budapest, peut-être en avion, dès que nous en saurons davantage.

Je gémis intérieurement en songeant à ce que cela allait probablement me coûter. Combien de temps encore mes économies nous permettraient-elles de poursuivre nos recherches ? Mais tout haut, je dis simplement :

— À moins d'un miracle, je ne vois pas comment elle pourrait réussir à m'obtenir un laissez-passer et à nous empêcher de rencontrer toutes sortes de problèmes une fois sur place.

Helen rit.

— Elle est experte en miracles. Sinon, je serais encore en Hongrie à l'heure actuelle, en train de travailler dans le centre culturel du village de ma mère.

Nous redescendîmes dans le hall et, d'un commun accord, nous sortîmes flâner dans les rues.

— Il n'y a pas grand-chose que nous puissions faire pour le moment, murmurai-je d'un air songeur. Il nous faut attendre jusqu'à demain le résultat des recherches de

Turgut et les consignes de votre tante. Je dois avouer que cette attente me rend fou. Qu'allons-nous faire d'ici là ?

Helen réfléchit quelques instants, enveloppée par la lumière cuivrée de la rue. Elle avait remis ses gants et son chapeau, mais les rayons du soleil couchant faisaient apparaître quelques reflets rouges dans ses cheveux noirs.

— J'aimerais explorer un peu plus cette ville, déclara-t-elle enfin. Après tout, je n'aurai peut-être jamais l'occasion de revenir ici. Voulez-vous que nous retournions voir Sainte-Sophie ? Nous pourrions nous promener dans le quartier avant d'aller dîner.

— Très volontiers.

Nous ne parlâmes pas pendant le trajet, mais comme nous approchions de la cathédrale et que je vis ses dômes et ses minarets remplir de nouveau l'horizon de la rue, il me sembla que notre silence s'intensifiait, comme si nous marchions plus près l'un de l'autre. Je me demandai si Helen éprouvait la même sensation, et si c'était la magie de cette gigantesque église qui s'étendait sur nous, dans notre infinie petitesse.

Je ne parvenais pas à oublier ce que Turgut nous avait confié la veille – sa théorie selon laquelle Drakula avait d'une certaine façon répandu la malédiction du vampirisme dans la ville...

— Vous croyez qu'"Il" aurait pu être enterré ici, à Istanbul ? demandai-je tout en m'en voulant un peu de rompre ce silence qui nous unissait. Ça expliquerait que le sultan Mehmed se soit inquiété de lui après sa mort, non ?

— "Il" ? Ah oui.

Elle hocha la tête, comme si elle approuvait que je n'aie pas prononcé ce nom dans la rue.

— C'est une hypothèse intéressante, mais si tel était le cas, vous ne croyez pas que Mehmed aurait été au courant, et que Turgut en aurait déjà trouvé une preuve ? J'ai du mal à imaginer qu'une telle chose ait pu rester secrète pendant des siècles.

— Difficile également d'imaginer que le sultan ait pu accepter que son pire ennemi soit enterré à Istanbul, s'il avait été mis dans la confidence.

Elle parut méditer sur la question. Nous avions presque atteint la grande entrée de Sainte-Sophie.

— Helen, murmurai-je lentement.

— Oui ?

Nous nous arrêtâmes au milieu de la foule des touristes et des pèlerins qui franchissaient le vaste portail d'entrée. Je me rapprochai d'elle afin de pouvoir lui parler tout doucement, presque à l'oreille.

— Si la tombe est ici, cela signifie que Rossi est peut-être ici, lui aussi. Vous en avez conscience ?

Elle se tourna et me regarda en face. Ses yeux brillaient et deux minuscules rides dues à l'inquiétude s'étaient creusées entre ses sourcils sombres.

— Bien sûr, Paul.

— Voici où je veux en venir : j'ai lu dans le guide qu'Istanbul possède aussi des vestiges souterrains – des catacombes, des citernes, ce genre de choses, comme à Rome. Nous disposons au moins d'une journée avant de partir pour la Hongrie. Peut-être devrions-nous évoquer la question avec Turgut.

— Ce n'est pas une mauvaise idée, acquiesça Helen d'une voix douce. Le palais des empereurs byzantins avait forcément des salles souterraines. Et Dieu sait combien de cryptes se cachent dans le sous-sol de cette ville.

Elle esquissa un bref sourire tandis que sa main se posait sur le foulard qui lui entourait le cou, comme si sa blessure se rappelait tout à coup à son souvenir.

— Compte tenu de ce qui devait s'y passer, les lieux sont certainement hantés par des nuées de spectres diaboliques. À commencer par ceux des empereurs qui faisaient crever les yeux de leurs cousins. Exactement le genre de compagnie qu'"Il" aurait appréciée.

Nous étions si attentifs à réfléchir à la vaste et étrange traque qui se profilait devant nous, que je ne remarquai pas tout d'abord l'homme qui m'observait fixement, à travers la foule. Il n'avait rien d'un spectre gigantesque et menaçant : il était même plutôt petit et fluet, parfaitement anodin au milieu des touristes, en tout cas. Il se tenait à cinq ou six mètres de nous, près de l'un des murs de la basilique.

Puis, brusquement, je le reconnus : c'était l'homme à la barbe grise en broussaille qui était entré dans la salle des archives, ce matin ! Celui qui avait consulté en dernier les documents du sultan !

Cette révélation se doubla immédiatement d'un choc encore plus grand : il avait commis l'erreur de me fixer avec une telle intensité que l'espace d'un instant nos regards s'étaient croisés à travers la foule… et j'avais compris qui il était. Une fraction de seconde plus tard, il avait disparu, se fondant comme un fantôme au milieu des touristes insouciants. Je bondis pour le rattraper, bousculant Helen dans ma précipitation, mais il était trop tard : il s'était évaporé. Son visage, encadré par une barbe mal taillée et coiffé d'une calotte, était indéniablement un visage que je ne connaissais que trop bien. Je l'avais croisé il n'y avait pas très longtemps, aux États-Unis. La dernière fois, c'était juste avant que la police ne le recouvre d'un drap…

C'était le visage du bibliothécaire à tête de fouine, mort écrasé devant la bibliothèque de l'université. »

34.

Je possède plusieurs photographies de mon père datant de la période qui précède immédiatement son départ pour la Turquie, quand il partit à la recherche de Rossi (mais dans mon enfance, je ne savais encore rien des épisodes sombres qu'elles précédaient). L'une d'elles, que j'ai mise sous cadre il y a quelques années et qui trône aujourd'hui au-dessus de mon bureau, est un cliché en noir et blanc remontant à l'époque où le noir et blanc commençait à céder la place à la couleur. On y voit mon père tel que je ne l'ai jamais connu. Il regarde l'objectif, le menton légèrement relevé comme s'il s'apprêtait à répondre à une question que lui aurait posée la personne qui a pris la photo. Qui est le photographe en question, je ne l'ai jamais su. J'ai oublié de demander à mon père s'il s'en souvenait. Cela ne pouvait pas être Helen, mais peut-être s'agissait-il d'un ami, d'un camarade d'université, lui aussi en année de doctorat. En 1952 (seule la date est mentionnée au dos du cliché, de la main de mon père), il était en troisième cycle depuis un an et avait déjà commencé ses recherches sur le commerce hollandais.

À en juger d'après l'ouvrage en pierre de style gothique qu'on aperçoit en toile de fond, la photo a été prise devant un bâtiment universitaire. Mon père a une pose désinvolte, un pied sur un banc, son bras appuyé sur sa cuisse. Il porte une chemise blanche, ou de couleur claire, et une cravate rayée, un pantalon noir au pli bien marqué, des chaussures brillantes. Sa silhouette est la même que celle que j'ai connue par la suite : taille moyenne, carrure moyenne, une allure soignée, agréable sans rien de vraiment remarquable, et qu'il conserva en vieillissant. Ses yeux paraissent gris sur cette photo mais, en réalité, ils étaient bleu marine. Si l'image avait été en couleurs, ses cheveux plaqués en arrière auraient eu des reflets de bronze dans la lumière du soleil ; je le sais parce qu'il me l'a raconté, un jour. Car pour moi, aussi loin que je me souvienne, ses cheveux ont toujours été complètement blancs.

« Cette nuit-là, à Istanbul, il me fut impossible de trouver le sommeil. L'horreur du moment où j'avais vu le visage d'un mort bien vivant, là devant moi, aurait suffi à me tenir éveillé. Mais le fait que le bibliothécaire ressuscité d'entre les morts m'ait repéré avant de disparaître me faisait prendre conscience de la vulnérabilité des papiers contenus dans ma sacoche. Il savait qu'Helen et moi possédions une copie de la carte. Était-il apparu à Istanbul parce qu'il nous y avait suivis, ou avait-il compris d'une façon ou d'une autre que l'original de cette carte se trouvait ici ? Ou, s'il n'était pas arrivé tout seul à cette conclusion, avait-il bénéficié d'une source d'information dont je ne savais rien ? Il avait examiné les archives du sultan Mehmed au moins une fois. Avait-il vu les cartes originales et les avait-il copiées ?

J'étais incapable de répondre à une seule de ces questions, et je ne pouvais prendre le risque de m'endormir –

pas alors que j'avais été le témoin de la convoitise de la créature pour notre carte, et de la sauvagerie avec laquelle elle s'était jetée sur Helen. Le fait qu'il l'ait mordue, et qu'il ait peut-être jeté son dévolu sur elle pour en faire sa proie, me rendait encore plus nerveux.

Si ces pensées n'avaient pas suffi à me faire garder les yeux grands ouverts cette nuit-là, pendant que les heures s'écoulaient de plus en plus lentement, la présence d'Helen près de moi – quoique à une distance très convenable – aurait abouti au même résultat. J'avais insisté pour qu'elle prenne mon lit pendant que je m'installerais dans le vieux fauteuil informe. Et si mes paupières avaient eu la tentation de se fermer une fois ou deux, un simple regard à ce beau visage endormi déclenchait en moi une nouvelle crise d'anxiété, aussi stimulante qu'un seau d'eau glacée.

Helen n'avait tout d'abord rien voulu entendre – que penserait la logeuse, si elle découvrait que nous avions dormi dans la même chambre ? – je m'étais montré si ferme qu'elle avait fini par accepter, de très mauvaise grâce, de rester sous ma protection. J'avais vu trop de films, ou lu trop de romans (à commencer par celui de Stoker) pour ignorer qu'une jolie femme qu'on laissait sans surveillance pendant la nuit était à coup sûr la prochaine victime désignée du monstre. Helen était trop fatiguée pour rester éveillée, je le voyais aux ombres qui cernaient ses yeux, et j'avais le sentiment diffus qu'elle avait peur, elle aussi. Venant d'elle, cette frayeur me terrifiait bien plus que ne l'auraient fait les crises de larmes de n'importe quelle autre femme et répandait l'adrénaline dans mes veines. Peut-être aussi, la douceur et la vulnérabilité soudaines de sa silhouette toujours si droite et hautaine, de ses larges épaules toujours si volontaires, m'aidaient-elles à garder les yeux ouverts. Elle était couchée sur le côté, une main sous son oreiller, ses boucles sombres paraissant plus sombres encore contre la blancheur du drap.

Je ne me sentais le courage ni de lire ni d'écrire. Et j'avais encore moins envie d'ouvrir ma sacoche, glissée par pure précaution sous le lit d'Helen. Mais les heures continuèrent à s'écouler, et il n'y eut pas de craquement suspect dans le couloir, pas de respiration rauque derrière la porte, pas de fumée s'insinuant silencieusement à travers le trou de la serrure, pas de battement d'ailes derrière la fenêtre. Finalement, une grisaille pâle envahit la pénombre de la pièce et Helen exhala un soupir, comme si elle sentait poindre le jour. Puis un rayon de soleil s'infiltra à travers les volets et elle bougea légèrement. Je pris ma veste, récupérai la sacoche aussi doucement que possible sous son lit, et quittai la chambre afin de ne pas l'embarrasser.

Il n'était pas encore six heures, mais une odeur de café fort flottait déjà dans l'air et, à ma grande stupéfaction, je trouvai Turgut en train de m'attendre, assis sur l'une des chaises du petit salon, un dossier noir sur les genoux. Il semblait incroyablement frais et dispos, et lorsque j'entrai, il se dressa d'un bond pour me serrer la main.

— Bonjour, mon ami ! Grâce au ciel, vous êtes un lève-tôt !

— Et vous donc ! répondis-je en me laissant tomber sur une chaise, à côté de lui. Que diable faites-vous ici, à cette heure ?

— Ah, je ne pouvais pas attendre pour vous communiquer le fruit de mes recherches !

— J'ai du nouveau moi aussi, grommelai-je d'un air sombre. Mais commencez le premier, professeur Bora.

— Turgut, rectifia-t-il d'un air absent tout en desserrant la courroie de son dossier. Comme je vous l'avais promis, je me suis replongé dans mes papiers, la nuit dernière. Il s'agit des copies des documents que vous avez pu voir dans la salle des archives, mais aussi de récits concernant des “incidents” qui se sont produits à Istanbul du vivant de Vlad, et juste après sa mort.

Il soupira.

— Certains de ces textes font état d’événements mystérieux survenus au sein de la ville, de morts étranges, de rumeurs de vampirisme. Il y a également des informations que j’avais rassemblées à partir d’ouvrages sur l’ordre du Dragon. Je n’y ai malheureusement rien trouvé qui soit susceptible de nous aider. J’ai donc appelé mon ami Selim Aksoy à la rescousse. Ce n’est pas un universitaire, comme nous – il est commerçant –, mais il possède une immense culture livresque. Il en sait davantage sur l’histoire de notre ville et ses légendes que n’importe qui d’autre à Istanbul. Et comme il est de surcroît très serviable, il m’a sacrifié toute sa soirée et m’a ouvert sa bibliothèque personnelle. Je lui ai expliqué que je cherchais un document mentionnant qu’un personnage originaire de Valachie aurait été inhumé à Istanbul à la fin du quinzième siècle, ou tout indice attestant de l’existence d’une tombe reliée d’une façon ou d’une autre à la Valachie, à la Transylvanie ou à l’ordre du Dragon. Je lui ai également montré mes copies des cartes (ce n’était pas la première fois) ainsi que mon livre au dragon, et je lui ai fait part de votre théorie selon laquelle ces plans indiqueraient l’emplacement de la tombe de l’Empaleur.

“Ensemble, nous avons parcouru des volumes entiers consacrés au passé d’Istanbul, examiné des piles d’ouvrages anciens, consulté les cahiers sur lesquels il prend en note toutes sortes d’informations glanées dans les musées et les bibliothèques. C’est un chercheur infatigable, mon ami Selim Aksoy. Pas de femme, pas de famille, l’histoire de sa ville est son unique passion. Nous avons travaillé pendant des heures, lui et moi (sa bibliothèque est si vaste que lui-même, de son propre aveu, n’a jamais sondé ses profondeurs et ignore ce qui pourrait s’y trouver !). Et finalement nous sommes tombés sur un document bizarre : une lettre faisant partie d'un recueil de correspondance des quinzième et seizième siècles, entre les ministres de la cour du sultan et de nombreux avant-postes de l'empire. Selim se souvient d'avoir acheté cet ouvrage dans une librairie d'Ankara et n'en avoir jamais vu un autre exemplaire. Il fut édité au dix-neuvième siècle, et les lettres compilées par un historien vivant à Istanbul, qui s'intéressait aux témoignages de cette période.

J'attendais patiemment qu'il entre dans le vif du sujet, devinant l'importance de ce long préambule et notant la minutie avec laquelle Turgut procédait. Pour quelqu'un dont ce n'était pas la spécialité, il faisait un historien plus que convaincant.

— Selim n'a pas connaissance que ce livre ait été édité ailleurs, mais il est convaincu que les documents qui y sont reproduits ne sont pas des faux, parce qu'il a vu l'original de l'une de ces lettres dans la salle des archives que nous avons visitée hier. C'est un habitué des lieux lui aussi, vous savez, et je le rencontre souvent là-bas.

Il sourit.

— Bref, la fatigue commençait à nous brouiller les idées et l'aube était sur le point de se lever, quand nous avons enfin trouvé dans ce fameux recueil une lettre qui pourrait bien être essentielle pour votre recherche. L'éditeur estime qu'elle date de la fin du quinzième siècle. Je l'ai traduite pour vous.

Turgut sortit une page de cahier de son dossier.

— La lettre à laquelle elle fait référence ne figure hélas pas dans l'ouvrage. Il n'en subsiste probablement aucune trace nulle part, sinon mon ami Selim l'aurait trouvée depuis longtemps.

Il s'éclaircit la gorge et lut à voix haute :

— "Au très honoré Ministre de l'Ordre public..."

Il s'interrompit.

— C'était plus ou moins leur service de police, vous savez.

Je n'en savais rien, mais il hocha la tête et poursuivit :

— "Très honoré Ministre, j'ai achevé les investigations complémentaires dont vous m'aviez chargé. Certains des moines se sont montrés très coopératifs en échange de la somme d'argent dont nous étions convenus, et j'ai pu examiner la tombe moi-même. Ce qu'ils m'avaient initialement rapporté est exact. Ils n'ont cependant pas d'autres explications à offrir, seulement l'expression réitérée de leur terreur. Une enquête à Istanbul me paraît nécessaire. J'ai laissé deux gardes à Snagov afin de surveiller toute activité suspecte. Curieusement, il n'y a eu aucun signalement de ce fléau ici. Je reste à votre service au nom d'Allah."

— Et la signature ? demandai-je.

Mon cœur battait à tout rompre ; malgré la nuit blanche que je venais de passer, mon esprit était parfaitement aiguisé.

— Il n'y en a pas. Selim pense qu'elle a peut-être été déchirée sur l'original, soit accidentellement, soit pour protéger l'identité de l'auteur de la lettre.

— À moins qu'elle n'ait jamais été signée, afin de conserver le secret, suggérai-je. Et il n'y a pas d'autres lettres dans le recueil qui fassent allusion à cette histoire ?

— Aucune. Ni avant, ni après. Nous avons épluché sans succès les livres et les documents de sa bibliothèque. Selim affirme n'avoir personnellement jamais rencontré le nom de "Snagov" dans un autre ouvrage sur Istanbul. Il avait déjà lu ces lettres une fois, il y a plusieurs années – mais c'est parce que je lui ai indiqué le lieu où Drakula aurait été enterré par ses hommes que ce mot lui a sauté aux yeux pendant que nous parcourions les lettres. Il est donc très possible qu'il l'ait vu ailleurs, mais qu'il ne s'en souvienne pas.

— Mon Dieu, murmurai-je en songeant aux horizons qu'ouvrait ce lien entre Istanbul et la lointaine Roumanie.

— N'est-ce pas ?

Turgut souriait avec la même gourmandise que si nous avions discuté du menu du petit déjeuner.

— Le ministère de l'Ordre public s'est alarmé de quelque chose qui s'est produit ici, à Istanbul. Ils étaient tellement inquiets qu'ils ont envoyé quelqu'un enquêter sur le lieu de la tombe officielle de Drakula, à Snagov.

— Mais, bon sang, qu'ont-ils découvert ?

J'abattis mon poing sur l'accoudoir de mon fauteuil.

— Qu'est-ce que les religieux ont pu lui révéler là-bas ? Et pourquoi étaient-ils terrifiés ?

— Je suis tout aussi perplexe que vous, m'assura Turgut. Si Vlad Tepeş y reposait en paix, pourquoi s'inquiétait-on à son propos à des centaines de kilomètres de là, à Istanbul ? Et si la tombe de Drakula se trouve réellement à Snagov, pourquoi les cartes ne correspondent-elles pas à cette région ?

Je ne pouvais que respecter la justesse de ses interrogations.

— Donc, selon vous, Drakula pourrait avoir été enterré à Istanbul ? lui demandai-je. Cela expliquerait que le sultan Mehmed ait continué à se renseigner sur lui après sa mort, et que des cas de vampirisme aient été signalés ici depuis cette époque, c'est bien ce que vous pensez ?

Turgut joignit les mains et posa un large doigt sur son menton.

— C'est une question très importante. Nous aurons besoin d'aide pour y répondre, et mon ami Selim est peut-être l'homme qu'il nous faut.

Nous nous observâmes en silence pendant un moment, immobiles dans le hall sombre de la pension tandis que l'odeur du café flottait autour de nous – deux nouveaux amis unis par une vieille cause. Puis Turgut se secoua.

— À l'évidence, il nous faut poursuivre nos recherches, en les approfondissant. Selim va nous accompagner dans la salle des archives dès que vous serez prêt. Il connaît là-bas certaines archives qui remontent au quinzième siècle et que je n'ai jamais consultées car elles n'avaient a priori aucun rapport avec mon intérêt pour Drakula. Nous les examinerons ensemble. M. Erozan ne verra sans doute aucune objection à nous ouvrir la porte de la salle avant l'arrivée du public : il habite tout à côté. Mais où est donc Mlle Rossi ? Elle va bientôt nous rejoindre ?

Ses informations avaient déclenché un chaos de pensées dans mon esprit, de sorte que je ne savais plus quel problème traiter en premier. L'évocation de l'ami archiviste de Turgut me rappelait brusquement la réapparition du bibliothécaire revenu des enfers. Avec cette histoire de lettre, je l'avais presque oublié. J'allais mettre à rude épreuve la confiance de Turgut en lui annonçant que j'avais vu devant moi un mort bien vivant, quoique... s'il croyait aux vampires historiques, il n'y avait pas vraiment de raison que son ouverture d'esprit n'accepte pas aussi les vampires contemporains... Mais, en même temps, sa question au sujet d'Helen me rappelait tout à coup que j'étais inexcusable de l'avoir laissée sans surveillance aussi longtemps. Je l'avais quittée par discrétion au moment où elle se réveillait, mais j'avais pensé qu'elle me rejoindrait en bas très rapidement. Comment se faisait-il qu'elle ne soit pas encore descendue ?

Turgut continuait à parler :

— Donc, Selim – il ne dort jamais, vous savez – est allé prendre son café du matin afin de ne pas se présenter trop tôt devant vous et... Ah, le voilà !

Le carillon de la pension tinta et un homme franchit le seuil, refermant la porte derrière lui. D'après ce que m'en avait dit Turgut, je m'étais plus ou moins attendu à voir apparaître un personnage d'un certain âge, à l'allure docte, vêtu d'un costume classique. En réalité, Selim Aksoy était jeune, mince, et il portait un pantalon sombre élimé et une chemise blanche qui flottait librement pardessus. Il s'avança rapidement vers nous avec une expression tout à la fois intense et fervente qui n'était pas tout à fait un sourire. Ce fut seulement comme nous échangions une poignée de main que je reconnus ses yeux verts et ce long nez étroit. J'avais déjà vu ce visage, mais où ?... Il me fallut une autre seconde pour situer le lieu de notre rencontre, puis l'image d'un étalage de livres et d'une main maigre me passant un volume de Shakespeare me revint. C'était le libraire de la petite boutique du bazar !

— Mais nous nous connaissons ! m'écriai-je.

Il poussa à peu près le même cri dans ce qui me parut être un amalgame de turc et d'anglais. Turgut nous dévisagea tous les deux, visiblement perplexe, et lorsque je lui expliquai, il éclata de rire, avant de hocher la tête d'un air pensif.

— Ce que c'est que les coïncidences, commenta-t-il simplement.

— Êtes-vous prêt à partir ?

Selim Aksoy déclina d'un geste l'invitation de Turgut à venir s'asseoir au salon.

— Pas tout à fait, dis-je. Si vous le permettez, je vais monter voir Mlle Rossi et lui demander quand elle pourra nous rejoindre.

Turgut acquiesça et je gravis l'escalier quatre à quatre – littéralement – si bien que je percutai Helen en haut des marches. Elle dut se retenir à la rampe pour ne pas dégringoler en bas.

— Faites donc attention ! siffla-t-elle d'un ton rageur. Qu'est-ce qui vous prend ?

Elle se frottait le coude, et j'essayai d'oublier le bref contact de sa poitrine contre mon bras.

— Je montais vous chercher. Je suis désolé... J'espère que je ne vous ai pas fait mal ? J'étais un peu inquiet de vous avoir laissée seule aussi longtemps.

— Tout va bien, répondit-elle d'une voix un peu radoucie. Il m'est venu quelques idées. Avez-vous vu le professeur Bora ?

— Il est en bas. Et il a amené un ami.

Helen reconnut le jeune libraire, elle aussi, et ils se saluèrent mutuellement pendant que Turgut composait le numéro personnel de M. Erozan et hurlait dans le combiné pour se faire entendre.

— La communication était très mauvaise, nous expliqua-t-il en revenant vers nous. Il a plu violemment dans son quartier, et à chaque fois cela occasionne de la friture sur la ligne. Mon ami est d'accord pour nous ouvrir la salle des archives. Il paraissait souffrant, probablement à cause d'un coup de froid, mais il m'a assuré qu'il partait immédiatement. Voulez-vous du café, mademoiselle ? Non ? Je vous achèterai des petits pains au sésame, chemin faisant.

À mon grand déplaisir, il porta la main d'Helen à ses lèvres, et nous partîmes tous les quatre sans plus attendre.

J'avais espéré pouvoir prendre Turgut à part pendant le trajet afin de lui parler en privé de notre rencontre avec le bibliothécaire démoniaque ; je ne me voyais pas raconter la scène devant un étranger, en particulier quelqu'un qui, de l'aveu même de Turgut, n'avait aucune inclination pour les chasses aux vampires. Mais Turgut avait entamé une conversation avec Helen dès l'instant où nous quittions notre pension, de sorte que j'eus la double consternation de la voir lui adresser l'un de ses rares mais sublimes sourires, et de devoir garder pour moi une information que j'aurais dû lui communiquer immédiatement. Selim Aksoy marchait à mes côtés, me lançant un regard de temps à autre, mais il paraissait tellement perdu dans ses pensées que je ne me sentais pas le droit de l'interrompre.

La porte de la bibliothèque donnant sur la rue était déverrouillée (il savait que son ami ferait vite, triompha Turgut avec un sourire) et nous pénétrâmes silencieusement à l'intérieur du bâtiment, Turgut s'effaçant galamment pour laisser passer Helen. Le petit hall, avec sa délicate mosaïque et le registre des entrées ouvert sur le bureau, était désert. Turgut ouvrit la porte de la salle des archives pour permettre à Helen d'entrer et elle venait de franchir le seuil quand elle se figea tout à coup avec un cri étouffé. Mon sang ne fit qu'un tour et je bondis à ses côtés en écartant Turgut sans ménagement.

Le bibliothécaire se tenait au milieu de la pièce, tourné avec une sorte d'anticipation impatiente vers la porte par laquelle nous allions entrer. Il n'arborait cependant pas cette expression de bienvenue à laquelle nous aurions pu nous attendre, pas plus qu'il n'était occupé à nous apporter la boîte contenant les archives du sultan Mehmed, ou quelque pile de manuscrits poussiéreux sur l'histoire d'Istanbul. Non, son visage était pâle, comme si le sang s'en était retiré – littéralement.

Ce n'était pas le bibliothécaire que connaissait Turgut mais le nôtre, vivant, vivace même, les yeux brillants, les lèvres anormalement rouges, son regard affamé brûlant dans notre direction. Au moment où ses yeux se posèrent sur moi, un élancement me traversa le poignet, à l'endroit où il l'avait tordu en arrière dans la bibliothèque de l'université. De toute évidence, il avait faim de quelque chose. Mais même si j'avais eu la tranquillité d'esprit nécessaire pour tenter d'analyser la nature de cette faim, je n'aurais pas eu le temps de penser bien loin : avant que j'aie pu esquisser ne serait-ce qu'un mouvement pour m'interposer entre cette figure de cauchemar et Helen, elle sortit un revolver de la poche de sa veste et tira. »

35.

« Plus tard, j'eus l'occasion de voir Helen dans toutes sortes de situations, y compris celles qui font partie de ce qu'on appelle la vie ordinaire, et sa présence d'esprit ne cessa jamais de m'émerveiller. Le plus extraordinaire à mes yeux, c'était sans nul doute la rapidité avec laquelle elle parvenait à rapprocher deux faits et à les assembler d'une simple déduction logique, aboutissant à une compréhension très fine d'un problème que j'aurais mis moi-même beaucoup plus de temps à décortiquer. J'étais également fasciné par l'étendue de son savoir. En réalité, Helen était pour moi une source perpétuelle d'étonnement, et cette faculté qu'elle avait de me surprendre tout le temps, en toute occasion, avait fini par créer en moi la plus délicieuse des dépendances. Néanmoins, je ne ressentis jamais un effarement aussi énorme que ce jour-là, à Istanbul, quand elle sortit un revolver de son sac à main et tira à bout portant sur le bibliothécaire.

Je n'eus cependant pas le loisir de m'interroger sur ce qu'elle venait de faire, car il bondit sur le côté et lança à toute volée un livre dans notre direction, manquant ma tête de peu. L'ouvrage heurta une table, quelque part sur ma gauche, et je l'entendis tomber par terre.

Helen avança d'un pas et tira de nouveau, prenant le temps de viser avec un calme qui me coupa le souffle. Ce qui arriva alors me pétrifia. C'était la première fois de ma vie que je voyais quelqu'un se faire tirer dessus (réellement, pas comme au cinéma, bien sûr, où j'avais vu des hordes d'Indiens, de bandits, de gangsters et même de nazis tomber sous des balles de fusils, de colts ou de mitrailleuses), mais ce n'était pas le pire. L'inconcevable, dans le cas du bibliothécaire, c'est qu'en dépit de la tache sombre qui s'élargissait sur ses vêtements, juste un peu en dessous du sternum, sa blessure avait l'air de ne lui faire aucun effet. Ou plutôt si : il s'enfuit à toutes jambes vers le fond de la pièce de sorte que la deuxième balle ne fit que lui effleurer l'épaule.

— Suivons-le ! cria Turgut derrière moi. Il y a une autre sortie par là !

Nous nous élançâmes tous derrière lui, butant contre les chaises, contournant les tables. Selim Aksoy, qui était aussi rapide et souple qu'une antilope, atteignit le premier les armoires de classement des archives et disparut derrière. Nous entendîmes un bruit de lutte suivi d'un énorme fracas, puis une porte claqua, et nous découvrîmes M. Aksoy qui émergeait en vacillant d'un amoncellement de manuscrits ottomans, un hématome violacé sur l'une des pommettes.

Turgut se précipita vers la porte, je fis de même, mais elle était bloquée de l'extérieur. Quand enfin nous réussîmes à l'ouvrir, elle nous donna accès à une ruelle sombre et déserte, uniquement peuplée de quelques caisses en bois. Nous eûmes beau sillonner le quartier au pas de course, il nous fut impossible de trouver la moindre trace de la créature. Turgut interrogea les quelques rares passants, mais aucun n'avait vu notre homme et nous regagnâmes, bredouilles, la salle des archives.

Helen tamponnait délicatement la joue de Selim Aksoy avec son mouchoir. Son revolver avait disparu et les manuscrits étaient de nouveau bien alignés sur l'étagère. Elle leva les yeux vers nous.

— Il a perdu connaissance quelques instants, déclara-t-elle d'une voix douce, mais il va bien maintenant.

Turgut s'agenouilla à côté de son ami.

— Mon cher Selim, je suis navré de vous voir dans cet état !

Selim Aksoy esquissa un pâle sourire.

— Je suis en de bonnes mains.

— C'est ce que je vois. Madame, je rends hommage à votre présence d'esprit, même si votre tentative était par avance vouée à l'échec. On ne peut pas tuer un homme qui est déjà mort.

— Comment avez-vous deviné ? balbutiai-je, le souffle coupé.

— Je sais reconnaître un mort-vivant quand j'en vois un. Ce n'est pas la première fois, révéla-t-il d'un ton lugubre. Aucun autre visage ne ressemble à cela…

Helen eut un sourire sinistre.

— C'était une balle en argent.

Elle pressa plus fermement le mouchoir sur la joue du blessé et appuya doucement sa tête contre son épaule.

— Malheureusement, il a fait un bond sur le côté à la fraction de seconde où j'ai tiré, et j'ai manqué son cœur. J'admets que j'ai pris un gros risque…

Elle me fixa avec intensité pendant plusieurs secondes, sans que je puisse lire dans ses pensées.

— Mais vous avez pu constater par vous-mêmes que mes calculs étaient exacts. Un simple mortel ne se serait pas relevé d'un coup de feu tiré à bout portant en pleine poitrine.

Elle soupira et déplaça légèrement le mouchoir.

Je la dévisageai avec incrédulité.

— Vous gardez constamment ce revolver avec vous ?

— Oh oui.

Elle passa le bras d'Aksoy autour de son épaule.

— Aidez-moi à le relever.

Nous le soulevâmes – il était aussi léger qu'un enfant – et attendîmes quelques instants qu'il reprenne son équilibre. Il nous sourit, puis hocha la tête et se dégagea. Moi, j'étais encore sous le choc de cet instant incroyable où Helen avait sorti son revolver et fait feu sans une seconde d'hésitation.

Elle croisa mon regard et expliqua négligemment :

— J'emporte mon revolver chaque fois que je pense qu'il peut y avoir du danger. Et il n'est pas bien compliqué d'acheter quelques balles en argent.

— C'est vrai, acquiesça Turgut en hochant la tête.

— Mais où avez-vous appris à tirer ?

Elle éclata de rire.

— Dans mon pays, nous recevons une éducation étriquée par bien des côtés, mais étendue par d'autres. J'ai reçu un premier prix de tir quand j'avais seize ans. Je suis contente de voir que je n'ai pas perdu la main.

Turgut poussa brusquement un cri et se frappa le front.

— Mon ami !

Nous le dévisageâmes sans comprendre.

— Mon ami – M. Erozan ! Je l'ai complètement oublié !

Selim Aksoy, qui semblait tout à fait remis à présent, fut le premier à réagir : il retourna à l'endroit où il avait été blessé et fouilla méthodiquement la pièce. Nous en fîmes autant de notre côté, regardant sous les tables et derrière les chaises. Nos recherches restèrent infructueuses pendant un long moment, puis Selim nous appela et nous le rejoignîmes aussitôt. Il était agenouillé au pied d'une haute étagère où étaient rangées toutes sortes de boîtes et de rouleaux de manuscrits. À côté de lui gisait le coffret qui renfermait les documents liés à l'ordre du Dragon. Le couvercle était ouvert, une partie du contenu de la boîte répandu par terre.

Et le malheureux Erozan était étendu au milieu de ces reliques, inconscient, livide, la tête inclinée sur le côté.

Turgut se laissa tomber sur le sol à ses côtés et appuya son oreille sur sa poitrine.

— Allah est grand, soupira-t-il au bout d'un moment. Il respire !

Puis il examina plus soigneusement son ami et pointa un doigt vers son cou. Une blessure profonde, aux contours irréguliers, apparaissait dans la chair pâle, juste au-dessus du col de sa chemise. Pâle comme une morte, elle aussi, Helen s'agenouilla à ses côtés. Nous restâmes tous silencieux pendant un long moment.

Même après la description que Rossi avait faite du bureaucrate qui lui était apparu à Istanbul il y avait de cela des années et des années, même après la blessure d'Helen dans la bibliothèque de l'université, aux États-Unis, j'avais encore du mal à croire ce que je voyais. Le visage du malheureux était d'une blancheur cadavérique, et sa respiration n'était qu'un souffle ténu et saccadé, presque inaudible.

— Il a été contaminé, annonça froidement Helen. Et je crois qu'il a perdu énormément de sang.

— Que ce jour soit maudit !

Le visage de Turgut reflétait une profonde angoisse, et il enserra la main de son ami dans les siennes.

Helen fut la première à se ressaisir.

— Réfléchissons : c'est peut-être la première fois qu'il se fait mordre…

Elle se tourna vers Turgut.

— Vous n'avez rien remarqué de semblable pendant que nous étions ici, hier ?

Il secoua la tête.

— Non. Il était comme d'habitude.

— Bien.

Elle plongea la main dans la poche de sa veste, et j'eus un mouvement de recul, persuadé qu'elle allait sortir de nouveau son revolver. Au lieu de ça, elle en retira une gousse d'ail qu'elle posa sur la poitrine du bibliothécaire.

En dépit de ce que la scène avait de tragique, Turgut sourit, puisa une gousse d'ail dans sa propre poche, et la plaça à côté de la sienne. Je ne parvenais pas à imaginer où Helen avait bien pu se la procurer – pendant notre promenade dans le souk, peut-être, à un moment où j'avais la tête ailleurs ?

— Les grands esprits se rencontrent, lui dit Helen.

Puis elle sortit un emballage en papier qu'elle déroula, dévoilant un petit crucifix en argent. Je le reconnus : c'était celui qu'elle avait acheté dans l'église catholique, près de mon université, celui dont elle s'était servie pour menacer le bibliothécaire démoniaque quand il l'avait attaquée dans la section Histoire de la bibliothèque.

Cette fois, Turgut l'arrêta d'un geste très doux.

— Non, non. Nous avons nos propres superstitions, ici.

Dans une poche intérieure de sa veste, il prit un chapelet de perles en bois, identique à ceux que j'avais vus à de multiples reprises dans les rues d'Istanbul, entre les doigts des passants et des commerçants. Celui-ci se terminait par un médaillon sur lequel étaient gravés des caractères arabes. Turgut pressa délicatement le médaillon sur les lèvres de M. Erozan, et le visage du conservateur grimaça et se convulsa instantanément, comme si ce contact provoquait en lui une réaction de répulsion involontaire. C'était terrible à voir. Après quelques instants, ses paupières se soulevèrent et il fronça les sourcils. Turgut se pencha alors sur lui, lui parla tout doucement en turc et lui toucha le front avant de lui faire boire une gorgée d'une petite flasque qu'il sortit de sa veste.

Au bout d'une minute, M. Erozan s'assit et regarda autour de lui, palpant son cou du bout des doigts comme s'il était douloureux. Lorsqu'il toucha la double plaie encore humide de sang, il enfouit son visage dans ses paumes et se mit à sangloter de façon déchirante.

Turgut lui entoura les épaules de son bras, et Helen posa une main sur celle du malheureux. Je me surpris à songer que c'était la deuxième fois en l'espace de dix minutes que je la voyais s'occuper d'un blessé avec des gestes pleins de sollicitude. Turgut interrogea son ami en turc et, quelques minutes plus tard, il s'assit sur ses talons et nous regarda.

— Il dit que l'étranger est venu dans son appartement très tôt ce matin, pendant qu'il faisait encore nuit, et qu'il a menacé de le tuer s'il ne lui ouvrait pas la bibliothèque. Le vampire était près de lui quand je lui ai téléphoné, mais il n'a pas osé m'avertir de sa présence. Quand l'homme a su qui venait de l'appeler, il a exigé de se rendre immédiatement dans la salle des archives. Erozan n'a pas osé lui désobéir et, dès leur arrivée, l'homme lui a fait ouvrir la boîte. À la seconde où il a soulevé le couvercle, le monstre lui a sauté dessus, l'a maintenu au sol – mon ami dit qu'il était incroyablement fort – et a planté ses dents dans son cou. C'est tout ce dont il se souvient.

Turgut secoua tristement la tête. M. Erozan lui agrippa subitement le bras et parut l'implorer de quelque chose dans un déluge de turc.

Turgut resta silencieux pendant un moment, puis il saisit la main de son ami dans la sienne, y pressa le chapelet de perles, et lui répondit paisiblement.

— Il dit qu'il sait qu'il peut être mordu deux fois seulement encore par ce monstre avant d'en devenir un lui-même. Si cela devait arriver, il me supplie de le tuer de mes propres mains.

Turgut se détourna et il me sembla voir briller des larmes dans ses yeux.

— Nous n'en arriverons pas là.

Le visage d'Helen était dur.

— Nous allons trouver la source de cette épidémie et l'éradiquer !

Je n'aurais su dire si elle voulait parler du bibliothécaire diabolique ou de Drakula en personne, mais à voir la ligne déterminée de sa mâchoire, j'étais presque tenté de croire que nous réussirions l'exploit de supprimer l'un et l'autre. J'avais remarqué cette expression sur son visage une fois déjà – et ce souvenir me ramena en pensée dans ce café où nous avions parlé pour la première fois de ses origines. Elle avait alors fait le vœu de retrouver ce père qui les avait trahies, sa mère et elle, et de le démasquer devant le monde universitaire. Était-ce le fruit de mon imagination, songeai-je, ou bien la finalité de sa mission avait-elle changé à un moment ou à un autre sans qu'elle s'en aperçoive ?

Selim Aksoy était resté silencieux jusqu'ici, mais à présent, il s'adressa à Turgut. Ce dernier acquiesça.

— Selim me rappelle que le public ne va pas tarder à arriver, et qu'il nous faut prendre une décision : soit nous fermons la salle des archives à clé, soit nous l'ouvrons aux lecteurs. Il propose de ne pas se rendre à son magasin aujourd'hui et de remplacer M. Erozan ici. Mais d'abord, nous devons ranger ces documents, regarder s'ils ont été endommagés et, surtout, trouver un endroit sûr pour que mon ami puisse se reposer. M. Aksoy aimerait également nous montrer quelque chose avant l'arrivée du public.

Je commençai aussitôt à rassembler les papiers éparpillés sur le sol, et mes pires craintes se confirmèrent.

— Les cartes originales ont disparu, annonçai-je d'un air sombre.

Nous fouillâmes les rayonnages, mais les cartes de cette mystérieuse région à l'image d'un dragon s'étaient volatilisées. Nous pouvions uniquement en conclure que le vampire les avait cachées sur lui avant notre arrivée. Cette pensée était déprimante. Nous avions les copies réalisées par Rossi et Turgut, bien sûr, mais j'étais convaincu que les originaux étaient la clé de l'endroit où se trouvait Rossi, un lien avec lui plus proche que tous ceux que j'avais eus entre les mains jusqu'ici.

À ma consternation d'avoir perdu ce trésor s'ajoutait la pensée que le bibliothécaire démoniaque risquait de percer le secret des cartes avant nous. Et si Rossi était retenu dans la tombe de Drakula, quel que soit son emplacement, cette maudite créature avait désormais une forte chance de nous coiffer au poteau. J'étais plus que jamais frappé d'angoisse devant l'urgence qu'il y avait à retrouver mon cher directeur de thèse et ami, et l'impossibilité où j'étais de le faire. Au moins – cette pensée me traversa de nouveau l'esprit, bizarrement – Helen était-elle désormais solidement à mes côtés.

Turgut et Selim avaient discuté près du blessé. Ils durent lui poser une question, car il essaya de se redresser et pointa faiblement un doigt vers un point situé derrière les rayonnages. Selim s'éloigna aussitôt dans cette direction et revint quelques instants plus tard avec un petit livre en cuir rouge, assez usé, portant une inscription dorée en arabe sur la couverture. Il s'assit à une table pour le feuilleter, pendant que Turgut ôtait sa veste et la pliait de façon à la glisser, comme un oreiller, sous la nuque de son ami. Le pauvre homme paraissait légèrement mieux maintenant. J'étais à deux doigts de suggérer d'appeler une ambulance, mais Turgut semblait savoir ce qu'il faisait. Il se redressa pour rejoindre Selim, et ils discutèrent quelques instants d'un air grave avant de nous faire signe de les rejoindre.

— Selim a retrouvé le texte qu'il souhaitait nous montrer, annonça Turgut. J'ignore, en vérité, si cela a un quelconque rapport avec nos recherches, mais je vais néanmoins vous le traduire. Il s'agit d'un ouvrage compilé au début du dix-neuvième siècle par plusieurs éditeurs dont je n'ai jamais vu le nom jusqu'ici, des historiens d'Istanbul. Ils ont réuni dans ce livre tous les récits qu'ils ont réussi à trouver sur la vie à Istanbul dans les premières années de notre cité – c'est-à-dire à partir de 1453, quand le sultan Mehmed s'empara de la ville et la proclama capitale de son empire.

Il pointa un doigt sur une page en arabe, et je ressentis une nouvelle fois une terrible frustration à la vue de cette langue aussi impénétrable pour les non-initiés qu'une forêt de symboles et une haie de bruyères magiques.

— Il s'agit d'un passage sur lequel Selim est tombé dans le cadre de ses recherches, et dont il s'est souvenu. L'auteur est inconnu, et les événements qu'il raconte ont eu lieu en 1477 – oui, mes amis : un an après que Vlad Tepeş eut été tué dans une bataille en Valachie. Il est fait allusion à plusieurs cas de peste à Istanbul cette année-là, un début d'épidémie qui contraignit les imams à enterrer certains cadavres avec un pieu enfoncé dans le cœur… Ensuite, le texte évoque l'arrivée dans la ville d'un groupe de moines venus des Carpates (c'est d'ailleurs à cause de ce détail que M. Aksoy s'est rappelé cet ouvrage) dans un chariot tiré par des mules. Les moines supplièrent qu'on leur donne asile dans un monastère d'Istanbul, et ils y restèrent neuf jours et neuf nuits. L'auteur n'en dit pas davantage et les transitions entre les scènes ne sont pas claires du tout. On ne sait rien d'autre sur les moines ni même sur ce qu'ils sont devenus. C'est le lien avec les "Carpates" que mon ami souhaitait nous signaler.

Selim Aksoy hocha vigoureusement la tête, mais je ne pus m'empêcher de soupirer. Le passage avait une étrange résonance ; il m'inspirait un sentiment de malaise sans pour autant projeter la moindre lumière sur nos interrogations. L'année 1477… effectivement, c'était étrange, mais il pouvait très bien s'agir d'une coïncidence. La curiosité me poussa cependant à poser une question à Turgut.

— Si la ville était déjà sous domination ottomane, comment se fait-il qu'il se soit trouvé un monastère pour accueillir ces moines ?

— Bonne question, mon ami, observa Turgut. En réalité, un certain nombre d'églises et de monastères ont subsisté à Istanbul après la prise de la ville par les Ottomans. Le sultan était très tolérant à cet égard.

Helen secoua la tête.

— Seulement après avoir autorisé son armée à détruire la majeure partie des églises de la ville, ou les avoir transformées en mosquées !

— Il est exact que, lorsque le sultan Mehmed s'empara de la ville, il laissa ses troupes se livrer au pillage pendant trois jours, reconnut Turgut. Mais il n'aurait jamais donné cet ordre si la ville s'était rendue au lieu de résister – en fait, il leur avait offert un arrangement totalement pacifique. Il est également écrit que, lorsqu'il entra dans Constantinople et qu'il vit les atrocités commises par ses soldats – les édifices détruits, les églises profanées, la population massacrée –, il pleura sur cette belle cité. Dès lors, il permit à certains lieux de culte de subsister et accorda de nombreux avantages aux habitants de l'ancienne Byzance.

— Il réduisit aussi plus de cinquante mille d'entre eux en esclavage, riposta sèchement Helen. Ne l'oubliez pas.

Turgut lui adressa un sourire admiratif.

— Mademoiselle, vous êtes trop forte pour moi. Je voulais simplement démontrer que nos sultans n'étaient pas des monstres. Une fois leur but atteint, ils se montraient assez cléments avec les vaincus, pour l'époque. C'était la conquête par elle-même qui était plutôt brutale.

Il montra un mur, au fond de la salle des archives.

— Si vous désirez faire sa connaissance, Sa Grandeur Mehmed en personne se trouve là-bas.

Je m'approchai, tandis qu'Helen, d'un air de défi, restait à sa place. Le tableau – manifestement une reproduction bon marché d'une aquarelle – montrait un homme solidement charpenté, vêtu de blanc et coiffé d'un turban rouge. Il avait la peau claire, un fin collier de barbe, des sourcils calligraphiques, des yeux noisette, et tenait à la main une rose dont il humait le parfum de son long nez recourbé, le regard perdu au loin. Tel quel, il évoquait davantage un soufi mystique qu'un conquérant sanguinaire.

— L'image est assez inattendue, commentai-je en revenant sur mes pas.

— C'était un grand mécène, qui fit beaucoup pour les arts et l'architecture. Nous lui devons de très beaux édifices, ici même.

Turgut tapotait son menton d'un large doigt.

— Alors, mes amis, que pensez-vous du texte que Selim a découvert ?

— Il est très intéressant, répondis-je poliment, mais je ne vois pas bien en quoi cela peut nous aider à localiser la tombe.

— Moi non plus, admit Turgut. Cependant, je remarque une certaine similitude entre ce passage et le fragment d'une lettre que je vous ai lue ce matin. Les troubles qui ont eu lieu à Snagov, quelle qu'ait été leur nature, se sont produits cette même année : 1477. Nous savons déjà que Vlad Tepeş était mort depuis un an, et qu'une communauté de moines était terrifiée par quelque chose qui se serait produit à Snagov. Ne pourrait-il s'agir des mêmes moines, ou d'un groupe en rapport avec Snagov ?

— Possible, reconnus-je. Mais c'est une simple supposition. L'auteur parle seulement de moines venus des Carpates. Il devait y avoir une multitude de monastères dans cette région. Comment pourrions-nous être sûrs qu'ils venaient de Snagov ? Vous, Helen, qu'en pensez-vous ? demandai-je en me tournant vers elle.

J'avais dû la prendre par surprise car son regard fixé sur moi reflétait une sorte de mélancolie que je ne lui avais encore jamais vue. Ce fut si fugitif, cependant, que je pensai un instant avoir tout imaginé, ou qu'elle songeait à sa mère et à notre départ imminent pour la Hongrie. Quoi qu'il en soit, elle se ressaisit aussitôt.

— Il y avait effectivement de nombreux monastères dans les Carpates. Paul a raison... Faute de disposer de plus amples informations, nous ne pouvons pas relier les deux événements.

Turgut parut déçu. Il allait dire quelque chose quand un gémissement nous interrompit. C'était M. Erozan, toujours étendu sur le sol, la tête posée sur la veste de Turgut.

— Il a perdu connaissance ! s'écria Turgut. Et nous sommes là à jacasser comme des pies !

Il approcha la gousse d'ail du visage de son ami afin de la lui faire respirer, et l'homme toussa et se ranima un peu.

— Nous devons l'emmener chez moi au plus vite. Professeur, madame, aidez-moi. Nous appellerons un taxi et nous le porterons jusqu'à ma maison. Ma femme et moi pourrons nous occuper de lui là-bas. Selim restera ici pour prendre en charge la salle des archives – qui doit ouvrir dans quelques minutes.

Il donna à Aksoy quelques ordres brefs en turc, puis je l'aidai à relever le malheureux conservateur, pâle et sans forces. En le soutenant de chaque côté, nous réussîmes à l'emmener lentement jusqu'à la porte de derrière pendant qu'Helen nous suivait, la veste de Turgut sur son bras. Nous remontâmes la ruelle sombre et, quelques instants plus tard, nous émergions au grand jour. Quand la lumière du matin toucha le visage de M. Erozan, il recula, se recroquevilla contre mon épaule, et leva une main devant ses yeux comme pour parer un coup. »

36.

La nuit que je passai dans cette ferme avec Barley, à Boulois, fut l'une des plus longues de toute ma vie. Comme il n'y avait pas grand-chose d'autre à faire, à part écouter caqueter les poules et regarder la lumière décliner sur les toits des granges, nous étions allés nous coucher dès vingt et une heures. À ma grande stupéfaction, il n'y avait pas l'électricité dans la chambre et la fermière nous laissa une lanterne et deux bougies avant de nous souhaiter une bonne nuit. Dans leur lumière vacillante, les ombres du vieux mobilier ciré s'allongèrent et se dressèrent au-dessus de nous, immenses, et le tableau en broderie sur le mur se mit à palpiter doucement.

Après quelques bâillements, Barley s'étendit tout habillé sur l'un des lits et s'endormit presque instantanément. Je ne me voyais pas dormir dans le noir mais je n'osais pas non plus laisser les bougies brûler toute la nuit. Finalement, je les soufflai, gardant seulement la lanterne allumée : les ombres se refermèrent instantanément autour de moi, terrifiantes, et la nuit parut peser sur l'unique fenêtre comme si elle voulait à toute force entrer à l'intérieur de la chambre. Des plantes grimpantes crissaient contre les vitres ; les arbres semblaient se pencher plus près et un bruit répétitif – le cri d'une chouette, peut-être, ou le roucoulement des colombes – flottait jusqu'à moi, m'épouvantant jusque sous les couvertures où je m'étais roulée en boule. Que Barley était loin de moi ! En découvrant la chambre, je m'étais félicitée de voir que la disposition des lits – à des lieues l'un de l'autre – nous épargnerait quelques minutes de gêne au moment du coucher, mais au point où j'en étais, je regrettais que nous n'ayons pas été contraints de dormir dos à dos dans le même lit.

Après être restée pétrifiée et glacée pendant ce qui me parut être des heures, je vis une lumière laiteuse se glisser par la fenêtre et progresser lentement sur les lattes du parquet. La lune se levait, et je sentis ma terreur diminuer un peu, comme si une vieille amie venait me tenir compagnie. Je m'efforçai de ne pas penser à mon père ; dans d'autres circonstances, c'était lui qui aurait pu être allongé dans l'autre lit, son pyjama boutonné jusqu'au cou, son livre abandonné à côté de lui. Il aurait été le premier à remarquer cette ferme ancienne, il m'aurait raconté des histoires du *pays des sorciers*, et il aurait acheté trois bouteilles de vin à l'aimable fermière en prenant le temps de discuter de son vignoble avec elle.

Allongée dans l'ombre, je me demandai malgré moi ce que je ferais si mon père ne survivait pas à son expédition à Saint-Matthieu. Hors de question de rentrer à Amsterdam pour tourner en rond dans notre maison, seule avec Mme Clay ; mon chagrin n'en serait que plus insupportable. Mais auprès de qui me réfugier ? Barley reprendrait le fil normal de sa vie ; je ne pouvais pas attendre de lui qu'il se charge plus longtemps de moi. L'image de *master* James, avec son sourire triste et profond, ses rides de gentillesse au coin des yeux, traversa mon esprit. Puis je songeai à Giulia et Massimo, dans leur villa d'Ombrie. Je revis Massimo me servant du vin – « Et qu'est-ce que vous étudiez, jeune fille ? » – et Giulia disant que je devais avoir la meilleure chambre. Ils n'avaient pas d'enfants ; ils éprouvaient une profonde affection pour mon père. Oui : si mon univers venait à s'écrouler, j'irais vers eux.

Je soufflai la lanterne, animée par un courage nouveau, et me levai sur la pointe des pieds pour regarder dehors. Je distinguai seulement la lune, coupée en deux dans un ciel où s'accrochaient des lambeaux de nuages. Au milieu d'eux volait une silhouette cotonneuse que je ne connaissais que trop – non, sûrement il ne s'agissait que d'une forme fugitive, née de la rencontre éphémère du vent et d'un nuage… Ces ailes déployées, cette queue en anneaux… L'image se désagrégea aussitôt, mais je me réfugiai dans le lit de Barley et j'y restai jusqu'au matin, glacée.

« Transporter M. Erozan chez Turgut et l'installer dans son salon oriental – où il s'affaissa, pâle mais plus calme, sur l'un des longs divans – nous prirent presque toute la matinée. Nous étions encore là quand Mme Bora revint de son école, à midi. Elle entra dans l'appartement d'un pas vif, un sac de provisions dans ses deux petites mains gantées. Avec sa robe jaune et son chapeau fleuri, elle ressemblait à une jonquille miniature. Son sourire était printanier et amical, lui aussi, et il le resta même quand elle nous vit tous dans son salon entourant un homme prostré. Rien de ce que faisait son mari ne semblait la surprendre, songeai-je ; peut-être était-ce l'une des clés d'une union réussie.

Turgut lui expliqua la situation en turc, et son visage chaleureux refléta tout d'abord un scepticisme manifeste, puis une horreur absolue quand il lui montra la plaie sur le cou de leur invité. Elle nous lança à Helen et à moi un regard rempli d'une désapprobation muette, comme si nous avions entrebâillé la porte interdite d'un savoir diabolique. Puis elle saisit la main du bibliothécaire, qui n'était pas seulement livide mais glacée, et la serra brièvement dans la sienne, les yeux mouillés de larmes. Elle passa ensuite très vite dans la cuisine, où nous l'entendîmes remuer des casseroles et des poêles. Quoi qu'il arrive, le malheureux aurait un bon repas. Turgut réussit à nous persuader de rester à déjeuner et, à ma grande surprise, Helen rejoignit Mme Bora pour l'aider.

Après nous être assurés que M. Erozan était confortablement installé pour se reposer, Turgut m'emmena dans son bureau pour faire le point. Je constatai avec soulagement que les rideaux étaient tirés, masquant son portrait.

— Est-ce bien prudent pour votre femme et vous d'héberger cet homme ici ? ne pus-je m'empêcher de lui demander. Il porte la marque du vampire…

— Ne vous inquiétez pas, je prendrai toutes les précautions nécessaires. S'il se sent mieux d'ici un jour ou deux, je l'installerai dans un endroit sûr, où quelqu'un veillera sur lui.

Turgut m'avait avancé une chaise et s'était installé derrière son bureau. C'était presque comme si j'étais en face de Rossi, dans les locaux de mon université, sauf que le bureau de Rossi était volontairement accueillant, avec ses plantes vertes couvertes de bourgeons et sa bonne odeur de café frais, alors que cette pièce était excentrique et angoissante.

— Je ne pense pas qu'il y aura une autre tentative d'agression ici, mais si jamais c'était le cas, notre revenant trouverait à qui parler !

À voir sa silhouette massive, je n'en doutais pas une seconde.

— Je suis désolé, soupirai-je. Il semble que nous ayons semé le trouble dans votre vie, professeur, en important ce fléau jusqu'à votre porte.

Je lui racontai brièvement nos précédentes rencontres avec la créature, y compris son apparition devant Sainte-Sophie, la veille au soir.

— Extraordinaire, souffla Turgut.

Ses yeux brillaient d'un intérêt sinistre et il pianota du bout des doigts sur son bureau.

— J'ai une question à vous poser, avouai-je. Vous avez dit ce matin que ce n'était pas la première fois que vous voyiez un mort-vivant. Quand est-ce arrivé, et dans quelles circonstances ?

— Ah.

Mon ami joignit les mains sur son bureau.

— Je vais vous répondre. Bien des années se sont écoulées, mais mes souvenirs sont intacts. Cela s'est passé peu après que j'eus reçu cette fameuse lettre du professeur Rossi où il prétendait n'avoir jamais entendu parler de la salle des archives du sultan Mehmed. Je m'y étais justement rendu en fin d'après-midi, après mes cours – à l'époque, elle se trouvait dans les bâtiments de l'ancienne bibliothèque, elle n'avait pas encore été transférée dans ses locaux actuels. Je me souviens, j'effectuais alors des recherches pour un article sur une pièce de Shakespeare perdue depuis des siècles : *Le Roi de Tashkani.* Peut-être en avez-vous entendu parler ?

Je secouai la tête.

— L'œuvre est mentionnée dans les travaux de plusieurs historiens anglais du théâtre élisabéthain. Grâce à eux, nous savons au moins que dans le scénario un spectre terrifiant dont le nom n'est autre que… Dracole apparaît au nouveau maître d'une antique cité dont il s'est emparé par la force des armes. Le spectre explique au roi qu'il fut jadis son ennemi, mais qu'il tient aujourd'hui à le féliciter pour son comportement sanguinaire. Puis il l'exhorte à boire abondamment le sang des habitants de la ville, qui sont désormais ses sujets. Ce devait être une scène horrible. Certains exégètes affirment qu'elle n'est pas de Shakespeare, mais moi…

Il frappa son bureau d'une main assurée.

— … moi, je suis convaincu que le thème est bien shakespearien (rappelez-vous le spectre de Hamlet et le festin de chair humaine dans *Titus Andronicus*) et que la ville en question, rebaptisée "Tashkani" dans un turc de pacotille, n'est autre qu'Istanbul !

Il se pencha en avant.

— Je crois également que le tyran devant lequel apparaît le revenant est le sultan Mehmed II, conquérant de Constantinople !

Un frisson glacé me parcourut la nuque.

— Et quelles conclusions faudrait-il en tirer, selon vous ? articulai-je. Concernant Drakula, je veux dire.

— Ma foi, mon ami, je trouve très intéressant que la légende de Vlad Tepeş ait pénétré jusqu'à l'Angleterre anglicane en – disons – 1590. En outre, si Tashkani désigne bien Istanbul, cela signifie que la présence de Drakula eut une réalité ici à l'époque de Mehmed. Or Mehmed s'empara de la ville en 1453, soit cinq ans après que le jeune Drakula eut retrouvé la liberté après son emprisonnement en Asie Mineure, et qu'il fut rentré chez lui, en Valachie. Il n'existe aucune preuve qu'il soit revenu dans notre région de son vivant, même si certains érudits pensent qu'il paya en personne un tribut au sultan. Je ne pense pas que cela puisse être prouvé. Ma théorie, c'est qu'il sema les germes du vampirisme ici, sinon de son vivant, du moins après sa mort. Mais…

Il soupira.

— … la frontière entre littérature et histoire est souvent perméable, et je ne suis pas un historien.

— Au contraire, déclarai-je d'un air admiratif. Je suis abasourdi que vous ayez réussi à suivre autant de fils historiques, et avec un tel succès.

— Vous êtes très indulgent, mon jeune ami. Quoi qu'il en soit, un soir, je travaillais sur mon article pour étayer cette théorie (il ne fut jamais publié, hélas, le comité de lecture du journal auquel je l'avais soumis ayant décidé que son contenu était, je cite, trop "entaché de superstitions") – bref, il était assez tard et je me rendis dans un restaurant, de l'autre côté de la rue, pour me faire servir du *börek*. Vous avez déjà goûté le *börek* ?

— Pas encore, avouai-je.

— Il faut absolument que vous essayiez, c'est l'une de nos grandes spécialités nationales. J'entrai donc dans ce restaurant. La nuit était déjà tombée dehors, car nous étions en hiver. Je m'installai à une table et, en attendant d'être servi, je sortis la lettre du professeur Rossi de mes papiers pour la relire. Comme je vous l'ai dit, je l'avais depuis peu en ma possession, et elle me rendait vraiment très perplexe. Le serveur m'apporta mon repas, et comme il posait le plat sur la table, il me sembla qu'il se figeait tout à coup en apercevant la lettre, avec le nom de Rossi écrit en haut. Il la regarda d'une manière incisive à deux ou trois reprises, puis il effaça toute expression de son visage, mais tandis qu'il continuait à me servir, je notai qu'il faisait en sorte de se placer derrière moi pour regarder la lettre par-dessus mon épaule.

"Ne comprenant pas son manège, et mal à l'aise, je repliai posément la lettre pour attaquer mon dîner. Le serveur s'éloigna sans un mot, mais je ne pus m'empêcher de l'observer tandis qu'il allait et venait dans le restaurant. C'était un homme massif, large d'épaules, avec des cheveux noirs peignés en arrière et de grands yeux noirs. Il aurait été beau s'il n'avait pas eu l'air aussi – comment dites-vous ? – sépulcral. Il fit mine de m'ignorer pendant tout le repas, mais comme j'ouvrais un livre pour lire quelques minutes avant de partir, il réapparut tout à coup devant ma table et posa une tasse de thé fumant devant moi. Je n'avais rien commandé, et je fus surpris. Il devait s'agir d'un cadeau de la maison, ou d'une erreur.

"— Votre thé, déclara-t-il en posant la tasse. J'ai veillé à ce qu'il soit très chaud.

"Il me regarda alors droit dans les yeux et je ne saurais vous expliquer à quel point son visage me terrifia. Il était pâle, presque jaune, comme s'il s'était – comment dire ? – décomposé à l'intérieur. Ses yeux sombres avaient une lueur animale, sous ses épais sourcils. Sa bouche semblait faite de cire rouge, et ses dents étaient très blanches et très longues – étonnamment saines dans ce visage malade. Comme il se penchait pour me servir, je respirai son odeur et une nausée m'envahit. Vous pouvez rire si vous voulez, mon ami, mais ça ressemblait un peu à une odeur que j'ai toujours trouvée plutôt agréable dans d'autres circonstances – celle des livres anciens. Vous savez bien : ce mélange de vieux parchemin, de cuir et de… quoi d'autre ?

Je savais, oui, et je n'avais aucune envie de rire.

— L'instant d'après, il s'éloignait, regagnant sans hâte la cuisine du restaurant, et je restai pétrifié sur ma chaise, avec le sentiment qu'il avait voulu me montrer quelque chose – son visage, peut-être ? Il avait fait en sorte que je le regarde vraiment, et pourtant, il n'y avait rien de particulier chez lui qui puisse justifier ma terreur.

Turgut lui aussi paraissait pâle, maintenant, tandis qu'il s'adossait à sa chaise médiévale.

— Afin de me calmer les nerfs, je puisai un morceau de sucre dans une coupelle sur la table, le lâchai dans ma tasse et saisis ma cuillère pour le remuer. Je voulais seulement boire quelque chose de chaud pour me réconforter, mais il se produisit alors quelque chose de vraiment, vraiment très bizarre…

Sa voix mourut comme s'il regrettait presque d'avoir commencé son récit. C'était une sensation que je connaissais trop bien, hélas, et je hochai la tête pour l'encourager à poursuivre.

— S'il vous plaît, continuez.

— C'est un peu ridicule à raconter, mais... c'est la stricte vérité. La fumée monta de ma tasse – vous savez comment elle tourbillonne quand on remue un liquide chaud ? Eh bien, lorsque je remuai mon thé, la fumée forma un petit dragon qui tourbillonna au-dessus de ma tasse. Il resta suspendu dans les airs pendant quelques secondes avant de s'évanouir. Je le vis aussi distinctement que je vous vois, là, devant moi. Je vous laisse imaginer ma stupeur et mon effroi à l'idée que j'étais peut-être en train de devenir fou, puis je rassemblai précipitamment mes papiers, je payai mon repas, et je partis.

Ma bouche était sèche.

— Avez-vous revu ce serveur par la suite ?

— Jamais. D'abord, je n'ai pas remis pas les pieds dans ce restaurant pendant plusieurs semaines, puis la curiosité finit par l'emporter et j'y retournai un soir, après la tombée de la nuit, mais il n'était pas là. L'un des serveurs que j'interrogeai me répondit qu'il n'avait travaillé ici que très peu de temps, et qu'il ignorait même son nom de famille. Son prénom, me dit-il, était Akmar. Je ne l'ai jamais revu.

— Et selon vous il s'agissait d'un...

Je ne terminai pas ma phrase.

— Son visage m'avait terrifié. C'est tout ce que j'aurais pu vous répondre à l'époque. Mais quand mes yeux se sont posés sur le bibliothécaire que vous avez... "importé" ici, comme vous dites, j'ai eu une impression de déjà-vu. Ce n'est pas simplement cette apparence de mort. Il y a quelque chose dans l'expression...

Il se tourna avec un certain malaise vers la niche obturée par le rideau où était exposé le portrait.

— Un détail me frappe dans ce que vous m'avez raconté de votre compatriote bibliothécaire : il semblerait qu'il ait fait un pas supplémentaire sur le chemin de l'immortalité depuis que vous l'avez vu pour la première fois.

— Que voulez-vous dire ?

— Lorsqu'il a attaqué Mlle Rossi dans la bibliothèque de votre université, vous avez réussi à le maîtriser. Mais M. Aksoy qu'il a agressé ce matin même dans la salle des archives affirme qu'il était doué d'une très grande force, et la créature a également été capable, hélas, de voler à sa première victime du matin une quantité de sang considérable. Et cependant, il était dehors après le lever du soleil quand nous l'avons vu, ce qui signifie qu'il n'est pas encore complètement contaminé. J'en conclus qu'il a été mordu une deuxième fois depuis sa mort apparente, sous vos yeux, aux États-Unis. Où et quand, mystère, mais s'il est en relation avec un vampire ici même, il recevra bientôt sa troisième marque de malédiction et deviendra à jamais un mort-vivant.

— C'est probable, acquiesçai-je. Mais comme nous n'avons aucun moyen de le retrouver, il vous faudra veiller très attentivement sur M. Erozan afin d'empêcher une nouvelle agression.

— C'est bien mon intention, déclara Turgut avec une emphase sinistre. Et maintenant, mon ami, expliquez-moi comment vous comptez vous y prendre pour retrouver le professeur Rossi ?

Cette question directe me rappela que les recherches reposaient avant tout sur moi, et je ne pus m'empêcher de soupirer.

— Je m'efforce toujours de mettre toutes les informations bout à bout, avouai-je, et même avec le travail admirable que vous et M. Aksoy avez effectué la nuit dernière, je n'ai pas l'impression que nous ayons appris grand-chose. Peut-être Drakula s'est-il manifesté à

Istanbul sous une forme ou une autre après sa mort, mais comment découvrir s'il y a été enterré et s'il y est encore ? Ça reste un mystère pour moi. Tout ce que je suis en mesure de vous dire pour l'instant, c'est que Mlle Rossi et moi allons partir quelques jours à Budapest.

Je pouvais presque voir les hypothèses défiler sur son visage tendu.

— Budapest ? Vous voulez dire Bucarest, en Roumanie ?

— Non, Budapest en Hongrie. Vous vous souvenez : Helen vous a raconté l'histoire de sa mère et du professeur Rossi – son père. Eh bien, elle est convaincue que sa mère pourrait détenir des informations importantes, qu'elle n'a jamais essayé de lui soutirer. Donc, nous partons là-bas pour nous entretenir avec elle. La tante d'Helen est quelqu'un d'important au gouvernement, elle devrait pouvoir nous arranger ça. Du moins nous l'espérons.

— Ah.

Turgut esquissa une ébauche de sourire.

— Allah bénisse les amis haut placés. Quand partez-vous ?

— Demain ou après-demain, sans doute. Nous resterons absents cinq ou six jours, je suppose, puis nous reviendrons ici.

— Très bien. En ce cas…

Turgut se leva soudain, ouvrit le petit meuble derrière lui, et en sortit le petit kit de chasseur de vampires qu'il nous avait montré la veille. Il le posa devant moi d'un geste décidé.

— Vous devez emporter ceci avec vous.

— Mais c'est l'un de vos trésors, protestai-je. Et d'ailleurs, nous ne passerons jamais la douane avec ça.

— Ne le leur montrez surtout pas ! Cachez-le dans la doublure de votre valise ou, mieux, confiez-le à Mlle Rossi. Ils ne fouilleront pas aussi minutieusement le bagage d'une femme.

Il m'adressa un hochement de tête encourageant.

— Je me sentirai plus rassuré si vous l'emportez avec vous. Pour l'instant, gardez-le dans votre sacoche, il est plat et très léger.

Je pris la boîte en bois sans protester davantage et je la glissai à côté de mon livre au dragon.

— Et pendant que vous interrogerez la mère d'Helen, moi, je continuerai à chercher des indices susceptibles d'indiquer la présence d'une Tombe maudite à Istanbul... Je n'ai pas encore abandonné l'idée qu'il a été enterré ici.

Il plissa les yeux.

— Je n'en démords pas : cela expliquerait les épidémies qui ont frappé notre ville depuis la période dont nous avons parlé. Si nous pouvions non seulement les expliquer, mais y mettre un terme...

La porte de son bureau s'ouvrit au même instant et Mme Bora passa la tête dans la pièce pour nous informer que le déjeuner était servi. Le repas fut tout aussi exquis que la veille, mais l'atmosphère beaucoup plus sombre. Helen était silencieuse et paraissait fatiguée, Mme Bora passait les plats, et M. Erozan, bien qu'il ait fait l'effort de s'asseoir avec nous, se montra incapable d'avaler grand-chose. Mme Bora lui fit boire plusieurs verres de vin rouge, néanmoins, et manger quelques morceaux de viande, ce qui sembla le revigorer un peu. Même Turgut paraissait abattu et mélancolique. Helen et moi prîmes congé dès que nous le pûmes sans déroger aux règles de la politesse.

Turgut nous accompagna jusqu'à la porte et nous serra la main avec sa chaleur habituelle, insistant pour que nous l'appelions dès que nous connaîtrions les détails de notre voyage. Il me lança un regard silencieux, tapota ma sacoche, et je compris qu'il faisait allusion au kit, à l'intérieur. J'acquiesçai, puis adressai un petit signe à Helen pour lui signifier que je lui expliquerais plus tard. Turgut agita la main jusqu'à ce que nous ne puissions plus le voir sous les figuiers et les peupliers.

Helen glissa alors son bras sous le mien d'un geste las. L'air embaumait le lilas et, l'espace d'une minute, dans cette rue grise très élégante, comme nous traversions les flaques de soleil saupoudrées de poussière en suspension, j'aurais pu croire que nous étions en vacances à Paris. »

37.

« Helen était vraiment fatiguée et je l'abandonnai à contrecœur, le temps d'une sieste, à la pension. Je n'aimais pas la savoir seule là-bas, mais elle me fit remarquer que la lumière du grand jour était probablement la meilleure des protections. Même si notre ennemi revenu d'entre les morts savait où nous logions, il ne tenterait sûrement pas de forcer des portes fermées à clé au beau milieu de la journée, et puis elle avait son petit crucifix avec elle.

Nous avions encore plusieurs heures devant nous avant qu'Helen puisse rappeler sa tante, et il nous était impossible d'organiser notre voyage avant d'avoir reçu ses instructions. Je confiai à Helen ma précieuse sacoche contenant tous nos documents et le livre au dragon et me forçai à quitter les lieux, sachant que je deviendrais fou si je restais entre quatre murs à faire mine de lire ou à essayer de réfléchir.

C'était une bonne occasion de découvrir un peu plus Istanbul, aussi me frayai-je un passage vers Topkapi, un palais labyrinthique, coiffé d'un dôme, que l'inévitable sultan Mehmed avait fait édifier afin d'y installer le siège de son pouvoir. De concert avec mon petit guide touristique, la silhouette lointaine de Topkapi m'avait attiré depuis notre premier après-midi en ville. Le palais aujourd'hui transformé en musée islamique occupe une bonne partie du promontoire d'Istanbul et il est entouré par l'eau sur trois côtés : le détroit du Bosphore, la baie de la Corne d'Or et la mer de Marmara. J'avais le sentiment que, si je ne me rendais pas là-bas, je passerais à côté de l'essence même de l'histoire ottomane d'Istanbul. Peut-être m'éloignais-je de nouveau de Rossi en sacrifiant à cette envie, mais j'avais la conviction que mon cher professeur en aurait fait tout autant s'il avait eu quelques heures à tuer devant lui.

Je fus déçu d'apprendre, tandis que je me promenais dans les jardins, les cours et les pavillons où le cœur de l'Empire ottoman avait battu pendant des siècles, qu'en réalité très peu d'objets datant de l'époque de Mehmed y étaient exposés – quelques parures appartenant à son trésor, quelques-unes de ses épées, ébréchées et balafrées par d'épiques combats... très peu de chose, vraiment. Je suppose que j'avais espéré découvrir une facette inconnue du sultan dont l'armée avait défait celle de Vlad Drakula, et dont les forces de sécurité avaient été envoyées à Snagov afin de monter la garde autour de sa tombe présumée.

Je me remémorai tout à coup la partie d'échecs que disputaient ces deux vieillards, dans le bazar. C'était un peu la même chose, comme d'essayer de mettre le roi ennemi *shahmat* – échec et mat – en ne connaissant que la position de son propre roi...

J'avais largement de quoi m'occuper l'esprit dans le palais-musée, néanmoins. D'après ce que m'avait expliqué Helen la veille, c'était jadis un univers dans lequel plus de cinq mille serviteurs possédant des titres comme "Grand Enrouleur de Turban" avaient servi la volonté du sultan ; où des eunuques protégeaient la vertu des femmes d'un gigantesque harem s'apparentant à une prison dorée. C'était aussi depuis ce lieu que Soliman le Magnifique, au milieu du seizième siècle, avait consolidé l'empire, codifié ses lois, et fait d'Istanbul une métropole aussi glorieuse que sous le règne des empereurs byzantins. Comme eux, le sultan quittait le palais une fois par semaine, le vendredi (jour saint des musulmans), pour aller prier à Sainte-Sophie, changée en mosquée. C'était un monde de protocole, de festins somptueux, de tissus chatoyants, de carrelages sensuels… Un monde où les vizirs étaient vêtus de vert, les chambellans de rouge, où les bottines se paraient de couleurs fantastiques et où les turbans faisaient dans la démesure.

J'avais été particulièrement frappé par la description qu'Helen m'avait faite des janissaires, ce corps d'élite forgé pour former la garde rapprochée du sultan. Les janissaires étaient à l'origine des enfants capturés d'un bout à l'autre de l'empire, des garçons nés dans des pays chrétiens comme la Serbie et la Valachie, puis convertis à l'islam, élevés dans la haine de leurs ascendants et lâchés sur eux comme des faucons sur leur proie, quand ils atteignaient l'âge adulte. J'avais vu des images de janissaires quelque part, en fait. Peut-être dans un recueil de peintures. En me remémorant leurs jeunes visages dénués de toute expression humaine, je sentis le froid des murs du palais me pénétrer.

Il me vint à l'esprit que le jeune Drakula aurait fait un excellent janissaire. L'empire avait laissé passer là une belle opportunité, une chance d'instiller encore un peu plus de cruauté dans son énorme potentiel. Il aurait fallu le capturer très jeune, réfléchis-je, et le garder en Asie Mineure au lieu de le rendre à son père. Il était devenu trop indépendant après cela, un renégat, loyal uniquement à lui-même, aussi prompt à exécuter ses fidèles qu'à tuer ses ennemis turcs. Comme Staline – ce bond mental me prit par surprise tandis que je regardais scintiller le Bosphore. Staline était mort un an auparavant, et de nouveaux témoignages de ses atrocités avaient été divulgués dans la presse occidentale. Je me rappelais un article en particulier, sur un général apparemment loyal, mais que Staline avait accusé juste avant la guerre de vouloir le renverser. Le général avait été arrêté dans son appartement au milieu de la nuit et conduit dans une gare ferroviaire très fréquentée, à la sortie de Moscou. Là, on l'avait pendu aux poutres par les pieds jusqu'à ce que mort s'ensuive. Tous les passagers qui montaient et descendaient des trains l'avaient vu mourir, mais aucun n'avait même osé regarder dans sa direction. Beaucoup plus tard, les habitants du quartier furent incapables de s'entendre pour dire si cet épisode avait réellement eu lieu ou non.

Ce genre de pensée pénible m'accompagna tout au long de ma visite, d'une salle somptueuse à une autre ; partout, je ressentais une impression de danger et d'angoisse, une sensation peut-être simplement provoquée par l'évidence écrasante du pouvoir absolu du sultan, un pouvoir dont on sentait la présence jusque dans les couloirs étroits, les passages tortueux, les fenêtres à barreaux, les jardins… Finalement, cherchant à échapper à cette atmosphère de sensualité et d'emprisonnement, d'élégance et d'oppression, je sortis à l'air libre, vers les arbres ensoleillés de la cour extérieure.

Des fantômes bien plus sinistres encore m'y attendaient : mon guide touristique m'indiqua que je me trouvais à l'emplacement où avaient lieu les exécutions, avant de m'expliquer avec force détails que le sultan avait pour coutume de décapiter tous ceux – officiels ou non – avec lesquels il était en désaccord. Leurs têtes étaient ensuite exhibées sur des piques devant les portes du palais, afin de servir d'exemple et d'avertissement. Le sultan et l'Empaleur de Valachie formaient décidément une jolie paire, songeai-je en me détournant avec dégoût.

Une promenade dans les jardins alentour me calma les nerfs, et la lueur basse et rouge du soleil sur l'eau, transformant un bateau qui passait en une ombre chinoise, me rappela que l'après-midi touchait à sa fin et que je ferais bien d'aller retrouver Helen. Peut-être aurait-elle déjà des nouvelles de sa tante.

Helen m'attendait dans l'entrée avec un journal anglais lorsque je la rejoignis.

— Bonne promenade ? me demanda-t-elle en levant les yeux.

— Macabre. Je suis allé visiter le palais Topkapi.

— Ah.

Elle ferma son journal.

— Je suis désolée d'avoir manqué ça.

— Ne regrettez rien. Comment se porte le vaste monde ?

Elle dessina les gros titres avec son doigt.

— Mal. Mais j'ai de bonnes nouvelles pour changer.

— Vous avez parlé à votre tante ?

Je m'assis sur l'une des chaises bancales, à côté d'elle.

— Oui, et elle a été extraordinaire, comme toujours. Je suis sûre qu'elle me chapitrera à notre arrivée, mais cela n'a pas d'importance. Le principal, c'est qu'elle a trouvé un congrès auquel nous pourrons assister.

— Un congrès ?

— Oui. C'est un coup de chance, vraiment. Il y a un colloque d'historiens à Budapest cette semaine. Nous y assisterons en tant qu'universitaires étrangers, ma tante a tout arrangé pour que nous puissions obtenir nos visas ici.

Elle sourit.

— Apparemment, elle a un bon ami historien à l'université de Budapest.

— Quel est le thème du congrès ? demandai-je avec appréhension.

— Les relations sociales en Europe jusqu'en 1600.

— Un sujet tentaculaire. Et je suppose que nous sommes censés y assister en qualité de spécialistes du monde ottoman ?

— Élémentaire, mon cher Watson.

Je soupirai.

— Une bonne chose que j'aie révisé à Topkapi, alors.

Helen me sourit, mais impossible de savoir si c'était une marque d'ironie ou de confiance dans mon pouvoir de dissimulation.

— Le congrès débute vendredi, nous n'avons donc que deux jours pour nous rendre là-bas. Durant le week-end, nous assisterons à plusieurs conférences et vous en donnerez une. L'important...

Je m'étranglai.

— Hein ?

— ... l'important, c'est qu'une partie du dimanche est libre afin de permettre aux universitaires d'explorer le Budapest historique : nous en profiterons pour explorer les souvenirs de ma mère et...

— Pas si vite... je donnerai quoi ?

Je ne pus m'empêcher de la foudroyer du regard, mais elle lissa une boucle derrière son oreille et leva les yeux vers moi avec un sourire encore plus innocent.

— Mmm ? Oh, une conférence. C'est notre alibi pour entrer en Hongrie.

— Et une conférence sur quel sujet, je vous prie ?

— Sur la présence ottomane en Transylvanie et en Valachie... enfin, je pense. Ma tante l'a fait ajouter au programme. Votre intervention n'aura pas besoin d'être très longue...

— Vous êtes trop bonne !

— ... parce que, bien sûr, les Ottomans n'ont jamais réussi à conquérir totalement la Transylvanie. Mais je me suis dit que ce serait un bon sujet pour vous : nous en connaissons tous les deux un rayon sur Vlad et il a largement contribué à les maintenir hors de ses frontières, de son temps.

— Trop aimable, ricanai-je. Vous êtes en train de me dire que je vais devoir affronter une salle remplie de spécialistes venus des quatre coins d'Europe et disserter sur

Drakula ? Peut-être l'avez-vous oublié, mais ma thèse porte sur la guilde des marchands hollandais et je ne l'ai même pas terminée ! Et puis, d'abord, pourquoi ne donnez-vous pas cette conférence vous-même ?

— Parce que ce serait ridicule, répondit Helen en croisant les mains sur le journal. Je suis – comment dites-vous ? – un dinosaure, je fais partie des meubles si vous préférez. Tout le monde à l'université de Budapest me connaît déjà et ils ont eu plusieurs fois l'occasion de s'endormir sur mes travaux. La présence d'un Américain donnera un petit éclat supplémentaire à l'événement et ils me seront tous reconnaissants de vous avoir convaincu de venir, surtout à la dernière minute. Avoir un Américain parmi eux compensera l'hôtel universitaire miteux dans lequel ils recevront leurs hôtes et les petits pois en boîte qu'ils serviront à tout le monde le dernier soir lors du grand dîner de clôture.

— ...

— Je vous aiderai à la rédiger, cette conférence – je l'écrirai même pour vous, si cela peut vous empêcher d'être grognon ! Ne me remerciez pas. Vous serez fin prêt pour votre intervention de samedi. Je crois que ma tante a parlé de quatorze heures.

Je poussai un gémissement. Je n'avais jamais rencontré quelqu'un d'aussi impossible ! Il me vint tout à coup à l'esprit que ma présence à ses côtés pourrait s'avérer un handicap politique beaucoup plus important qu'elle ne l'admettait. Mais qu'elle était belle quand elle battait des cils comme en cet instant...

— Bon. Mais quel rapport y a-t-il entre la présence ottomane en Valachie et en Transylvanie et les problèmes sociaux en Europe ?

— Oh, ne vous inquiétez pas, nous trouverons bien un moyen d'en créer quelques-uns. C'est ce qui fait toute la beauté de la solide éducation marxiste que vous n'avez pas eu le privilège de recevoir. Croyez-moi, en cherchant un peu, on peut trouver des problèmes sociaux dans n'importe quel sujet ! D'ailleurs, n'oubliez pas que l'Empire ottoman était une grande puissance économique et que Vlad a considérablement gêné le commerce et l'accès aux ressources naturelles dans la région du Danube. Vous voyez ? Il n'y a pas à s'inquiéter : ce sera une conférence fascinante.

— Dieu du ciel, murmurai-je enfin.

Elle secoua la tête.

— Restons simples, appelez-moi Helen.

Il me fut tout aussi impossible de ne pas rire que de ne pas admirer en moi-même le scintillement de ses yeux sombres.

— Il ne me reste plus qu'à croiser les doigts pour que personne chez moi n'ait vent de cette histoire. Je n'ose même pas imaginer ce qu'en penserait mon jury de doctorat. D'un autre côté, je crois que Rossi aurait apprécié le stratagème.

Je ris de nouveau, visualisant l'éclat malicieux de ses yeux bleus, puis mon sourire s'effaça. La seule pensée de Rossi suffisait à me transpercer le cœur d'une douleur insupportable ; j'étais à l'autre bout du monde, à des milliers de kilomètres de l'endroit où on l'avait vu pour la dernière fois, et j'avais toutes les raisons de penser que je ne le reverrais jamais vivant, que je ne saurais peut-être même jamais ce qu'il était devenu. Ce jamais s'étira devant moi pendant quelques secondes, interminable et désolé, puis je chassai résolument cette pensée de mon esprit.

Nous allions rencontrer en Hongrie une femme qui l'avait connu intimement – ou qui le prétendait en tout cas – des années avant que je fasse moi-même sa connaissance, à une époque où il enquêtait sur Drakula. Nous ne pouvions pas nous permettre de négliger une telle piste. Alors, si, pour me rendre là-bas, je devais donner une conférence bidon, il n'y avait pas à hésiter !

Helen m'avait observé en silence et je sentis, non pour la première fois, cette aptitude troublante qu'elle avait de lire dans mes pensées. Elle m'en donna la preuve quelques secondes plus tard en murmurant :

— Ça en vaut la peine, n'est-ce pas ?

— Oui.

Je détournai les yeux, troublé.

— Très bien, dit-elle doucement. Et je suis heureuse que vous rencontriez ma tante, qui est merveilleuse, et ma mère, qui est également merveilleuse, mais d'une manière différente, et qu'elles fassent votre connaissance, et... Ça fait beaucoup de "et", mais vous me comprenez.

Je lui lançai un bref regard – la douceur du ton qu'elle avait employé m'avait remué le cœur – mais son visage venait de retrouver son ironie et sa distance habituelles.

— Quand partons-nous, alors ? demandai-je.

— Nous allons chercher nos visas demain matin, et si tout va bien, nous nous envolons après-demain. Il est convenu avec ma tante que nous nous rendions au consulat de Hongrie avant l'ouverture, vers sept heures trente. En ressortant, nous irons réserver nos billets d'avion. Si les vols sont complets, nous serons obligés de prendre le train, mais ce sera un voyage très long.

Elle secoua la tête, mais une vision soudaine d'un train des Balkans, grondant, grinçant, cheminant d'une ancienne capitale à une autre, me fit espérer que l'avion serait complet, en dépit du temps que nous pourrions perdre.

Peut-être était-ce simplement l'image mentale de cette aventure ferroviaire qui me fit sourire à Helen.

— Ai-je raison d'imaginer que vous tenez davantage de votre tante que de votre mère ?

Elle hésita une seconde seulement.

— Bien vu, Watson. Je ressemble énormément à ma tante, grâce au ciel. Mais vous préférerez ma mère – comme la plupart des gens. Et maintenant, puis-je vous convier à dîner avec moi dans notre restaurant favori, et à travailler à votre conférence pendant le repas ?

— Avec grand plaisir, acquiesçai-je, tant qu'il n'y a pas de bohémienne dans les parages.

Je lui offris mon bras avec une ironie prudente et elle abandonna son journal pour le prendre. C'était étrange, réfléchis-je, tandis que nous sortions dans les rues nimbées par la lumière dorée du soir, même dans des circonstances aussi bizarres, aussi troubles que ce que nous vivions actuellement, même à des lieues de chez soi, dans un contexte aussi éloigné de tout repère, il y avait des moments comme celui-ci, de pur bonheur. »

À dix heures trente précises, par une belle journée ensoleillée, Barley et moi quittions enfin la petite gare de Boulois à destination de Perpignan, *via* Toulouse.

38.

« L'avion du vendredi pour Budapest au départ d'Istanbul était loin d'être complet. Une fois installés à bord, entre des hommes d'affaires turcs en costume noir, un groupe plus bavard de bureaucrates magyars en veste grise, et des vieilles dames en manteau bleu, châle sur la tête (se rendaient-elles à Budapest comme femmes de ménage ou leurs filles y avaient-elles épousé des Hongrois ?), je n'eus qu'un vol très court pour regretter ce qu'aurait pu être notre périple en train.

Ce trajet, avec ses rails implantés à même le flanc des montagnes, ses étendues de forêts et ses à-pics, ses fleuves et ses villes féodales, je dus attendre ma future carrière diplomatique pour l'accomplir et, comme tu le sais, je l'ai emprunté à deux reprises depuis lors. Il y a quelque chose d'infiniment mystérieux à mon sens dans les glissements successifs qui s'opèrent le long de cette route entre les mondes islamique et chrétien, ottoman et austro-hongrois, musulman et catholique ou protestant. C'est un échelonnement de villes dominées par des minarets qui s'effacent peu à peu tandis qu'apparaissent des clochers d'églises, de nouveaux horizons de forêts et de rivières, si bien que, petit à petit, on en vient à croire que l'histoire humaine qui sature le paysage est inhérente à la nature elle-même.

La courbe d'une colline turque est-elle si différente de la pente d'une prairie magyare ? Non, bien sûr, et cependant la différence est tout aussi impossible à effacer de sa rétine que l'histoire qui la dénonce l'est de l'esprit. Des années plus tard, en empruntant cette route, je la verrais tour à tour clémente et baignée de sang – c'est l'autre effet d'optique de la vision historique, d'être sans cesse écartelée entre le bien et le mal, la paix et la guerre. Si j'imaginais une incursion des Ottomans de l'autre côté du Danube ou, en remontant plus haut dans le temps, le déferlement des Huns venus de l'est, j'étais toujours bombardé par des images antinomiques : une tête coupée qu'on ramenait au campement comme un trophée avec des cris de triomphe et de haine, mais aussi une femme âgée (peut-être, qui sait ? la très, très lointaine aïeule d'une de ces vieilles au visage creusé de rides que je voyais dans notre avion) enfilant à son petit-fils des vêtements chauds, pinçant affectueusement sa joue lisse de petit garçon turc, puis vérifiant d'une main habile que son ragoût de gibier ne brûlait pas…

Ces visions appartiendraient pour moi à l'avenir, cependant, et durant notre court voyage en avion, je regrettais le paysage qui s'étendait au-dessous de nous sans savoir à quoi il ressemblait, ni quelles pensées il pourrait éveiller plus tard en moi. Plus habituée à voyager et moins impressionnable, Helen profita de l'opportunité pour dormir, pelotonnée dans son siège. Nous avions veillé tard deux nuits de suite, travaillant à la table du restaurant pour rédiger la conférence que je donnerais samedi à Budapest. Je m'y connaissais déjà mieux en matière de batailles de Vlad contre les Turcs, mais ça ne me rassurait qu'à demi. J'espérais que personne ne me poserait de questions lorsque j'aurais fini de délivrer ces informations à moitié assimilées. Helen, elle, n'aurait eu aucun problème à y répondre. Son érudition était tout à fait remarquable, et je m'émerveillai de nouveau de ce savoir autodidacte qu'elle avait emmagasiné sur Drakula dans l'espoir incertain de démasquer un père qu'elle pouvait difficilement revendiquer.

Quand sa tête s'affaissa contre mon épaule dans son sommeil, je ne fis pas un geste, trop heureux de la laisser se reposer tout en m'enivrant de son parfum.

Ma première impression de Budapest, aperçue à travers les vitres de notre taxi lorsque nous quittâmes l'aéroport, fut celle d'une ville d'une grande noblesse. Helen m'avait expliqué que nous séjournerions dans un hôtel près de l'université, à Pest, sur la rive est du Danube.

Elle avait dû demander à notre chauffeur de longer le fleuve avant de nous déposer, car après avoir traversé des rues du dix-huitième et du dix-neuvième siècle, animées ici et là par l'irruption soudaine d'une fantaisie Art nouveau ou d'un vieil arbre monumental, le Danube jaillit brusquement devant nous, impressionnant – je ne m'attendais pas à une telle majesté – avec les trois ponts imposants qui l'enjambaient. Sur notre rive se dressait le Parlement, avec ses flèches et son dôme néogothiques, et, sur la rive opposée, les larges flancs du palais royal et les clochers des églises médiévales. Et au milieu : le fleuve gris-vert, gigantesque, sa surface finement ridée par le vent scintillant dans le soleil.

Le ciel immense et bleu formait une arche au-dessus des dômes, des monuments et des églises, parant l'eau de couleurs changeantes. Je m'attendais à éprouver de la curiosité et de l'admiration pour Budapest – pas à me sentir intimidé. Au fil de son histoire, cette ville avait absorbé toute une collection d'envahisseurs déclarés et d'alliés envahissants, en commençant par les Romains et en finissant par les Autrichiens – sans oublier les Soviétiques, songeai-je en me rappelant les commentaires amers d'Helen – et cependant, elle avait réussi à conserver son identité propre. Ce n'était pas vraiment l'Occident, ni l'Orient comme Istanbul, et pas non plus l'Europe du Nord, malgré toute son architecture gothique. Je contemplais par la vitre du taxi une splendeur qui n'appartenait qu'à elle.

Helen regardait, elle aussi, et au bout d'un moment elle se tourna vers moi. Mon visage devait refléter une partie de mon enthousiasme car elle éclata de rire.

— Je vois que vous avez le coup de foudre pour notre petite ville, commenta-t-elle – et je perçus sous son ironie une fierté sincère. Drakula fut l'un de nos hôtes – le saviez-vous ? En 1462, le roi Mathias Ier Corvin le fit emprisonner à une trentaine de kilomètres de Buda parce qu'il menaçait des intérêts hongrois en Transylvanie. Apparemment, il fut traité plus en invité que comme un prisonnier, et Mathias Ier lui fit même don d'une épouse issue de la famille royale hongroise. Personne ne sait exactement qui elle était, si ce n'est qu'elle eut ainsi le redoutable honneur de devenir la deuxième épouse de Drakula. Lequel témoigna sa reconnaissance en se convertissant à la religion catholique, à la suite de quoi le couple fut autorisé à vivre à Pest pendant quelque temps. Mais aussitôt qu'on ouvrit la cage de Drakula…

— Je devine sans peine la suite, intervins-je. Il rentra tout droit en Valachie, s'empara du trône aussi rapidement que possible et abjura sa conversion.

— À peu de chose près, c'est correct, admit-elle. Vous commencez à bien cerner le mode de pensée de notre ami. Il voulait plus que tout s'emparer du trône de Valachie, et le conserver.

Trop tôt à mon goût, le taxi fit demi-tour pour regagner les vieux quartiers de Pest, loin du fleuve, mais les rues continuèrent à m'offrirent çà et là d'autres merveilles qui me laissèrent pantois : des cafés pourvus de balcons imitant la splendeur de l'Égypte et de l'Assyrie, des voies piétonnes assaillies par des marchands volubiles et plantées de lampadaires en fer, des mosaïques et des sculptures, des anges et des saints en marbre ou en bronze, des rois et des empereurs, des violonistes en tunique blanche jouant à l'angle d'une rue.

— Et voilà, nous sommes arrivés, annonça soudain Helen. C'est le quartier universitaire et, ici, la bibliothèque de l'université.

Je tendis le cou pour jeter un regard à l'élégante bâtisse en pierre jaune à l'architecture néoclassique.

— Nous nous y rendrons dès que possible, je veux y vérifier quelque chose. Et voici notre hôtel, juste à la sortie de *Magyar utca* – la rue Magyar. Il faudra que je vous trouve un plan, quelque part, sinon vous allez vous perdre.

Le chauffeur déposa nos bagages devant l'élégante façade patricienne, en pierre grise, et je tendis la main à Helen pour l'aider à descendre de la voiture.

— J'en étais sûre, grommela-t-elle d'un ton dédaigneux. Ils réservent toujours cet hôtel pour les conférences.

— Il m'a l'air très bien, hasardai-je.

— Oh, il n'est pas mal. Vous apprécierez tout particulièrement le choix entre l'eau froide et l'eau froide, et la nourriture industrielle.

Helen payait le chauffeur avec des grosses pièces en métal argenté et cuivré.

— Je suis certain d'avoir lu quelque part que la cuisine hongroise était délicieuse, affirmai-je d'un ton réconfortant. Le goulash, le paprika…

Helen roula des yeux.

— Et voilà : dès qu'on parle de la Hongrie, les gens pensent "goulash". Exactement comme ils disent "Drakula" dès qu'on évoque la Transylvanie.

Elle s'esclaffa.

— Oubliez la cuisine de l'hôtel. Attendez plutôt d'avoir mangé chez ma tante, ou chez ma mère, et ensuite nous en reparlerons !

— Je croyais que votre mère et votre tante étaient roumaines, objectai-je.

Je le regrettai instantanément : son visage se glaça.

— Croyez ce que vous voulez, Yankee, rétorqua-t-elle d'une voix cassante.

Et elle souleva sa valise sans me laisser le temps de la lui porter.

Le hall de l'hôtel, silencieux et paisible, était habillé de marbre et de dorures, vestiges d'une époque plus prospère. Je le trouvai agréable et n'y vis rien dont Helen pourrait avoir honte. Quelques instants plus tard, je me rendis compte que je me trouvais dans mon premier pays communiste : des photographies des officiels du gouvernement s'alignaient sur le mur derrière le bureau de la réception, et l'uniforme bleu sombre de tout le personnel de l'hôtel avait quelque chose de volontairement prolétaire. Helen s'occupa des formalités et me tendit la clé de ma chambre.

— Ma tante a tout organisé, m'annonça-t-elle d'un ton satisfait. Elle a laissé un message par téléphone pour dire qu'elle nous rejoindra ici même, ce soir à dix-neuf heures. Elle nous emmène dîner. Mais nous devons d'abord nous inscrire à la conférence, et participer à la réception qui a lieu là-bas à dix-sept heures.

J'étais déçu d'apprendre que nous n'irions pas chez sa tante déguster un repas hongrois cuisiné maison et jeter un coup d'œil au mode de vie de l'élite bureaucratique, mais je me rappelai aussitôt que j'étais, après tout, un Américain, et que je ne devais pas m'attendre ici que les portes s'ouvrent en grand devant moi. Je pouvais même être perçu comme un risque, un boulet pour Helen, ou tout du moins une gêne. En fait, songeai-je, j'avais intérêt à faire profil bas et à provoquer aussi peu de vagues que possible. J'avais déjà énormément de chance d'être là, et la dernière chose que je souhaitais, c'était être une source de problèmes pour Helen ou sa famille.

Ma chambre, à l'étage, était toute simple et propre avec cependant quelques touches incongrues d'une grandeur passée dans les chérubins dorés et dodus qui figuraient aux quatre coins du plafond et le lavabo en marbre en forme de conque géante. Comme je m'y lavais les mains et me repeignais face au miroir, au-dessus, mon regard glissa du reflet des putti grassouillets au lit étroit, fait au carré, qui aurait pu être un lit de camp de l'armée, et je souris avec humour. Ma chambre était située à un étage différent de celle d'Helen, cette fois – précaution de sa tante ? – mais j'aurais au moins ces chérubins désuets et leurs moulures austro-hongroises pour me tenir compagnie.

Helen m'attendait dans le hall et nous franchîmes en silence les portes majestueuses de l'hôtel pour nous rendre dans la rue non moins majestueuse. Elle portait de nouveau son chemisier bleu pâle (au fil de nos tribulations, mon allure avait pris progressivement un aspect un peu chiffonné alors qu'Helen, elle, réussissait à conserver ses vêtements impeccables, comme fraîchement repassés, un talent qui m'apparaissait comme une sorte de don propre à l'Europe de l'Est). Elle avait relevé ses cheveux en chignon, ça lui allait très bien.

Helen resta plongée dans ses pensées pendant que nous nous dirigions vers l'université. Je n'osai pas lui demander à quoi elle songeait, mais, au bout d'un moment, elle répondit d'elle-même à la question que je n'avais pas posée.

— C'est une impression tellement bizarre de me retrouver brusquement ici. . déclara-t-elle en me lançant un bref regard.

— Surtout en compagnie d'un drôle d'Américain ?

— Surtout en compagnie d'un drôle d'Américain, admit-elle – et ça ne sonnait pas comme un compliment !

L'université se composait de plusieurs bâtiments imposants, certains rappelant par leur architecture la majestueuse bibliothèque que j'avais aperçue en arrivant. Je commençais à ressentir une certaine nervosité à l'idée de m'inscrire au nombre des conférenciers quand Helen désigna d'un geste notre destination : un vaste hall classique bordé au deuxième étage par des statues. Je renversai la tête en arrière pour les contempler, et je réussis à déchiffrer quelques-uns de leurs noms, orthographiés dans leur version magyare : Platon, Descartes, Dante, tous couronnés de lauriers et drapés de toges classiques. Les autres figures m'étaient moins familières : Szent István, Matyás Corvin, János Hunyadi. Ils brandissaient des sceptres ou d'impressionnantes couronnes.

— Qui sont-ils ? demandai-je à Helen.

— Je vous en parlerai demain, répondit-elle. Venez, il est dix-sept heures passées.

Nous pénétrâmes dans le hall en même temps que plusieurs jeunes gens pleins d'entrain, probablement des étudiants, et nous nous rendîmes dans une vaste salle située au deuxième étage. Mon estomac se noua un peu plus : l'endroit grouillait de professeurs (enfin, c'en était sûrement, raisonnai-je) en costume noir, gris ou en tweed, la cravate de travers, occupés à grignoter des piments rouges et des cubes de fromage de couleur blanche disposés dans des petites assiettes, un verre rempli d'une substance à la forte odeur de médicament à la main. Rien que des historiens, songeai-je avec horreur, et, bien que je sois censé moi aussi faire partie de cette confrérie, mon moral entama une chute vertigineuse.

Helen avait été immédiatement assaillie par un essaim de collègues réjouis de la revoir, et je l'aperçus vaguement qui serrait d'un geste amical la main d'un homme d'un certain âge dont la chevelure blanche ébouriffée me rappela certains chiens de concours. Oublié dans mon coin, devant la fenêtre, j'en étais à feindre de me passionner pour la magnifique façade d'église de l'autre côté de la rue quand Helen vint m'agripper le coude pendant une fraction de seconde – était-ce bien sage de sa part ? – et me pilota dans la foule.

— Voici le professeur Sándor, le président du département d'histoire de l'université de Budapest et notre plus grand médiéviste, déclara-t-elle en me présentant le vieux beau à crinière blanche.

Je me précipitai pour le saluer. Ma main fut broyée dans une étreinte de fer et mon moral achevé en entendant le professeur Sándor m'expliquer combien il était honoré de ma présence au congrès et comme il se réjouissait de venir m'écouter samedi.

À ma vive surprise, il s'exprimait dans un anglais un peu lent mais parfaitement clair. Tout en le remerciant de sa confiance avec une modestie non feinte, je me demandai fugitivement s'il s'agissait de l'ami de la mystérieuse Tante Eva.

— Si, si, c'est un plaisir que nous partageons tous ici, ajouta-t-il avec chaleur. Nous attendons avec impatience votre conférence, demain.

Je lui répondis que le plaisir était réciproque et je fus très attentif à ne pas croiser le regard d'Helen à ce moment-là.

— Magnifique ! tonna le professeur Sándor. Nous avons le plus grand respect pour les universités de votre pays. Puissent nos deux nations vivre en paix et en bonne intelligence pendant les années à venir.

Il leva son verre rempli de la mixture médicinale que j'avais sentie en arrivant, et je me hâtai de lui rendre son salut, un verre de la même mixture étant par magie apparu dans ma main.

— Et maintenant, s'il y a quoi que ce soit que je peux faire pour rendre votre séjour dans notre ville bien-aimée plus agréable, vous devez me le dire.

Ses yeux sombres, dont l'éclat surprenait dans un visage âgé et contrastait étrangement avec sa crinière blanche, me rappelèrent ceux d'Helen l'espace d'un instant, et je ressentis une soudaine sympathie pour lui.

— Merci, professeur, lui dis-je avec sincérité, et il me tapota le dos avec sa grosse patte.

— Je vous en prie, mangez, buvez, faites vous plaisir, et nous discuterons.

À peine avait-il prononcé ces mots, néanmoins, qu'il disparut pour vaquer à d'autres occupations, et je me retrouvai au centre de questions enthousiastes posées par des professeurs de cette université, mais aussi des historiens de passage, certains même plus jeunes que moi. Ils s'agglutinèrent autour d'Helen et de moi et, progressivement, je perçus au milieu de leur brouhaha quelques bribes de français et d'allemand, ainsi qu'une autre langue qui devait être du russe. C'était un groupe débordant d'enthousiasme et de vie, charmant, en fait, et je commençai à oublier ma nervosité. Helen me présentait aux uns et aux autres avec une bienveillance distante qui me parut être la note parfaite pour l'occasion, expliquant d'une voix douce la nature des recherches que nous accomplissions ensemble et l'article que nous publierions bientôt dans un journal américain.

On se pressait également autour d'elle en lui posant de brèves questions en magyar, et une légère rougeur colora son visage tandis qu'elle serrait des mains et embrassait même sur la joue certains de ses anciens collègues. À l'évidence, on ne l'avait pas oubliée – comment aurait-il pu en être autrement ? songeai-je. Je notai qu'il y avait d'autres femmes dans la pièce, certaines plus âgées qu'elle, quelques-unes très jeunes, mais Helen les éclipsait toutes. Plus grande, plus vive, plus posée, avec ses larges épaules, son visage magnifiquement modelé et ses lourdes boucles, sa physionomie ironique et animée, on ne voyait qu'elle.

Je me tournai vers l'un des membres de l'université hongroise afin de ne pas la regarder trop ostensiblement ; la boisson sûrement très alcoolisée commençait à me tourner un peu la tête.

— S'agit-il d'une réunion typique des congrès que vous organisez ici ?

Je n'étais pas très sûr de ce que j'entendais par là, mais l'essentiel était de trouver quelque chose à dire pendant que je m'efforçais de détourner mes yeux d'Helen.

— Oui, répondit fièrement mon compagnon.

C'était un petit homme d'une soixantaine d'années, vêtu d'une veste et d'une cravate grises.

— Nous accueillons de nombreux séminaires internationaux dans notre université, surtout maintenant.

J'aurais voulu qu'il m'explique ce « surtout maintenant », mais le professeur Sándor venait de réapparaître et il se dirigeait vers moi aux côtés d'un homme d'une très grande prestance qui semblait impatient de me rencontrer.

— Je vous présente le professeur Géza József, me dit-il. Il aimerait faire votre connaissance.

Helen se retourna à cet instant précis, et je fus surpris de voir une expression de mécontentement – ou bien était-ce de l'aversion ? – passer sur son visage. Elle s'approcha aussitôt, comme pour s'interposer.

— Comment vas-tu, Géza ?

Elle lui serra la main d'un air guindé et un peu froid, avant même que j'aie eu le temps de le saluer.

— Quel plaisir de te revoir, Elena.

Il s'inclina vers elle et je captai également une intonation étrange dans sa voix, qui aurait pu être de la raillerie, mais tout aussi bien une autre émotion. Je me demandai s'ils parlaient en anglais uniquement à mon intention.

— C'est réciproque, lâcha-t-elle platement. Permets-moi de te présenter le collègue avec lequel j'ai travaillé en Amérique…

— Je suis enchanté de vous rencontrer, me dit-il avec un sourire qui illumina son splendide visage.

Il était plus grand que moi, avec d'épais cheveux bruns et cet air assuré qu'ont ceux qui sont amoureux de leur propre virilité – il aurait été magnifique sur un cheval, galopant dans la plaine au milieu des troupeaux de moutons, songeai-je. Sa poignée de main était chaleureuse et il me gratifia d'une petite tape de bienvenue sur l'épaule avec son autre main. Je ne parvenais pas à comprendre pour quelle raison Helen le trouvait repoussant, même si je ne parvenais pas à me défaire de cette impression.

— Et vous nous honorerez d'une conférence demain ? C'est merveilleux, poursuivit-il.

Il s'arrêta une seconde.

— Mon anglais n'est pas très bon. Préférez-vous que nous parlions en français ? en allemand ?

— Votre anglais est bien meilleur que mon français ou mon allemand, j'en suis sûr, répondis-je vivement.

— Vous êtes trop indulgent. J'ai cru comprendre que votre spécialité était la domination ottomane dans les Carpates ?

Les nouvelles allaient vite, ici. Aussi vite que le vent du boulet...

— En effet, acquiesçai-je. Encore que j'aurais certainement beaucoup à apprendre sur le sujet dans votre université, j'en suis sûr.

— Je n'en crois rien, protesta-t-il gentiment. Mais j'ai moi-même effectué quelques recherches sur ce thème, et je serais très heureux d'en discuter avec vous.

— Le professeur József s'intéresse à des sujets très divers, intervint Helen.

La froideur de sa voix aurait gelé de l'eau chaude. Cette situation était vraiment très étrange, mais je savais d'expérience que chaque département universitaire était le théâtre de guerres intestines, pour ne pas dire de guerres totales, et celui-ci ne faisait manifestement pas exception. Avant que j'aie pu trouver une formule de conciliation, Helen se tourna abruptement vers moi.

— Professeur, nous devons nous mettre en route pour notre prochain rendez-vous, déclara-t-elle.

Pendant une seconde, je ne sus vraiment pas à qui elle s'adressait, mais elle posa fermement la main sur mon bras.

— Oh, je vois que vous êtes très pris…

Le professeur József n'était que regret.

— Peut-être pourrons-nous discuter de la question ottomane une autre fois ? Je serais très heureux de vous faire visiter notre ville, mon cher collègue, ou de vous emmener déjeuner à…

— Le professeur a un emploi très chargé pendant toute la durée du congrès, trancha Helen.

Je le gratifiai d'une poignée de main aussi chaleureuse que me le permettait le regard glacial de ma voisine, puis il prit la main libre d'Helen dans la sienne.

— C'est merveilleux de te voir de nouveau ici, dans ton pays, lui dit-il.

Et il s'inclina pour lui baiser la main. Helen se dégagea d'un geste brusque, mais une expression étrange passa sur son visage. Ce geste l'avait troublée, devinai-je, et je me mis du coup à détester ce trop charmant historien hongrois. Helen m'entraîna vers le professeur Sándor, auprès duquel nous nous excusâmes d'être contraints de partir déjà. Pour faire bonne mesure, nous lui exprimâmes notre vive impatience d'écouter la série de conférences programmées le lendemain.

— Et nous, nous attendons la vôtre avec enthousiasme, surenchérit-il en me serrant la main entre les siennes.

Les Hongrois étaient un peuple extraordinairement chaleureux, décidai-je avec une ardeur qui n'était due qu'en partie à l'alcool qui circulait dans mes veines. Tant que j'évacuais de mon esprit toute pensée réaliste de cette maudite conférence, je me sentais flotter dans une satisfaction béate. Helen m'avait pris par le bras et il me sembla qu'elle parcourait brièvement la pièce du regard avant que nous sortions.

— Je n'arrive pas à comprendre…

L'air frais du soir était revigorant et je me sentais plus d'attaque que jamais.

— Vos compatriotes sont les gens les plus accueillants que j'aie jamais rencontrés, mais j'ai eu comme l'impression que vous étiez à deux doigts de décapiter le professeur József.

— Exact, répondit-elle brièvement. Il m'ensupporte.

— Insupporte, rectifiai-je machinalement. Pour quelle raison l'avez-vous traité aussi durement ? Il vous a accueillie comme une vieille amie.

— Oh, je n'ai rien de particulier contre lui, si ce n'est que c'est un immonde charognard. Un vampire qui…

Elle s'interrompit net et me regarda, les yeux écarquillés.

— Attention, je ne veux pas dire que…

— Évidemment non, dis-je. J'ai examiné ses canines avec une grande attention.

— Oh, vous m'insupportez, vous aussi, dit-elle en dégageant son bras du mien.

Je lui lançai un regard de regret.

— Je n'ai rien contre le fait que vous me teniez par le bras, déclarai-je d'un ton léger, mais êtes-vous certaine que ce soit une bonne idée devant votre université au grand complet ?

Elle me regarda de nouveau et je fus incapable de lire dans ses yeux noirs.

— Ne vous inquiétez pas. Il n'y avait personne du département d'anthropologie.

— Mais vous connaissiez un certain nombre d'historiens présents, et les gens parlent, persistai-je.

— Oh, pas ici.

Elle lâcha un de ces éclats de rire secs et moqueurs dont elle avait le secret.

— Nous sommes tous des “camarades travailleurs”. Pas de ragots, pas de conflits – juste de la dialectique confraternelle… et une belle petite utopie. Vous verrez demain.

— Helen, gémis-je. Pouvez-vous être sérieuse, pour une fois ? Je m'inquiète simplement pour votre réputation – votre réputation politique. Après tout, vous reviendrez bien vivre ici, un jour, et il faudra affronter tous ces gens.

— Vraiment ?

Elle glissa de nouveau son bras sous le mien et nous continuâmes à marcher sans que je fasse le moindre geste pour me dégager. Le simple frôlement de sa manche contre mon coude me donnait de doux frissons.

— Quoi qu'il en soit, ça en valait la peine. Je l'ai fait uniquement pour faire grincer les dents de Géza. Ses crocs, je veux dire !

— Merci beaucoup, marmonnai-je.

Je ne me hasardai pas à en dire davantage. Si son intention avait été de rendre quelqu'un jaloux, elle y était amplement parvenue, mais avec moi. Je l'imaginai tout à coup dans les bras vigoureux de Géza. Y avait-il eu quelque chose entre eux avant qu'elle ne quitte Budapest ? Ils auraient formé un couple réellement magnifique, songeai-je – grands, beaux, sûrs d'eux, pleins de grâce. Je me sentis, tout à coup, terriblement étranger et malingre, incapable de rivaliser avec les cavaliers des steppes… Le visage d'Helen m'interdisait de la questionner plus avant, cependant, et je dus me contenter du poids silencieux de son bras sur le mien.

Trop tôt à mon gré, nous nous retrouvâmes devant les portes dorées de notre hôtel, puis dans le hall silencieux. Comme nous entrions, une silhouette solitaire se leva au milieu des chaises tapissées de noir et des palmiers en pots, et attendit calmement que nous nous approchions.

Helen poussa un petit cri et s'élança vers elle, mains tendues.

— Eva ! »

39.

« Depuis le jour de notre rencontre, j'ai souvent pensé à la tante Eva d'Helen – et pourtant je ne devais la voir que trois fois en tout et pour tout dans ma vie (et encore, très brièvement la deuxième et la troisième fois). Certaines personnes que l'on a croisées rapidement se gravent dans notre mémoire bien plus durablement que d'autres qu'on voit tous les jours et pendant une longue période. Tante Eva faisait sans aucun doute partie de ces personnalités qui vous marquent à jamais. Vingt ans ont passé, mais ma mémoire et mon imagination ont conspiré pour conserver son souvenir intact et paré de toutes les couleurs de la vie.

J'ai fréquemment évoqué l'image de Tante Eva lorsque je voulais donner un visage à une héroïne de roman ou une figure de l'histoire ; ainsi, elle se glissa tout naturellement dans le costume sur mesure de Mme Merle quand je rencontrai sous la plume de Henry James la charmante intrigante du *Portrait d'une Lady*. En fait, Eva a pris peu à peu au fil de mes lectures et de mes rêveries l'apparence de tant de femmes brillantes, fines, exceptionnelles, qu'il m'est assez difficile de la retrouver telle qu'elle m'apparut lorsque je fis sa connaissance un soir d'été à Budapest, en 1954.

Je me rappelle qu'Helen se jeta dans ses bras dans un élan d'affection dont elle n'était certainement pas coutumière, et que Tante Eva resta à sa place, calme et digne, serrant sa nièce contre elle et la gratifiant d'un baiser sonore sur les deux joues. Quand Helen se retourna vers moi, toute rose, pour nous présenter, je constatai qu'elles avaient toutes les deux les larmes aux yeux.

— Eva, voici le collègue américain dont je t'ai parlé au téléphone. Paul, je vous présente ma tante, Eva Orbán.

Je lui serrai la main en m'efforçant de ne pas trop la dévisager. Mme Orbán était une femme élégante, de haute taille, qui devait avoir dans les cinquante-cinq ans. Mais ce qui m'hypnotisait chez elle, c'était son incroyable ressemblance avec Helen. On aurait pu les prendre pour deux sœurs – avec une grande différence d'âge – ou même pour deux jumelles, dont l'une aurait vieilli en traversant des expériences difficiles pendant que l'autre serait restée par une magie quelconque jeune et fraîche.

Tante Eva était juste un peu plus petite, mais elle avait la même attitude volontaire et pleine de grâce de sa nièce. Son visage avait peut-être été plus doux que celui d'Helen, et il était toujours très beau, avec le même nez droit, assez long, les mêmes pommettes saillantes et les mêmes yeux noirs et insondables. La couleur de ses cheveux me déconcerta complètement jusqu'à ce que je me rende compte qu'elle n'avait rien de naturel ; c'était une sorte de rouge violacé bizarre, avec les racines blanches. Durant les jours qui suivirent, j'allais croiser dans les rues de Budapest bien d'autres femmes teintes ainsi, mais ce premier contact me stupéfia. Elle portait des petites boucles d'oreilles en or, un chemisier rouge et un tailleur noir qui était le jumeau de celui d'Helen.

Tandis que nous échangions une poignée de main, Tante Eva me dévisagea très sérieusement, presque gravement. Peut-être cherchait-elle à déceler sur mes traits une expression fate contre laquelle elle aurait pu mettre sa nièce en garde. Je me sermonnai aussitôt ; pour quelle raison aurait-elle pu être tentée de me considérer comme un prétendant potentiel ?

Un fin réseau de rides se dessinait au coin de ses yeux et de sa bouche, irrésistibles témoins d'un sourire rayonnant. Ce sourire apparut au bout de quelques instants, comme si elle ne pouvait pas le réprimer très longtemps. Pas étonnant que cette femme ait pu obtenir qu'on ajoute à la dernière minute un intervenant sur une liste de conférenciers et un coup de tampon sur un visa. L'intelligence qui émanait de toute sa personne n'était concurrencée que par l'éclat de son sourire.

— Enchanté, madame. Je brûlais de vous rencontrer, dis-je. Merci de m'avoir procuré le grand honneur de donner une conférence en public.

Tante Eva rit et me serra la main. Si j'avais pu penser un instant plus tôt qu'elle était calme et réservée, je m'étais bien trompé ; elle libéra tout à coup un torrent volubile de hongrois auquel j'étais apparemment censé comprendre quelque chose.

Helen vola aussitôt à mon secours.

— Ma tante ne parle pas l'anglais, m'expliqua-t-elle, même si elle est loin d'être aussi peu douée pour les langues étrangères qu'elle veut le faire croire. De son temps, on apprenait l'allemand et le russe, parfois le français, mais beaucoup plus rarement l'anglais. Je vais traduire pour vous.

Elle posa affectueusement la main sur le bras de sa tante pour lui signifier de ne pas aller trop vite, ajoutant quelques mots en hongrois.

— Bon, elle me charge de vous dire que vous êtes le bienvenu et qu'elle espère que vous ne rencontrerez pas de problème car elle a mis sens dessus dessous tout le bureau des Demandes de visas au sous-secrétariat pour vous faire entrer ici. Elle compte bien que vous lui fassiez parvenir une invitation pour assister à votre conférence – ne faites pas cette tête, elle ne comprendra pas grand-chose, mais c'est pour le principe. Ah, elle souhaite également que vous apaisiez sa curiosité en lui parlant de votre université, des circonstances dans lesquelles vous m'avez rencontrée, nous y voilà, si je me conduis bien en Amérique et quelle est la spécialité culinaire de votre mère. Elle aura encore une foule d'autres questions à vous poser, mais elle les réserve pour plus tard.

Je les regardai avec stupéfaction. Elles m'observaient en souriant, aussi magnifiques l'une que l'autre, et je fus de nouveau frappé par l'incroyable similitude de leurs visages, jusque dans cette expression ironique qui appartenait à Helen et que je retrouvais à l'identique sur les traits de sa tante – qui, en revanche, n'avait malheureusement pas communiqué à sa nièce sa prodigalité dans les sourires...

Il était certainement impossible de tromper une femme aussi fine qu'Eva Orbán ; après tout, je ne devais pas oublier qu'elle était partie d'un petit village de Roumanie et qu'elle occupait aujourd'hui un poste important dans le gouvernement hongrois.

— Je ferai de mon mieux pour satisfaire la curiosité de votre tante, répondis-je à Helen. Pouvez-vous d'ores et déjà lui expliquer, s'il vous plaît, que les spécialités culinaires de ma mère sont le travers de porc grillé et le gratin de macaronis ?

— Ah, le travers de porc, dit Helen.

Sa traduction amena un sourire approbateur sur les lèvres de sa tante.

— Elle vous demande de saluer votre mère de sa part et de la féliciter d'avoir donné naissance à un fils aussi brillant.

À ma grande consternation, je sentis mon visage devenir brûlant, mais je promis de transmettre le message.

— Maintenant, elle souhaite nous emmener dans un restaurant que vous devriez apprécier beaucoup, avec un aperçu du vieux Budapest en guise d'apéritif !

Quelques minutes plus tard, nous étions installés tous les trois à l'arrière de ce que je pris pour la voiture personnelle de Tante Eva – un véhicule très peu prolétarien, d'ailleurs.

Helen me désignait les monuments du doigt, poussée par sa tante. Cette dernière ne m'adressa pas un seul mot en anglais au cours de nos trois rencontres, mais j'avais l'impression que c'était plus une question de principe qu'un problème de communication. Quand Helen et moi parlions ensemble, Tante Eva donnait l'impression de comprendre ce que nous disions, tout au moins dans les grandes lignes, avant même que sa nièce lui traduise nos propos. C'était comme si Tante Eva avait décrété qu'en matière de langage tout ce qui venait de l'Occident devait être traité avec une certaine distance, voire défiance, alors qu'en tant qu'individu un Occidental pouvait s'avérer être quelqu'un de bien auquel on se devait de montrer à quoi ressemblait l'hospitalité hongroise.

Finalement, je m'habituai à parler avec elle par l'intermédiaire d'Helen, au point que j'avais parfois l'impression d'être à deux doigts de comprendre sa langue. Certaines formes de communication n'avaient pas besoin d'interprète, de toute façon.

Après une nouvelle chevauchée glorieuse le long du fleuve, nous traversâmes ce que je sus plus tard être le pont des Chaînes, un miracle d'architecture du dix-neuvième siècle auquel on avait donné le nom du baron Haussmann de Budapest : le comte Széchenyi. Comme nous nous engagions sur le pont pour passer de la rive de Pest à celle de Buda, la lumière du soir, reflétée par le Danube, inonda la scène tout entière, de sorte que l'étonnante multitude de châteaux et d'églises de Buda se dessina sur un fond brun et or. Le pont lui-même était une élégante réalisation de style néoclassique, gardé à chaque extrémité par des lions et supportant deux monumentaux arcs de triomphe. Mon cri d'admiration spontané amusa Tante Eva et Helen, assise entre nous, sourit fièrement, elle aussi.

— La "perle du Danube" mérite bien son nom, c'est une ville extraordinaire, m'extasiai-je.

— Budapest a été terriblement endommagée pendant la Seconde Guerre mondiale, m'expliqua Helen à la demande manifeste de sa tante. L'un des ponts est toujours en réparation à l'heure actuelle, et de nombreux bâtiments ont souffert. Vous avez dû remarquer que nous reconstruisons encore un peu partout dans la ville. Mais ce pont a été rebâti en 1949 pour... – comment dites-vous ? – le jubilé ? non, le centenaire de son édification, et nous en sommes très fiers. Moi la première parce que ma tante a contribué à organiser sa reconstruction.

Tante Eva hocha la tête en souriant, puis parut se rappeler qu'elle n'était pas censée comprendre ce que nous disions.

Un moment plus tard, la voiture plongea dans un tunnel qui semblait presque s'enfoncer sous le château lui-même, et Tante Eva nous dit qu'elle avait choisi l'un de ses restaurants préférés, un endroit "typiquement hongrois" dans la rue Attila József. Les noms des rues de Budapest ne cessaient de me surprendre. Certains avaient une résonance étrange ou exotique à mes yeux et d'autres, comme celui-ci, évoquaient un passé qui, jusqu'ici, n'avait eu de réalité que dans les livres. La rue Attila József se révéla aussi policée et paisible que le reste de la ville dans son ensemble, bref, elle n'avait vraiment rien de la piste hérissée de campements barbares où des guerriers huns mangeaient de la viande crue à même leur selle... un cliché que le seul nom d'Attila, le "Fléau de Dieu", avait déclenché dans mon imagination.

La salle du restaurant était agréable, élégante, et le maître d'hôtel se précipita pour nous accueillir, saluant Tante Eva par son nom. Elle semblait habituée à ce genre d'attention. Quelques instants plus tard, nous étions installés à la meilleure table, d'où nous pouvions voir des passants se promenant dans les rues en vêtements d'été et des petites voitures bruyantes qui filaient à toute allure entre de vieux arbres majestueux et de superbes bâtisses anciennes. Je m'adossai à ma chaise avec un soupir de contentement.

Tante Eva commanda pour tout le monde et, lorsque les premiers plats arrivèrent, ils furent servis avec une liqueur forte à l'abricot appelée *pálinka,* m'expliqua Helen.

— Ah, vous allez goûter quelque chose d'excellent, m'informa Tante Eva *via* sa nièce. Nous appelons cela *hortobàgy palacsinta.* Ce sont des sortes de crêpes fourrées avec du veau, une tradition qui nous vient des bergers des plaines de Hongrie. Ça vous plaira, je pense.

Ce fut le cas, et j'aimai également tous les plats qui suivirent – le ragoût de viande et de légumes, le gâteau de pommes de terre, de salami et d'œufs durs, les salades composées, les haricots verts et le mouton, l'extraordinaire pain brun-doré. Je ne m'étais pas rendu compte avant cet instant que j'étais affamé après cette journée de voyage. Je notai également qu'Helen et sa tante mangeaient de bon appétit et avec un coup de fourchette qu'une Américaine n'aurait jamais osé montrer en public.

Pour autant, ce serait une erreur de croire que nous nous contentâmes de manger ce soir-là. Tandis que nous faisions honneur à la cuisine traditionnelle hongroise, Tante Eva ne cessa de parler et Helen de traduire. Je posai de temps à autre une question, mais dans l'ensemble, je m'en souviens, j'étais surtout concentré sur la double tâche d'ingérer ce que contenait mon assiette et ce que j'entendais.

Tante Eva semblait avoir sans cesse à l'esprit que j'étais historien ; ou bien soupçonnait-elle l'étendue de mes lacunes sur l'histoire de la Hongrie et voulait-elle s'assurer que je ne lui ferais pas honte pendant la conférence ; ou peut-être était-elle poussée par ce patriotisme des immigrants installés de longue date dans leur pays d'adoption. Quoi qu'il en soit, elle était une oratrice brillante, même en version originale avec sous-titres décalés, et j'arrivais presque à déchiffrer sur son visage vivant et expressif les mots qu'elle s'apprêtait à prononcer, avant même qu'Helen ne les traduise. Par exemple, alors que nous finissions de lever nos verres de *pálinka* pour porter un toast à l'amitié entre nos pays, Tante Eva épiça nos crêpes de berger avec une évocation des origines de Budapest – la ville avait été autrefois une garnison romaine appelée Aquincum et on trouvait encore d'étranges vestiges romains çà et là – et elle brossa un tableau très vivant d'Attila et de ses Huns l'arrachant aux griffes des Romains au cinquième siècle.

Le ragoût de viande et de légumes (un plat qu'Helen me dit s'appeler *gulyás,* à ne surtout pas confondre avec le “goulash”, précisa-t-elle d'un air sévère, que les Hongrois désignaient sous un autre nom) fut le prétexte à une longue description de l'invasion de la région par les Magyars au neuvième siècle. Le gâteau de pommes de terre et de salami (incontestablement plus savoureux qu'un gratin de macaronis) coïncida avec une évocation du couronnement par le pape du roi Étienne Ier – qui devait devenir saint István – en l'an mil de notre ère.

— C'était un barbare en peau de bête, m'expliqua Tante Eva par le truchement d'Helen. Mais il fut le premier roi de Hongrie et il convertit le royaume au christianisme. Vous verrez son nom partout à Budapest.

J'étais en train de penser que je ne pourrais pas avaler une bouchée de plus quand deux serveurs apparurent avec des plateaux de pâtisseries qui n'auraient pas été déplacées dans un festin impérial à la cour austro-hongroise, toutes en tourbillons de chocolat et en crème fouettée, accompagnées de café (*eszpresszo*, précisa Tante Eva). J'ignore comment, mais nous trouvâmes de la place pour tout.

— Le café a une histoire tragique à Budapest, me dit Tante Eva par la voix d'Helen. Il y a bien longtemps – en 1541, en fait – Soliman le Magnifique invita l'un de nos généraux, dont le nom était Balint Török, à venir déjeuner avec lui sous sa tente. À la fin du repas, alors qu'il buvait son café (il était le premier Hongrois à goûter cette boisson, voyez-vous), Soliman l'informa que le gros des troupes turques s'était emparé du château de Buda pendant leur repas. Vous pouvez imaginer que ce café eut un goût très amer.

Son sourire était plus mélancolique que lumineux, cette fois. Étonnants Ottomans, songeai-je, toujours paradoxaux, si intelligents et si cruels – un curieux mélange de raffinement esthétique et de méthodes barbares... En 1541, ils étaient déjà les maîtres d'Istanbul depuis près d'un siècle ; ce rappel me fit mesurer l'ampleur et la constance de leur puissance, la place forte à partir de laquelle ils avaient déroulé leurs tentacules à travers toute l'Europe, s'arrêtant seulement aux portes de Vienne. La guerre que leur avait livrée Vlad Drakula, comme bon nombre de ses compatriotes chrétiens, avait été le combat d'un David contre un Goliath – avec beaucoup moins de réussite que David. Il faudrait les efforts conjugués des résistants de toute l'Europe de l'Est et des Balkans, non seulement en Valachie, mais aussi en Hongrie, en Grèce, en Bulgarie, pour ne citer que quelques pays, pour parvenir enfin à vaincre l'occupation ottomane.

Toutes ces informations, Helen avait réussi à les transplanter dans mon cerveau et elles m'inspiraient, à bien y réfléchir, une forme d'admiration perverse pour Drakula. Il avait dû savoir que le défi qu'il lançait aux forces turques était condamné à court terme, et cependant il avait lutté pendant la majeure partie de sa vie pour débarrasser ses terres des envahisseurs.

— En réalité, c'était la deuxième fois que les Turcs occupaient la région.

Helen dégusta son café à petites gorgées puis reposa sa tasse avec un soupir de satisfaction, comme si son goût était meilleur ici que dans n'importe quelle autre partie du monde.

— János Hunyadi les vainquit à Belgrade en 1456. Il est l'un de nos plus grands héros, avec le roi István et le roi Mathias Ier Corvin ou Corvin ("aux cheveux noir corbeau") qui fit de Budapest le pôle culturel de l'Europe centrale. Quand vous entendrez les cloches résonner dans toute la ville demain à midi, vous saurez que c'est pour commémorer la victoire de Hunyadi il y aura bientôt cinq cents ans. Elles sonnent encore pour lui tous les jours.

— Hunyadi, répétai-je pensivement. Je crois que vous avez mentionné son nom l'autre soir. Et vous dites qu'il a vaincu les Turcs en 1456 ?

Nous nous regardâmes ; toute date contemporaine de la vie terrestre de Drakula était devenue une sorte de signal entre nous.

— Il était en Valachie à cette époque, murmura tout bas Helen.

Je savais qu'elle ne parlait pas de Hunyadi parce que nous avions également conclu un pacte tacite de ne jamais mentionner le nom de Drakula en public.

Tante Eva n'était pas femme à accepter d'être tenue à l'écart par notre silence, ou par une simple barrière linguistique.

— Hunyadi ? demanda-t-elle.

Et elle ajouta quelque chose en hongrois.

— Ma tante veut savoir si vous portez un intérêt particulier à l'époque de Hunyadi, traduisit Helen d'une voix pince-sans-rire.

Pris de court, je déclarai que tout ce qui touchait à l'histoire de l'Europe m'intéressait. Cette réponse lamentable me valut un regard pénétrant, presque un froncement de sourcils, de Tante Eva, et je me hâtai de faire diversion.

— S'il vous plaît, j'aimerais que vous demandiez à votre tante si elle m'autorise à lui poser quelques questions.

— Bien sûr.

Le sourire d'Helen semblait prendre en compte tout à la fois ma requête et ce qui la motivait. Lorsqu'elle traduisit ma requête, Mme Orbán se tourna vers moi avec une méfiance pleine de grâce.

— Je me demandais si ce que nous entendons dire à l'Ouest sur la montée du libéralisme en Hongrie est exact, commençai-je.

Cette fois le visage d'Helen afficha lui aussi une expression méfiante et je songeai que je pourrais bien récolter un de ses fameux coups de pied sous la table, mais sa tante hochait déjà la tête et lui demandait de traduire. Quand ce fut chose faite, elle m'adressa un sourire indulgent, et sa réponse fut empreinte de douceur.

— Ici, en Hongrie, nous avons toujours été fiers de notre mode de vie, de notre indépendance. C'est pour cette raison que les jougs ottoman et autrichien ont été une épreuve si terrible pour nous. Mais nos gouvernants se sont toujours appliqués à répondre aux attentes du peuple et l'action que mène aujourd'hui Imre Nagy en est la preuve. Il est très populaire auprès des travailleurs et ses réformes se situent dans la droite ligne de notre glorieuse histoire.

Il me fallut une minute pour saisir que Tante Eva s'abstenait prudemment d'exprimer son avis et une autre minute pour m'interroger sur la stratégie qui lui avait permis de conserver son poste au gouvernement contre vents et marées.

Peut-être était-ce l'esprit d'ouverture qui régnait aujourd'hui à Budapest, me dis-je tout en l'écoutant, qui lui avait permis à elle – un membre éminent du gouvernement – d'emmener un Américain dîner au restaurant. Tandis qu'elle répondait à mes questions, la lueur qui brillait au fond de ses yeux sombres et perspicaces ressemblait à de l'approbation pour ma curiosité et, si je n'aurais pu l'affirmer à l'époque, l'avenir me prouva que j'avais vu juste.

— Et maintenant, jeune homme, nous devons vous laisser prendre un peu de repos avant votre grand oral. Je suis impatiente de vous entendre et je ne manquerai pas de vous dire ensuite ce que j'en ai pensé !

Elle m'adressa un signe de tête affable et je ne pus m'empêcher de lui sourire. Comme s'il l'avait entendue, le serveur se matérialisa à ses côtés. Je fis une timide tentative pour demander l'addition, bien que je n'aie eu aucune idée des usages en vigueur de ce côté du rideau de fer, ni même si j'avais changé suffisamment d'argent à l'aéroport pour payer tous ces plats délicieux. Mais l'addition disparut sans même que je l'aie vue passer et tout fut réglé comme par enchantement.

Sous l'œil un tantinet narquois d'Helen, je disputai au maître d'hôtel l'honneur d'aider Tante Eva à enfiler sa veste, et nous remontâmes dans la voiture.

À l'entrée du magnifique pont des Chaînes, Eva glissa quelques mots au chauffeur, qui s'arrêta. Nous descendîmes pour contempler le scintillement de Pest, sur l'autre rive, et le miroitement de l'eau noire en contrebas. Le vent avait fraîchi, et je sentais sa morsure sur mon visage après la brise tiède d'Istanbul. La présence des immenses plaines d'Europe centrale, juste derrière la ligne d'horizon, était presque palpable. C'était le genre de vue que j'avais rêvé de voir toute ma vie, et j'avais peine à croire que je me tenais là, contemplant les lumières de Budapest.

Tante Eva murmura quelque chose tout bas et Helen traduisit doucement.

— Notre ville sera toujours grande.

Plus tard, je me remémorai cette phrase de façon frappante. Elle me revint à l'esprit presque deux années plus tard, quand je découvris jusqu'à quel point Eva Orbán était impliquée dans les réformes du nouveau gouvernement :

ses deux fils furent tués sur une place publique par des chars soviétiques pendant le soulèvement étudiant, en 1956, et Eva elle-même dut s'enfuir au nord de la Yougoslavie, où elle trouva refuge dans un village, comme quinze mille de ses compatriotes qui quittèrent un pays devenu une pauvre marionnette agitée par la Russie. Helen lui écrivit à plusieurs reprises, lui demandant avec insistance de nous permettre d'entamer des démarches pour essayer de la faire venir aux États-Unis, mais Eva refusait de faire jusqu'à une demande d'émigration. J'essayai de retrouver sa trace, il y a de cela quelques années, en vain. Quand je perdis Helen, je perdis également la trace de Tante Eva. »

40.

« Le lendemain matin, j'ouvris les yeux sur des chérubins dorés qui dansaient la sarabande au-dessus de mon lit étroit et dur et, pendant quelques instants, je fus incapable de me rappeler où je me trouvais. C'était une sensation très désagréable ; j'avais l'impression de flotter à la dérive, plus éloigné de chez moi que je ne l'aurais jamais cru possible, incapable de me rappeler si j'étais à New York, à Istanbul, à Budapest ou ailleurs. Il me semblait avoir fait un cauchemar juste avant de me réveiller. La douleur qui me transperçait la poitrine me rappelait avec force l'absence de Rossi, un tourment que j'éprouvais souvent le matin à mon réveil. Cette fois, je me demandai si mon rêve ne m'avait pas transporté dans un lieu sinistre où j'aurais pu le retrouver si j'y étais resté suffisamment longtemps.

Helen prenait son petit déjeuner dans la salle à manger de l'hôtel quand je la rejoignis, un journal hongrois déployé devant elle – la vue de la page imprimée éveilla en moi un sentiment de frustration car j'étais incapable d'extraire le moindre sens d'un seul mot de ces gros titres – et elle m'accueillit d'un geste amical de la main. Mon rêve enfui, ces articles incompréhensibles, la conférence qu'il me faudrait donner dans quelques heures à peine, tout se mélangeait dans mon esprit.

Ma confusion devait se lire sur mon visage, parce qu'elle me lança un regard interrogateur tandis que je m'approchais.

— Quelle expression sinistre ! Vous avez fait des cauchemars d'abominables supplices ottomans ?

— Non. Juste des cauchemars d'abominables conférences.

Je m'assis, puisai un petit pain dans la panière et déployai une serviette blanche sur mes genoux. En dépit de son apparence miteuse, l'hôtel semblait s'être spécialisé dans le linge de table immaculé. Les petits pains, accompagnés de beurre et de confiture de fraises, étaient délicieux, et il en fut de même pour le café qu'on nous apporta quelques minutes plus tard. Aucune amertume ici.

— Ne vous inquiétez pas, affirma Helen d'un ton apaisant. Vous allez...

— Les scotcher bouche bée sur leurs sièges ? suggérai-je.

Elle rit.

— Vous enrichissez mon vocabulaire. À moins que vous ne le détruisiez, je ne suis pas très sûre.

— Votre tante m'a beaucoup impressionné hier.

— Je m'en suis rendu compte.

Je beurrai un deuxième petit pain.

— Racontez-moi comme elle est arrivée en Hongrie et comment elle a réussi à occuper une fonction aussi haute. Si ce n'est pas indiscret, bien sûr.

Helen but son café à petites gorgées.

— Il s'agit d'un accident du destin, je suppose. Elle est née dans une famille très pauvre : ses parents vivaient d'un petit lopin de terre dans un village de Transylvanie qui n'existe même plus aujourd'hui, à ce que j'ai entendu dire. Mes grands-parents avaient eu neuf enfants et Eva était la troisième. Comme ils avaient besoin d'argent et qu'ils ne s'en sortaient pas avec autant de bouches à nourrir, ils l'envoyèrent travailler à six ans chez un couple de riches Hongrois qui possédaient toutes les terres des environs. Entre les deux guerres, il y avait beaucoup de Hongrois propriétaires fonciers en Transylvanie – suite à la modification des frontières... le traité de Trianon, vous savez bien ?

Je hochai la tête.

— Le traité qui attribua la Transylvanie à la Roumanie juste après la Première Guerre mondiale ?

— Oui. Donc Eva partit très jeune travailler pour cette famille. Il paraît qu'ils étaient très gentils avec elle et qu'ils la laissaient rentrer chez elle parfois le dimanche. Dix années passèrent ainsi. Elle avait dix-sept ans quand ils décidèrent de retourner à Budapest et de l'emmener avec eux. Là-bas, Eva rencontra un jeune homme, un journaliste doublé d'un révolutionnaire appelé János Orbán. Ils tombèrent amoureux, ils se marièrent, et il eut la chance de survivre à son service militaire pendant la guerre.

Helen soupira.

— De nombreux jeunes Hongrois se battirent à travers toute l'Europe pendant la Première Guerre mondiale, vous savez, et ils sont enterrés dans des fosses communes en Pologne, en Russie... Quoi qu'il en soit, Orbán devint membre du gouvernement de coalition après la guerre, et fut récompensé lors de notre glorieuse révolution par un poste au nouveau gouvernement. Mais il trouva bientôt la mort dans un accident de voiture et Eva dut élever seule leurs fils tout en menant de front sa propre carrière politique. C'est une femme étonnante. Je n'ai jamais su quelles étaient au juste ses convictions personnelles – parfois j'ai le sentiment qu'elle garde une sage distance vis-à-vis de la politique, comme s'il s'agissait uniquement d'une profession à ses yeux. Je crois que mon oncle était un homme passionné, un léniniste convaincu et un admirateur de Staline – attention, avant que ses atrocités ne soient connues ici ! J'ignore s'il en allait de même pour ma tante, mais le fait est qu'elle a réussi un parcours politique sans faute. Ses fils bénéficient de tous les privilèges possibles, et elle s'est aussi servie de son influence pour m'aider, comme je vous l'ai dit.

Je l'avais écoutée avec attention.

— Comment votre mère et vous êtes-vous arrivées en Hongrie ?

Helen soupira de nouveau.

— Ma mère est née douze ans après Eva et elle avait seulement cinq ans quand ma tante est partie pour Budapest. Ma mère est tombée enceinte à dix-neuf ans, alors qu'elle n'était pas mariée. Elle redoutait le jour où ses parents ou quelqu'un du village découvriraient son état – dans une culture aussi traditionnelle, vous comprenez, elle risquait d'être chassée de la maison, ou même de mourir de faim. Elle écrivit donc à Eva pour lui demander de l'aide, et ma tante et mon oncle organisèrent en douce son voyage jusqu'à Budapest. Mon oncle alla la chercher à la frontière, qui était très surveillée, et il la ramena en ville. J'ai entendu ma tante dire un jour qu'il avait glissé un énorme pot-de-vin aux gardes-frontière. On détestait les Transylvaniens en Hongrie, surtout depuis le traité. Ma mère éprouvait une véritable vénération pour mon oncle : non seulement il l'avait sauvée d'une situation terrible, mais il ne la considéra jamais comme une étrangère. Sa mort lui brisa le cœur. C'était lui qui l'avait conduite en sûreté en Hongrie et lui avait offert une nouvelle vie.

— Et ensuite, vous êtes venue au monde de ce côté-ci de la frontière ? demandai-je paisiblement.

— Et ensuite je suis née, dans un hôpital de Budapest, acquiesça Helen. Ma tante et mon oncle ont aidé ma mère à m'élever et à m'éduquer. Nous avons vécu avec eux jusqu'à mon entrée au lycée. Eva nous emmena à la campagne pendant la guerre et trouva je ne sais comment de quoi nous nourrir tous. Ma mère avait suivi un enseignement ici, elle aussi, et avait appris le hongrois. Elle ne voulut jamais m'enseigner le roumain, même si je l'entendais parfois parler sa langue natale dans son sommeil.

Elle me lança un regard amer.

— Voilà à quoi le professeur Rossi, l'homme que vous vénérez, nous a réduites, conclut-elle avec un rictus méprisant. Sans ma tante et mon oncle, ma mère serait peut-être morte dans une forêt, dévorée par les loups. Et moi aussi, par voie de conséquence.

— Je salue l'initiative de votre oncle et de votre tante, murmurai-je.

Redoutant de m'attirer l'un de ses regards sardoniques, j'empoignai la cafetière en fer pour me resservir.

Helen ne répondit rien et, au bout d'une minute, elle sortit des papiers de son sac.

— Voulez-vous que nous travaillions sur votre conférence une dernière fois ?

Le soleil matinal et la fraîcheur de l'air, dehors, me paraissaient chargés de menace ; et tandis que nous nous dirigions vers l'université, la seule pensée qui oblitérait toutes les autres dans mon esprit, c'était le moment, de plus en plus proche désormais, où je devrais prendre la parole en public devant un parterre d'érudits triés sur le volet et qui m'attendaient comme le Messie. J'avais donné une seule et unique conférence jusqu'ici : une présentation conjointe avec Rossi, l'année passée, quand il avait organisé un séminaire sur le colonialisme hollandais. Chacun de nous avait rédigé la moitié de l'exposé ; ma partie à moi avait été une piètre tentative pour distiller en vingt minutes ce à quoi ma thèse de doctorat (dont je n'avais pas encore écrit la moindre ligne) pourrait ressembler une fois terminée. La partie de Rossi avait été un exposé inspiré et brillant sur l'héritage culturel des Pays-Bas, la puissance stratégique de la marine hollandaise, et la nature même du colonialisme. Malgré un fort sentiment de doute quant à la pertinence de ma participation à cette opération, j'avais été flatté qu'il m'associe à son projet. J'avais aussi été soutenu tout au long de l'expérience par sa présence détendue et confiante à mes côtés sur le podium, son petit tapotement amical sur l'épaule au moment où je lui avais abandonné l'assistance. Aujourd'hui, je serais tout seul. Devant cette perspective affreuse, pour ne pas dire terrifiante, j'essayais d'imaginer la façon dont Rossi aurait géré la situation.

Pest l'élégante se déployait tout autour de nous, et dans la lumière crue du jour, je pouvais voir que sa splendeur était en construction – en reconstruction, plus exactement – aux endroits où les bombardements alliés l'avaient défigurée. De nombreuses maisons ne possédaient encore ni murs ni fenêtres aux étages supérieurs, voire pas d'étage du tout, et, en regardant bien les façades, on y apercevait encore des impacts de balles. J'aurais voulu avoir davantage de temps devant moi afin de visiter la ville plus en profondeur, mais nous avions résolu d'assister à toutes les conférences de la matinée ce jour-là, afin de rendre notre présence en Hongrie aussi légitime que possible.

Comme nous atteignions le grand bâtiment où la réception avait eu lieu la veille, Helen marqua un arrêt et se tourna vers moi.

— Voulez-vous me faire une faveur ?

— Certainement. Laquelle ?

— Ne parlez pas à Géza József de nos voyages ou du fait que nous sommes à la recherche de quelqu'un.

— Mais pour qui me prenez-vous ? protestai-je avec indignation.

Elle leva une main gantée d'un geste conciliant.

— Je vous mets simplement en garde. Il peut se montrer tout à fait charmant et si persuasif…

— C'est noté.

Je lui ouvris galamment la grande porte baroque et nous entrâmes à l'intérieur du bâtiment.

Ma salle de torture, je veux parler de la salle de conférences, au deuxième étage, était déjà bien remplie. Parmi les personnes assises sur les rangées de chaises, parlant avec animation ou feuilletant des papiers, je reconnus bon nombre de gens qui m'avaient été présentés la veille.

— Oh, mon Dieu ! marmonna Helen. Le département d'anthropologie est là aussi.

Il ne manquait plus que cela !

Quelques secondes plus tard, elle était entraînée dans un tourbillon de salutations et de conversations. Je la voyais sourire, sans doute à de vieux amis, d'anciens collègues de sa spécialité, et un sentiment de solitude acheva de me submerger. Helen me désignait de temps à autre à ses interlocuteurs, essayant de me présenter à distance, mais la cacophonie des voix et cette langue hongroise, incompréhensible pour moi, formaient une barrière presque palpable entre nous.

Au même moment, je sentis une légère pression sur mon bras : le charmant et si persuasif Géza se dressait devant moi. Sa poignée de main fut aussi chaleureuse que son sourire.

— Notre ville vous plaît-elle ? Tout est-il à votre goût ?

— Oh, tout ! répondis-je avec la même cordialité.

L'avertissement d'Helen était bien présent dans mon esprit, mais il était difficile de ne pas éprouver de la sympathie pour cet homme.

— Ah, tant mieux. Et vous donnerez votre conférence cet après-midi ?

Je toussai.

— Oui. Oui, c'est cela. Et vous ? Vous prenez la parole, aujourd'hui ?

— Oh non ! En fait, j'effectue des recherches sur un sujet qui me passionne, mais je ne suis pas encore prêt à en parler en public. Surtout un public aussi relevé et exigeant.

— Quel sujet ? croassai-je.

Je n'avais pas pu m'empêcher de lui poser la question, mais au même instant le professeur Sándor, ses cheveux blancs plus crêpés que jamais, déclara la session ouverte depuis un podium.

La foule s'installa aussitôt sur les rangées de sièges comme des moineaux sur les fils d'une ligne à haute tension et le silence se fit. Je m'assis au fond de la salle, à côté d'Helen qui m'avait gardé une place entre deux admirateurs, et jetai un coup d'œil à ma montre. Il était seulement neuf heures trente, je pouvais donc souffler un moment. Géza József s'était assis au premier rang, au pied de l'estrade. Même de dos, il avait fière allure. En regardant autour de moi, je reconnus plusieurs autres personnes qui m'avaient été présentées la veille. Tous les yeux étaient rivés sur le professeur Sándor.

— *Guten Morgen !* tonna-t-il – et le micro siffla jusqu'à ce qu'un étudiant en chemise bleue et cravate noire vienne le régler. *Good morning,* honorables visiteurs. Bonjour, bienvenue à l'université de Budapest. Nous sommes fiers de vous accueillir dans la première Convention européenne des historiens de...

Ici, le micro recommença à siffler et nous perdîmes plusieurs phrases. Le professeur Sándor avait apparemment épuisé temporairement ses ressources en anglais, et il continua pendant plusieurs minutes dans un salmigondis de hongrois, de français et d'allemand alternés. En puisant dans mes connaissances des langues de Molière et de Goethe, je compris que le déjeuner serait servi à midi, puis – à ma grande épouvante – que mon exposé constituerait le point culminant des débats, que j'étais le conférencier-vedette de ce séminaire, et – je cite – "le phare qui les inonderait de sa lumière". Éminent historien américain, spécialiste non seulement de l'histoire des Pays-Bas mais aussi de l'économie de l'Empire ottoman et des mouvements sociaux aux États-Unis d'Amérique (Tante Eva était-elle l'auteur de ce tissu de mensonges ?

avec la complicité d'Helen ?), mon prochain "ouvrage tant attendu" sur les guildes des marchands hollandais à l'époque de Rembrandt paraîtrait l'année prochaine, et ils étaient "incroyablement chanceux" d'avoir pu m'ajouter *in extremis* à la liste de leurs intervenants.

C'était encore pire que dans mes pires cauchemars, et je me promis à moi-même qu'Helen me le paierait si jamais elle avait une part de responsabilité dans ce désastre. De nombreux spécialistes présents dans l'assistance se retournaient pour regarder le phare censé les éclairer, souriant aimablement, hochant la tête, se donnant des coups de coude en me désignant du menton, ou même d'un index respecteux. Helen se tenait très droite et sérieuse à mes côtés, mais une certaine raideur de ses épaules, sous son tailleur noir, laissait deviner – à moi seul, je l'espérais – une envie de rire presque parfaitement dissimulée. J'essayais de paraître digne, moi aussi, et de garder à l'esprit que tout ceci était destiné à sauver Rossi.

Après que le professeur Sándor eut fini de hurler dans le micro, un petit homme chauve entama une conférence qui me parut traiter de la Ligue hanséatique. Il fut suivi par une femme aux cheveux gris vêtue d'une robe bleue dont l'exposé portait apparemment sur l'histoire de Budapest, mais auquel je ne compris pas un traître mot. Le dernier intervenant avant le déjeuner était un jeune étudiant de l'université de Londres – il semblait avoir à peu près mon âge – et à mon grand soulagement il s'exprima en anglais, tandis qu'un jeune Hongrois étudiant en philologie lisait simultanément une traduction en allemand. (C'était étrange d'entendre parler allemand ici une décennie seulement après l'occupation nazie, mais je me remémorai soudain qu'il s'agissait de la lingua franca, la langue véhiculaire de l'Empire austro-hongrois.) Des applaudissements nourris saluèrent la prise de parole du jeune Anglais que le professeur Sándor nous présenta comme un spécialiste de l'histoire de l'Europe de l'Est, le professeur Hugh James.

James était un garçon massif vêtu d'un costume en tweed marron et d'une cravate vert olive ; au milieu de cette assemblée, il paraissait si incroyablement, si typiquement anglais que j'en oubliai mon trac, à deux doigts de pouffer de rire. Ses yeux brillaient tandis qu'il regardait son public et il nous adressa un charmant sourire.

— Je n'aurais jamais imaginé me retrouver un jour à Budapest, commença-t-il. Mais je suis très heureux d'être ici, dans cette merveille de l'Europe centrale qui fait office de porte entre l'Est et Ouest. Maintenant, si vous le permettez, j'aimerais voler quelques minutes de votre attention pour méditer sur l'héritage que les Turcs ottomans laissèrent derrière eux en Europe centrale lorsqu'ils se retirèrent à la suite de leur échec devant Vienne, en 1685.

Il marqua une pause et sourit à l'étudiant en philologie qui lisait pour nous la traduction allemande de cette phrase d'introduction. Ils procédèrent ainsi pendant tout l'exposé, parlant en alternance, mais le professeur James devait avoir un certain goût pour l'improvisation car plus son discours se développait, plus son valeureux traducteur lui jetait des regards effarés.

— Nous avons tous, naturellement, entendu parler de l'histoire du croissant, invention d'un chef pâtissier parisien pour célébrer la victoire de Vienne sur les Ottomans. La forme de cette "viennoiserie" symbolisait le croissant de lune figurant sur les drapeaux ottomans, un symbole que les Français dévorent aujourd'hui encore à belles dents avec leur café du matin.

Il regarda l'assistance avec un large sourire puis parut prendre conscience, tout comme moi, que la plupart de ces spécialistes hongrois n'étaient jamais allés à Paris ou à Vienne.

— Quoi qu'il en soit, l'héritage laissé par les Ottomans peut selon moi se résumer en un mot : esthétisme.

Il poursuivit sa démonstration en évoquant l'architecture d'une demi-douzaine de villes, des jeux et des modes vestimentaires, des épices et des décorations d'intérieur d'Europe centrale et de l'Est. Je l'écoutais avec une fascination due en partie seulement au plaisir de comprendre l'intégralité de ses propos ; tout ce que nous venions de voir à Istanbul défila devant mes yeux tandis que James dépeignait les bains turcs de Budapest et les édifices proto-ottomans, austro-hongrois de Sarajevo. Quand il décrivit le palais de Topkapi, je me surpris à hocher vigoureusement la tête, avant de songer que je devrais sans doute me montrer plus discret.

Un tonnerre d'applaudissements salua sa prestation, puis le professeur Sándor nous invita à nous rendre dans le réfectoire pour le déjeuner. Au milieu du flot d'érudits et de nourriture, je réussis à repérer le professeur James juste comme il s'asseyait à une table.

— Puis-je me joindre à vous ?

Il se leva aussitôt avec un sourire.

— Certainement. Hugh James. Enchanté.

Je me présentai à mon tour et nous échangeâmes une poignée de main. Quand je pris place en face de lui, nous nous dévisageâmes avec une curiosité amicale.

— Ah, dit-il, ainsi vous êtes le "conférencier-vedette". J'attends votre intervention avec impatience.

De près, il paraissait une dizaine d'années de plus que moi. Il avait de splendides yeux brun mordoré, pétillant d'intelligence, et légèrement globuleux, un peu comme ceux d'un basset hound. J'avais déjà identifié son accent comme originaire du nord de l'Angleterre.

— Merci, répondis-je, en essayant de ne pas me ratatiner sur ma chaise. Moi, j'ai apprécié chaque minute de la vôtre. Elle m'a ouvert des horizons. Je me demande si vous connaissez mon... euh... mon mentor, Bartholomew Rossi. Il est anglais, lui aussi.

— Mais bien sûr !

Hugh James déploya sa serviette d'un geste enthousiaste.

— Le professeur Rossi est l'un de mes auteurs préférés – j'ai lu presque tous ses livres ! Et vous travaillez avec lui ? Si vous saviez comme je vous envie !

J'avais perdu la trace d'Helen dans la foule, mais je l'aperçus tout à coup devant le buffet au côté de Géza József. Il lui parlait tout bas, avec une sorte d'insistance, et après quelques instants, elle l'autorisa à la suivre jusqu'à une petite table, à l'autre bout du réfectoire. De ma place, je voyais clairement qu'elle arborait une expression revêche, mais cela ne me rendait pas la scène plus tolérable. Il était penché vers elle, les yeux rivés sur son visage tandis qu'elle regardait le contenu de son assiette, et j'avais tellement envie de savoir ce qu'il lui disait que ça me rendait fou.

— Quoi qu'il en soit…

Hugh James parlait toujours de l'œuvre de Rossi.

— Ses travaux sur le théâtre grec sont absolument fantastiques. Cet homme sait tout faire.

— En effet, acquiesçai-je d'un ton absent. Dernièrement, il a travaillé sur un article intitulé "Le Fantôme dans l'amphore" qui traite de l'utilisation de certains accessoires dans les tragédies grecques…

Je me tus brusquement, de peur d'avoir livré des secrets de fabrication de Rossi. Mais à voir l'expression qui se peignit sur le visage du professeur James, j'en avais déjà trop dit.

— Quoi ? articula-t-il, visiblement suffoqué.

Il reposa ses couverts, abandonnant son déjeuner.

— Vous avez bien dit "Le Fantôme dans l'amphore" ?

— Mais… oui.

J'en avais oublié Géza serrant Helen de trop près.

— Pourquoi ?

— C'est positivement incroyable ! Je vais écrire séante tenante au professeur Rossi. Voyez-vous, j'ai eu récemment entre les mains un document hongrois très intéressant, daté du quinzième siècle. C'est en grande partie la raison de ma présence à Budapest, d'ailleurs – je voulais effectuer des recherches sur cette période de l'histoire de la Hongrie, et le professeur Sándor m'a aimablement autorisé à assister au séminaire. Quoi qu'il en soit, ce document a été écrit par l'un des lettrés du roi Mathias Ier Corvin, et il parle justement d'un "Fantôme dans l'amphore" !

Je me rappelai qu'Helen avait fait référence au roi Mathias Ier Corvin la veille au soir ; n'était-il pas le fondateur de la grande bibliothèque dans le château de Buda ? Tante Eva m'avait également parlé de lui.

— Je vous en prie, insistai-je d'une voix pressante, expliquez-vous.

— Eh bien, cela va peut-être vous sembler ridicule, mais je m'intéresse depuis plusieurs années au folklore d'Europe centrale et à ses légendes. Au début, il s'agissait d'un simple passe-temps sans conséquence mais... peu à peu j'ai été totalement envoûté par la légende du vampire.

Je le regardai fixement. Rien n'avait changé en lui – il avait toujours le même visage jovial, un peu rougeaud, la même veste en tweed, et cependant j'avais le sentiment de rêver.

— Oh, je sais bien que cela peut paraître puéril – le comte Drakula, les gousses d'ail... – mais c'est un sujet passionnant dès qu'on commence à s'y intéresser vraiment. Voyez-vous, Drakula a réellement existé et j'essaie de découvrir si son histoire est liée d'une façon ou d'une autre aux légendes populaires sur les vampires. Il y a quelques années, j'ai commencé à chercher s'il existait des documents écrits traitant de cette question puisque, bien sûr, les vampires ont existé presque exclusivement dans la tradition orale des villages d'Europe centrale et de l'Est.

Il s'appuya contre le dossier de sa chaise, tambourinant du bout des doigts sur le rebord de la table.

— Bref, je travaillais dans la bibliothèque de l'université, ici même, quand je suis tombé sur ce document, manifestement commandé par Corvin : il voulait que quelqu'un réunisse toutes les informations existantes sur les vampires, depuis la nuit des temps. Quel que soit l'érudit à qui le travail fut confié, il s'agissait certainement d'un humaniste, et au lieu d'aller de village en village, comme l'aurait fait tout bon anthropologue, il se mit à explorer des textes grecs et latins (Corvin possédait une collection impressionnante de ces ouvrages, vous savez) pour y chercher une référence aux vampires. C'est ainsi qu'il trouva cette antique et obscure théorie grecque, que je n'ai rencontrée nulle part ailleurs – du moins jusqu'à ce que vous la mentionniez, il y a un instant ! – du "Fantôme dans l'amphore".

Il se pencha vers moi.

— Dans la Grèce ancienne et les tragédies grecques, l'amphore contenait parfois des cendres humaines, voyez-vous, et le peuple ignorant croyait que, si l'amphore n'était pas inhumée dans les règles, elle pouvait donner naissance à un vampire. Je ne suis pas très sûr du processus, néanmoins, mais le professeur Rossi sait certainement quelque chose à ce sujet s'il y consacre tout un article, non ? Une remarquable coïncidence, vous ne trouvez pas ? En fait, si l'on en croit le folklore, il y a toujours des vampires dans la Grèce moderne.

— Je sais, acquiesçai-je. Les vrykolakas.

Cette fois, ce fut Hugh James qui me regarda avec stupeur. Ses yeux bruns un peu globuleux devinrent énormes.

— Comment savez-vous cela ? souffla-t-il. Je veux dire... je suis surpris de rencontrer quelqu'un qui...

— ... s'intéresse aux vampires ? demandai-je sèchement. Oui, ça m'a surpris moi aussi pendant un temps, mais je commence à m'y faire. Comment avez-vous été amené à vous intéresser à leur légende, professeur James ?

— Hugh, rectifia-t-il lentement. Je vous en prie, appelez-moi Hugh. En fait, je...

Il m'observa intensément pendant quelques secondes, et pour la première fois je m'aperçus que sous son apparence chaleureuse et gauche brûlait une flamme ardente.

— C'est très étrange et habituellement je n'en parle à personne, mais...

Je savais déjà ce qui allait suivre. Il me fut impossible de patienter plus longtemps.

— Auriez-vous par hasard trouvé un livre ancien, entièrement vierge avec un dragon au milieu ? demandai-je.

Il me fixa d'un air halluciné et la couleur déserta son visage.

— Oui, acquiesça-t-il. J'ai trouvé un tel livre.

Ses mains agrippèrent le bord de la table.

— Qui... qui êtes-vous ?

— J'en ai trouvé un, moi aussi.

Nous nous regardâmes pendant plusieurs secondes, sans prononcer un mot. Notre silence aurait pu durer bien plus longtemps encore si nous n'avions pas été interrompus. La voix de Géza József me parvint avant même que j'aie noté sa présence ; il était arrivé par-derrière, sans que je le remarque, et se penchait sur notre table avec un sourire affable.

Helen s'approcha à son tour, avec une sorte de hâte et une expression bizarre, presque... coupable, à ce qu'il me sembla.

— Bon appétit, camarades professeurs ! lança-t-il cordialement. Alors, qu'est-ce que c'est que cette histoire de livre ? »

CET OUVRAGE
A ÉTÉ TRANSCODÉ
ET ACHEVÉ D'IMPRIMER
SUR ROTO-PAGE
PAR L'IMPRIMERIE FLOCH À MAYENNE
EN FÉVRIER 2006

N° d'édition : 1022/1. – N° d'impression : 64924
Dépôt légal : mars 2006.
Imprimé en France